COLLECTION FOLIO

Lian Hearn

Le Clan des Otori, I

Le Silence du Rossignol

Traduit de l'anglais
par Philippe Giraudon

Gallimard

Titre original :

TALES OF THE OTORI — BOOK 1
ACROSS THE NIGHTINGALE FLOOR

Édition originale publiée en 2002 par Macmillan,
Pan Macmillan Ltd, Londres.

Lian Hearn est diplômée en littérature de l'Université d'Oxford et a travaillé comme critique de cinéma et éditrice d'art à Londres, avant de s'installer en Australie, où elle vit avec son mari et leurs trois enfants. Son intérêt de toujours pour la civilisation et la poésie japonaises, pour le japonais qu'elle a appris, a trouvé son apogée dans l'écriture du *Clan des Otori*. Cette œuvre, à la résonance universelle, a été traduite dans quarante-deux langues. Après nous avoir ramenés aux sources du clan des Otori avec *Shikanoko*, Lian Hearn prolonge son époustouflante épopée dans un nouveau cycle dédié au destin des descendants du clan, *Les Enfants des Otori*.

Pour E

Les trois livres qui composent Le Clan des Otori *sont situés dans un pays imaginaire vivant à l'heure de la féodalité. Cette situation et cette période n'ont pas d'équivalents réels dans l'histoire, même si l'on peut découvrir dans ces pages maint écho des coutumes et des traditions japonaises et même si les saisons et les paysages sont ceux du Japon. Les « parquets du rossignol »* (uguisubari) *sont une invention authentique. On en confectionna dans un grand nombre de temples et de manoirs, et on peut en admirer les deux exemples les plus fameux au château de Nijo et au Chion'in, à Kyoto. J'ai donné des noms japonais aux lieux du roman, mais ils n'ont que peu de rapport avec la réalité, en dehors de Hagi et de Matsue qui occupent à peu près leur position géographique réelle. Quant aux personnages, ils appartiennent tous à la fiction, si l'on excepte le peintre Sesshu, auquel il semblait impossible de forger un double.*

J'espère que les puristes ne me tiendront pas rigueur des libertés que j'ai prises. Ma seule excuse est qu'il s'agit ici d'une œuvre d'imagination.

LIAN HEARN

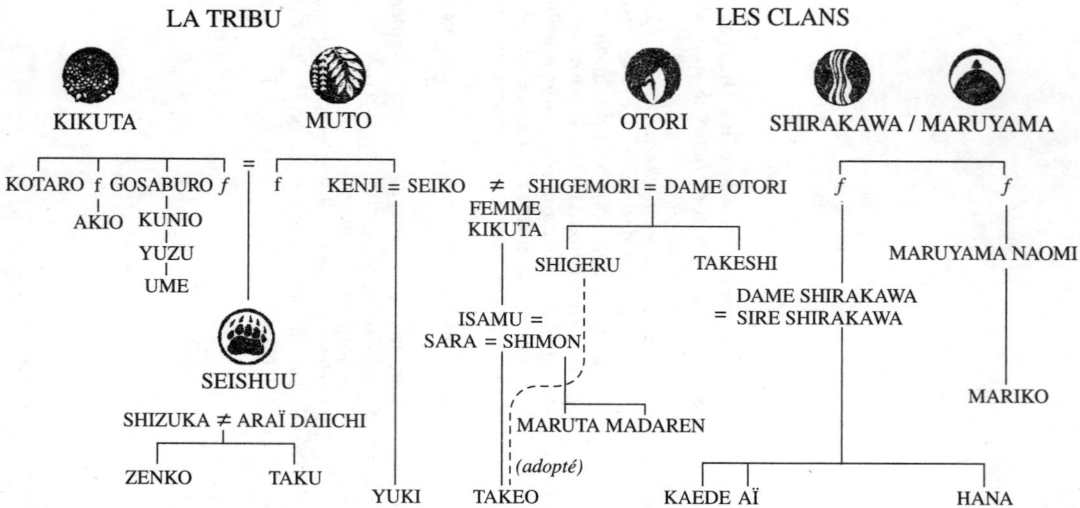

f = fils
f = *fille*

Le cerf qui s'unit
Au trèfle de l'automne
On dit
Qu'il n'engendre qu'un faon
Unique et ce faon
Mon garçon solitaire
Part pour un voyage
De l'herbe en guise
d'oreiller

MANYOSHU,
vol. 9, n° 1790.

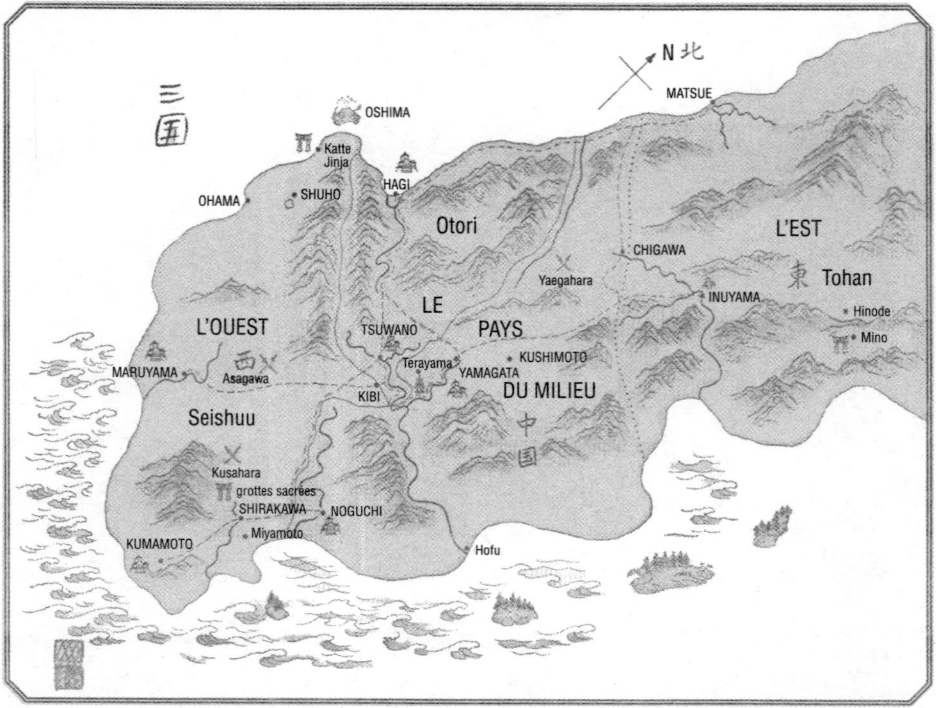
三国
N 北
MATSUE
OSHIMA
Katte Jinja
HAGI
OHAMA
SHUHO
Otori
L'EST
CHIGAWA
Yaegahara
東 Tohan
INUYAMA
Hinode
Mino
LE
L'OUEST
TSUWANO
PAYS
西
MARUYAMA
Asagawa
Terayama
YAMAGATA
KUSHIMOTO
KIBI
DU MILIEU
Seishuu
中
国
Kusahara
grottes sacrées
SHIRAKAWA
NOGUCHI
Miyamoto
KUMAMOTO
Hofu

LES TROIS PAYS

Frontières des fiefs

Frontières avant la bataille de Yaegahara

Grand-route

Champ de bataille

Cité fortifiée

Sanctuaire

Temple

CHAPITRE I

Ma mère menaçait souvent de me découper en huit morceaux si jamais je renversais le seau d'eau ou faisais semblant de ne pas l'entendre me crier de rentrer à la maison, quand le crépuscule s'assombrissait et que le chant des cigales devenait assourdissant. J'entendais sa voix enrouée de colère résonner à travers la vallée solitaire :

— Où est passé ce maudit gamin ? Je le mettrai en pièces quand il reviendra.

Je revenais tout crotté d'avoir descendu en glissant la colline, couvert de bleus à force de m'être bagarré, ou même un jour la tête ensanglantée après avoir été blessé par une pierre — j'ai encore la cicatrice, comme un ongle de pouce argenté —, mais rien ne m'attendait sinon le feu dans la cheminée, la soupe odorante et les bras de ma mère qui s'efforçait non pas de me mettre en pièces mais de me faire tenir en place afin de nettoyer mon visage ou de lisser mes cheveux tandis que je me tortillais comme un lézard pour lui échapper. Sa dure vie de labeur interminable l'avait rendue forte, et elle n'était pas vieille puisqu'elle m'avait mis au monde à moins de dix-sept ans. Quand elle me portait, je voyais que nous avions la même couleur de peau, bien que nous ne nous ressemblions guère pour le reste. Son visage était large et placide alors que je savais par ce qu'on m'avait dit — car nous n'avions pas de miroir, dans ce village de Mino perdu dans la montagne — que mes traits étaient plus fins, comme ceux d'un faucon. Habituellement, notre lutte se terminait par sa victoire, dont le prix était de pouvoir me serrer sur son cœur sans que je parvienne à me dérober. Elle me murmurait alors à l'oreille la formule de bénédiction des Invisibles, tandis que mon beau-père marmonnait sans conviction qu'elle me gâtait trop, et que les petites filles, mes demi-sœurs, faisaient des bonds autour de nous pour obtenir leur part de caresses et de bénédiction.

Je croyais alors que ce n'était qu'une façon de parler. Mino était un endroit paisible, trop isolé pour être affecté par les batailles féroces où s'affrontaient les clans. Je n'aurais jamais imaginé que des hommes et des femmes puissent vraiment être découpés en huit morceaux, que leurs membres vigoureux, à la peau couleur de miel, puissent être arrachés à leur corps pour être jetés aux chiens. Élevé parmi les Invisibles, accoutumé à leur douceur, j'ignorais que des hommes infligeaient de tels traitements à leurs semblables.

J'entrai dans ma quinzième année, et ma mère commença à avoir le dessous dans nos luttes. Je pris quinze centimètres en quelques mois, et à seize ans j'étais plus grand que mon beau-père. Il se mit à marmonner plus souvent qu'il était temps que je m'établisse, que je cesse de courir la montagne comme un singe sauvage et que je me marie dans une des familles du village. Je n'avais rien contre l'idée d'épouser une de ces filles avec qui j'avais grandi, et cet été-là je travaillai plus dur que jamais à son côté, prêt à prendre ma place parmi les hommes du village. Par moments, cependant, il m'était impossible de résister à l'attrait de la montagne, et à la fin du jour je m'éclipsais dans le bois des hauts bambous aux troncs satinés, baigné d'une lumière verte et oblique. Je prenais le chemin rocailleux qui menait à l'autel du dieu de la Montagne, où les villageois déposaient des offrandes de millet et d'oranges, avant de m'enfoncer dans la forêt de bouleaux et de cèdres, parmi les appels ensorceleurs du coucou et du rossignol, afin de guetter cerfs et renards et d'entendre au-dessus de ma tête le cri mélancolique des milans.

Ce soir-là, j'avais parcouru la montagne de bout en bout pour atteindre un endroit où poussaient les meilleurs champignons. J'avais rempli tout un baluchon de ceux qui sont petits et blancs comme des fils de soie et de ceux en forme d'éventail orange foncé. Je pensais au plaisir que ma mère ressentirait à cette vue, qui apaiserait même les récriminations de mon beau-père. Il me semblait déjà sentir le goût des champignons sur ma langue. Tandis que je traversais en courant le bois de bambous et les rizières où les lys rouges de l'automne étaient déjà en fleur, je croyais humer des odeurs de cuisine portées par le vent.

Comme souvent à la tombée du jour, les chiens du village aboyaient. L'odeur devint plus forte, ses effluves se firent âcres. Je n'avais pas peur, pas encore, mais un pressentiment commença à accélérer les battements de mon cœur. J'allais au-devant d'un incendie.

Des feux se déclaraient souvent dans le village : presque tout ce que nous possédions était en bois ou en paille. Mais je n'entendais pas un cri, aucun bruit de seau passant de main en main. Personne ne se répandait comme à l'ordinaire en plaintes et en malédictions. Le chant des cigales était toujours aussi strident, les appels des grenouilles résonnaient sur les rizières. Les échos d'un tonnerre lointain retentissaient sur les montagnes. L'air était lourd et humide.

Je suais à grosses gouttes, mais la sueur se glaçait sur mon front. Je sautai par-dessus la rigole de la dernière rizière en terrasse et regardai à mes pieds ce qui avait toujours été le paysage de mon foyer. La maison avait disparu.

Je m'approchai. Des flammes rampantes venaient encore lécher les poutres noircies. Aucune trace de ma mère ou de mes sœurs. J'essayai d'appeler, mais ma langue semblait subitement trop grosse pour ma bouche et la fumée me suffoquait et remplissait mes yeux de larmes. Le village tout entier était en feu. Mais où étaient passés les villageois ?

C'est alors que les hurlements commencèrent.

Ils provenaient du sanctuaire autour duquel la plupart des maisons étaient groupées. On aurait dit les cris de douleur d'un chien, sauf qu'un chien ne peut prononcer des mots humains, les hurler dans son agonie. Il me sembla reconnaître les prières des Invisibles, et je sentis mes poils se hérisser sur ma nuque et sur mes bras. Je me glissai parmi les maisons en flammes comme un fantôme, en direction de la clameur.

Le village était désert. Je n'arrivais pas à imaginer où ils avaient pu tous disparaître. Je me dis qu'ils s'étaient enfuis : ma mère avait dû emmener mes sœurs dans la forêt, à l'abri. J'irais les retrouver là-bas dès que j'aurais découvert qui poussait ces hurlements. Mais en débouchant de la ruelle qui donnait sur la grand-rue, je vis deux hommes gisant sur le sol. Une averse s'était mise à tomber doucement dans le soir, et les deux hommes paraissaient surpris, comme s'ils ne comprenaient pas pourquoi ils étaient ainsi étendus sous la pluie. Ils ne se relèveraient jamais plus et peu importait que leurs vêtements fussent en train de se mouiller.

L'un d'eux était mon beau-père.

À cet instant, le monde changea pour moi. Une sorte de brouillard s'éleva devant mes yeux, et quand il se dissipa rien ne semblait réel. J'avais le sentiment d'avoir franchi la frontière de l'autre monde, cet univers parallèle au nôtre, où nous nous rendons dans nos rêves. Mon beau-père portait ses habits de fête. Leur étoffe bleu indigo était noircie par la pluie et le sang. Je me sentais désolé de les voir ainsi gâtés : il en avait été si fier.

Je dépassai les cadavres, je franchis les portes du sanctuaire. La pluie sur mon visage était fraîche. Les hurlements s'interrompirent brusquement.

À l'intérieur, je découvris des hommes que je ne connaissais pas. Ils avaient l'air d'accomplir un rituel lors d'une cérémonie. Des bandeaux ceignaient leurs têtes, ils avaient retiré leurs vestes et leurs bras étaient luisants de sueur et de pluie. Ils poussaient des halètements et des grognements, souriaient de toutes leurs dents blanches, comme si tuer leur avait coûté autant d'effort que de rentrer la moisson de riz.

De l'eau suintait du bassin où l'on se lavait les mains et la bouche pour se purifier en entrant dans le sanctuaire. Plus tôt, quand le monde était encore normal, quelqu'un avait dû faire brûler de l'encens dans le grand chaudron. Un reste de parfum flottait sur la cour, masquant l'âcre odeur du sang et de la mort.

L'homme qu'on avait mis en pièces gisait sur les pavés mouillés. Sur la tête coupée, je parvins à distinguer les traits du visage. C'était Isao, le chef des Invisibles. Sa bouche était encore ouverte, figée dans un ultime rictus de souffrance.

Les assassins avaient empilé avec soin leurs vestes contre un pilier. Je vis distinctement l'emblème de la triple feuille de chêne. C'étaient des hommes du clan des Tohan, venus d'Inuyama, leur capitale. Je me souvins d'un voyageur qui avait fait étape au village, à la fin du septième mois. Il avait passé la nuit dans notre maison et quand ma mère avait dit la prière avant le repas, il avait tenté de la faire taire.

— Ignorez-vous que les Tohan haïssent les Invisibles et projettent de nous attaquer ? Le seigneur Iida a juré de nous exterminer, avait-il chuchoté.

Le lendemain, mes parents étaient allés rapporter ces propos à Isao, mais personne ne les avait crus. Nous étions loin de la capitale, et les luttes d'influence des clans ne nous avaient jamais concernés. Dans notre village, les Invisibles vivaient avec les autres, avaient le même aspect, les mêmes activités qu'eux. Nous ne nous distinguions que par nos prières. Pourquoi aurait-on voulu nous nuire ? Cela paraissait impensable.

Et cela paraissait toujours impensable, alors que je restais figé près du bassin. L'eau s'écoulait goutte à goutte et je voulais en recueillir, essuyer le sang sur le visage d'Isao puis fermer doucement sa bouche — mais j'étais incapable de bouger. Je savais que d'un instant à l'autre les guerriers Tohan allaient se retourner, m'apercevoir et me mettre en pièces. Ils n'auraient ni pitié ni miséricorde. Ils étaient déjà souillés par la mort, puisqu'ils avaient tué un homme à l'intérieur même du sanctuaire.

Avec une acuité extraordinaire, j'entendis au loin les sabots tambourinant d'un cheval au galop. Alors que le bruit se rapprochait, j'éprouvai cette impression de déjà-vu familière aux rêves. Je savais qui j'allais voir apparaître dans l'encadrement des portes du sanctuaire. Je ne l'avais encore jamais vu de ma vie, mais ma mère l'évoquait comme une sorte d'ogre quand elle voulait nous faire peur afin que nous obéissions : « Ne vagabondez pas dans la montagne, ne jouez pas au bord de la rivière, ou Iida vous attrapera ! » Je le reconnus aussitôt. Iida Sadamu, seigneur du clan des Tohan.

Le cheval se cabra en hennissant quand il sentit l'odeur du sang. Iida resta en selle, aussi impassible que s'il était en fer. Une armure noire le couvrait des pieds à la tête, des bois de cerf couronnaient son casque. Il portait une courte barbe noire sous sa bouche cruelle. Ses yeux brillaient, comme ceux d'un homme traquant du gibier.

Ces yeux étincelants rencontrèrent les miens. Je compris d'emblée deux choses : d'abord, que cet homme ne redoutait rien au ciel ou sur la terre ; ensuite, qu'il tuait pour le plaisir de tuer. Maintenant qu'il m'avait vu, tout espoir était perdu.

Il avait son sabre à la main. Je ne fus sauvé que par la réticence de son cheval à s'engager sous le porche. Il piaffa de nouveau, et se cabra. Iida poussa un hurlement. Les hommes qui se trouvaient déjà dans le sanctuaire se retournèrent et se mirent à crier avec l'accent rauque des Tohan quand ils m'aperçurent. Je saisis ce qui restait d'encens, sans sentir ou presque la brûlure à mes mains, et je me précipitai vers les portes. Lorsque le cheval fit un écart dans ma direction, je pressais l'encens contre son flanc. Il se cabra au-dessus de moi et ses sabots énormes effleurèrent mes joues. J'entendis le sifflement du sabre qui s'abattait. J'avais conscience de la présence des guerriers Tohan tout autour de moi. Il paraissait impossible qu'ils puissent me manquer, mais j'avais l'impression de m'être dédoublé. Je voyais le sabre d'Iida me tomber dessus, cependant je restais indemne. Je me précipitai derechef sur le cheval. Il s'ébroua dans sa douleur et se lança dans une série de bonds furieux. Déséquilibré par le coup de sabre qui pour une raison mystérieuse avait manqué sa cible, Iida passa par-dessus l'encolure de son destrier et tomba lourdement sur le sol.

Je fus saisi d'une horreur qui se mêla bientôt de panique. J'avais désarçonné le seigneur des Tohan. Pour expier un tel acte, la torture et la souffrance ne connaîtraient pas de limites. J'aurais dû me jeter à leurs pieds et implorer la mort, mais je compris que je ne voulais pas mourir. Une force bouillonnait dans mon sang et me disait que je ne mourrais pas avant Iida. Il faudrait d'abord que je le voie mort.

Je ne savais rien des guerres opposant les clans, ni de leurs codes rigides et de leurs inimitiés féroces. J'avais passé ma vie entière parmi les Invisibles, auxquels il est interdit de tuer et qui ont pour doctrine de pratiquer le pardon mutuel. Mais en cet instant, la vengeance fit de moi son disciple. Je la reconnus tout de suite et appris aussitôt ses leçons. Elle était exactement ce que je désirais : elle allait me délivrer du sentiment de n'être qu'un mort vivant. En moins de temps qu'il n'en faut pour le dire, je l'accueillis dans mon cœur. Je donnai un coup de pied à l'homme le plus près de moi, et l'atteignis entre les jambes. J'enfonçai mes dents dans une main qui attrapait mon poignet, me dégageai d'entre mes adversaires et courus vers la forêt.

Trois d'entre eux se lancèrent à mes trousses. Ils étaient plus grands que moi et couraient plus vite, mais je connaissais le terrain et la nuit tombait. La pluie se mit elle aussi de la partie, plus violente qu'auparavant, transformant les sentiers escarpés de la montagne en pistes glissantes et traîtresses. Deux de mes poursuivants ne cessaient de brailler en me racontant ce qu'ils auraient grand plaisir à faire de moi et en me couvrant d'injures dont je ne pouvais que deviner le sens. Le troisième au contraire courait en silence, et c'était lui que je redoutais. Les deux autres finiraient peut-être par rebrousser chemin au bout d'un moment, retourneraient à leur liqueur d'orge ou autre breuvage infect dont s'enivraient les Tohan, en prétendant qu'ils avaient perdu ma piste dans la montagne. Mais le troisième ne renoncerait jamais. Il me poursuivrait jusqu'au bout du monde pour me tuer.

Quand le sentier devint plus raide, près de la cascade, les deux braillards se laissèrent un peu distancer, mais leur compagnon allongea le pas comme font les animaux qui montent une pente. Nous passâmes à côté de l'autel, et un oiseau qui picorait du millet s'envola dans un flamboiement d'ailes vert et blanc. Le sentier obliquait légèrement pour contourner le tronc d'un cèdre énorme et, alors que je dépassais l'arbre, les jambes flageolantes et le souffle haletant, quelqu'un surgit de son ombre et me barra le passage.

Je courus droit sur lui. Il poussa un grognement, comme si je lui avais coupé la respiration, mais il m'attrapa au passage. Il regarda mon visage, et je vis ses yeux s'éclairer : comme s'il était surpris, ou me reconnaissait. Quoi qu'il en soit, il resserra sa prise. Cette fois, je ne pouvais plus m'échapper. J'entendis le guerrier Tohan qui s'immobilisait, tandis que les deux autres nous rejoignaient d'un pas lourd.

— Pardonnez-moi, seigneur, dit d'une voix ferme l'homme que je redoutais. Vous avez arrêté le criminel que nous poursuivions. Soyez-en remercié.

L'homme qui me tenait me retourna face à mes poursuivants. J'aurais voulu l'interpeller, le supplier, mais je savais que c'était inutile. Je sentais le tissu soyeux de ses vêtements, la peau douce de ses mains. Lui aussi était assurément une sorte de seigneur, exactement comme Iida. Ils étaient tous taillés sur le même modèle. Il ne ferait rien pour m'aider. Je gardai le silence, repensai aux prières que ma mère m'avait enseignées, songeai fugitivement à l'oiseau.

— Qu'a donc fait ce criminel ? demanda le seigneur.

L'homme qui me faisait face avait un visage allongé, on aurait dit un loup.

— Pardonnez-moi, répéta-t-il d'une voix moins courtoise. Cela ne vous regarde en rien. Cette affaire n'est du ressort que d'Iida Sadamu et du clan des Tohan.

Le seigneur poussa un grognement.

— Vraiment ? Et qui prétendez-vous être pour me dire ce qui me regarde ou non ?

— Contentez-vous de nous remettre ce garçon ! gronda l'homme-loup en renonçant à tout effort de politesse.

Je compris soudain que le seigneur n'allait pas me livrer. D'un geste harmonieux, il me fit passer derrière son dos et desserra sa prise. Puis j'entendis pour la seconde fois de ma vie le sifflement du sabre du guerrier s'animant de sa vie propre. L'homme-loup sortit un couteau. Les deux autres étaient armés de bâtons. Le seigneur leva le sabre des deux mains, fit un pas en direction d'un des bâtons, trancha la tête de l'homme qui le tenait et revint à la hauteur de l'homme-loup dont il coupa le bras droit, au bout duquel la main agrippait encore le couteau.

Ce fut l'affaire d'un instant, mais qui dura une éternité. La scène se déroula dans les dernières lueurs du jour, sous la pluie, mais je n'ai qu'à fermer les yeux pour en revoir les moindres détails.

Le corps décapité s'affala lourdement au milieu d'un flot de sang, la tête roula en bas de la pente. Le guerrier indemne laissa tomber son bâton et s'enfuit en appelant à l'aide. L'homme-loup, à genoux, essayait d'étancher le sang jaillissant du moignon de son bras, sans articuler un mot ni pousser un gémissement.

Le seigneur essuya le sabre et le remit dans le fourreau fixé à sa ceinture.

— Viens, me dit-il.

Je restai là, tremblant, incapable de bouger. Cet homme avait surgi de nulle part. Il venait de tuer, sous mes yeux, pour sauver ma vie. Je me jetai à ses pieds en essayant de trouver des mots pour exprimer ma reconnaissance.

— Lève-toi, dit-il. Le reste de la bande sera à nos trousses dans un instant.

Je parvins à articuler :

— Il faut que je retrouve ma mère.

— Pas maintenant. Tout ce que nous devons faire, c'est filer !

Il me força à me relever et commença à me presser de monter plus haut :

— Que s'est-il passé là-bas ?

— Ils ont incendié le village et tué...

Le souvenir de mon beau-père s'imposa de nouveau à moi et je fus incapable de poursuivre.

— Les Invisibles ?

Je chuchotai :

— Oui.

— C'est la même chose dans toute la province. Iida attise partout la haine à leur égard. J'imagine que tu es des leurs ?

— Oui.

Je grelottais. On était encore en été et la pluie était tiède, cependant je n'avais jamais eu aussi froid de ma vie.

— Mais ce n'était pas uniquement pour ça qu'ils me pourchassaient. J'ai fait tomber sire Iida de son cheval.

À mon grand étonnement, le seigneur éclata de rire.

— Voilà un spectacle qui devait en valoir la peine ! Mais du coup, tu es doublement menacé. Il va devoir laver un tel affront. Enfin, maintenant tu es sous ma protection. Je ne laisserai pas Iida remettre la main sur toi.

— Vous avez sauvé ma vie, dis-je. À partir de ce jour, elle vous appartient.

Pour une raison ou pour une autre, ma remarque le fit rire de nouveau.

— Nous avons une longue marche devant nous, et nos estomacs sont vides et nos vêtements trempés. Il faut que nous ayons franchi la montagne avant que le jour soit levé et qu'ils soient lancés à nos trousses.

Il s'éloigna à grands pas et je courus à sa suite, en faisant de mon mieux pour empêcher mes jambes de trembler et mes dents de claquer. Je ne connaissais même pas son nom, mais je voulais qu'il soit fier de moi et n'ait jamais à regretter de m'avoir sauvé la vie.

— Je suis Otori Shigeru, dit-il quand nous commençâmes l'ascension du col. Du clan des Otori, de Hagi. Mais je ne voyage pas sous ce nom, de sorte que tu ne dois pas t'en servir non plus.

À mes yeux, Hagi était aussi lointain que la lune, et même si j'avais entendu parler des Otori je ne savais rien d'eux, sinon qu'ils avaient été battus dix ans plus tôt par les Tohan, lors d'une grande bataille dans la plaine de Yaegahara.

— Comment t'appelles-tu, mon garçon ?

— Tomasu.

— C'est un nom typique des Invisibles. Il vaut mieux que tu t'en débarrasses.

Il resta un instant silencieux puis reprit d'une voix brève, dans l'obscurité :

— Tu pourras prendre le nom de Takeo.

Et c'est ainsi qu'entre la cascade et le sommet de la montagne je perdis mon nom, reçus une nouvelle identité et unis mon destin au clan des Otori.

*

L'aube nous trouva, glacés et affamés, dans le village de Hinode, célèbre pour ses sources thermales. J'étais d'ores et déjà plus loin de mon foyer que jamais auparavant dans ma vie. Tout ce que je savais de Hinode était ce qu'affirmaient les garçons de mon village, à savoir que les hommes y étaient voleurs et les femmes aussi chaudes que les sources et prêtes à coucher avec vous pour le prix d'une coupe de vin. Je n'eus pas l'occasion de vérifier aucun de ces deux points. Personne n'aurait osé voler le seigneur Otori, et je ne vis en fait de femme que l'épouse de l'aubergiste qui nous servit nos repas.

J'avais honte de mon aspect, engoncé dans les vieux vêtements si souvent rapiécés par ma mère qu'il était impossible d'en discerner la couleur originelle, dégoûtant de crasse et de sang. Je n'arrivais pas à croire que le seigneur puisse vouloir que je dorme comme lui à l'auberge. Je pensais que je logerais dans les écuries. Mais lui semblait tenir à me garder autant que possible sous les yeux. Il dit à la femme de laver mes habits et m'envoya faire un brin de toilette aux sources. Quand je revins, à moitié endormi sous l'effet de l'eau brûlante après cette nuit sans sommeil, le repas du matin était servi dans la chambre et le seigneur était déjà en train de manger. Il m'invita d'un geste à me joindre à lui. Je m'agenouillai sur le parquet et récitai les prières que nous avions coutume de dire avant le premier repas du jour.

— Ne fais pas ça, dit sire Otori en mâchant une bouchée de riz et de légumes marinés. Ne le fais même pas quand tu es seul. Si tu veux vivre, il faut que tu oublies cette part de ton existence. La page est tournée. Pour toujours.

Il avala sa bouchée et se servit de nouveau.

— Il ne vaut pas la peine de mourir pour ça.

J'imagine qu'un vrai croyant aurait persisté à dire ses prières envers et contre tout. Je me demandais si c'était ce qu'auraient fait les morts de mon village. Je revis l'expression à la fois hébétée et stupéfaite de leurs yeux. J'interrompis mes prières. Je ne me sentais plus aucun appétit.

— Mange, dit le seigneur non sans gentillesse. Je n'ai pas envie de devoir te porter sur mon dos jusqu'à Hagi.

Je me forçai à manger quelques bouchées, pour qu'il ne me méprise pas. Après quoi il m'envoya dire à la femme d'installer les lits. Donner des ordres à cette femme me mettait mal à l'aise, non seulement parce que je pensais qu'elle se moquerait de moi et me demanderait si j'avais perdu l'usage de mes mains, mais aussi du fait de ce qui arrivait à ma voix. Je la sentais se tarir peu à peu tandis que je parlais, comme si les mots étaient trop fragiles pour soutenir le poids de ce que j'avais vu. Dès qu'elle eut compris ce que je voulais, cependant, elle s'inclina presque aussi bas que devant sire Otori et se hâta d'obéir.

Le seigneur se coucha et ferma les yeux. Il sembla s'endormir sur-le-champ.

J'aurais cru que j'allais moi aussi sombrer aussitôt dans le sommeil, mais mon esprit continua de vagabonder tant j'étais choqué et épuisé. Ma main brûlée me tourmentait et j'entendais avec une acuité inhabituelle, presque effrayante, tous les bruits à la ronde — chaque mot prononcé dans les cuisines, chaque rumeur de la ville. Je ne cessais de repenser à ma mère et aux petites filles. Je me disais qu'objectivement je ne les avais pas vues mortes. Elles avaient dû s'enfuir, oui, elles devaient être saines et sauves. Tout le monde aimait ma mère, dans notre village. Elle n'était pas du genre à avoir choisi la mort. Même si elle était née parmi les Invisibles, elle n'avait rien d'une fanatique. Elle faisait brûler de l'encens dans le sanctuaire et apportait des offrandes au dieu de la Montagne. Assurément elle n'était pas morte, ma mère au large visage, aux mains rêches et à la peau couleur de miel, elle ne gisait pas quelque part sous le ciel, ses yeux perçants devenus vides, n'exprimant plus qu'une surprise hébétée, avec ses filles à quelques pas d'elle !

Mes propres yeux n'étaient pas vides, mais débordaient honteusement de larmes. J'enfouis mon visage dans le matelas et m'efforçai de réprimer mes sanglots. Mais je ne pouvais maîtriser mes épaules tressautantes, mon souffle suffoqué par les larmes. Au bout de quelques instants, je sentis une main sur mon épaule et j'entendis la voix tranquille de sire Otori :

— La mort vient sans prévenir et la vie est fragile et éphémère. Personne ne peut rien y changer, que ce soit par des prières ou des formules magiques. Les enfants pleurent face à cette réalité, mais les hommes et les femmes ne pleurent pas. Ils doivent endurer ce qui advient.

Sa voix se brisa sur ces derniers mots. Le seigneur Otori était autant que moi accablé de chagrin. Son visage était crispé, mais des larmes s'échappaient encore de ses yeux. Je savais qui je pleurais moi-même, mais je n'osai pas lui poser de question.

*

Je dus finalement m'endormir, car je rêvais que j'étais à la maison en train de manger mon souper dans un bol qui m'était aussi familier que mes propres mains. Il y avait un crabe noir dans la soupe, et il bondit hors du bol et s'enfuit dans la forêt. Je me lançai à sa poursuite, mais au bout d'un moment je m'aperçus que je ne savais plus où j'étais. J'essayai de crier : « Je suis perdu ! », mais le crabe m'avait volé ma voix.

À mon réveil, sire Otori était en train de me secouer.

— Lève-toi !

J'entendis que la pluie avait cessé de tomber. D'après la lumière, je compris qu'il devait être midi. La chambre fermée paraissait étouffante, l'atmosphère était lourde et calme. La natte de paille exhalait une odeur légèrement acide.

— Je n'ai pas envie d'avoir à mes trousses Iida et cent guerriers simplement parce qu'un gamin l'a fait tomber de cheval, grogna sire Otori avec bonne humeur. Nous n'avons pas intérêt à traîner.

Je ne dis pas un mot. J'aperçus sur le sol mes vêtements lavés et séchés, et je m'habillai en silence.

— Je me demande où tu as trouvé l'audace de tenir tête à Sadamu alors que tu as trop peur de moi pour m'adresser la parole...

Je n'avais pas vraiment peur de lui, j'étais plutôt comme pétrifié de respect. C'était comme si un ange de Dieu, un esprit de la forêt ou un héros de l'Antiquité avait surgi devant moi pour me prendre sous sa protection. J'aurais été incapable de dire alors à quoi il ressemblait, car je n'osais pas le regarder en face. Quand je risquais un œil dans sa direction, son visage au repos m'apparaissait empreint de sérénité — pas précisément sévère, mais impassible. J'ignorais à l'époque combien son sourire le métamorphosait. Il avait une trentaine d'années, peut-être un peu moins, sa taille était nettement au-dessus de la moyenne et il était large d'épaules. La peau de ses mains était claire, presque blanche, et leur forme était harmonieuse, avec de longs doigts nerveux qui semblaient faits pour s'enrouler tout naturellement autour de la poignée du sabre.

C'est ainsi que je les voyais maintenant se saisir de l'arme gisant sur le matelas et la soulever avec aisance. À cette vue, je frémis en songeant à tous les hommes dont cette lame avait dû connaître l'intimité de chair et de sang, entendre les derniers cris. Cette pensée me terrifiait et me fascinait à la fois.

— Voici Jato, dit sire Otori quand il remarqua mon regard.

Il caressa en riant le fourreau noir élimé.

— Il est en costume de voyage, comme moi. À la maison, nous sommes tous deux vêtus avec davantage d'élégance !

« Jato», répétai-je en sourdine. Le sabre-serpent qui avait sauvé ma vie en s'animant de sa propre vie.

Nous quittâmes l'auberge et, laissant derrière nous Hinode et ses sources aux relents de soufre, nous entreprîmes l'ascension d'une autre montagne. Les rizières cédèrent la place à des bois de bambous, semblables à ceux qui entouraient mon village. Ils furent suivis de châtaigniers, d'érables et de cèdres. La forêt fumait sous le soleil brûlant, quoiqu'elle fût si dense que seuls quelques rayons de jour perçaient jusqu'à nous. À deux reprises, des serpents croisèrent notre chemin : une petite vipère noire et un autre plus gros, aux écailles couleur de thé. Il parut s'enrouler comme un anneau et disparut d'un bond dans le sous-bois, comme s'il avait su que Jato était capable de lui trancher la tête. Les cigales faisaient retentir leur chant strident et le min-min gémissait d'une voix monotone qui donnait mal à la tête.

Malgré la chaleur, nous avancions à vive allure. Par moments j'étais distancé par sire Otori et je gravissais péniblement le sentier comme si j'avais été absolument seul, guidé par le seul bruit de ses pas. Je le rejoignais au sommet du col, et laissais errer mon regard sur les montagnes derrière lesquelles s'étendaient encore d'autres chaînes escarpées, et partout la forêt impénétrable.

Il semblait s'orienter parfaitement dans cette contrée sauvage. Nous marchâmes pendant de longues journées, en ne nous accordant que de brefs sommeils la nuit, parfois dans une ferme isolée, parfois dans un refuge abandonné. En dehors des maisons où nous fîmes halte, nous ne rencontrâmes que peu de gens sur cette route solitaire : un bûcheron, deux petites filles qui ramassaient des champignons et s'enfuirent à notre vue, un moine se rendant dans un temple lointain. Au bout de quelques jours, nous franchîmes l'épine dorsale du pays. Nous avions encore des pentes abruptes à gravir, mais nous descendions plus souvent. La mer apparut. Ce ne fut d'abord qu'une lueur éloignée, puis une large étendue soyeuse d'où des îles s'élevaient comme les sommets de montagnes englouties. Je n'avais encore jamais vu la mer, et ne pouvais en détacher mon regard. Par moments, elle ressemblait à une haute muraille sur le point de s'écrouler sur la terre ferme.

Ma brûlure guérissait lentement, une cicatrice argentée serpentait désormais dans la paume de ma main droite.

Les villages étaient de plus en plus importants, et nous finîmes par faire halte une nuit dans ce qu'il fallait bien appeler une ville. Elle était située sur la route escarpée reliant Inuyama à la côte, et abritait un grand nombre d'auberges et de tavernes. Nous étions encore en territoire Tohan et la triple feuille de chêne était omniprésente, ce qui me faisait redouter de sortir dans les rues. J'avais pourtant l'impression que les gens de l'auberge savaient plus ou moins qui était sire Otori. Le respect dont il était toujours entouré se teintait ici d'une nuance plus profonde, d'une loyauté ancienne, peut-être, qui devait rester secrète. Ils me traitaient avec affection, malgré mon mutisme. Cela faisait des jours que je ne parlais plus, même avec sire Otori. Il n'en paraissait guère troublé. Lui-même était un homme taciturne, plongé dans ses pensées. Il m'arrivait pourtant de le regarder furtivement, et je découvrais alors qu'il m'observait avec sur le visage une expression qui ressemblait à de la pitié. Il semblait sur le point de parler, puis se ravisait en marmonnant :

— Qu'importe, qu'importe, on ne peut rien changer à ce qui est.

Les serviteurs avaient la langue bien pendue, et j'aimais bien les écouter. Ils s'intéressaient de près à une voyageuse arrivée la veille et qui passait encore une nuit à l'auberge. Elle se rendait seule à Inuyama, afin apparemment de rencontrer sire Iida en personne. Elle avait avec elle des serviteurs, naturellement, mais pas trace d'époux, de frère ni de père. Elle était très belle malgré son âge avancé — au moins trente ans —, très charmante, gentille, aimable avec tout le monde mais... elle voyageait seule. Quel mystère palpitant ! La cuisinière prétendait savoir qu'elle était veuve depuis peu et voulait rejoindre son fils dans la capitale, mais la femme de chambre déclara que c'était un tissu d'absurdités et que la dame mystérieuse n'avait jamais eu d'enfant ni été mariée. Le garçon d'écurie, qui était en train d'engloutir son souper, annonça sur ces entrefaites qu'il avait entendu les porteurs du palanquin raconter qu'elle avait eu deux enfants, un garçon mort en bas âge et une fille qui était retenue en otage à Inuyama.

Les servantes poussèrent force soupirs et murmurèrent que même la fortune et une haute naissance ne vous mettaient pas à couvert des coups du destin.

Le garçon d'écurie reprit :

— Au moins, la fille a la vie sauve, car elles sont Maruyama. Dans cette famille, ce sont les femmes qui héritent.

À cette nouvelle, chacun manifesta sa surprise et sa compréhension, et la curiosité fut encore plus vive pour cette dame qui était la vraie maîtresse de son domaine, le seul se transmettant de mère en fille, et non de père en fils.

— Pas étonnant qu'elle ose voyager seule, observa la cuisinière.

Fort de son succès, le garçon d'écurie enchaîna :

— Mais cette situation déplaît à sire Iida. Il cherche à se rendre maître du territoire de dame Maruyama, par la force ou bien, dit-on, par le biais d'un mariage.

La cuisinière lui pinça l'oreille.

— Tu ferais mieux de tenir ta langue ! On ne sait jamais qui peut écouter.

— Nous étions Otori, dans le temps, et nous le redeviendrons, marmonna le garçon.

La femme de chambre m'aperçut dans l'encadrement de la porte et me fit signe d'entrer.

— Quelle est votre destination ? Vous devez avoir fait un long voyage !

Je secouai la tête en souriant. Une des servantes, qui sortait pour se rendre dans les chambres des hôtes, me caressa le bras au passage et dit :

— Il ne parle pas. Dommage, n'est-ce pas ?

— Que vous est-il arrivé ? s'enquit la cuisinière. Quelqu'un vous a fait avaler de la poussière, comme le chien aïnou ?

Ils étaient en train de me taquiner sans méchanceté quand la servante revint, suivie d'un homme qui me parut appartenir à l'escorte de dame Maruyama, à en juger par sa veste arborant l'emblème de la montagne enfermée dans un cercle. À mon grand étonnement, il m'adressa la parole d'un ton respectueux :

— Ma maîtresse souhaite vous parler.

Je n'étais pas certain de devoir le suivre, mais son visage était honnête et j'étais curieux de voir de mes propres yeux la dame mystérieuse. Je l'accompagnai dans le couloir et nous traversâmes la cour. Il pénétra dans la véranda et s'agenouilla devant la porte de la chambre. Il prononça quelques mots, se tourna vers moi et me fit signe d'entrer.

Je lançai un bref coup d'œil sur la femme avant de tomber à genoux et d'incliner ma tête jusqu'à terre. J'étais certain d'être en présence d'une princesse. Sa chevelure balayait le sol comme une longue vague de soie noire. Sa peau était aussi blanche que la neige. Elle portait un ensemble de robes dont les nuances crème, ivoire et gorge-de-pigeon étaient savamment dégradées et qui s'ornaient de pivoines brodées roses et rouges. Il émanait d'elle une sérénité qui me fit d'abord penser aux profonds lacs de montagne puis, soudain, à l'acier trempé de Jato, le sabre-serpent.

— On me dit que vous êtes muet, dit-elle d'une voix semblable à une eau claire et tranquille.

Je sentis qu'elle me regardait avec compassion, et je rougis jusqu'au front.

— À moi, vous pouvez parler, continua-t-elle. Elle se pencha pour saisir ma main et dessina du bout des doigts dans ma paume le signe des Invisibles. Son geste me fit tressaillir, comme sous la brûlure d'une ortie, et je ne pus m'empêcher de retirer ma main.

— Dites-moi ce que vous avez vu, dit-elle d'une voix toujours aussi douce, mais insistante. Comme je ne répondais rien, elle chuchota :

— C'était Iida Sadamu, n'est-ce pas ?

Presque malgré moi, je levai les yeux sur elle. Elle souriait, mais sans joie.

— Et vous faites partie des Invisibles, ajouta-t-elle.

Sire Otori m'avait dit de prendre garde à ne pas me trahir. Je pensais avoir définitivement enterré mon ancienne identité en perdant mon nom, Tomasu. Mais face à cette femme, j'étais désemparé. J'allais acquiescer de la tête quand j'entendis sire Otori qui traversait la cour. Je me rendis compte que je le reconnaissais à son pas, et je remarquai également qu'il était suivi par une femme ainsi que par l'homme qui m'avait parlé. C'est alors que je compris qu'en prêtant l'oreille je pouvais entendre tout ce qui se passait à la ronde dans l'auberge. J'entendis le garçon d'écurie se lever et quitter la cuisine. Je surpris les commérages des servantes, et j'étais capable de distinguer chaque voix. Depuis que j'avais arrêté de parler mon ouïe n'avait cessé de s'affiner, et cette acuité auditive me submergeait maintenant d'un déluge de sons. C'était à la limite du supportable, comme un violent accès de fièvre. Je me demandai si dame Maruyama était une magicienne qui m'avait ensorcelé. Je n'osais pas lui mentir, mais j'étais incapable de parler.

Je fus sauvé par l'entrée de la femme. Elle s'agenouilla devant dame Maruyama et dit d'une voix tranquille :

— Sa Seigneurie cherche le garçon.

— Demandez-lui d'entrer, répliqua la dame. Et auriez-vous la bonté d'apporter le nécessaire pour le thé, Sachie ?

Sire Otori pénétra dans la chambre et échangea avec dame Maruyama une série d'inclinations respectueuses. Leurs propos courtois étaient ceux d'étrangers et elle n'employait pas son nom, cependant j'eus l'impression qu'ils se connaissaient bien. Il régnait entre eux une tension que je compris plus tard mais qui pour le moment me mettait plus mal à l'aise que jamais.

— Les servantes m'ont parlé du garçon qui voyage avec vous, dit-elle. J'ai voulu le voir de mes propres yeux.

— Oui, je l'emmène à Hagi. C'est le seul survivant d'un massacre. Je n'avais pas envie de le laisser aux mains de Sadamu.

Il ne semblait pas disposé à en dire plus, mais ajouta cependant au bout d'un instant :

— Je lui ai donné le nom de Takeo.

À ces mots, elle eut un sourire — un vrai sourire.

— J'en suis heureuse. Il y a quelque chose dans son aspect...

— Vous trouvez ? C'est aussi ce que j'ai pensé.

Sachie revint avec un plateau, une bouilloire et un bol. Je les vis clairement quand elle les disposa sur la natte, au même niveau que mes yeux. Le vernis du bol gardait en lui le vert de la forêt et le bleu du ciel.

— Vous viendrez un jour à Maruyama, dans le pavillon du thé de ma grand-mère, dit la dame. Là, nous pourrons accomplir la cérémonie selon les règles. Mais pour l'instant, nous allons devoir nous contenter de ce que nous avons.

Elle versa l'eau bouillante dans le bol, d'où s'échappa un parfum doux-amer.

— Asseyez-vous, Takeo, dit-elle.

Elle entreprit de battre le thé de façon à obtenir une mousse verte. Puis elle passa le bol à sire Otori. Il le prit des deux mains, le fit tourner trois fois, but son contenu, essuya le bord avec son pouce et tendit le bol à la dame. Elle le remplit de nouveau et me le passa. Je m'efforçai de faire les mêmes gestes que le seigneur, portai le bol à mes lèvres et bus le breuvage mousseux. Il avait un goût amer, mais il dégageait la tête. Je me sentis un peu remis d'aplomb. Nous n'avions rien d'équivalent à Mino : notre thé était confectionné avec des brindilles et des herbes de la montagne.

J'essuyai l'endroit où j'avais bu et tendis le bol à dame Maruyama en m'inclinant gauchement. J'avais peur que sire Otori ne remarque ma maladresse et n'ait honte de moi, mais quand je le regardai je vis que ses yeux étaient fixés sur la dame.

Elle but à son tour. Nous restâmes assis en silence. La pièce semblait comme imprégnée par le sentiment de quelque chose de sacré, comme si nous venions de prendre part au repas rituel des Invisibles. Je fus soudain envahi par la nostalgie de mon foyer, de ma famille, de mon ancienne vie mais, même si mes yeux étaient brûlants, je ne me laissai pas aller à pleurer. Il fallait que j'apprenne à endurer.

Sur la paume de ma main, je sentais encore la trace des doigts de dame Maruyama.

*

L'auberge était beaucoup plus grande et luxueuse que n'importe quel autre endroit où nous avions fait halte au cours de notre voyage précipité à travers les montagnes, et les mets qui nous furent servis ce soir-là au souper ne ressemblaient à rien de ce que j'avais goûté auparavant. Nous eûmes de l'anguille dans une sauce épicée, un délicieux poisson des rivières du pays, plusieurs services d'un riz plus blanc qu'on n'aurait pu l'imaginer à Mino où nous nous estimions heureux si nous mangions du riz trois fois en un an. Pour la première fois de ma vie, je bus du vin de riz. Sire Otori était très gai — « sur un nuage », comme aurait dit ma mère —, son silence et son chagrin avaient disparu comme par magie. Moi aussi, je succombai à l'enchantement joyeux du vin.

Quand nous eûmes fini de souper, il me dit d'aller me coucher pendant qu'il ferait un tour dehors afin de s'éclaircir les idées. Les servantes vinrent préparer la chambre. Je m'allongeai et écoutai les rumeurs de la nuit. Sous l'effet de l'anguille ou du vin, je me sentais nerveux et mon ouïe était exacerbée à l'excès. Le moindre bruit dans le lointain me réveillait en sursaut. J'entendais les chiens de la ville aboyer de temps en temps, les autres se joignant au premier qui commençait. Au bout d'un moment, il me sembla distinguer la voix de chaque membre du chœur. Je songeai aux chiens et à leur façon d'agiter leurs oreilles en dormant, tout en ne laissant que certains bruits les déranger. Il me faudrait apprendre à devenir comme eux, ou renoncer à tout jamais au sommeil.

Quand j'entendis les cloches du temple sonner à minuit, je me levai pour aller aux cabinets. Mon urine me parut faire autant de bruit qu'une chute d'eau. Je me lavai les mains au bassin de la cour et restai un instant à écouter, aux aguets.

C'était une nuit tiède et paisible, en route vers la pleine lune du huitième mois. L'auberge était silencieuse : tout le monde était couché et dormait. Des grenouilles coassaient au bord du fleuve et dans les rizières, et j'entendis à une ou deux reprises le hululement d'un hibou. Alors que je rentrais doucement dans la véranda, j'entendis la voix de sire Otori. Je crus un instant qu'il était retourné dans la chambre et me parlait, mais une voix de femme lui répondit. C'était dame Maruyama.

Je savais que je n'aurais pas dû écouter. Ils chuchotaient, de sorte que personne d'autre que moi n'aurait pu surprendre leur conversation. Je rentrai dans la chambre, refermai la porte et m'étendis sur la natte, décidé à m'endormir. Mais je ne pouvais refuser à mes oreilles la satisfaction de leur irrépressible besoin de sons, et chaque mot leur parvenait distinctement.

Ils parlaient de leur amour l'un pour l'autre, de leurs rares rencontres, de leurs projets d'avenir. Leurs propos étaient souvent si concis et circonspects que je ne parvins pas à les comprendre sur le moment. J'appris que dame Maruyama se rendait à la capitale pour voir sa fille et qu'elle craignait qu'Iida n'insiste de nouveau pour l'épouser. La femme du seigneur était souffrante et l'on s'attendait à sa disparition prochaine. Elle ne lui avait donné qu'un fils, lui aussi d'un tempérament maladif, qui était une source de déception pour son père.

— Vous n'épouserez personne d'autre que moi, murmura sire Otori.

Et elle répliqua :

— C'est là mon seul désir, vous le savez.

Puis il lui jura qu'il n'aurait jamais d'épouse ni de maîtresse si ce n'était elle, et il évoqua une sorte de plan de guerre qu'il avait élaboré, mais sans s'expliquer davantage. J'entendis mon nom, et je compris que je devais avoir un rôle à jouer dans ce plan. Je me rendis compte qu'il existait une inimitié de longue date entre lui et Iida, remontant à l'époque de la bataille de Yaegahara.

— Nous mourrons le même jour, dit-il, je ne pourrais vivre dans un monde où vous n'existeriez pas.

Puis leurs chuchotements firent place à d'autres sons : la rumeur de l'amour entre un homme et une femme. Je me bouchai les oreilles. Je savais ce qu'était le désir, j'avais satisfait le mien avec d'autres garçons de mon village ou des filles du bordel, mais j'ignorais tout de l'amour. Quoi que j'entendisse, je me jurai de ne jamais en parler. Je garderais sur ces secrets le même silence inviolable qui protégeait ceux des Invisibles. J'étais heureux de ne pas avoir de voix.

Je ne revis pas la dame. Nous partîmes tôt le lendemain, une heure ou deux après le lever du soleil. Il faisait déjà chaud, des moines aspergeaient d'eau les cloîtres du temple et l'air sentait la poussière. Avant notre départ, les servantes de l'auberge nous avaient apporté du thé, du riz et de la soupe. L'une d'elles étouffa un bâillement en posant les plats devant moi, et s'excusa en riant. C'était la fille qui m'avait caressé le bras en passant près de moi, la veille, et quand nous nous en allâmes elle sortit et me cria :

— Bonne chance, jeune seigneur ! Bon voyage ! Ne nous oubliez pas !

J'aurais bien voulu rester une nuit de plus. Cela fit rire sire Otori, qui se mit à me taquiner en déclarant qu'il devrait me protéger des entreprises féminines, à Hagi. Il ne devait guère avoir fermé l'œil la nuit précédente, mais sa gaieté n'était nullement retombée. Il marchait sur la grand-route d'un pas plus énergique que d'ordinaire. Je pensais que nous prendrions la route de Yamagata, au lieu de quoi nous traversâmes la ville en suivant un fleuve plus étroit que celui qui longeait la grand-route. À un endroit où ses eaux rapides resserraient leur cours entre des blocs de pierre, nous passâmes sur l'autre rive et entreprîmes une nouvelle fois de gravir une montagne.

Nous avions emporté des provisions de l'auberge en vue de notre journée de marche, car une fois dépassés les petits villages bordant le fleuve nous ne devions plus rencontrer personne. C'était un sentier étroit et solitaire, et dont l'ascension était rude. Parvenus au sommet, nous fîmes halte pour nous restaurer. L'après-midi tirait à sa fin, et le soleil projetait des ombres obliques sur la plaine s'étendant à nos pieds. Plus loin, vers l'est, des chaînes de montagnes se succédant à perte de vue se teintaient de bleu indigo et de gris acier.

— C'est là-bas que se trouve la capitale, dit sire Otori en suivant mon regard.

Je crus qu'il parlait d'Inuyama et me sentis déconcerté.

Voyant mon trouble, il reprit :

— Non, je veux dire la vraie capitale, celle du pays tout entier, la résidence de l'empereur. De l'autre côté de ces montagnes. Inuyama est situé au sud-est.

Il désigna du doigt la direction d'où nous venions.

— C'est parce que nous sommes si loin de la capitale et l'empereur si faible que des seigneurs de guerre comme Iida peuvent agir à leur guise.

Son humeur s'assombrit de nouveau.

— Et voici à nos pieds le théâtre de la pire défaite jamais subie par les Otori, au cours de laquelle mon père trouva la mort, voici Yaegahara. Les Otori furent trahis par les Noguchi, qui changèrent de camp pour s'allier à Iida. Plus de dix mille hommes ont péri.

Il me regarda et ajouta :

— Je sais ce qu'on ressent à voir ceux qu'on aime le plus se faire massacrer. Je n'étais pas tellement plus vieux que tu l'es aujourd'hui.

Je contemplai la plaine déserte. Je n'arrivais pas à imaginer à quoi pouvait ressembler une bataille. Je pensai au sang de dix mille hommes imbibant la terre de Yaegahara. Dans la brume de chaleur humide, le soleil se teintait de rouge, comme s'il avait aspiré ces flots sanglants. Des milans tournoyaient au-dessus de nos têtes, remplissant l'air de leurs cris lugubres.

— Je ne veux pas aller à Yamagata, dit sire Otori alors que nous commencions à descendre le sentier. Je suis trop connu là-bas, et puis il y a d'autres raisons que je te dirai un jour. Pour l'heure, cela signifie que nous allons devoir dormir à la belle étoile cette nuit. Nous devrons nous contenter de l'herbe en guise d'oreiller, car il n'y a aucune ville assez proche pour y faire halte. Nous traverserons la frontière du fief en empruntant un itinéraire secret que je connais, après quoi nous serons en territoire Otori, à l'abri des sbires de Sadamu.

Je n'avais pas envie de passer la nuit sur la plaine solitaire. Je tremblais à l'idée des dix mille fantômes, et des ogres et des lutins demeurant dans la forêt qui nous cernait. Le murmure d'un torrent me paraissait la voix de l'esprit des eaux, et chaque fois qu'un renard glapissait ou qu'un hibou hululait je m'éveillais, le cœur battant. À un moment, la terre elle-même se mit à trembler légèrement, faisant bruire les arbres et rouler des pierres dans le lointain. Je croyais entendre les voix des morts crier vengeance et je m'efforçai de prier, mais je ne sentis qu'un vide immense. Le dieu secret que vénèrent les Invisibles s'était évanoui en même temps que ma famille. Loin des miens, je n'avais aucun contact avec lui.

À côté de moi, sire Otori dormait aussi paisiblement que s'il était dans sa chambre d'auberge. Cependant je savais qu'il était conscient autant que moi, et même davantage, des exigences des morts. Je songeais avec agitation au monde où j'allais faire mon entrée — un monde dont j'ignorais tout, celui des clans régis par des règles sévères et des codes impitoyables. J'y pénétrais par le simple caprice de ce seigneur dont le sabre avait décapité un homme sous mes yeux et dont j'étais pour ainsi dire la propriété. Je frissonnai dans l'air moite de la nuit

Nous nous levâmes avant l'aube et le ciel devenait gris quand nous franchîmes la rivière qui marquait la frontière du domaine des Otori.

Après Yaegahara, les Otori, jadis maîtres de la totalité du pays du Milieu, avaient été repoussés par les Tohan dans un territoire exigu entre la dernière chaîne de montagnes et la mer septentrionale. Sur la grand-route, la barrière était gardée par les hommes d'Iida, mais cette contrée sauvage et isolée offrait de nombreux points où il était possible de passer clandestinement la frontière, sans compter que la plupart des paysans et des fermiers se considéraient toujours comme Otori et ne portaient pas les Tohan dans leur cœur. Sire Otori me raconta tous ces détails tandis que nous marchions, avec la mer désormais toujours sur notre droite. Il me parla aussi de la campagne en me faisant remarquer les diverses techniques d'exploitation, les levées édifiées pour l'irrigation, les filets tissés par les pêcheurs et la façon dont ces derniers extrayaient le sel de la mer. Tout l'intéressait, et il avait des connaissances sur tout. Insensiblement, le chemin se transforma en route et devint de plus en plus fréquenté. Nous croisions maintenant des fermiers se rendant au marché du village voisin, chargés d'ignames et de légumes verts, d'œufs et de champignons séchés, de racines de lotus et de bambou. Nous nous arrêtâmes au marché pour acheter de nouvelles sandales de paille, car les nôtres tombaient en lambeaux.

Quand nous arrivâmes à l'auberge, ce soir-là, tout le monde reconnut sire Otori. Les gens sortirent en courant pour le saluer avec des cris de joie et se jetèrent à plat ventre devant lui. On lui réserva les meilleures chambres, et le souper fut une succession de plats délicieux. J'avais l'impression que le seigneur se métamorphosait sous mes yeux. Bien sûr, je savais qu'il était de grande naissance, qu'il appartenait à la classe des guerriers, mais je n'avais pas de notion précise sur la place qu'il occupait dans la hiérarchie du clan. Cette fois, je commençais à réaliser qu'elle devait être élevée. Ma timidité s'accrut encore en sa présence. Je sentais que chacun m'épiait du coin de l'œil en se demandant ce que je fabriquais là, avec une forte envie de me jeter dehors à coups de taloches.

Le lendemain matin, il arborait des vêtements accordés à sa position. Des chevaux nous attendaient, ainsi que quatre ou cinq serviteurs. Ils échangèrent des sourires ironiques quand ils découvrirent que je ne connaissais rien aux chevaux. Quand sire Otori ordonna à l'un d'eux de me prendre derrière lui sur sa monture, ils se montrèrent surpris quoique évidemment aucun n'osât faire la moindre remarque. Pendant le voyage, ils essayèrent de me parler, me demandèrent d'où je venais et comment je m'appelais, mais en constatant que j'étais muet ils décidèrent que je devais également être sourd et idiot. Ils entreprirent de s'adresser à moi en prononçant très fort des mots simples et en recourant au langage des gestes.

Je n'étais pas enchanté à l'idée de me faire ballotter sur le dos d'un cheval. Le seul que j'eusse jamais approché d'un peu près était celui d'Iida, et je pensais que tous les chevaux me garderaient rancune de la souffrance que je lui avais infligée. De plus, je ne cessais de me demander quel sort m'attendait à Hagi. Je supposais que j'y ferais office de domestique, dans le jardin ou aux écuries. Mais il s'avéra que sire Otori nourrissait d'autres projets à mon égard.

Trois jours après la nuit que nous avions passée en bordure de la plaine de Yaegahara, nous arrivâmes dans l'après-midi à Hagi, la résidence fortifiée des Otori. Elle était bâtie sur une île prise entre deux fleuves et la mer. La cité était reliée à une langue de terre par le pont de pierre le plus long que j'eusse jamais vu. Il avait quatre arches à travers lesquelles se précipitait la marée descendante, et des parois de pierres parfaitement ajustées. Il me sembla qu'il n'avait pu être édifié sans l'aide de quelque sorcellerie, et je ne pus m'empêcher de fermer les yeux quand les chevaux s'y engagèrent. Les eaux du fleuve grondaient avec un bruit de tonnerre à mes oreilles, mais j'entendais encore une autre rumeur par-dessous, comme une mélopée funèbre qui me faisait frissonner.

Arrivé au milieu du pont, sire Otori m'appela. Je me laissai glisser du haut de ma monture et courus le rejoindre. Une grosse pierre avait été encastrée dans le parapet. Des caractères y étaient gravés.

— Sais-tu lire, Takeo ?

Je fis non de la tête.

— Tant pis pour toi. Il va falloir que tu apprennes !

Il éclata de rire.

— Et je crains que ton maître ne te fasse souffrir ! Tu vas regretter d'avoir quitté ta vie sauvage au milieu des montagnes.

Il me lut tout haut l'inscription :

— Le clan des Otori souhaite la bienvenue aux hommes justes et loyaux. Quant aux injustes et aux déloyaux, qu'ils prennent garde.

L'emblème du héron était dessiné sous les caractères.

Je marchai à côté de son cheval jusqu'au bout du pont.

— On a enterré le maçon sous la pierre, ajouta le seigneur d'un ton désinvolte. De cette façon, on était sûr qu'il ne bâtirait jamais un pont rivalisant avec celui-ci, et qu'il veillerait sur son œuvre pour l'éternité. La nuit, on peut entendre son fantôme qui parle au fleuve.

Pas seulement la nuit. Je frissonnai à la pensée du triste fantôme prisonnier de son chef-d'œuvre, mais quand nous entrâmes dans la cité la rumeur des vivants étouffa la voix des morts.

Hagi était la première capitale où je mettais les pieds, et elle me fit l'effet d'un chaos immense et ahurissant. Ma tête éclatait sous l'afflux des sons les plus divers : cris des marchands ambulants, claquements des métiers à tisser dans les maisons étroites, coups violents des maçons, grincements agressifs des scies, et tant d'autres bruits que je n'avais jamais entendus auparavant et étais incapable d'identifier. Une rue entière était occupée par des potiers, et l'odeur d'argile et de chaux vint frapper mes narines. Je n'avais encore jamais entendu la rumeur d'un tour de potier, ni le mugissement de son four. Et sous cette profusion de bruits, les bavardages, les cris, les jurons et les rires des humains se frayaient leur chemin aussi bien que, sous la variété des odeurs, s'imposait, omniprésente, la puanteur de leurs ordures.

Au-dessus des maisons, le château dressait sa masse imposante qui tournait le dos à la mer. Je crus un moment que nous nous dirigions vers lui et j'en eus le cœur serré, tant son aspect sinistre me semblait de mauvais augure. Mais nous obliquâmes vers l'est, en suivant le fleuve Nishigawa jusqu'à l'endroit où il rejoignait le Higashigawa. Sur notre gauche s'étendait un quartier sillonné de rues et de canaux sinueux, où des murs couronnés de tuiles entouraient de vastes maisons qu'on ne pouvait qu'entrevoir parmi les arbres.

Le soleil avait disparu derrière de sombres nuages, il y avait de la pluie dans l'air. Sentant qu'ils approchaient de leur écurie, les chevaux accélérèrent le pas. Au bout de la rue, une large porte était ouverte. Les gardes étaient sortis de leur pavillon, qui jouxtait l'entrée, et ils se jetèrent à genoux en inclinant la tête à notre passage.

Le destrier de sire Otori baissa la tête et la frotta rudement contre moi. Il poussa un hennissement et un autre cheval lui répondit du fond des écuries. Je saisis la bride, et le seigneur descendit de sa monture. Les serviteurs se chargèrent d'emmener les chevaux.

Il traversa à grands pas les jardins en direction de la maison. Je restai un instant immobile, hésitant, ne sachant si je devais le suivre ou accompagner les hommes, mais il se retourna et m'appela par mon nom en me faisant signe de le rejoindre.

Le jardin était rempli d'arbres et d'arbustes qui ne se pressaient pas en une masse inextricable, comme ceux grandissant dans la sauvagerie des montagnes, mais gardaient chacun sa place, en une harmonie sereine et policée. Et cependant, par moments, j'avais l'impression d'entrevoir fugitivement la montagne elle-même, comme si elle avait été capturée et ramenée ici à l'état de miniature.

Ces lieux étaient aussi remplis de bruit — le bruit de l'eau coulant sur des rochers, tombant goutte à goutte de tuyaux. Nous nous arrêtâmes pour laver nos mains dans le bassin, et l'eau s'échappa avec un tintement argentin de cloche, comme si elle était ensorcelée.

Les domestiques de la maison étaient déjà groupés sur la véranda pour saluer leur maître. Je fus surpris de leur petit nombre, mais plus tard je devais apprendre que sire Otori vivait dans une grande simplicité. Il y avait trois jeunes servantes, une femme plus âgée et un homme d'environ cinquante ans. Après les inclinations d'usage, les petites se retirèrent tandis que les deux vieux me fixaient avec une stupeur à peine dissimulée.

— Il ressemble tellement à... ! murmura la femme.

— C'est troublant ! approuva l'homme en secouant la tête.

Sire Otori ôta ses sandales et entra dans la maison en souriant.

— Il faisait nuit quand je l'ai rencontré ! Je n'ai rien remarqué avant le matin suivant. Ce n'est qu'une ressemblance passagère.

— Non, cela va beaucoup plus loin, affirma la femme en me guidant à l'intérieur. Il est son vivant portrait.

L'homme nous suivit en m'observant, les lèvres pincées comme s'il venait de mordre dans une prune gâtée. Manifestement, il ne voyait dans mon arrivée qu'une source d'ennuis pour l'avenir.

— Quoi qu'il en soit, je l'ai appelé Takeo, lança le seigneur sans se retourner. Faites chauffer le bain et trouvez des vêtements pour ce garçon.

Le vieil homme poussa un grognement de surprise.

— Takeo ! s'écria la femme. Mais quel est votre vrai nom ?

Comme je me contentais de hausser les épaules et de sourire en guise de réponse, l'homme glapit :

— C'est un simple d'esprit !

— Mais non, il sait s'exprimer comme vous et moi, rétorqua sire Otori avec impatience. Je l'ai déjà entendu parler. Il se trouve simplement qu'il a assisté à des scènes si horribles qu'elles l'ont rendu muet. Quand le choc se sera amorti, il retrouvera l'usage de la parole.

— C'est certain, dit la femme en hochant la tête et en me lançant un sourire. Tu vas suivre Chiyo, mon garçon. Je vais m'occuper de toi.

— Pardonnez-moi, sire Shigeru, s'obstina le vieillard — j'avais l'impression que ces deux vieilles gens devaient connaître le seigneur depuis son enfance et l'avaient sans doute élevé, — mais que comptez-vous faire de lui ? Faut-il lui trouver du travail à la cuisine ou au jardin ? Suivra-t-il un apprentissage ? A-t-il un talent quelconque ?

— J'ai l'intention de l'adopter, répondit sire Otori. Vous pouvez entamer les procédures dès demain, Ichiro.

Il y eut un long silence. Ichiro paraissait frappé de stupeur, mais il ne pouvait pas être plus abasourdi que je l'étais. Chiyo semblait s'efforcer de retenir un sourire. Puis ils se mirent à parler tous les deux en même temps. Elle murmura une excuse et laissa le vieillard s'exprimer le premier.

— C'est très inattendu, dit-il d'un ton mécontent. Aviez-vous formé ce projet avant d'entreprendre votre voyage ?

— Non, c'est arrivé par hasard. Vous savez quelle fut ma douleur à la mort de mon frère, au point que je voulus chercher un dérivatif en voyageant. C'est alors que j'ai rencontré ce garçon. Depuis lors, je ne sais pourquoi mais ma douleur semble de jour en jour plus supportable.

Chiyo joignit les mains.

— C'est le destin qui vous l'a envoyé. Dès que je vous ai vu, j'ai su que vous aviez changé, que vous étiez pour ainsi dire guéri. Bien sûr, personne ne pourra jamais remplacer sire Takeshi...

Takeshi ! Sire Otori m'avait donc nommé d'après son défunt frère. Et il allait me faire entrer dans sa famille en m'adoptant. Les Invisibles parlent de renaissance par l'eau. Moi, c'était le sabre qui m'avait fait renaître.

— Vous êtes en train de commettre une terrible erreur, sire Shigeru, lança brutalement Ichiro. Ce garçon est un moins-que-rien, un roturier... Que dira le clan ? Vos oncles ne donneront jamais leur consentement. Le simple fait de présenter cette requête est une insulte.

— Regardez-le, dit sire Otori. Je ne sais pas qui étaient ses parents, mais quelqu'un dans son passé n'était pas un roturier. De toute façon, je l'ai arraché des mains des Tohan. Iida voulait sa mort. Il m'appartient, puisque j'ai sauvé sa vie, et je dois donc l'adopter. Pour être à couvert des Tohan, il faut qu'il bénéficie de la protection du clan. J'ai tué un homme pour lui, peut-être même deux.

— C'est cher payé. Espérons qu'il ne vous coûtera pas plus cher encore à l'avenir, gronda Ichiro. Qu'a-t-il fait pour attirer sur lui l'attention d'Iida ?

— Il se trouvait au mauvais endroit au mauvais moment, rien de plus. Il n'est nul besoin de détailler ses tenants et aboutissants. Il peut très bien être un parent éloigné de ma mère. Trouvez une histoire quelconque.

— Les Tohan ont persécuté les Invisibles, observa Ichiro non sans finesse. Assurez-moi qu'il n'est pas l'un des leurs.

— Si jamais il l'était, il ne l'est plus, répliqua sire Otori en poussant un soupir. Tout cela fait partie du passé. Ce n'est pas la peine de discuter, Ichiro. J'ai juré de protéger ce garçon, et rien ne me fera changer d'avis. Du reste, je me suis attaché à lui.

— Il n'en sortira rien de bon.

Le vieil homme et le jeune seigneur s'affrontèrent un instant du regard. Sire Otori fit un geste impatient de la main, et Ichiro baissa les yeux et s'inclina de mauvaise grâce. Je me dis qu'il serait bien pratique d'être un seigneur, d'avoir la certitude d'avoir toujours le dernier mot et de n'en faire finalement qu'à sa tête.

Une brusque rafale de vent fit craquer les persiennes, et ce bruit me replongea dans un sentiment d'irréalité. J'avais l'impression qu'une voix dans ma tête me chuchotait : « Voici ce que tu vas devenir. »

J'avais une envie désespérée de remonter le temps jusqu'au jour précédant mon expédition dans la montagne à la recherche de champignons. Je voulais retourner à mon ancienne existence avec ma mère et ma famille. Mais je savais que mon enfance était derrière moi, terminée, à jamais inaccessible. Il fallait que je devienne un homme et endure tout ce que le sort me réservait.

Absorbé dans ces grandes pensées, je suivis Chiyo jusqu'au pavillon de bains. Elle ne se doutait manifestement pas de la résolution que je venais de prendre : elle me traita comme un enfant, me fit enlever mes vêtements et me frotta des pieds à la tête avant de me laisser mariner dans l'eau bouillante.

Elle revint un peu plus tard avec une robe de coton léger qu'elle m'invita à revêtir. Je m'exécutai sans protester. Qu'aurais-je pu faire d'autre ? Elle essuya mes cheveux avec une serviette et les peigna en arrière afin de les nouer en un chignon.

— Il va falloir couper ça, murmura-t-elle en passant la main sur mon visage. Vous n'avez pas encore beaucoup de barbe. Je me demande quel âge vous avez. Seize ans ?

Je fis signe que oui. Elle secoua la tête en soupirant.

— Sire Shigeru veut que vous dîniez avec lui.

Elle ajouta d'une voix tranquille :

— J'espère que vous ne serez pas pour lui une nouvelle source de chagrin.

Je devinai qu'Ichiro devait lui avoir fait part de ses craintes.

Je rentrai à sa suite dans la maison, en essayant de m'imprégner de chaque détail que je voyais. Il faisait presque nuit, maintenant. Aux angles des pièces, des lampes montées sur des supports de fer versaient une lumière orangée, mais elle ne me permettait pas de distinguer grand-chose. Chiyo me conduisit à un escalier occupant un coin de la salle de séjour principale. Je n'en avais jamais vu de ma vie : nous avions des échelles, à Mino, mais personne ne disposait d'un véritable escalier comme celui-ci. Il était taillé dans un bois sombre et brillant — du chêne, me sembla-t-il, — et chaque marche sous mes pas rendait son propre son presque imperceptible. Une nouvelle fois, j'eus l'impression d'avoir affaire à un prodige de la magie, et il me sembla que j'entendais la voix de son créateur emprisonné à l'intérieur.

La pièce où j'arrivai était vide, les écrans donnant sur le jardin étaient largement ouverts. Il commença à pleuvoir. Chiyo s'inclina devant moi — pas très profondément, remarquai-je, — puis elle redescendit l'escalier. J'écoutai l'écho de ses pas et l'entendis parler aux servantes dans la cuisine.

Il me semblait que je ne m'étais jamais trouvé dans une pièce aussi belle. Depuis lors, j'ai eu ma part de châteaux, de palais, de résidences aristocratiques, mais rien ne saurait soutenir la comparaison avec la vision que m'offrit la salle du haut de la maison de sire Otori, en cette soirée de la fin du huitième mois, tandis que dehors la pluie tombait doucement sur le jardin. Au fond de la pièce, un unique pilier se dressait jusqu'au plafond, gigantesque. C'était le tronc d'un cèdre poli de manière à mettre en lumière les nœuds et le grain du bois. Les poutres étaient elles aussi en cèdre, et leurs reflets d'un brun assourdi contrastaient avec le blanc crémeux des murs. La couleur des nattes pâlissait déjà en un or très doux. Elles étaient réunies par de larges bandes d'étoffe bleu indigo qui arboraient, tissé en fils blancs, le héron des Otori.

Un rouleau suspendu dans l'alcôve représentait un petit oiseau qui ressemblait au gobe-mouches de ma forêt, avec ses ailes vert et blanc. Il avait l'air si réel que je m'attendais presque à le voir s'envoler. J'étais stupéfait qu'un grand peintre eût si bien connu les humbles oiseaux de la montagne.

J'entendis des pas en bas et me hâtai de m'asseoir par terre en repliant soigneusement mes jambes. J'aperçus par la fenêtre ouverte un grand héron gris et blanc qui se tenait dans l'une des pièces d'eau du jardin. Il plongea son bec dans l'eau et se redressa en tenant prisonnière une petite créature gigotante. Puis il prit son envol avec élégance et disparut au-dessus du mur.

Sire Otori entra dans la pièce, suivi de deux des jeunes servantes portant les plateaux du souper. Il me regarda en faisant un signe de tête. Je m'inclinai jusqu'à terre. Je me dis soudain que lui, Otori Shigeru, était le héron tandis que j'étais la proie gigotante qu'il était venu pêcher dans la montagne, en plongeant dans mon monde avant de reprendre son envol.

La pluie redoubla d'intensité et la maison et le jardin se mirent à chanter avec l'eau. Elle débordait des gouttières, s'écoulait des tuyaux et s'engouffrait dans le torrent qui bondissait entre les pièces d'eau, en une succession de cascades dont chacune faisait un bruit différent. La maison chantait à mes oreilles, et je tombai amoureux d'elle. Je voulais lui appartenir. J'étais prêt à tout pour y arriver, et décidé à faire tout ce que souhaiterait son propriétaire.

Après le souper, quand on eut remporté les plateaux, nous restâmes assis devant la fenêtre ouverte tandis que la nuit s'obscurcissait. Dans le jour finissant, sire Otori pointa le doigt vers le fond du jardin. Par une ouverture basse percée dans le mur d'enceinte, le torrent aux mille cascades se jetait dans le fleuve coulant de l'autre côté. Les eaux du fleuve mugissaient sans interruption et leur masse gris-vert remplissait l'ouverture comme un écran peint.

— Il fait bon rentrer chez soi, dit-il d'une voix paisible. Mais de même que le fleuve est toujours à notre porte, le monde nous attend toujours dehors. Et c'est dans le monde que nous devons vivre.

CHAPITRE II

Tandis qu'à Mino Otori Shigeru sauvait la vie au garçon qui devait devenir Otori Takeo, la même année, bien loin de là dans le Sud, un château fut le théâtre d'événements singuliers. Ce château avait été donné par Iida Sadamu à Noguchi Masayoshi, pour le récompenser de la part qu'il avait prise à la bataille de Yaegahara. Après avoir vaincu ses ennemis héréditaires, les Otori, et les avoir contraints à une capitulation dont il tirait tous les bénéfices, Iida porta son attention sur les Seishuu, troisième grand clan des Trois Pays. Les Seishuu préférèrent à la guerre une paix scellée par des alliances, qui furent garanties par des otages fournis aussi bien par de grandes familles, comme les Maruyama, que par d'autres d'une importance moindre, comme leurs proches parents, les Shirakawa.

Quand Kaede, la fille aînée de sire Shirakawa, s'était rendue comme otage au château des Noguchi, elle venait tout juste d'échanger sa ceinture d'enfant pour celle de grande fille. Après avoir passé dans cette prison la moitié de sa vie, elle avait eu tout le temps de penser à mille raisons de haïr cette vie. La nuit, lorsqu'elle était trop fatiguée pour dormir et n'osait même pas se retourner dans son lit de peur de se faire gifler par une des autres filles, elle faisait dans sa tête la liste des objets de sa haine. Elle avait appris de bonne heure à garder ses pensées pour elle. Au moins, personne ne pouvait s'introduire dans son esprit pour la tourmenter, même si elle savait que plus d'une de ses compagnes en aurait rêvé. C'était sans doute pourquoi elles s'en prenaient si souvent à son corps ou à son visage.

Elle s'accrochait avec une obstination enfantine à ses vagues souvenirs de la demeure paternelle, qu'elle avait quittée à l'âge de sept ans. Elle n'avait pas revu sa mère ni ses sœurs depuis le jour où son père l'avait accompagnée au château.

Il était revenu trois fois depuis, le temps de constater qu'elle était logée avec les serviteurs et non avec les enfants Noguchi, comme il aurait été convenable pour la fille d'une famille de guerriers. Rien ne manquait à son humiliation : il n'était même pas en mesure de protester malgré le saisissement et la fureur que sa fille, dont le don d'observation était déjà exacerbé malgré son jeune âge, lut dans ses yeux. Les deux premières fois, ils avaient été autorisés à parler un bref instant en tête à tête. Elle se souvenait surtout la façon dont il l'avait tenue par les épaules en lui disant d'un ton pénétré : « Si seulement vous aviez été un garçon ! » La troisième fois, il n'avait eu que le droit de la regarder. Après quoi il n'était plus jamais revenu, et elle était restée sans aucune nouvelle de sa famille.

Elle comprenait parfaitement ses raisons. À force d'ouvrir ses yeux et ses oreilles et d'entraîner dans des conversations d'apparence anodine les rares personnes bien disposées à son égard, elle était parvenue dès l'âge de douze ans à se faire une idée sur sa situation : elle n'était qu'un otage, un pion sur l'échiquier des luttes opposant les clans. Aux yeux des seigneurs qui en fait possédaient sa personne, sa vie n'avait aucune valeur en dehors de l'atout qu'elle pouvait éventuellement représenter lors de négociations. Son père était le seigneur de Shirakawa, un domaine dont l'importance stratégique n'était pas négligeable. Sa mère était une proche parente des Maruyama. N'ayant pas de fils, son père adopterait pour héritier l'homme qui épouserait Kaede. Elle était pour les Noguchi le gage de sa loyauté, de son alliance et de son héritage.

Elle en était venue à ne plus guère accorder d'importance à l'essentiel — à la peur, au mal du pays, à la solitude —, pour mettre en tête de la liste de ses griefs la façon dont les Noguchi la dédaignaient même comme otage, de même qu'elle haïssait les sarcasmes dont les filles la couvraient parce qu'elle était gauchère et maladroite, et la puanteur régnant dans la salle des gardes, et les marches raides qu'il était si dur de gravir quand on était chargé... Elle était tout le temps chargée. Elle portait des cuvettes d'eau froide, des bouilloires brûlantes, des plats pour les hommes qui ne cessaient de bâfrer, des objets qu'ils avaient oubliés et étaient trop paresseux pour aller chercher eux-mêmes. Elle haïssait le château lui-même, avec ses fondations de pierres massives, son étage aux salles sombres et oppressantes où les poutres tordues du toit semblaient refléter ses propres sentiments et aspirer désespérément à se libérer de la contrainte qu'on leur imposait pour s'enfuir et retrouver l'abri de leur forêt natale.

Et les hommes. Comme elle les haïssait. Les années passant, ils la harcelaient de plus en plus. Les servantes de son âge se disputaient leurs attentions. Elles les flattaient et les dorlotaient en prenant des voix de petites filles. Elles faisaient semblant d'être fragiles, ou même un peu simplettes, afin de s'attirer la protection d'un soldat. Kaede ne les blâmait nullement — elle en était venue à penser qu'une femme devait utiliser toutes les armes à sa disposition pour assurer sa sécurité dans cette guerre que semblait être l'existence. Mais elle-même ne s'abaissait pas à ces manèges. Elle n'en avait pas le droit. Sa seule valeur, son seul moyen de s'enfuir du château, résidait dans un éventuel mariage avec un homme de sa classe. Si elle laissait échapper cette chance, elle pouvait se considérer comme morte.

Elle savait qu'elle n'avait pas à endurer de telles épreuves. Elle aurait dû aller se plaindre. Certes, il était impensable d'approcher sire Noguchi, mais peut-être aurait-elle pu parler à l'épouse du seigneur. À y bien penser, cependant, il était hautement improbable qu'on la laisse avoir accès même à la dame de céans. La vérité était qu'elle n'avait personne vers qui se tourner. Il fallait qu'elle se protège toute seule — mais les hommes étaient forts. Comme ses compagnes le faisaient observer avec malignité, elle était grande pour une fille, et les corvées lui avaient donné une certaine vigueur. Mais, une fois ou deux, un homme l'avait attrapée par jeu et l'avait immobilisée d'une seule main, sans qu'elle parvienne à s'échapper. À ce souvenir, elle frissonnait de terreur.

Et chaque mois, il devenait plus difficile d'éviter leurs attentions. Vers la fin du huitième mois de sa quinzième année, un typhon sur la côte occidentale avait entraîné plusieurs jours de pluie violente. Kaede haïssait la pluie, qui laissait partout des relents d'humidité et de moisissure, et elle haïssait la façon dont ses robes trop étroites se collaient sur son corps quand elles étaient mouillées, révélant les courbes de son dos et de ses cuisses et mettant à son comble l'excitation des hommes.

— Holà, Kaede, petite sœur ! brailla un garde comme elle sortait de la cuisine et courait sous la pluie en passant devant la seconde porte à tourelles. Ne cours pas si vite ! J'ai une commission pour toi ! Dis au capitaine Araï de descendre, d'accord ? Sa Seigneurie a besoin de lui pour inspecter un nouveau cheval.

La pluie tombait à torrents du haut des créneaux, des tuiles, des gouttières, des dauphins qui couronnaient chaque toit en guise de protection contre les incendies. Le château tout entier recrachait de l'eau. En quelques secondes, Kaede se retrouva trempée et ses sandales humides la faisaient glisser et trébucher sur les marches de pierre. Elle obéit pourtant sans trop d'aigreur, car Araï était le seul habitant du château qu'elle ne haïssait pas. Il lui parlait toujours avec douceur, en lui épargnant aussi bien les taquineries que les avances importunes, et elle savait que ses terres jouxtaient celles de son propre père, auquel il ressemblait par son léger accent de l'ouest.

— Dis donc, Kaede ! lança le garde en la lorgnant quand elle pénétra dans le donjon. Tu es toujours à courir en tous sens ! Arrête-toi un peu et causons.

Comme elle l'ignorait et commençait à monter l'escalier, il lui cria :

— On raconte que tu as tout d'un garçon ! Viens ici et montre-moi que ce n'est pas vrai !

— Imbécile ! marmonna-t-elle en entamant la seconde volée de marches, les jambes flageolantes.

Les gardes du sommet étaient plongés dans une sorte de jeu de hasard avec un couteau. Araï bondit sur ses pieds dès qu'il la vit et la salua par son nom de famille :

— Dame Shirakawa.

C'était un homme au physique imposant, remarquable par la noblesse de son maintien et l'intelligence de son regard. Elle lui fit sa commission. Il la remercia, parut sur le point de lui dire quelque chose mais se ravisa et se contenta de descendre en hâte l'escalier.

Elle s'attarda en regardant par les fenêtres le paysage balayé par le vent brutal et humide qui descendait des montagnes. La vue était presque entièrement cachée par les nuages, mais Kaede apercevait à ses pieds la résidence des Noguchi et elle songea avec amertume qu'elle aurait dû en toute justice s'y trouver en cet instant même, au lieu de courir sous la pluie à faire les quatre volontés de chacun.

— Si tu as envie de flâner, dame Shirakawa, viens donc t'asseoir avec nous, dit l'un des gardes qui s'était levé et commença à lui caresser les fesses.

— Je vous interdis de me toucher ! cria-t-elle d'un ton courroucé.

Les hommes éclatèrent de rire. Leur humeur lui faisait peur : ils étaient accablés d'ennui et de tension, énervés par la pluie, les heures interminables passées à monter la garde, le manque d'action.

— Allons bon, le capitaine a oublié son couteau, s'exclama l'un d'eux. Kaede, cours le lui donner.

Elle prit le couteau, qu'elle sentit peser dans sa main gauche.

— Elle a l'air dangereuse ! plaisantèrent les hommes. Ne te coupe pas, petite sœur !

Elle dévala les marches, mais Araï avait déjà quitté le donjon. Elle entendit sa voix dans la cour et voulut sortir pour l'appeler, mais l'homme qui lui avait parlé auparavant surgit de la salle des gardes. Elle s'arrêta net, en cachant le couteau dans son dos. Il s'approcha d'elle, plus près qu'il ne convenait, obstruant de sa masse la faible lumière grise du dehors.

— Allez, Kaede, montre-moi que tu n'es pas un garçon !

Il l'attrapa de sa main droite et l'attira contre lui en introduisant de force sa jambe entre les cuisses de la jeune fille. Elle sentit la pression de son sexe durci et leva sa main gauche, presque sans réfléchir, pour planter le couteau dans la nuque de son agresseur.

Il se mit aussitôt à crier et la lâcha en portant les mains à son cou, les yeux fixés sur elle avec un regard stupéfait. Sa blessure n'était pas profonde, mais un flot de sang s'en échappait. Elle n'arrivait pas à croire qu'elle avait fait une chose pareille. « Je suis morte », pensa-t-elle. Aux premiers cris du garde, Araï était revenu sur ses pas. Il comprit la situation au premier coup d'œil, arracha le couteau à Kaede et trancha sans hésiter la gorge du blessé. L'homme s'effondra en râlant dans son agonie.

Araï entraîna Kaede à l'extérieur, sous la pluie battante. Il chuchota :

— Il a essayé de vous violer. Je suis revenu et je l'ai tué. C'est la seule version qui puisse nous sauver la vie.

Elle acquiesça de la tête. Il avait oublié son arme, elle avait poignardé un garde : leurs deux crimes étaient également impardonnables. Grâce à sa présence d'esprit, Araï avait supprimé l'unique témoin. Elle aurait cru être bouleversée par la mort de cet homme, dont elle était en partie responsable, mais elle s'aperçut qu'elle s'en réjouissait du fond du cœur. « Puissent-ils tous périr ainsi, se dit-elle, les Noguchi, les Tohan. » Elle aurait voulu que le clan tout entier soit exterminé.

— Dame Shirakawa, je vais parler pour vous à Sa Seigneurie, déclara Araï à la grande surprise de la jeune fille. Il ne devrait pas vous laisser ainsi sans protection.

Il ajouta, comme s'il se parlait à lui-même :

— Un homme d'honneur n'agirait pas de cette façon.

Il appela à grands cris les gardes dans l'escalier, puis se tourna vers Kaede :

— N'oubliez pas que je vous ai sauvé la vie. Et même plus que la vie !

Elle le regarda droit dans les yeux et répliqua :

— N'oubliez pas que c'était votre couteau.

Il grimaça un sourire de respect forcé.

— Nous sommes donc dans les mains l'un de l'autre.

— Et eux ? dit-elle en entendant les pas lourds se hâtant dans l'escalier. Ils savent que j'avais votre couteau quand je suis sortie.

— Ils ne me trahiront pas. Je peux me fier à eux.

— Je ne me fie à personne, murmura-t-elle.

— Il faut que vous me fassiez confiance, dit-il.

Plus tard, ce même jour, Kaede fut informée qu'elle allait s'installer dans la résidence de la famille Noguchi. Alors qu'elle nouait l'étoffe où elle avait enveloppé ses maigres effets, elle caressa du bout des doigts le motif pâli de la rivière blanche, emblème de sa famille, et celui des deux cèdres jumeaux des Seishuu. Elle éprouvait une honte amère à voir son bagage si mince. Les événements de la journée hantaient sa pensée : le poids du couteau dans sa main gauche si souvent décriée, l'étreinte de l'homme, son désir, la manière dont il avait trouvé la mort. Et les paroles d'Araï : « Un homme d'honneur n'agirait pas de cette façon. » Il n'aurait pas dû parler de son seigneur en ces termes. Jamais il n'aurait osé le faire, même devant elle, s'il ne nourrissait pas déjà en lui-même des idées de rébellion. Pourquoi l'avait-il toujours traitée avec tant de bonté, avant même que survienne cet épisode crucial ? Cherchait-il lui aussi des alliés ? Il était déjà un homme puissant et populaire. Kaede voyait maintenant qu'il pouvait nourrir des ambitions plus hautes. Il était capable d'agir dans le feu de l'instant, en saisissant au vol les opportunités.

Elle considéra avec soin chacun de ces éléments, consciente que même le plus infime d'entre eux était pour elle un possible atout dans le jeu du pouvoir.

Les autres filles l'évitèrent toute la journée. Elles parlaient ensemble en petits groupes, se taisant net dès qu'elle apparaissait. Deux d'entre elles avaient les yeux rouges : peut-être le défunt garde avait-il été leur favori ou leur amant. Aucune ne lui manifesta la moindre compassion pour ce qui lui était arrivé. Leur hostilité les rendirent encore plus odieuses à ses yeux. La plupart de ces filles avaient une maison dans la ville ou les villages voisins, des parents et des familles vers qui se tourner. Elles n'étaient pas retenues en otage. Quant à ce garde, il l'avait rudoyée, il avait tenté d'abuser d'elle. Seule une idiote pouvait aimer un tel homme.

Une jeune servante qu'elle n'avait encore jamais vue vint la chercher en l'appelant dame Shirakawa et en s'inclinant respectueusement devant elle. Kaede descendit les marches escarpées qui menaient du château à la résidence. Elles traversèrent le pont, sous le porche gigantesque où les gardes se détournèrent avec colère en la voyant, puis pénétrèrent dans les jardins qui entouraient la maison de sire Noguchi.

Elle avait souvent contemplé ces jardins du haut du château, mais depuis l'âge de sept ans elle n'y avait encore jamais mis les pieds. Elles arrivèrent à l'arrière d'une vaste demeure, et la servante conduisit Kaede dans une petite pièce.

— Veuillez attendre ici quelques minutes, noble dame.

Une fois seule, Kaede s'agenouilla sur le sol. Les proportions de la pièce étaient harmonieuses, malgré l'espace restreint, et les portes étaient ouvertes sur un minuscule jardinet. La pluie avait cessé et le soleil baignait le jardin ruisselant de rayons intermittents qui le transformaient en une masse de lumière chatoyante. Elle observa la lanterne de pierre, le petit pin tordu, le bassin d'eau claire. Des cigales chantaient dans les branches. Une grenouille poussa un bref coassement. Sous l'effet de cette paix et de ce silence, le cœur de la jeune fille se dilata et elle se sentit soudain au bord des larmes.

Elle s'efforça de réprimer son émotion en concentrant sa pensée sur la haine qu'elle nourrissait envers les Noguchi. Elle glissa ses mains dans ses manches et palpa ses contusions. Elle les haïssait encore plus d'habiter dans cet endroit magnifique alors qu'ils l'avaient logée avec des servantes, elle, une Shirakawa.

La porte intérieure coulissa et une voix de femme lança :

— Sire Noguchi désire vous parler, noble dame.

— Dans ce cas, il faut que vous m'aidiez à me préparer, répliqua-t-elle.

Elle ne pouvait souffrir la pensée de se présenter à lui comme elle était, mal peignée, vêtue de vieilles nippes.

La femme s'avança dans la pièce et Kaede se retourna pour la regarder. Elle était vieille, et malgré son visage lisse et sa chevelure encore noire elle arborait des mains aussi ridées et noueuses que les pattes d'un singe. Elle contempla la jeune fille avec une expression d'étonnement. Puis, sans un mot, elle défit le baluchon d'où elle sortit une robe un peu plus propre, un peigne et des épingles à cheveux.

— Où sont les autres vêtements de madame ?

— Je suis arrivée ici à l'âge de sept ans, dit Kaede avec emportement. Trouvez-vous surprenant que j'aie grandi depuis ? Ma mère m'a envoyé des effets plus convenables, mais je n'ai pas été autorisée à les conserver !

La vieille fit clapper sa langue.

— Heureusement que la beauté de madame rend toute parure superflue.

— Que voulez-vous dire ? lança Kaede, car elle n'avait aucune idée de son aspect.

— Je vais vous coiffer, maintenant. Et vous trouver des chaussures propres. Je suis Junko. Dame Noguchi m'a envoyée pour vous servir. Je lui parlerai plus tard de la question des vêtements.

Junko sortit de la pièce et revint avec deux servantes chargées d'une cuvette d'eau, de socques propres et d'une petite boîte ciselée. Junko lava le visage, les mains et les pieds de Kaede, et démêla ses longs cheveux noirs. Les servantes chuchotaient d'un air stupéfait.

— Qu'y a-t-il ? Qu'est-ce qu'elles racontent ? s'exclama nerveusement Kaede.

Junko ouvrit la boîte et en sortit un miroir rond dont le dos s'ornait de fleurs et d'oiseaux gravés avec art. Elle le tendit de manière à permettre à Kaede de voir son reflet. C'était la première fois que la jeune fille avait un miroir sous les yeux. Son propre visage la réduisit au silence.

L'empressement et l'admiration des femmes lui rendirent un peu confiance, mais son assurance se dissipa de nouveau dès qu'elle suivit Junko dans l'appartement principal de la résidence. Depuis la dernière visite de son père, elle n'avait fait qu'entrevoir de loin sire Noguchi. Elle ne l'avait jamais aimé, et maintenant elle se rendait compte qu'elle redoutait cette entrevue.

Junko se laissa tomber sur ses genoux, fit coulisser la porte de la salle d'audience et se prosterna. Kaede entra dans la pièce et imita l'exemple de la servante. La natte était fraîche sous son front et sentait l'herbe d'été.

Sire Noguchi parlait à quelqu'un, et il ne prêta aucune attention à la jeune fille. Il semblait discuter à propos de ses redevances en riz, se plaignait du retard des fermiers à le payer. La prochaine moisson s'annonçait déjà et il n'avait toujours pas reçu sa part de la dernière récolte. De temps à autre, la personne à qui il s'adressait glissait d'une voix humble des commentaires conciliants sur le mauvais temps, le tremblement de terre de l'année dernière, la saison des typhons qui approchait, le dévouement des fermiers, la loyauté des serviteurs. Le seigneur se contentait de grogner en guise de réponse, restait un bon moment silencieux puis reprenait de plus belle ses récriminations.

Il finit enfin par se taire pour de bon. Le secrétaire toussa une fois ou deux. Sire Noguchi aboya un ordre et l'homme recula à genoux en direction de la porte.

Il passa tout près de Kaede, mais elle n'osa pas lever la tête.

— Et faites venir Araï, lança sire Noguchi comme s'il venait juste d'y penser.

Kaede crut que cette fois il allait s'adresser à elle, mais il ne dit rien et elle resta dans son coin, immobile.

Les minutes passaient. Elle entendit un homme entrer dans la pièce et vit Araï se prosterner à côté d'elle. Sire Noguchi ne lui prêta pas davantage d'attention qu'à la jeune fille. Il frappa dans ses mains, et plusieurs hommes entrèrent en hâte. Kaede les sentit passer près d'elle les uns après les autres. Elle les regarda à la dérobée, et constata qu'il s'agissait de dignitaires de la maison. Certains portaient sur leur robe l'emblème des Noguchi, d'autres la triple feuille de chêne des Tohan. Elle avait l'impression qu'ils l'auraient volontiers écrasée comme un cafard, et elle se jura à elle-même que jamais elle ne se laisserait piétiner par les Tohan ou les Noguchi.

Les guerriers s'assirent lourdement sur les nattes.

— Dame Shirakawa, dit enfin sire Noguchi. Asseyez-vous, je vous en prie.

Elle obtempéra, et sentit peser sur elle les regards de chaque homme dans la salle. L'atmosphère se chargea d'une tension dont la jeune fille ne comprit pas la cause.

— Ma cousine, dit le seigneur avec une note de surprise dans la voix. J'espère que vous vous portez bien.

— Fort bien, grâce à vos soins, répondit-elle avec politesse bien que chaque mot lui brûlât la langue comme un venin.

Elle avait conscience de son extrême vulnérabilité, dans cette salle où elle était la seule femme, à peine plus qu'une enfant, au milieu de ces hommes de pouvoir et de violence. Elle regarda furtivement le seigneur. Son visage lui parut irritable, dénué aussi bien de force que d'intelligence, mais irradiant cette méchanceté dont elle avait déjà fait l'expérience à ses dépens.

— Un incident déplorable s'est produit ce matin, dit sire Noguchi.

Le silence dans la pièce devint encore plus pesant.

— Araï m'a raconté ce qui s'est passé. Je désire entendre votre version.

Kaede inclina sa tête jusqu'au sol. Ses gestes étaient lents tandis que ses pensées se précipitaient. En cet instant, Araï était en son pouvoir. Et Noguchi ne l'avait pas appelé capitaine, comme il l'aurait dû. Il ne lui avait donné aucun titre, n'avait manifesté aucune courtoisie à son égard. Avait-il déjà des doutes quant à sa loyauté ? Savait-il déjà ce qui s'était passé en réalité ? Un des gardes avait-il trahi Araï ? En défendant ce dernier, n'allait-elle pas tomber dans un piège que le seigneur leur tendait à tous deux ?

Araï était le seul habitant du château à l'avoir bien traitée : elle ne le trahirait pas maintenant. Elle se redressa et dit en baissant les yeux, mais d'une voix ferme :

— Je suis montée à la salle de garde du haut pour délivrer un message à sire Araï. Je l'ai suivi alors qu'il descendait l'escalier, ayant appris qu'on avait besoin de lui aux écuries. Le garde de la porte m'a retenue sous prétexte qu'il avait à me parler. Quand je me suis avancée vers lui, il m'a empoignée.

Elle remonta ses manches, révélant les contusions bien visibles, la marque pourpre des doigts de l'homme sur sa peau immaculée.

— Je me suis mise à crier. Sire Araï m'a entendue, est revenu et m'a sauvée.

Elle s'inclina de nouveau, consciente de sa propre grâce.

— Je lui dois, ainsi qu'à mon seigneur, une reconnaissance éternelle pour m'avoir protégée.

Elle se tut, la face contre le sol.

Le seigneur poussa un grognement. Le silence s'installa de nouveau pendant des minutes interminables. Des insectes bourdonnaient dans la chaleur de l'après-midi. Les fronts des hommes assis sans bouger étaient luisants de sueur. Kaede sentait la puissante odeur animale de leurs corps, et sa propre poitrine était moite. Elle avait une conscience aiguë du danger qu'elle courait. Si l'un des gardes avait parlé du couteau oublié, de la jeune fille qui l'avait emporté et avait descendu l'escalier, l'arme à la main... Elle luttait contre ces pensées, redoutant que ces hommes qui l'observaient avec tant d'attention puissent les lire sur son visage.

Sire Noguchi finit par parler, d'un ton désinvolte, presque affable :

— Comment était le cheval, capitaine Araï ?

Araï leva la tête pour répondre. Sa voix était parfaitement calme.

— Très jeune, mais de bonne apparence. Une race excellente, et facile à dresser.

Les hommes se mirent à ricaner. Kaede eut l'impression qu'ils se moquaient d'elle, et le sang lui monta aux joues.

— Vous avez toutes sortes de talents, capitaine, dit Noguchi. Je suis désolé de m'en priver, mais je crois que votre domaine, votre épouse et votre fils auront besoin de toute votre attention pendant quelque temps, disons un an ou deux...

— Sire Noguchi.

Araï s'inclina, impassible.

« Noguchi n'est qu'un imbécile, pensa Kaede. À sa place, je garderais Araï ici pour avoir l'œil sur lui. En le renvoyant ainsi, il peut être sûr que le capitaine sera en rébellion ouverte dans moins d'un an. »

Araï sortit à reculons, sans jeter un seul coup d'œil en direction de Kaede. « Noguchi projette certainement de le faire assassiner en chemin, se dit-elle tristement. Je ne le reverrai jamais. »

Après le départ d'Araï, l'atmosphère se détendit un peu. Sire Noguchi toussa et s'éclaircit la gorge. Les guerriers prirent des positions plus confortables pour leur dos et leurs jambes. Kaede sentait qu'ils ne la quittaient pas des yeux. Les bleus sur son bras, la mort de l'agresseur n'avaient fait que les exciter. Ils étaient exactement comme lui.

La porte derrière elle coulissa et la servante qui l'avait menée à la résidence entra, chargée de bols de thé. Elle servit chacun des hommes et paraissait sur le point de ressortir quand elle fut apostrophée par sire Noguchi. Elle s'inclina, effarée, et posa un bol devant Kaede.

La jeune fille s'assit pour boire, les yeux baissés. Sa bouche était si sèche qu'elle avait peine à déglutir. Le châtiment d'Araï était l'exil. Quel serait le sien ?

— Voilà bien des années que vous êtes parmi nous, dame Shirakawa. Vous avez fait partie de la maisonnée.

— Ça été un honneur pour moi, seigneur, répliqua-t-elle.

— Mais je crois que nous ne pourrons pas avoir plus longtemps ce plaisir. J'ai perdu deux hommes à cause de vous. Je ne suis pas sûr de pouvoir me permettre de vous garder avec moi !

Il gloussa, et les autres hommes se mirent à rire en écho.

« Il va me renvoyer à la maison ! » Un espoir fallacieux fit tressaillir son cœur.

— Vous êtes manifestement en âge de vous marier. Je pense que le plus tôt sera le mieux. Nous allons arranger une union convenable pour votre rang. J'écris à vos parents pour leur apprendre quel mari je vous destine. Vous vivrez avec mon épouse jusqu'au jour de vos noces.

Elle s'inclina de nouveau, mais eut le temps de surprendre un coup d'œil entendu entre Noguchi et l'un des hommes âgés assis dans la salle. « Ce sera lui, se dit-elle, ou un homme comme lui, vieux, dépravé, brutal. » L'idée d'épouser qui que ce fût lui faisait horreur. Même la pensée qu'elle serait mieux traitée en vivant auprès des Noguchi ne put éclaircir son humeur.

Junko la ramena à sa chambre puis la conduisit au pavillon de bains. Le soir tombait et Kaede était à bout de forces. Junko la lava et frotta son dos et ses membres avec du son de riz.

— Demain, je vous laverai les cheveux, promit-elle. Ils sont trop longs et épais pour être lavés ce soir. Ils ne sécheront jamais assez vite, et vous risqueriez de prendre froid.

— Peut-être en mourrais-je, dit Kaede. Ce serait le mieux qui puisse m'arriver.

— Ne parlez pas ainsi, la réprimanda Junko tout en l'aidant à entrer dans le baquet d'eau chaude. Une vie merveilleuse vous attend. Vous êtes si belle ! Vous aurez un mari, des enfants.

Elle approcha sa bouche de l'oreille de Kaede et chuchota :

— Le capitaine vous remercie de ne pas l'avoir trahi. Il m'a chargée de veiller sur vous.

« Que peut faire une femme dans ce monde d'hommes ? songea Kaede. Comment pouvons-nous nous protéger ? Y a-t-il quelqu'un au monde qui puisse veiller sur moi ? »

Elle se souvint de son propre visage dans le miroir, et fut envahie par le désir de le contempler de nouveau.

CHAPITRE III

Chaque après-midi, le héron revenait au jardin. Il planait au-dessus du mur comme un fantôme gris, se repliait de façon invraisemblable et venait se planter dans la pièce d'eau, immobile comme une statue de Jizo. Les carpes rouge et or que sire Otori prenait plaisir à nourrir étaient trop grosses pour lui, mais il restait en faction sans se lasser, jusqu'au moment où une quelconque créature infortunée oubliait sa présence et se hasardait à bouger dans l'eau. Le héron frappait si vite que l'œil n'avait pas le temps de le suivre, et il se redressait avec une petite proie gigotante au bout du bec avant de reprendre son vol. Ses premiers battements d'ailes étaient aussi bruyants qu'un éventail manié d'une main brusque, mais il s'éloignait ensuite aussi silencieusement qu'il était apparu.

Les journées étaient encore brûlantes, baignées dans la chaleur langoureuse de l'automne qu'on a envie à la fois de fuir et de retenir, sachant que cette ardeur cruelle sera la plus dure à supporter mais aussi la dernière de l'année.

Cela faisait un mois que je me trouvais dans la maison de sire Otori. À Hagi, la moisson du riz était terminée et la paille séchait dans les champs ou sur des châssis installés autour des fermes. Les lys rouges de l'automne se flétrissaient. Les kakis brillaient d'un éclat doré dans le feuillage devenu cassant des plaqueminiers, et des bogues épineuses de châtaignes jonchaient les chemins et les allées en laissant s'échapper leur fruit lustré. La pleine lune allait et venait dans le ciel automnal. Chiyo confectionnait des gâteaux avec des châtaignes, du riz ou des mandarines qu'elle déposait sur l'autel du jardin, et je me demandais si quelqu'un faisait la même chose dans mon village.

Les petites servantes cueillaient les dernières fleurs des champs. Le trèfle sauvage, l'œillet des bois et le millepertuis prenaient place dans des seaux à proximité de la cuisine et des cabinets, afin que leur parfum masque les relents de nourriture et d'ordure, les cycles de la vie humaine.

Mon état de demeuré, incapable de parler, se prolongeait. Je suppose que c'était ma façon de prendre le deuil. Le clan des Otori était en deuil, lui aussi. Il pleurait non seulement le frère de sire Otori, mais aussi sa mère, qui avait succombé à la peste durant l'été. Chiyo me raconta l'histoire de la famille. Shigeru, le fils aîné, avait participé au côté de son père à la bataille de Yaehagara et s'était violemment opposé à la décision de se soumettre aux Tohan. Les termes de la reddition lui avaient interdit de prendre la tête du clan à la mort de son père. C'étaient ses oncles, Shoichi et Masahiro, qui avaient succédé à son père après avoir été désignés par Iida.

— Iida Sadamu hait Shigeru plus que n'importe qui sur cette terre, dit Chiyo. Il est jaloux de lui, et il le craint.

En tant qu'héritier légitime du clan, Shigeru n'était pas moins encombrant aux yeux de ses oncles. Officiellement, il s'était retiré de la scène politique pour se consacrer à ses terres où il essayait de nouvelles techniques, expérimentait des cultures différentes. Il s'était marié jeune, mais son épouse avait péri deux ans plus tard en accouchant d'un enfant mort-né.

Sa vie me semblait une longue suite de souffrances, cependant il n'en laissait rien paraître et, sans les récits de Chiyo, je n'en aurais rien su. Je passais la plus grande partie du jour avec lui, le suivant comme un chien, et ne le quittais que pour étudier avec Ichiro.

C'étaient des jours d'attente. Ichiro s'efforçait de m'apprendre à lire et à écrire, malgré mon absence de don et mon manque de mémoire qui le rendaient furieux. Il continuait également les démarches pour mon adoption, à contrecœur. Les chefs du clan s'y opposaient : sire Shigeru aurait dû se remarier, il était encore jeune, la mort de sa mère était trop récente. Les objections semblaient sans fin. Je ne pouvais m'empêcher de penser qu'Ichiro les approuvait pour la plupart, et je les trouvais moi-même parfaitement valables. Je travaillais dur pour m'instruire car je ne voulais pas décevoir le seigneur, mais en moi-même je ne croyais pas vraiment en la solidité de ma situation.

Habituellement, sire Shigeru m'envoyait chercher en fin d'après-midi, et nous restions assis devant la fenêtre à contempler le jardin. Il ne parlait pas beaucoup, mais il m'observait quand il croyait que je ne faisais pas attention. Je sentais qu'il attendait quelque chose : que je parle, que je lui envoie un signal — mais de quoi ? Je ne comprenais pas ce qu'il voulait, et cela m'emplissait d'une anxiété qui aggravait encore ma certitude de le décevoir et mon incapacité à apprendre. Un après-midi, Ichiro monta nous rejoindre pour se plaindre une nouvelle fois de moi. Ce jour-là, je l'avais exaspéré au point qu'il m'avait battu. J'étais en train de bouder dans un coin de la salle, où je m'occupais à soigner mes bleus et à tracer du bout du doigt sur les nattes le dessin des caractères que je venais d'apprendre, dans un effort désespéré pour les mémoriser.

— Vous avez fait une erreur, dit Ichiro. Personne n'aura une moins bonne opinion de vous si vous l'admettez. La mort de votre frère explique assez votre attitude. Renvoyez ce garçon à son village, et vivez votre vie.

Il me sembla qu'il disait en fait : « Et laissez-moi vivre la mienne. » Il ne cessait de me rappeler les sacrifices auxquels il consentait en essayant de m'éduquer.

— Vous ne pouvez pas créer un nouveau sire Takeshi, ajouta-t-il d'une voix un peu plus douce. Il était le produit de longues années de formation, sans oublier le sang illustre qui coulait dans ses veines.

Je redoutais qu'Ichiro ne parvienne à ses fins. Chiyo et lui étaient unis à sire Shigeru par des liens de reconnaissance et de devoir qui engageaient leur maître autant qu'eux. J'avais cru que le seigneur régnait sans partage sur la maisonnée, mais en réalité Ichiro disposait de son propre pouvoir et savait fort bien s'en servir. Sans compter que de leur côté, les oncles de sire Shigeru étaient en mesure de l'influencer. Il ne pouvait se dispenser d'obéir aux ordres du clan. Aucune raison ne le forçait à me garder, et jamais il ne recevrait l'autorisation de m'adopter.

— Regardez ce héron, Ichiro, dit sire Shigeru. Vous voyez comme il est patient, comme il reste immobile le temps qu'il faut pour obtenir ce qu'il désire. J'ai en moi la même patience, et elle est loin d'être épuisée.

Ichiro pinça les lèvres en arborant son expression favorite de dégoût, comme s'il venait de mordre dans une prune acide. À cet instant, le héron embrocha sa proie et s'envola dans un grand bruissement d'ailes.

J'entendais les cris aigus qui annonçaient comme chaque soir l'arrivée des chauves-souris. Je levai la tête pour voir deux d'entre elles s'abattre sur le jardin. Tandis qu'Ichiro continuait ses récriminations, auxquelles le seigneur répondait brièvement, j'épiais les rumeurs de la nuit qui approchait. Mon ouïe s'affinait de jour en jour. Je commençais à m'y accoutumer, à apprendre à filtrer les sons que je n'avais pas besoin d'écouter, à cacher aux autres que j'entendais tout ce qui se passait dans la maison. Personne ne savait que je pouvais surprendre tous leurs secrets.

J'entendais maintenant le sifflement de l'eau chaude du bain qu'on préparait, le cliquetis des plats dans la cuisine, le glissement léger du couteau de la cuisinière. Je surprenais une servante marchant dehors sur les planches dans ses socques silencieuses, un cheval piétinant et hennissant dans les écuries, une chatte qui nourrissait quatre petits et ne cessait de pousser des cris affamés, un chien aboyant deux rues plus loin, des sabots claquant sur les ponts de bois des canaux, les cloches des temples du Tokoji et du Daishoin. Je connaissais le chant de la maison, de nuit comme de jour, au soleil et sous la pluie. Ce soir-là, je me rendis compte que j'épiais encore autre chose. J'attendais. Quoi ? Chaque nuit, avant de m'endormir, mon esprit me rejouait la scène au milieu des montagnes, où un homme était décapité sous mes yeux, où l'homme-loup agrippait le moignon de son bras. Je revoyais aussi Iida Sadamu mordant la poussière, et les cadavres de mon beau-père et d'Isao. Attendais-je qu'Iida et l'homme-loup me rattrapent ? Ou escomptais-je l'heure de la vengeance ?

Il m'arrivait encore d'essayer de prier à la façon des Invisibles, et cette nuit-là je priais pour qu'il me soit donné de reconnaître la voie où m'engager. Je ne parvenais pas à dormir. L'air était lourd et immobile, la lune décroissante se cachait derrière d'épais nuages. Les insectes nocturnes faisaient un tapage frénétique. J'entendais le bruit de ventouse des pattes du gecko qui parcourait le plafond pour les chasser. Ichiro et sire Shigeru dormaient tous deux à poings fermés. Le vieillard ronflait. Je ne voulais pas quitter cette maison que j'avais fini par aimer avec passion, mais j'avais l'impression de n'y être qu'une source de problèmes. Peut-être aurait-il mieux valu pour tout le monde que je disparaisse dans la nuit sans autre forme de procès.

Mais que ferais-je, sans véritable projet de fuite ? Comment pourrais-je survivre ? Je me demandai soudain s'il me serait possible de sortir de la maison sans attirer l'attention des chiens et des gardes. Ce fut alors que je me mis consciemment à écouter les chiens. D'ordinaire, je les entendais aboyer à intervalles réguliers tout au long de la nuit, mais j'avais appris à distinguer cette rumeur familière et à l'ignorer plus ou moins. Cette fois je la guettai, mais n'entendis rien. Je commençai alors à épier les gardes : un pas lourd résonnant sur la pierre, le cliquetis d'une épée, une conversation à voix basse. Rien. Il manquait aux bruits habituels de la nuit une série de sons qui auraient dû parvenir à mes oreilles.

J'étais complètement éveillé, désormais, et m'efforçais d'entendre ce qui se passait au-dessus des eaux du jardin. Il n'avait pas plu depuis la nouvelle lune, et le torrent et le fleuve étaient au plus bas.

J'entendis un bruit presque imperceptible, à peine plus qu'un frémissement, entre la fenêtre et le sol.

Je crus un instant que la terre tremblait, comme si

souvent dans le pays du Milieu. Puis il y eut une autre secousse très légère, puis une autre.

Quelqu'un était en train d'escalader le mur de la maison.

Ma première impulsion fut de crier, mais l'instinct de la ruse l'emporta. Mes appels auraient certes réveillé la maisonnée, mais en alertant du même coup l'intrus. Je me levai de ma natte et m'approchai à pas de loup de sire Shigeru. Mes pieds connaissaient le parquet et prévoyaient jusqu'au moindre craquement de la vieille demeure. Je m'agenouillai près du dormeur et lui chuchotai à l'oreille, comme si je n'avais jamais perdu la faculté de parler :

— Sire Otori, il y a quelqu'un dehors.

Il se réveilla sur-le-champ, me regarda fixement un instant puis saisit le sabre et le couteau qu'il gardait à portée de la main. Je fis un geste en direction de la fenêtre. De nouveau le tremblement étouffé se fit entendre, comme si une masse se déplaçait presque imperceptiblement sur le côté de la maison.

Sire Shigeru me passa le couteau et se dirigea vers le mur. Il me sourit en me faisant signe de me poster à l'autre extrémité de la fenêtre. Nous attendîmes l'instant où l'assassin s'introduirait dans la pièce.

Il grimpait posément, avec une lenteur furtive, comme s'il avait tout son temps, assuré qu'il était que rien ne pouvait le trahir. Nous l'attendions avec non moins de patience, presque comme deux garçons en train de jouer à cache-cache dans une grange.

Mais l'homme n'avait pas envie de jouer. Il s'immobilisa sur le rebord de la fenêtre pour sortir la cordelette préparée à notre intention, puis il entra. Sire Shigeru lui bondit à la gorge. Avec l'agilité d'une anguille, l'intrus recula en se débattant. Je me précipitai sur lui, mais en moins de temps qu'il n'en faut pour dire couteau — sans même parler de s'en servir —, nous tombâmes tous trois dans le jardin comme une mêlée de chats furieux.

L'homme tomba le premier et échoua dans le ruisseau, en heurtant de la tête un rocher. Sire Shigeru atterrit sur ses pieds. Quant à moi, ma chute fut amortie par un arbuste. Le souffle coupé, je lâchai le couteau. Je jouai des pieds et des mains pour le ramasser, mais ce n'était pas la peine. L'intrus tenta de se relever en gémissant, mais s'effondra de nouveau dans l'eau. Son corps émergea un instant du torrent dont les flots, dans un tourbillon soudain, finirent par le recouvrir. Sire Shigeru le souleva en le giflant et en lui criant :

— Qui ? Qui t'a payé ? D'où viens-tu ?

L'homme se contenta de gémir de plus belle, en poussant des halètements rauques.

— Va chercher de la lumière, me lança sire Shigeru.

Je pensais trouver la maisonnée en émoi, mais l'escarmouche avait été si rapide et silencieuse que tout le monde dormait encore. Dégoulinant d'eau et de feuilles, je courus à la chambre des servantes.

— Chiyo ! m'écriai-je. Apportez des lampes, réveillez les hommes !

— Qui est-ce ? répondit-elle à moitié endormie, n'ayant jamais entendu le son de ma voix.

— C'est moi, Takeo ! Il faut vous lever ! Quelqu'un a essayé d'assassiner sire Shigeru !

Je saisis une lampe qui brûlait encore sur son support et l'emportai dans le jardin.

L'homme avait perdu conscience. Debout à côté de lui, sire Shigeru l'observait. L'intrus portait des vêtements noirs, sans trace d'écusson ou de signe distinctif. Il était de taille moyenne, sa carrure n'avait rien d'exceptionnel, ses cheveux étaient courts. Rien en lui ne pouvait attirer l'attention.

Nous entendîmes dans notre dos la clameur des gens de la maison tirés de leur sommeil. Des cris s'élevèrent quand on découvrit les corps de deux gardes étranglés et de trois chiens empoisonnés.

Ichiro sortit, pâle et tremblant.

— Qui a pu oser ? s'exclama-t-il. Dans votre propre maison, au cœur de Hagi ! C'est une insulte pour le clan tout entier !

— À moins que le clan lui-même ne soit à l'origine de cette tentative, répliqua sire Shigeru d'une voix tranquille.

— Il est plus probable qu'Iida en soit l'instigateur, dit Ichiro.

Apercevant le couteau dans ma main, il s'en empara. Il découpa le vêtement noir de la nuque à la taille, de façon à mettre à nu le dos de l'assassin. Une cicatrice hideuse marquait l'emplacement sur l'omoplate d'un ancien coup d'épée, et un motif délicat était tatoué le long de l'épine dorsale. Il ondula comme un serpent à la lueur de la lampe.

— C'est un tueur à gages, murmura sire Shigeru. Il appartient à la Tribu. N'importe qui peut avoir payé ses services.

— Alors c'est certainement un coup d'Iida ! Il doit savoir que vous hébergez le garçon. Allez-vous enfin vous débarrasser de lui, maintenant ?

— Sans le garçon en question, l'assassin serait parvenu à ses fins, rétorqua le seigneur. C'est lui qui m'a réveillé à temps... Il a parlé ! s'écria-t-il soudain en se rendant compte de la situation. Il m'a parlé à l'oreille pour me réveiller !

Cette nouvelle laissa Ichiro de marbre.

— Vous est-il venu à l'esprit que le tueur visait peut-être ce gamin, et non vous ?

— Sire Otori, dis-je d'une voix enrouée par des semaines de mutisme. Depuis que vous m'avez rencontré, ma présence ne fait que vous mettre en danger. Laissez-moi partir, renvoyez-moi enfin.

Mais au moment même où je prononçais ces mots, je sus qu'il ne le ferait pas. J'avais sauvé sa vie, maintenant, comme lui avait sauvé la mienne. Le lien qui nous unissait était plus fort que jamais.

En m'entendant, Ichiro hocha la tête avec approbation, mais Chiyo intervint :

— Pardonnez-moi, sire Shigeru. Ce n'est pas mon affaire et je sais que je ne suis qu'une vieille femme sans cervelle. Mais il n'est pas vrai que Takeo n'ait fait que vous mettre en danger. Avant que vous ne reveniez avec lui, vous étiez à moitié fou de chagrin. Maintenant, vous vous êtes remis. Il vous a apporté de la joie et de l'espoir aussi bien que du danger. Et qui peut prétendre avoir du plaisir sans courir de risque ?

— Comment pourrais-je ne pas le savoir mieux que personne ? répliqua sire Shigeru. Nos deux vies sont unies par un lien fatal. Je ne peux lutter contre le destin, Ichiro.

— Peut-être aura-t-il retrouvé son intelligence en même temps que sa langue, conclut Ichiro d'un ton acerbe.

Le tueur mourut sans avoir repris conscience. Il s'avéra qu'il avait dans la bouche une capsule de poison qu'il avait cassée en tombant. Son identité demeura mystérieuse, malgré une foule de rumeurs. Les gardes morts eurent droit à des obsèques solennelles, quant aux chiens ils furent au moins pleurés par moi. Je me demandai quel pacte ils avaient conclu, quelle fidélité ils avaient jurée, pour se retrouver ainsi mêlés aux haines des hommes et le payer de leur vie. Je gardai ces pensées pour moi : il ne manqua pas de chiens pour remplacer les victimes. On en acheta de nouveaux qui furent dressés à n'accepter de nourriture que de la main d'un seul maître, de façon qu'ils ne puissent être empoisonnés. Il ne fut pas non plus difficile de remplacer les hommes, du reste. Sire Shigeru menait une vie simple, avec un petit nombre de serviteurs armés, mais apparemment les hommes du clan Otori prêts à venir le servir étaient si nombreux qu'ils auraient pu aisément former une armée, si tel avait été le désir du seigneur.

L'attentat ne semblait pas l'avoir alarmé ou déprimé en quoi que ce fût. Il paraissait plutôt revigoré par cet épisode, et avoir échappé à la mort n'avait fait qu'aiguiser son goût pour les plaisirs de la vie. Il était sur un nuage, comme après sa rencontre avec dame Maruyama. Ma voix retrouvée et la finesse de mon ouïe le comblaient de joie.

Ichiro avait peut-être raison, à moins qu'il n'ait adouci son attitude à mon égard. En tout cas, à compter de la nuit de la tentative d'assassinat, mon éducation devint plus facile. Les caractères commencèrent peu à peu à me révéler leur sens et à trouver leur place dans ma mémoire. Je finis même par me plaire à leurs dessins divers, fluides comme une eau courante ou solides et ramassés comme des corbeaux perchés sur un arbre en hiver. Même si je ne l'aurais pas admis devant Ichiro, j'éprouvais une profonde jouissance à les tracer.

Ichiro était un maître reconnu, fameux pour la beauté de son écriture et la profondeur de ses connaissances. J'étais vraiment indigne d'avoir un tel professeur. Je n'avais pas l'intelligence d'un étudiant-né, mais ensemble nous découvrîmes que j'étais du moins doué pour imiter. J'étais capable de fournir une copie acceptable d'étudiant, de même que j'étais capable de copier la façon dont Ichiro dessinait avec un mouvement de l'épaule et non du poignet, plein de hardiesse et de concentration. Je savais que je ne faisais que le singer, mais les résultats étaient passables.

Ce fut la même chose quand sire Shigeru m'enseigna le maniement du sabre. Je ne manquais pas de force et d'agilité, j'en avais même sans doute plus qu'on aurait pu l'attendre de ma stature, mais je n'avais pas vécu l'enfance des fils de guerriers, dont les années se passent à pratiquer inlassablement l'escrime, le tir à l'arc et l'équitation. Je savais que je ne pourrais jamais les rattraper.

J'appris sans trop de peine à monter. En observant sire Shigeru et les autres hommes, je me rendis compte que c'était surtout une question d'équilibre. Je me contentai de les imiter, et le cheval réagit favorablement. Je compris également que ma monture était encore plus timide et nerveuse que moi. Dans son propre intérêt, je devais me comporter comme un seigneur, dissimuler mes émotions et feindre une assurance sans faille. De cette façon, l'animal se détendait et se montrait satisfait.

On me donna un cheval gris pâle, à la crinière et à la queue noires. Il s'appelait Raku, et nous nous entendions à merveille. Si je ne parvins pas à prendre goût au tir à l'arc, je mis de nouveau à profit mon don d'imitateur pour manier le sabre en copiant sire Shigeru et arriver ainsi à des résultats corrects. Je reçus un long sabre que je portais glissé dans la large ceinture de mon nouvel habit, comme n'importe quel guerrier. Mais malgré le sabre et l'habit, j'avais conscience de n'être qu'une contrefaçon.

Les semaines passaient. Les domestiques finirent par accepter l'idée que sire Otori entendait m'adopter, et petit à petit ils changèrent d'attitude à mon égard. Ils me gâtaient, me taquinaient et me grondaient tour à tour. Entre l'apprentissage intellectuel et l'entraînement physique, mon temps libre était limité. Je n'étais pas censé sortir tout seul, mais j'avais gardé ma passion pour le vagabondage et profitais de la moindre occasion pour m'échapper et partir à la découverte de la ville de Hagi. J'aimais descendre les ruelles menant au port, où le château à l'ouest et l'ancien cratère volcanique à l'est semblaient tenir la baie dans leurs mains comme une coupe. Je contemplais la mer et songeais à toutes les contrées mythiques s'étendant au-delà de l'horizon, plein d'envie pour les matelots et les pêcheurs.

J'étais particulièrement attiré par un bateau où travaillait un garçon de mon âge. Je savais qu'il s'appelait Terada Fumio. Son père appartenait à une famille de guerriers de rang inférieur, qui avait choisi de pratiquer le commerce et la pêche plutôt que de mourir de faim. Chiyo savait tout d'eux, et c'était elle qui m'avait mis au courant de ces détails. J'éprouvais une immense admiration pour Fumio. Il s'était déjà rendu sur le continent, il était familier de tous les caprices de la mer et des fleuves, alors que moi, à l'époque, je ne savais même pas nager. Au début, nous nous contentâmes de nous saluer de la tête, mais au fil des semaines nous devînmes amis, je montais à bord et nous restions assis à manger des kakis dont nous recrachions les pépins dans la mer. Nous avions de longues conversations d'adolescents. Nous finissions toujours par parler des seigneurs Otori, que les Terada haïssaient pour leur arrogance et leur cupidité. Ils souffraient des taxes toujours plus lourdes que le château leur imposait, ainsi que des restrictions apportées au commerce. Quand nous abordions ces sujets, nous chuchotions, blottis du côté où le bateau regardait le large, car on prétendait que les espions du château étaient partout.

Un jour que j'avais ainsi vagabondé, je me hâtai de rentrer car l'après-midi était déjà avancé. Ichiro avait été requis pour régler un compte avec un marchand et après l'avoir attendu dix minutes, estimant qu'il ne reviendrait plus, j'avais pris la clé des champs. Le dixième mois touchait à son terme. L'air était frais, imprégné de l'odeur de la paille de riz que les paysans brûlaient. La fumée se déployait sur les champs entre le fleuve et les montagnes, plongeant le paysage dans une lumière d'or et d'argent. Fumio m'avait donné une leçon de natation, et je frissonnais légèrement car mes cheveux étaient humides. Je rêvais à un bain d'eau brûlante et me demandais si je pourrais obtenir de Chiyo un petit encas avant le dîner et si Ichiro serait assez fâché contre moi pour me battre... Tout en songeant, je guettais comme toujours l'instant où je commencerais à entendre dans la rue le chant reconnaissable entre tous de la maison.

Il me sembla entendre un autre son, et dans ma surprise je m'arrêtai pour jeter un coup d'œil à l'angle du mur, juste avant notre portail. Je crus d'abord qu'il n'y avait personne puis, presque au même instant, j'aperçus un homme accroupi sur ses talons à l'ombre du toit de tuiles.

Je n'étais qu'à quelques pas de lui, de l'autre côté de la rue. Je savais qu'il m'avait vu. Il se leva presque aussitôt, lentement, comme s'il attendait que je l'aborde.

Je n'avais jamais vu quelqu'un d'aussi insignifiant. Il ne se distinguait ni par sa taille ni par sa carrure, ses cheveux grisonnaient un peu, son visage était plus pâle que bronzé et ses traits si quelconques qu'il faisait partie de ces gens qu'on n'est jamais sûr de reconnaître. Même en l'observant attentivement, en essayant de le percer à jour, j'eus l'impression que mon regard était incapable de fixer durablement son aspect. Et pourtant, derrière cette banalité presque excessive, je sentais quelque chose de singulier, un je-ne-sais-quoi prompt à se dérober avec adresse dès que je tentais de mettre le doigt dessus.

Il portait des vêtements dont la couleur bleu-gris

était fanée, et il semblait sans armes. Il n'avait l'air ni d'un ouvrier, ni d'un marchand, ni d'un guerrier. Je ne parvenais à le ranger dans aucune catégorie, mais un instinct profond en moi m'avertissait qu'il était très dangereux.

En même temps, je me sentais fasciné par lui. Il m'était impossible de passer à côté de lui en faisant comme si de rien n'était. Cependant je restai à l'autre bout de la rue, en cherchant à estimer la distance qui me séparait de la porte, des gardes et des chiens.

Il me salua de la tête en esquissant un sourire qui semblait presque approbateur.

— Bonjour, mon jeune seigneur ! me lança-t-il avec une nuance presque imperceptible de raillerie. Vous avez raison de ne pas vous fier à moi. On m'avait bien dit que vous étiez malin. Mais je ne vous ferai jamais de tort, je vous en donne ma parole.

Je sentais que ses discours étaient aussi traîtres que son apparence, et n'accordai pas grand crédit à sa promesse.

— Je veux causer avec vous, dit-il, ainsi qu'avec Shigeru.

Je fus stupéfait de l'entendre parler du seigneur sur un ton aussi familier.

— Qu'avez-vous à me dire ?

— Je ne vais pas vous le crier en pleine rue, répliqua-t-il en éclatant de rire. Marchez avec moi jusqu'à la porte, et je vous raconterai.

— Vous allez marcher de votre côté de la rue, et moi du mien, répondis-je en fixant ses mains au cas où il s'apprêterait à saisir une arme cachée. Ensuite, j'irai demander à sire Shigeru s'il consent ou non à vous rencontrer.

L'homme sourit en haussant les épaules et nous nous dirigeâmes séparément vers la porte, lui aussi calme que s'il faisait une petite promenade vespérale, moi avec la nervosité d'un chat avant un orage. Quand nous arrivâmes au portail où les gardes nous accueillirent, il semblait encore plus flétri qu'avant. Il avait tellement l'air d'un vieillard inoffensif que je me sentis presque honteux de ma méfiance.

— Tu es dans le pétrin, Takeo, me dit l'un des gardes. Maître Ichiro t'a cherché pendant une heure !

— Holà, grand-père, s'exclama son compagnon. Qu'est-ce que tu viens faire ici ? Tu veux un bol de nouilles, c'est ça ?

Effectivement, le vieil homme paraissait avoir grand besoin d'un repas. Il attendait humblement, sans dire un mot, sur le seuil de la porte.

— Où as-tu ramassé ce débris, Takeo ? Tu as trop bon cœur, c'est le problème avec toi ! Allez, débarrasse-toi de lui !

— J'ai dit que j'allais avertir sire Otori de sa présence, et je n'ai pas l'intention de me dédire, répliquai-je. Mais surveillez le moindre de ses gestes et ne le laissez sous aucun prétexte entrer dans le jardin.

Me tournant vers l'étranger, je lui lançai :

— Attendez ici !

En un éclair, je reçus de lui comme un signal. Il était dangereux, certes, mais j'avais presque l'impression qu'il me laissait apercevoir un aspect de lui-même qu'il dissimulait aux yeux des gardes. Je me demandai si je devais le laisser avec eux. Mais enfin, ils étaient deux, et armés jusqu'aux dents. Ils pourraient sans doute se tirer d'affaire face à un homme seul et âgé...

Je traversai le jardin à toutes jambes, enlevai en hâte mes sandales et grimpai l'escalier quatre à quatre. Sire Shigeru était assis dans la salle du haut, perdu dans la contemplation du jardin.

— Takeo, dit-il, je me disais qu'un pavillon du thé au bout du jardin serait parfait.

— Sire...

Je m'interrompis brutalement, pétrifié à la vue d'une silhouette bougeant dans le jardin. Elle s'immobilisa, et je crus d'abord que c'était le héron tant elle était grise et impassible. Puis je reconnus l'homme que j'avais laissé à la porte.

— Que se passe-t-il ? demanda le seigneur en voyant mon visage.

J'étais terrifié à l'idée qu'une nouvelle tentative d'assassinat allait avoir lieu.

— Il y a un étranger dans le jardin, criai-je. Tenez-le à l'œil !

Puis je me mis à trembler pour les gardes. Je dévalai l'escalier et courus hors de la maison. Quand j'arrivai au portail, mon cœur battait à tout rompre. Les chiens étaient indemnes. En me voyant, ils frétillèrent en remuant la queue. Je poussai des cris, et les hommes sortirent de leur pavillon en arborant une mine stupéfaite.

— Il y a le feu, Takeo ?

— Vous l'avez laissé rentrer ! hurlais-je avec fureur. Le vieillard, il est dans le jardin.

— Mais non, il est dans la rue, il n'a pas bougé depuis ton départ.

Je suivis des yeux le geste du garde, et l'espace d'un instant je m'y trompai, moi aussi. Je crus vraiment le voir, assis dehors à l'ombre du toit de tuiles, humble, patient et inoffensif. Puis le mirage se dissipa. La rue était vide.

— Imbéciles ! m'exclamai-je. Ne vous avais-je pas prévenus qu'il était dangereux ? Vous n'êtes que des incapables ! Et vous prétendez appartenir au clan des Otori ? Retournez à vos fermes et gardez vos basses-cours ! Je vous souhaite que les renards dévorent jusqu'à votre dernière poule.

Ils me regardèrent bouche bée. Je crois que personne dans cette maison ne m'avait jamais entendu aligner autant de mots à la fois. Ma rage était d'autant plus grande que je me sentais responsable d'eux. Mais il fallait qu'ils m'obéissent. Je ne pouvais les protéger qu'à ce prix.

— Vous avez de la chance d'être encore vivants, lançai-je en tirant mon sabre de ma ceinture avant de repartir en courant à la recherche de l'intrus.

Il avait disparu du jardin, et je commençais à me demander si je n'avais pas été victime d'un autre mirage quand j'entendis des voix en provenance de la salle du haut. Sire Shigeru m'appela par mon nom. Loin de sembler en danger, il avait l'air très gai. Quand j'entrai dans la salle et m'inclinai, l'étranger était assis à côté de lui comme un vieil ami et ils riaient de concert. Son hôte paraissait avoir rajeuni. Il ne devait avoir que quelques années de plus que sire Shigeru, et son visage était maintenant ouvert et chaleureux.

— Et il n'a pas voulu marcher du même côté de la rue que vous ? dit le seigneur.

— Exactement, et il a exigé que j'attende dehors.

Ils éclatèrent d'un rire tonitruant en tapant sur les nattes du plat de la main.

— Soit dit en passant, Shigeru, vos gardes auraient besoin d'un sérieux entraînement. Takeo avait raison d'être furieux contre eux.

— Il a eu raison de bout en bout, dit sire Shigeru avec une pointe de fierté dans la voix.

— C'est une perle rare. Chez un garçon comme lui, le talent est inné, non acquis. Il est évident qu'il appartient à la Tribu. Assieds-toi, Takeo, que je puisse te regarder.

Je relevai mon front qui touchait le sol, et m'assis sur les talons. J'avais le visage en feu. Il me semblait que l'homme avait fini par me piéger. Il resta silencieux, se contentant de m'observer tranquillement. Sire Shigeru me dit :

— Voici Muto Kenji, un vieil ami à moi.
— Sire Muto.
Je me montrai poli mais froid, décidé à garder mes sentiments pour moi.
— Inutile de me donner du sire, dit Kenji. Je ne suis pas un seigneur, bien que j'en compte quelques-uns parmi mes amis.
Il se pencha vers moi.
— Montre-moi tes mains.
Il les prit l'une après l'autre, en examinant le dos et la paume.
— Nous trouvons qu'il ressemble à Takeshi, dit sire Shigeru.
— Oui... Il a quelque chose des Otori.
Kenji se redressa et tourna de nouveau les yeux vers le jardin. Toute couleur s'en était retirée, seuls les érables rougeoyaient encore.
— J'ai été désolé d'apprendre la perte que vous avez subie.
— J'ai cru que toute envie de vivre m'avait quitté, murmura sire Shigeru. Mais au fil des semaines, je découvre que je me suis trompé. Je ne suis pas fait pour le désespoir.
— Certes non, approuva Kenji avec affection.
Ils regardèrent tous deux par les fenêtres ouvertes. Le froid de l'automne se faisait sentir, une rafale de vent secoua les érables et des feuilles tombèrent dans le torrent en jetant un dernier éclat d'un rouge assombri avant d'être emportées par le courant et de disparaître dans le fleuve.
Je songeai avec nostalgie à un bain brûlant, et frissonnai.
Kenji rompit le silence :
— Pourquoi ce garçon qui ressemble à Takeshi mais appartient manifestement à la Tribu vit-il chez vous, Shigeru ?

— Pourquoi avez-vous fait tout ce chemin pour me poser cette question ? répondit le seigneur en esquissant un sourire.

— Je ne vois aucun inconvénient à vous le dire. Le bruit a couru qu'un intrus a tenté de s'introduire dans votre maison. À la suite de quoi, un des assassins les plus dangereux des Trois Pays a péri.

— Nous avons tenté de garder ces faits secrets, dit sire Shigeru.

— Découvrir ce genre de secrets fait partie de notre métier. Que fabriquait Shintaro dans votre maison ?

— Il voulait probablement me tuer. Mais c'était donc bien Shintaro... Je le soupçonnais, mais nous n'avions pas de preuve.

Il fit une pause puis ajouta :

— Quelqu'un doit vraiment avoir envie de me voir mort. Est-ce Iida qui l'avait engagé ?

— Il avait travaillé un moment pour les Tohan. Mais je ne crois pas qu'Iida soit du genre à vous faire assassiner en secret. Au dire de chacun, il rêverait plutôt d'assister en personne à l'événement. Qui d'autre peut vouloir votre mort ?

— Je peux encore penser à une ou deux personnes, répondit le seigneur.

— Il était difficile d'admettre que Shintaro ait pu échouer, poursuivit Kenji. Nous devions absolument savoir qui était ce garçon. Où l'avez-vous déniché ?

— Quel bruit avez-vous entendu à ce sujet ? riposta sire Shigeru sans se départir de son sourire.

— Tout d'abord, bien sûr, la version officielle : ce serait un parent éloigné de votre mère. Les esprits superstitieux estiment que vous avez perdu la tête et croyez que votre frère est revenu à vous sous la forme de ce garçon. Les cyniques pensent qu'il est votre fils, né de vos amours avec une paysanne quelconque des contrées orientales.

Sire Shigeru éclata de rire.

— Je n'ai même pas le double de son âge. Il aurait fallu que je l'engendre à douze ans. Non, ce n'est pas mon fils.

— C'est évident, et malgré son apparence, je ne crois pas qu'il soit un parent ni un revenant. De toute façon, il est clair qu'il appartient à la Tribu. Où l'avez-vous trouvé ?

Haruka, une des servantes, entra et alluma les lampes. Un gros papillon de nuit bleu-vert s'introduisit aussitôt dans la pièce et voleta avec affolement devant la flamme. Je me levai et le pris dans ma main, où je sentis le battement de ses ailes poudreuses contre ma paume. Je le relâchai dans la nuit, et pris soin de fermer les écrans avant de me rasseoir.

Sire Shigeru ne répondit pas à la question de Kenji, et Haruka revint avec le plateau du thé. Kenji ne semblait ni fâché ni déçu. Il admira les bols, de simples produits de l'artisanat local, d'un rose pâle. Puis il but sans autre commentaire, mais en me regardant avec insistance.

Pour finir, il m'interrogea directement.

— Dis-moi, Takeo, avais-tu coutume dans ton enfance d'enlever leur coquille à des escargots vivants ou d'arracher les pinces des crabes ?

Je ne comprenais pas où il voulait en venir.

— Peut-être, répondis-je en faisant semblant de boire quoique mon bol fût vide.

— Tu le faisais ?

— Non.

— Pourquoi ?

— Ma mère me disait que c'était cruel.

— C'est bien ce que je pensais.

Une ombre de tristesse avait assombri sa voix, comme s'il me plaignait.

— Je comprends que vous ayez tenté de me cacher

la vérité, Shigeru. Je sentais une douceur dans ce garçon, une aversion pour la cruauté. Il a été élevé chez les Invisibles.

— Est-ce à ce point évident ? demanda sire Shigeru.

— Seulement pour moi.

Kenji resta assis en tailleur, en plissant les yeux d'un air concentré, un bras sur son genou.

— Je crois que je connais son identité.

Le seigneur soupira et son visage prit une expression tranquille et circonspecte.

— Alors vous feriez mieux de nous mettre au courant.

— Il a toutes les marques distinctives d'un Kikuta : les longs doigts, la ligne droite traversant la paume, l'ouïe fine. Elle se développe soudainement, au moment de la puberté, et s'accompagne d'une perte de la faculté de parler. Il s'agit d'un phénomène le plus souvent temporaire, parfois permanent...

— Vous racontez des histoires ! m'écriai-je, incapable de me taire plus longtemps.

En fait, je me sentais gagné par une sorte d'horreur. J'ignorais tout de la Tribu, en dehors du fait que l'assassin en faisait partie, mais il me semblait que Muto Kenji m'ouvrait une porte sur des ténèbres où je redoutais de m'avancer.

Sire Shigeru secoua la tête.

— Laisse-le parler. La question est d'importance.

Kenji se pencha en avant et s'adressa directement à moi :

— Je vais te dire qui est ton père.

Le seigneur observa sèchement :

— Vous feriez mieux de commencer par la Tribu. Takeo ne sait pas ce que vous voulez dire quand vous affirmez qu'il est manifestement un Kikuta.

— Vraiment ? s'exclama Kenji d'un air incrédule. Enfin, j'imagine que je ne devrais pas être surpris, puisqu'il a été élevé chez les Invisibles. Je vais donc prendre les choses par le commencement. Les cinq familles de la Tribu ont toujours existé. Elles étaient là bien avant les seigneurs et les clans. Leurs origines remontent à une époque où la magie avait plus de poids que la force des armes et où les dieux cheminaient encore sur la terre. Avec l'avènement des clans, quand les hommes conclurent des pactes d'allégeance fondés sur la puissance, la Tribu ne rejoignit aucun d'entre eux. Pour préserver leurs dons, ses membres prirent la route et se firent voyageurs, acteurs et acrobates, colporteurs et magiciens.

— Ce fut du moins le cas au début, l'interrompit sire Shigeru. Mais beaucoup se sont également adonnés au commerce, et ont amassé une fortune et une influence considérables.

Se tournant vers moi, il ajouta :

— Kenji lui-même est un brillant homme d'affaires, spécialisé dans les dérivés du soja et le prêt bancaire.

— Nous vivons une époque corrompue, soupira Kenji. Comme disent les prêtres, nous sommes arrivés aux derniers jours de la loi. Je parlais d'un temps plus ancien. De nos jours, c'est vrai, nous en sommes venus à faire des affaires. Il nous arrive de nous mettre au service de tel ou tel clan et d'arborer son emblème, à moins que nous ne travaillions pour ceux qui se sont montrés nos amis, comme sire Otori Shigeru. Mais quoi que nous ayons pu devenir, nous sauvegardons les talents du passé, qui étaient jadis l'apanage de tous les hommes mais qu'ils ont oubliés aujourd'hui.

— Vous étiez dans deux endroits à la fois, m'exclamai-je. Les gardes vous ont vu dehors alors que je vous ai aperçu dans le jardin.

Kenji me fit une révérence ironique.

— Nous avons la faculté de nous dédoubler en laissant derrière nous notre second moi. Nous pouvons devenir invisibles et nous mouvoir si vite que l'œil ne peut nous suivre. L'acuité de la vue et de l'ouïe font également partie de nos dons. La Tribu a su les conserver à force d'abnégation et de travail. Et ce sont des talents que d'autres trouvent utiles, dans ce pays en guerre, et pour lesquels ils sont prêts à payer le prix fort. La plupart des membres de la Tribu deviennent des espions ou des assassins, à un moment ou à un autre de leur vie.

Je m'efforçais désespérément de ne pas trembler. J'avais l'impression que mes veines s'étaient vidées de leur sang. Je me souvins de la façon dont j'avais semblé me dédoubler sous l'épée d'Iida. Et tous les bruits de la maison, du jardin et de la ville résonnaient avec une intensité croissante à mes oreilles.

— Kikuta Isamu, qui d'après moi était votre père, ne faisait pas exception à cette règle. Ses parents étaient cousins, et il unissait en lui les dons les plus remarquables des Kikuta. À trente ans, il était un tueur infaillible. Personne ne sait à combien s'élève le nombre de ses victimes. La plupart semblaient succomber à une mort naturelle, sans qu'on puisse jamais remonter jusqu'à lui. Même par rapport aux autres Kikuta, il se distinguait par son caractère dissimulé. C'était un expert en poisons, avec une prédilection pour certaines plantes de la montagne qui tuent sans laisser de trace.

« Il se rendit ainsi un jour dans les montagnes de l'Est — vous devinez à quelle région je fais allusion —, à la recherche de plantes nouvelles. Les habitants du village où il logeait étaient des Invisibles. Il semble qu'ils lui aient parlé du dieu secret, du commandement interdisant de tuer, du jugement qui nous attend dans l'au-delà : tout cela vous est familier, je n'ai pas besoin d'insister. Dans ces montagnes isolées, loin des querelles des clans, Isamu fit le bilan de sa vie. Peut-être fut-il envahi par le remords, peut-être entendit-il les cris des morts. En tout cas, il renonça à sa vie avec la Tribu et rejoignit le camp des Invisibles.

— Et il a été exécuté ? demanda sire Shigeru du fond des ténèbres de la salle.

— Eh bien, il avait malgré tout enfreint les règles fondamentales de la Tribu. Nous n'aimons pas qu'on renonce à nous de cette manière, surtout quand il s'agit de perdre un sujet aux talents aussi éminents. De tels dons ne sont que trop rares de nos jours. Mais pour dire la vérité, j'ignore ce qui lui est arrivé exactement. Je ne savais même pas qu'il avait un fils. Takeo, ou quel que soit son nom réel, a dû naître après la mort de son père.

— Qui l'a tué ? demandai-je, la bouche sèche.

— Qui sait ? Il avait de nombreux ennemis, et l'un d'eux est passé à l'acte. Bien entendu, personne n'aurait pu s'approcher de lui s'il n'avait fait le vœu de ne plus jamais tuer.

Il y eut un long silence. En dehors du faible halo de lumière de la lampe rougeoyante, la salle était presque entièrement plongée dans l'obscurité. Je ne pouvais voir les visages des deux hommes, pourtant j'étais certain que Kenji observait le mien.

— Votre mère ne vous l'a jamais dit ? finit-il par demander.

Je secouai la tête. Les Invisibles gardent le silence sur tant de choses, qu'ils tiennent secrètes même entre eux. Il est impossible de révéler sous la torture ce qu'on ne connaît pas. Si l'on ignore le secret de son frère, on ne peut le trahir.

Kenji se mit à rire.

— Avouez, Shigeru, que vous n'aviez aucune idée de qui vous introduisiez dans votre maisonnée — un garçon chez qui sommeille le don immense des Kikuta !

Sire Shigeru ne répondit pas, mais comme il se penchait dans le halo de la lampe je vis qu'un sourire éclairait son visage allègre et sincère. Je fus saisi par le contraste entre les deux hommes : le seigneur si ouvert, et Kenji si retors et astucieux.

— J'ai besoin de savoir comment c'est arrivé. Il ne s'agit pas d'une curiosité futile, Shigeru. Il faut que vous me le disiez.

La voix de Kenji était pressante.

J'entendais Chiyo s'affairer dans l'escalier. Sire Shigeru déclara :

— C'est l'heure de prendre un bain et de souper. Après le repas, nous reprendrons cette conversation.

« Il ne veut plus de moi dans cette maison, maintenant qu'il sait que je suis le fils d'un assassin. » Ce fut la première pensée qui me vint à l'esprit, tandis que j'étais assis dans l'eau chaude après que les deux hommes plus âgés eurent terminé leurs ablutions. J'entendais leurs voix à l'étage. Ils buvaient du vin, à présent, en évoquant avec indolence des souvenirs du passé. Puis je pensai à mon père que je n'avais jamais connu, et ressentis une tristesse poignante en songeant qu'il n'avait pu échapper à ses origines. Il avait voulu renoncer à tuer, mais l'esprit du meurtre n'avait pas renoncé à lui. Ses longs bras s'étaient déployés et avaient été le chercher jusque dans la solitude de Mino, où des années plus tard Iida devait à son tour venir traquer les Invisibles. Je regardai mes propres doigts, si longs. Était-ce aussi leur vocation ? Étaient-ils faits pour tuer ?

Quel que fût l'héritage que m'avait légué mon père, j'étais également l'enfant de ma mère. Deux fils aussi différents que possible s'entrelaçaient pour tisser mon être, et je sentais leurs exigences divergentes dans mon sang, mes muscles et mes os. Je me rappelai alors la façon dont je m'étais emporté contre les gardes. J'avais conscience d'avoir agi comme si j'étais leur seigneur. Serait-ce là un troisième fil dans mon existence, ou bien sire Shigeru allait-il me renvoyer maintenant qu'il savait qui j'étais ?

Mes pensées devenaient trop douloureuses, trop difficiles à démêler, et du reste Chiyo m'appelait pour le souper. L'eau m'avait réchauffé, du moins, et j'étais affamé.

Ichiro s'était joint à sire Shigeru et Kenji, et les plateaux étaient déjà installés devant eux. Quand j'arrivai, ils discutaient de sujets insignifiants : le temps qu'il faisait, le dessin du jardin, mon peu de talent pour l'étude et, d'une façon générale, ma mauvaise conduite. Ichiro m'en voulait encore pour mon escapade de l'après-midi. Il me semblait que des semaines s'étaient écoulées depuis le moment que j'avais passé avec Fumio à nager dans le fleuve aux eaux glacées d'automne.

Le repas était encore plus exquis que de coutume, mais seul Ichiro le savoura. Kenji avalait en hâte, le seigneur touchait à peine aux plats, quant à moi j'étais partagé entre la faim et l'écœurement, à la fois impatient de voir le souper se terminer et terrifié à cette idée. Ichiro mangeait avec tant d'appétit et de lenteur qu'il me semblait qu'il n'en finirait jamais. À une ou deux reprises, il parut avoir terminé mais se ravisa pour prendre « rien qu'une dernière petite bouchée ». Il se frotta enfin l'estomac en rotant tranquillement. Il allait s'embarquer dans un nouveau discours interminable sur le jardinage quand sire Shigeru lui fit un signe. Après avoir lancé quelques répliques d'adieu et raconté à Kenji une ou deux plaisanteries supplémentaires à mon sujet, il se retira. Haruka et Chiyo vinrent enlever les plats. Lorsque leurs pas se furent éloignés et qu'on n'entendit plus l'écho de leurs voix tandis qu'elles regagnaient la cuisine, Kenji se tourna vers sire Shigeru en tendant dans sa direction sa main ouverte.

— Alors ? dit-il.

J'aurais voulu suivre les femmes. Je n'avais pas envie de rester assis ici pendant que ces deux hommes décideraient de mon destin. Car c'était bien ce qui allait se passer, j'en étais convaincu. Kenji était sans doute venu pour faire valoir d'une manière ou d'une autre les droits de la Tribu sur ma personne. Et sire Shigeru ne serait certainement que trop heureux de se débarrasser de moi, maintenant.

— Je ne sais pas pourquoi vous attachez tant de prix à ces renseignements, Kenji, dit le seigneur. J'ai peine à croire que vous ne soyez pas déjà au courant de toute l'histoire. Si je vous la raconte, je me fie à vous pour ne pas la divulguer. Même dans cette maison, personne ne connaît la vérité en dehors d'Ichiro et de Chiyo.

« Vous aviez raison de supposer que j'ignorais qui je faisais entrer dans ma maisonnée. Tout est arrivé par hasard. La soirée s'avançait et je m'étais plus ou moins égaré. J'espérais pouvoir être hébergé pour la nuit dans le village dont j'appris plus tard qu'il s'appelait Mino. Cela faisait plusieurs semaines que je voyageais seul, après la mort de Takeshi.

— Vous cherchiez une occasion de vous venger ? demanda Kenji d'une voix paisible.

— Vous savez l'état de mes relations avec Iida. Il en est ainsi depuis Yaegahara. Mais je ne pouvais guère m'attendre à tomber sur lui dans ce coin perdu. Seule la plus étrange des coïncidences a mené en ces lieux le même jour les ennemis irréconciliables que nous sommes. J'aurais certainement essayé de tuer Iida si je l'avais rencontré. Mais à sa place, c'est ce gamin qui est venu se jeter en travers de mon chemin.

Il raconta brièvement le massacre, la chute de cheval d'Iida, la fureur des sbires lancés à mes trousses.

— J'ai agi sous l'impulsion du moment. Ces hommes me menaçaient, ils étaient armés. Je me suis défendu.

— Savaient-ils qui vous étiez ?

— C'est peu probable. J'étais en costume de voyage, sans écusson. De plus, la nuit tombait et il pleuvait.

— Mais vous saviez qu'ils étaient des Tohan ?

— Ils m'ont dit qu'Iida en avait après ce garçon. C'était assez pour me donner envie de le protéger.

Kenji lança, comme pour passer à un autre sujet :

— J'ai entendu dire qu'Iida désire conclure une alliance dans les règles avec les Otori.

— C'est exact. Mes oncles sont partisans de faire la paix, quoique le clan lui-même soit divisé.

— Si Iida apprend que le garçon est avec vous, l'alliance est à l'eau.

— Je n'ai pas besoin que vous me disiez ce que je sais déjà, s'écria le seigneur d'une voix où perçait pour la première fois la colère.

— Sire Otori, dit Kenji en s'inclinant à sa manière ironique.

Pendant quelques minutes, personne ne dit mot. Puis Kenji soupira :

— Enfin, les destins décident de nos vies, quels que soient les desseins que nous croyons poursuivre. Qu'importe qui était le commanditaire de Shintaro, le résultat est le même. Moins d'une semaine plus tard, la Tribu connaissait l'existence de Takeo. Je dois vous dire que nous éprouvons pour ce garçon un intérêt avec lequel nous ne transigerons pas.

Je dis d'une voix qui parut faible même à mes propres oreilles :

— Sire Otori a sauvé ma vie et je ne le quitterai pas.

Il allongea le bras et me caressa l'épaule avec une tendresse paternelle.

— Il n'est pas question que je renonce à lui, lança-t-il à Kenji.

— Nous désirons avant tout le garder en vie. Tant qu'il semblera en sûreté ici, il pourra rester. Il y a encore quelque chose qui nous inquiète, cependant. Vous avez tué les Tohan que vous avez rencontrés dans la montagne, n'est-ce pas ?

— Au moins un, répondit sire Shigeru. Peut-être deux.

— Un seul, corrigea Kenji.

Sire Shigeru fronça les sourcils.

— Vous connaissez déjà toutes les réponses. Pourquoi prenez-vous la peine de m'interroger ?

— J'ai besoin de combler certaines lacunes, et de savoir précisément dans quelle mesure vous connaissez la situation.

— Que j'en aie tué un ou deux, quelle importance ?

— L'homme qui a perdu un bras a survécu. Il s'appelle Ando et a fait longtemps partie des confidents les plus intimes d'Iida.

Je me rappelai l'homme au visage de loup qui m'avait traqué sur le sentier, et je ne pus m'empêcher de frissonner.

— Il ignorait qui vous étiez et ne sait pas encore où se trouve Takeo. Mais il est à votre recherche. Iida l'a autorisé à se consacrer à sa vengeance.

— Il me tarde de le rencontrer de nouveau, répliqua sire Shigeru.

Kenji se leva et se mit à arpenter la salle. Quand il se rassit, son visage était ouvert et souriant, comme si nous n'avions fait qu'échanger toute la soirée des plaisanteries et des réflexions sur les jardins.

— C'est bon, dit-il. Maintenant que je sais exactement quel danger court Takeo, je puis entreprendre de le protéger et de lui enseigner comment se protéger lui-même.

Puis il eut un geste qui me stupéfia. Il s'inclina jusqu'à terre devant moi en déclarant :

— Tant que je vivrai, tu seras en sécurité. Je t'en fais le serment.

Je crus d'abord qu'il était ironique, mais je vis comme un masque glisser de son visage, me révélant pour un instant son être véritable. J'avais l'impression de voir Jato s'éveiller à la vie. Puis le masque se remit en place, et Kenji recommença à plaisanter :

— Mais attention, il faudra m'obéir scrupuleusement !

Il me fit un large sourire.

— Je parie qu'Ichiro en a par-dessus la tête de toi. À son âge, il n'est pas normal qu'il soit importuné par des jeunots comme toi. Je vais prendre en main ton éducation. Je serai ton professeur.

Il se drapa dans sa robe avec componction et pinça ses lèvres, redevenant ainsi en un éclair le doux vieillard que j'avais laissé dehors à la porte.

— À condition que sire Otori daigne y consentir, bien entendu.

— Je ne semble guère avoir le choix, dit sire Shigeru en versant du vin, le visage éclairé par son sourire plein de franchise.

Je regardai les deux hommes et fus frappé une fois de plus par le contraste existant entre eux. Il me sembla lire dans les yeux de Kenji quelque chose qui n'était pas exactement du dédain, mais s'en rapprochait. Maintenant que les gens de la Tribu n'ont plus de secret pour moi, je sais que leur faiblesse est l'arrogance. Leurs dons extraordinaires leur montent à la tête et ils sous-estiment ceux de leurs adversaires.

Sur le moment, cependant, le regard de Kenji eut simplement le don de m'irriter.

Les servantes entrèrent peu après pour installer les lits et éteindre les lampes. Je restai longtemps couché à écouter les bruits de la nuit, incapable de trouver le sommeil. Les révélations de la soirée défilaient dans ma tête, se dispersaient, reformaient leurs rangs et repassaient devant moi. Je n'étais plus maître de ma vie. Mais sans sire Shigeru, je serais mort. Si le hasard ne l'avait pas mis sur mon chemin, comme il l'avait dit, au milieu des montagnes...

Était-ce vraiment un hasard ? Tout le monde, même Kenji, acceptait la version du seigneur : tout s'était produit dans l'impulsion du moment, le garçon fuyant à toutes jambes, les hommes menaçants, le combat...

Je revivais toute la scène. Et il me sembla me souvenir d'un instant où le chemin devant moi avait été dégagé. Il y avait un arbre gigantesque, un cèdre, et quelqu'un embusqué derrière avait surgi pour m'attraper — délibérément, pas par hasard. Je pensai à sire Shigeru, et réalisai que j'ignorais presque tout de lui. Chacun le jugeait sur sa bonne mine : un jeune homme impulsif, chaleureux, généreux. Il me semblait posséder vraiment ces qualités, mais je ne pouvais m'empêcher de me demander ce qui se cachait derrière. « Je ne renoncerai pas à lui », avait-il dit. Mais pourquoi voulait-il adopter un membre de la Tribu, le fils d'un assassin ? Je songeai au héron, et à la patience qu'il déployait avant de frapper.

Le ciel s'éclaircit et les coqs se mirent à chanter avant que j'aie trouvé le sommeil.

*

Les gardes ne se privèrent pas de rire à mes dépens, quand Muto Kenji fut intronisé comme mon professeur.

— Fais attention au vieux, Takeo ! C'est un vrai danger. Il pourrait te transpercer avec son pinceau !

Ils ne semblaient jamais lassés de cette plaisanterie. J'appris à garder le silence. Ils pouvaient bien me prendre pour un imbécile, cela valait toujours mieux que s'ils avaient su la vérité et divulgué partout la véritable identité du vieillard. C'était une leçon précoce pour moi. Moins les gens attachent d'importance à votre personne, plus ils se montrent bavards avec vous ou en votre présence. Je commençais à me demander combien de servantes ou de serviteurs au visage insignifiant, paraissant balourds mais dévoués, appartenaient en réalité à la Tribu et accomplissaient leur œuvre d'intrigue, de ruse et de mort soudaine.

Kenji m'initiait aux arts de la Tribu, mais Ichiro continuait de m'enseigner les us et coutumes des clans. La caste des guerriers était tout le contraire de la Tribu. Ses membres faisaient grand cas de l'admiration et du respect du monde, ainsi que de la réputation et de la position qu'ils pouvaient y acquérir. Je dus apprendre leur histoire, les règles de leur cérémonial et de leur politesse, leur langage particulier. J'étudiai les archives des Otori, remontant les siècles jusqu'à leurs origines à moitié mythiques dans la famille de l'empereur, au point que je finissais par avoir le vertige de tant de noms et de généalogies.

Les jours raccourcissaient, les nuits étaient plus froides. Les premières gelées blanchirent le jardin. Bientôt la neige obstruerait les cols, les tempêtes de l'hiver interdiraient l'accès du port et Hagi serait coupé du monde jusqu'au printemps. Le chant de la maison était différent, désormais, assourdi, tendre et endormi.

Je me sentais pris d'une frénésie d'étude. D'après Kenji, c'était le naturel de la Tribu refaisant surface après des années de négligence. Mon appétit de savoir était sans limite, qu'il s'agît des caractères d'écriture les plus complexes ou des exigences de l'escrime. Dans ces domaines, j'apprenais de bon cœur, mais j'étais plus réticent face aux leçons de Kenji. Même si elles ne me paraissaient pas difficiles — je ne les assimilais que trop aisément —, elles me répugnaient au fond de moi, comme si une partie de moi-même se refusait à devenir ce qu'il voulait que je sois.

— C'est un jeu, me répétait-il souvent. Fais comme si c'était un jeu.

Mais c'était un jeu dont la fin était la mort. Kenji ne s'était pas trompé sur mon caractère. J'avais été élevé dans l'horreur du meurtre, et l'idée de tuer éveillait en moi une aversion profonde.

Il étudiait cet aspect de ma personnalité, non sans malaise. Sire Shigeru et lui parlaient souvent des moyens de m'endurcir.

— Il a tous les dons, sauf celui-là, lui dit un soir Kenji d'un ton déçu. Et cet unique point faible rend ses dons dangereux pour lui.

— On ne sait jamais, répliqua le seigneur. Quand la situation l'exige, on est stupéfait soi-même de se retrouver le sabre à la main, comme s'il était animé d'une volonté propre.

— Vous êtes né ainsi, Shigeru, et toute votre formation a tendu à renforcer cette tendance naturelle en vous. J'ai la conviction que Takeo, lui, hésitera le moment venu.

Sire Shigeru se contenta de pousser un grognement en se rapprochant du brasero et en s'emmitouflant dans ses vêtements. Il avait neigé toute la journée. La neige s'amoncelait, recouvrant d'un manteau blanc chaque arbre, chaque lanterne du jardin. Le ciel s'était éclairci et le gel faisait étinceler le paysage enneigé. Notre haleine se condensait dans l'air quand nous parlions.

Toute la maisonnée dormait en dehors de nous. Nos trois silhouettes se blottissaient autour du brasero, et nous réchauffions nos mains à des coupes de vin chaud. Dans cette ambiance intime, je m'enhardis à demander :

— Sire Otori doit avoir tué beaucoup d'hommes ?

— Je n'ai pas fait le compte, répliqua-t-il. Mais sans doute pas tant que cela, en dehors de Yaegahara. Je n'ai jamais attaqué un homme désarmé, ni tué pour le plaisir, comme d'autres plus dépravés. Plutôt que d'en venir à ce degré de corruption, je préfère que tu restes comme tu es.

Une question me brûlait les lèvres : « Seriez-vous capable de recourir à un assassin pour vous venger ? » Mais je n'osai pas la poser. Il était vrai que je détestais la cruauté et que l'idée de tuer me faisait frémir. Mais chaque jour, j'en apprenais davantage sur le désir de vengeance qui animait Shigeru. Il semblait se communiquer à moi, et nourrir mon propre désir. Cette nuit-là, j'ouvris les écrans aux premières lueurs de l'aube et contemplai le jardin. La lune décroissante et une unique étoile brillaient côte à côte dans le ciel, si bas qu'on avait l'impression qu'elles écoutaient aux portes de la ville endormie. Le froid était coupant.

« Je serais capable de tuer, pensai-je, je pourrais tuer Iida. » Puis je me dis : « Je vais le tuer. J'apprendrai comment faire. »

Quelques jours plus tard, je surpris Kenji et moi-même. J'étais toujours la dupe de sa faculté de se trouver dans deux endroits à la fois. Je voyais le vieillard dans sa robe fanée, assis à me regarder pendant que je m'entraînais à un tour de passe-passe ou à une culbute en arrière. C'est alors que j'entendis dehors sa voix qui m'appelait. Mais cette fois, je sentis ou entendis son souffle, fis un bond dans sa direction, le saisis à la gorge et le renversai par terre avant même d'avoir eu le temps de penser : « Où est-il ? »

Et à ma propre stupéfaction, mes mains se placèrent d'elles-mêmes sur ce point de la nuque où une simple pression sur l'artère entraîne la mort.

Je ne le maintins qu'un instant ainsi terrassé. Je le relâchai et nous nous regardâmes fixement.

— Eh bien, dit-il, voilà qui est mieux !

Je contemplai mes mains aux longs doigts habiles comme si elles appartenaient à un étranger.

Elles avaient encore d'autres talents dont je ne me doutais pas. Pendant que je m'exerçais à écrire avec Ichiro, ma main droite esquissait soudain quelques traits et un oiseau de mes montagnes surgissait sur le papier, prêt à s'envoler, ou je voyais apparaître un visage que je croyais avoir complètement oublié. Ichiro me gratifiait alors d'une taloche, mais ces dessins lui plaisaient et il les montra à sire Shigeru.

Ce dernier fut enchanté, de même que Kenji.

— C'est un trait typique des Kikuta, s'écria-t-il aussi fièrement que s'il l'avait lui-même inventé. Takeo possède ainsi un rôle à jouer, un déguisement parfait. Il est un artiste : à ce titre il peut dessiner dans toutes sortes d'endroits, sans qu'on s'inquiète de ce qu'il peut entendre.

La réaction du seigneur ne fut pas moins pragmatique.

— Dessine l'homme qui a perdu un bras, commanda-t-il.

Le visage de loup sembla jaillir de lui-même sous le pinceau. Sire Shigeru l'observa attentivement.

— Je le reconnaîtrai à l'avenir, marmonna-t-il.

On engagea un professeur de dessin, et mon nouveau caractère se précisa au cours de ces jours d'hiver. Quand arriva la fonte des neiges, Tomasu, le garçon à moitié sauvage qui vagabondait dans la montagne et n'avait d'autres livres que les animaux et les plantes, cet enfant qui était moi avait disparu à jamais. J'étais devenu Takeo, un garçon d'apparence tranquille et douce, un artiste un peu livresque — un déguisement qui dissimulait les oreilles et les yeux auxquels rien n'échappait et le cœur apprenant en secret les leçons de la vengeance.

Je ne savais si ce Takeo existait réellement, ou n'était qu'une construction artificielle, créée pour servir les desseins de la Tribu et ceux des Otori.

CHAPITRE IV

Les bambous se teintaient de blanc et les érables avaient revêtu leur robe de brocart. Junko apporta à Kaede de vieux vêtements de dame Noguchi, dont elle défit avec soin les coutures pour les recoudre en tournant vers l'intérieur les parties fanées du tissu. Les jours étaient de plus en plus froids, et Kaede remerciait le sort de n'avoir plus à parcourir en tous sens les cours et les escaliers du château pendant qu'il neigeait sur la neige gelée. Ses tâches étaient moins astreignantes désormais : elle passait ses journées avec les femmes de la maison Noguchi, occupée à divers travaux d'aiguille, à écouter des histoires et composer des poèmes, à apprendre à tracer les caractères d'écriture des femmes. Mais elle était loin d'être heureuse.

Dame Noguchi trouvait à redire à toute sa personne. Elle avait une aversion pour les gauchères et ne cessait de comparer à son désavantage son aspect avec celui de ses propres filles, en déplorant sa haute taille et sa maigreur. Elle se déclarait choquée par les carences de l'éducation de Kaede dans presque tous les domaines, sans qu'il lui vînt à l'idée qu'elle-même pouvait en être responsable.

En privé, Junko célébrait la pâleur de Kaede, ses membres délicats et son épaisse chevelure. La jeune fille se regardait dans le miroir dès qu'elle en avait l'occasion, et songeait que peut-être elle était belle. Elle savait que les hommes la regardaient avec concupiscence même ici, dans la résidence du seigneur, mais tous lui faisaient peur. Depuis que le garde l'avait agressée, la proximité des hommes lui donnait la chair de poule. Elle avait l'idée du mariage en horreur. Dès qu'un invité se présentait, elle redoutait qu'il ne s'agît de son futur époux. S'il lui fallait paraître devant lui pour apporter du thé ou du vin, son cœur battait à tout rompre et ses mains tremblaient si fort que dame Noguchi décréta qu'elle était trop maladroite pour servir les hôtes et serait désormais confinée dans les appartements des femmes.

Elle devint la proie de l'ennui et de l'angoisse. Elle se querellait avec les filles de dame Noguchi, invectivait les servantes pour des bagatelles et se montrait même irritable avec Junko.

— Il faut marier cette fille, déclara dame Noguchi.

Et à la grande horreur de Kaede, un mariage fut promptement arrangé avec un membre de la suite de sire Noguchi. Des présents de fiançailles furent échangés, et elle reconnut l'homme qu'elle avait remarqué lors de son entrevue avec le seigneur. Il était vieux — trois fois son âge —, avait déjà été marié deux fois et lui répugnait physiquement, mais il y avait encore pis. Elle avait conscience de sa propre valeur. Ce mariage était une insulte pour elle et pour sa famille, on la jetait au rebut. Elle passa des nuits à pleurer et perdit tout appétit.

Une semaine avant les noces, des messagers arrivèrent en pleine nuit, mettant la résidence en émoi. Dame Noguchi fit venir Kaede. Elle était furieuse.

— Vous n'avez vraiment pas de chance, dame Shirakawa. On a dû vous jeter un mauvais sort. Votre futur époux est mort.

Lors d'une fête en l'honneur de la fin de son veuvage, l'homme avait eu une attaque alors qu'il buvait avec des amis. Il était tombé raide mort au milieu des coupes de vin.

Kaede éprouva un soulagement sans bornes, mais fut rendue responsable de ce second décès. Deux hommes maintenant étaient morts à cause d'elle, et le bruit se répandit que quiconque la désirait bravait la mort.

Elle espérait que cette réputation découragerait tous les prétendants. Un soir cependant, alors que le troisième mois touchait à son terme et que les arbres brillaient de l'éclat de leurs feuilles nouvelles, Junko chuchota à son oreille :

— Un homme du clan des Otori sollicite votre main, maîtresse.

Elles étaient en train de broder et Kaede, distraite de son rythme régulier, se piqua si fort avec son aiguille qu'elle se mit à saigner. Junko se hâta de retirer la soie avant qu'elle ne soit tachée.

— Qui est-ce ? demanda la jeune fille en portant son doigt à sa bouche où elle sentit le goût salé de son propre sang.

— Je ne sais pas au juste. Mais il a l'approbation de sire Iida lui-même, et les Tohan tiennent à sceller l'alliance avec les Otori. De cette façon, ils contrôleront l'ensemble du pays du Milieu.

— Quel âge a-t-il ? interrogea Kaede d'un ton contraint.

— On l'ignore encore, maîtresse. De toute façon l'âge d'un mari est sans importance.

Kaede se remit à sa broderie : des grues blanches et des tortues bleues sur un fond rose foncé — une robe de mariée.

— Je souhaite ne jamais terminer cette robe !

— Réjouissez-vous, dame Kaede. Vous allez quitter cet endroit. Les Otori vivent à Hagi, au bord de la mer. C'est un parti honorable pour vous.

— Le mariage me fait peur.

— On a toujours peur de ce qu'on ignore ! Mais les femmes finissent par y trouver du plaisir, vous verrez.

Junko se mit à pouffer.

Kaede se rappela les mains du garde, sa force, son désir, et sentit monter en elle un dégoût irrépressible. Ses propres mains, habituellement rapides et adroites, ralentirent leur rythme. Junko la réprimanda, mais sans méchanceté, et la traita tout le reste de la journée avec une grande douceur.

Quelques jours plus tard, Kaede fut convoquée par sire Noguchi. Elle avait entendu des chevaux arriver au galop et des étrangers pousser des cris, signe que des invités venaient, mais elle s'était tenue à l'écart comme à son ordinaire. Elle tremblait quand elle pénétra dans la salle d'audience, mais eut la surprise et la joie d'y découvrir son père assis à une place d'honneur, à côté de sire Noguchi.

Elle s'inclina jusqu'à terre, et vit le visage de son père s'illuminer. Elle était fière qu'il la trouve cette fois dans une position plus honorable, et se jura de ne jamais être pour lui une cause de chagrin ou de déshonneur.

Quand elle reçut la permission de s'asseoir, elle tenta de l'observer discrètement. Ses cheveux s'étaient clairsemés et grisonnaient, des rides nouvelles sillonnaient son front. Elle brûlait d'envie d'avoir des nouvelles de sa mère et de ses sœurs, et espérait qu'on lui accorderait de passer un moment seule avec lui.

— Dame Shirakawa, commença sire Noguchi. Nous avons reçu une offre de mariage pour vous, et votre père est venu donner son consentement.

Kaede s'inclina derechef en murmurant :

— Sire Noguchi.

— C'est un grand honneur pour vous. Ce mariage scellera l'alliance entre les Tohan et les Otori et unira trois familles anciennes. Sire Iida en personne assistera à vos noces. Il a même tenu à ce qu'elles aient lieu à Inuyama. L'état de santé de votre mère laissant à désirer, dame Maruyama, une parente de votre famille, vous conduira à Tsuwano. Votre futur époux est Otori Shigeru, un neveu des seigneurs Otori. Il vous retrouvera avec sa suite à Tsuwano. Je ne crois pas qu'il y ait d'autres dispositions à prendre. Tout va pour le mieux.

En l'entendant évoquer la mauvaise santé de sa mère, Kaede avait aussitôt tourné les yeux vers son père. Elle entendit à peine ce que sire Noguchi dit ensuite. Ce ne fut que plus tard qu'elle se rendit compte que toute l'affaire avait été conclue de manière que le seigneur eût le moins de dérangement et de dépense possible : quelques robes pour le voyage et les noces, peut-être une servante pour accompagner la future épouse. Il avait su tirer son épingle du jeu, cela ne faisait pas de doute.

Il plaisantait maintenant à propos de la mort du garde. Kaede se sentit rougir. Son père garda les yeux baissés. « Je suis heureuse qu'il ait perdu un homme à cause de moi, pensa-t-elle férocement. Puisse-t-il en perdre encore cent. »

Son père devait rentrer chez lui dès le lendemain, la maladie de sa femme lui interdisant de prolonger son séjour. Sire Noguchi était de si bonne humeur qu'il l'exhorta à passer un moment avec sa fille. Kaede conduisit son père dans la petite pièce donnant sur le jardin. L'air était chaud, chargé d'effluves printaniers. Une fauvette chantait dans le pin. Junko leur servit le thé, et sa politesse pleine de prévenance éclaircit l'humeur du père de Kaede.

— Je suis content que tu aies au moins une amie ici, Kaede, murmura-t-il.

— Comment se porte ma mère ? demanda-t-elle avec anxiété.

— Je voudrais pouvoir te donner de meilleures nouvelles. Je crains que la saison des pluies ne l'affaiblisse encore davantage. Cependant l'annonce de ce mariage l'a revigorée. Les Otori sont une grande famille, et il semble que sire Shigeru soit un homme de bien. Sa réputation est excellente. Il est à la fois aimé et respecté. C'est un bon parti — meilleur que nous n'aurions pu l'espérer.

— Alors j'en suis moi-même heureuse, mentit-elle pour lui faire plaisir.

Il regarda les cerisiers du jardin, chacun ployant sous les fleurs, perdu dans le rêve de sa propre beauté.

— Kaede, à propos de la mort de ce garde...

— Ce n'était pas ma faute, dit-elle précipitamment. Le capitaine Araï a agi pour me protéger. Le seul coupable, c'était le garde.

Il soupira.

— On raconte que tu es un danger pour les hommes, que sire Otori ferait mieux de se méfier. Il ne doit rien arriver qui puisse faire obstacle à ce mariage. C'est bien compris, Kaede ? S'il venait à échouer, et s'il était possible de t'en rendre responsable, notre vie à tous ne tiendrait plus qu'à un fil.

Kaede s'inclina, le cœur lourd. Son père était comme un étranger pour elle.

— Pendant toutes ces années, tu as dû supporter la lourde charge de garantir la sécurité de notre famille. Ta mère et tes sœurs sont malheureuses de ton absence. Moi-même, j'agirais différemment si je pouvais revenir en arrière. Peut-être si j'avais pris part à la bataille de Yaegahara, si je m'étais rallié à Iida dès le début, au lieu d'attendre de voir qui aurait la victoire de son côté... mais c'est du passé, tout cela, on ne peut plus rien y changer. À sa manière, sire Noguchi a rempli ses engagements. Tu es vivante, tu vas faire un bon mariage. Je sais que nous pouvons compter sur toi pour ne pas nous décevoir maintenant.

— Père, dit-elle alors qu'une légère brise se levait soudain sur le jardin, faisant voltiger sur le sol comme de la neige les pétales rose et blanc.

Son père s'en alla le lendemain. Kaede le regarda s'éloigner à cheval avec les hommes de sa suite. Ils avaient été attachés à sa famille avant même qu'elle fût née, et elle se rappelait encore les noms de certains d'entre eux : Shoji, le meilleur ami de son père, et le jeune Amano, qui n'avait que quelques années de plus qu'elle. Ils passèrent sous le porche du château, et les sabots de leurs destriers piétinèrent les fleurs de cerisier jonchant les marches basses de la rampe de pierre. Elle courut au pont pour les regarder disparaître le long des rives du fleuve. Puis la poussière retomba, les chiens de la ville se calmèrent : ils étaient partis.

La prochaine fois qu'elle reverrait son père, elle serait une femme mariée, rendant la visite d'usage à ses parents.

Kaede retourna dans la résidence, en prenant un air furieux pour tenir à distance son envie de pleurer. Son humeur ne s'améliora pas quand elle entendit une voix étrangère. Une femme bavardait avec Junko. C'était le genre de bavardage qu'elle méprisait par-dessus tout, où l'oratrice affectait une voix de petite fille et ponctuait son discours de petits rires aigus. Rien qu'à l'entendre, elle imaginait la fille : minuscule, avec des joues rondes de poupée et une démarche sautillante d'oiseau, sans oublier une tête agitée d'un mouvement perpétuel.

Elle se précipita dans la pièce, et découvrit Junko et l'inconnue occupées à coudre et à plier ses vêtements afin de mettre la dernière main à son trousseau. Les Noguchi ne perdaient pas leur temps pour se débarrasser d'elle. Des corbeilles en bambou et des boîtes en bois de paulownia étaient prêtes à être emballées. À cette vue, Kaede se sentit encore plus contrariée.

— Que fabrique cette personne ici ? demanda-t-elle avec humeur.

La fille s'aplatit sur le sol avec une humilité outrée, comme Kaede s'y attendait.

— Voici Shizuka, dit Junko. Elle accompagnera dame Kaede à Inuyama.

— Je n'en veux pas, répliqua Kaede. Je veux que ce soit vous qui veniez avec moi.

— Maîtresse, il m'est impossible de partir. Dame Noguchi ne me le permettrait sous aucun prétexte.

— Alors dites-lui d'envoyer quelqu'un d'autre.

Le visage toujours plaqué contre le sol, Shizuka émit un son qui ressemblait à un sanglot. Convaincue qu'elle jouait la comédie, Kaede resta impassible.

— Vous êtes hors de vous, maîtresse. La nouvelle du mariage, le départ de votre père..., dit Junko pour essayer de l'apaiser. C'est une bonne fille, très jolie, très maligne. Assieds-toi, Shizuka, laisse dame Shirakawa te regarder.

La fille se redressa, mais sans regarder Kaede en face. Des larmes s'écoulaient de ses yeux baissés. Elle renifla une ou deux fois et implora :

— Je vous en prie, noble dame, ne me renvoyez pas. Je ferai tout pour vous complaire. Personne ne prendra soin de vous aussi bien que moi, je vous le promets. Je vous porterai quand il pleuvra, je vous réchaufferai les pieds quand il fera froid.

Ses larmes semblaient taries et elle se remit à sourire.

— Vous ne m'aviez pas avertie de la beauté de dame Shirakawa, dit-elle à Junko. Pas étonnant que les hommes meurent pour elle !

— Ne parlez pas ainsi ! s'écria Kaede.

Irritée, elle s'avança jusqu'à la porte donnant sur le jardin. Deux jardiniers ôtaient une à une les feuilles déparant la mousse.

— Je suis lasse d'entendre ces bruits sur mon compte.

— Ils ne cesseront jamais de courir, observa Junko. Cette réputation fait désormais partie de votre vie, noble dame.

— J'aimerais bien que les hommes meurent pour mes beaux yeux, s'exclama Shizuka en riant. Mais ils ont l'air de m'aimer et de m'oublier aussi aisément que je les aime et les oublie moi-même !

Kaede ne se retourna pas. La jeune servante s'approcha à genoux des boîtes et se remit à plier les vêtements en chantonnant doucement. Sa voix était limpide et juste. Elle chantait une vieille ballade où il était question d'un petit village dans la forêt de pins, d'une fille, d'un jeune homme. Kaede se dit qu'elle lui rappelait son enfance, et se rendit compte alors clairement qu'elle ne serait plus jamais une enfant, qu'elle allait épouser un étranger, qu'elle ne connaîtrait jamais l'amour. Dans les villages, peut-être, les gens pouvaient tomber amoureux. Mais pour quelqu'un dans sa position, ce n'était même pas la peine d'y penser.

Elle traversa la pièce à grands pas, s'agenouilla près de Shizuka et lui arracha des mains les vêtements.

— Si vraiment vous voulez plier ces vêtements, faites-le correctement !

— Oui, noble dame.

Shizuka s'aplatit de nouveau sur le sol, en écrasant au passage quelques robes.

— Merci, maîtresse, vous ne le regretterez jamais !

S'asseyant de nouveau, elle murmura :

— On dit que sire Araï s'intéresse de près à dame Shirakawa. Il semble qu'il ait à cœur que votre honneur soit respecté.

— Tu connais Araï ? demanda Kaede d'un ton brusque.

— Je suis originaire de sa ville, maîtresse. De Kumamoto.

Junko eut un large sourire.

— Je puis vous quitter l'esprit en repos, maintenant que je sais que Shizuka prendra soin de vous.

C'est ainsi que Shizuka entra dans la vie de Kaede, pour qui elle était une source à la fois d'irritation et d'amusement. Avide de commérages, elle répandait des rumeurs sans le moindre scrupule, et ne cessait de disparaître dans les cuisines, les écuries, le château, pour revenir chargée d'une riche moisson de nouvelles. Tout le monde l'aimait, et les hommes ne lui inspiraient aucune crainte. Pour autant que Kaede pouvait en juger, c'étaient plutôt eux qui la redoutaient, intimidés par ses taquineries et ses reparties assassines. À première vue, elle paraissait brouillonne, mais en fait elle s'occupait de Kaede avec un soin méticuleux. Elle la massait pour dissiper ses migraines, lui apportait des onguents à base d'herbes et de cire d'abeilles pour assouplir sa peau veloutée, épilait ses sourcils pour leur donner une forme plus gracieuse. Kaede finit par compter sur elle, et même par lui faire confiance. Shizuka savait la faire rire malgré elle, et la mettait pour la première fois en contact avec ce monde extérieur dont la jeune fille avait été isolée.

C'est ainsi que Kaede apprit les relations difficiles existant entre les clans, les rancunes tenaces laissées par la bataille de Yaegahara, les alliances qu'Iida tentait de conclure avec les Otori et les Seishuu, les manèges incessants d'hommes se disputant le pouvoir et se préparant encore à une nouvelle guerre. Elle entendit aussi parler pour la première fois des Invisibles, qu'Iida accablait de persécutions auxquelles il exigeait de surcroît que ses alliés se joignissent.

Elle n'avait jamais entendu parler de gens de cette sorte, et elle crut d'abord qu'ils n'existaient que dans l'imagination de Shizuka. Un soir, cependant, cette dernière abandonna sa gaieté ordinaire pour lui murmurer d'un air abattu qu'un groupe de villageois avaient été amenés à Noguchi, enfermés dans des cages d'osier. Ils devaient rester suspendus aux murs du château jusqu'au moment où la faim et la soif apporteraient un terme à leurs jours. En attendant, les corbeaux béquetaient leurs corps encore vivants.

— Pourquoi ? Quel crime ont-ils commis ? interrogea Kaede.

— Ils prétendent qu'il existe un dieu secret qui voit toute chose. Ils disent qu'ils n'ont pas le droit de l'offenser ni de le renier, qu'ils aimeraient encore mieux mourir.

Kaede frissonna.

— Pourquoi sire Iida les poursuit-il d'une telle haine ?

Shizuka jeta un coup d'œil par-dessus ses épaules, bien qu'elles fussent seules dans la pièce.

— Ils affirment que le dieu secret punira Iida dans l'au-delà.

— Mais Iida est le seigneur le plus puissant des Trois Pays. Il peut faire ce qu'il veut. Ils n'ont pas le droit de le juger.

L'idée que de simples villageois puissent porter un jugement sur les actions d'un seigneur paraissait grotesque à Kaede.

— Les Invisibles croient que tout le monde est

égal aux yeux de leur dieu, que de son point de vue il n'existe pas de seigneurs. Il ne fait de différence qu'entre ceux qui croient en lui et ceux qui n'y croient pas.

Kaede fronça les sourcils. Elle comprenait qu'Iida veuille les éliminer. Elle aurait voulu poser d'autres questions, mais Shizuka changea de sujet :

— On attend dame Maruyama d'un jour à l'autre, maintenant. Une fois qu'elle sera arrivée, nous nous mettrons en route.

— Il fera bon quitter ce lieu de mort, dit Kaede.

— La mort est partout.

Shizuka prit le peigne et le passa dans les cheveux de la jeune femme avec des mouvements amples, réguliers.

— Dame Maruyama est une de vos proches parentes. L'avez-vous rencontrée quand vous étiez enfant ?

— Je ne m'en souviens pas. Je crois que ma mère est sa cousine, mais je ne sais presque rien d'elle. Tu l'as déjà rencontrée ?

— Disons que je l'ai vue, répliqua Shizuka en riant. Les gens comme moi ne rencontrent pas vraiment les gens de sa sorte !

— Parle-moi d'elle.

— Comme vous le savez, elle possède un vaste domaine dans le Sud-Ouest. Son mari et son fils sont morts, et sa fille, qui doit hériter d'elle, est retenue en otage à Inuyama. Il est de notoriété publique que la dame n'est pas une amie des Tohan, bien que son mari appartînt à ce clan. Sa belle-fille est mariée au cousin d'Iida. Le bruit a couru qu'après la mort de son époux, la famille de ce dernier avait fait empoisonner son fils. Iida a commencé par lui offrir de se remarier avec son frère, mais elle a refusé. On dit qu'il désire maintenant l'épouser lui-même.

— Il a certainement déjà une femme, et un fils, l'interrompit Kaede.

— Tous les enfants de dame Iida sont morts dans leur âge tendre, en dehors d'un fils qui a survécu, et elle est d'une santé très fragile. Son état peut devenir désespéré du jour au lendemain.

« En d'autres termes, il se pourrait qu'il la fasse assassiner, » pensa Kaede, mais sans oser le dire à haute voix.

— De toute façon, poursuivit Shizuka, on assure que dame Maruyama ne l'épousera jamais et refusera également de lui donner sa fille en mariage.

— Elle dispose elle-même de sa main ? Ce doit être une femme d'un grand pouvoir.

— Maruyama est le dernier des grands domaines à se transmettre de mère en fille, expliqua Shizuka. Cette particularité confère à sa maîtresse une autorité qui fait défaut au commun des femmes. De plus, elle a d'autres pouvoirs, qui semblent presque tenir de la magie. Elle ensorcelle les gens pour parvenir à ses fins.

— Tu crois à ce genre de choses ?

— Comment expliquer autrement qu'elle puisse s'en tirer ? La famille de son défunt époux, sire Iida et la plupart des Tohan seraient ravis de l'écraser, mais elle survit malgré son fils qu'ils ont tué et sa fille qu'ils gardent en otage.

Kaede sentit un mouvement de compassion lui étreindre le cœur.

— Pourquoi faut-il que les femmes souffrent ainsi ? Pourquoi ne jouissons-nous pas de la même liberté que les hommes ?

— Ainsi va le monde, répliqua Shizuka. Les hommes sont plus forts, et aucun sentiment de tendresse ou de pitié ne les retient. Les femmes tombent amoureuses d'eux, mais ils ne leur rendent pas leur amour.

— Je ne tomberai jamais amoureuse.

— Vous ferez bien ! approuva Shizuka en riant.

Elle installa les lits, et elles se couchèrent. Kaede pensa longtemps à la noble dame disposant d'autant de pouvoir qu'un homme, et qui avait perdu aussi bien son fils que sa fille. Elle songea à cette fille, retenue en otage dans la forteresse d'Iida à Inuyama, et son sort la remplit de pitié.

*

La salle de réception de dame Noguchi était décorée dans le style du continent. Portes et écrans s'ornaient de peintures représentant des paysages de montagnes et de forêts de pins. Elles déplurent à Kaede qui les trouva empesées, brillant de trop d'or et d'ostentation. Seule une scène à l'extrême gauche trouva grâce à ses yeux. Deux faisans y donnaient une impression de vie si intense qu'ils paraissaient sur le point de s'envoler. Les yeux luisants, la tête dressée, ils suivaient la conversation avec plus de vivacité que la plupart des femmes agenouillées devant dame Noguchi.

L'invitée de cette dernière, dame Maruyama, était assise à sa droite. Dame Noguchi fit signe à Kaede de s'approcher. La jeune fille s'inclina jusqu'au sol et écouta les propos hypocrites qui volaient au-dessus de sa tête.

— Bien entendu, nous sommes désespérés de perdre dame Kaede : elle a été comme une fille pour nous. Et ce n'est pas sans hésitation que nous imposons une telle charge à dame Maruyama. Nous demandons seulement que Kaede soit autorisée à vous accompagner jusqu'à Tsuwano. Les seigneurs Otori viendront la chercher là-bas.

— Dame Shirakawa se marie dans la famille Otori ?

Kaede fut séduite par la voix grave et douce qu'elle entendait. Elle leva presque imperceptiblement les yeux et aperçut les petites mains de la dame, qui les gardait jointes sur ses genoux.

— Oui, avec sire Otori Shigeru, ronronna dame Noguchi. C'est un grand honneur. Bien entendu, mon époux est très proche de sire Iida, qui lui-même désire cette union.

Kaede vit les mains fines se crisper au point de se vider de tout leur sang. Après un silence si long qu'il en devenait presque impoli, dame Maruyama dit :

— Sire Otori Shigeru ? Dame Shirakawa a certes beaucoup de chance.

— L'avez-vous déjà rencontré, dame Maruyama ? Je n'ai jamais eu ce plaisir.

— Je ne connais qu'à peine sire Otori, répondit-elle. Asseyez-vous, dame Shirakawa. Laissez-moi voir votre visage.

Kaede leva la tête.

— Que vous êtes jeune ! s'exclama la femme déjà mûre qui la contemplait.

— J'ai quinze ans, noble dame.

— Vous êtes à peine plus âgée que ma fille.

La voix de dame Maruyama était faible, presque éteinte. Kaede s'enhardit à regarder les yeux sombres, à la forme parfaite. Leurs pupilles étaient dilatées, comme sous l'effet d'un choc, et le visage de la dame était d'une pâleur qu'aucune poudre n'aurait pu lui donner. Puis elle parut se reprendre, et ses lèvres esquissèrent un sourire — mais ses yeux ne souriaient pas.

« Que lui ai-je fait ? » se demanda Kaede, éperdue. Elle s'était sentie attirée d'emblée par cette femme. Il lui semblait que Shizuka avait raison : dame Maruyama était capable d'obtenir ce qu'elle voulait de n'importe qui. Sa beauté était fanée, certes, mais les rides légères autour de ses yeux et de sa bouche ne faisaient étrangement que rendre plus intenses le caractère et la force émanant de ce visage. La froideur que Kaede y lisait à présent la blessait profondément.

« Elle ne m'aime pas, » se dit la jeune fille avec un sentiment accablant de déception.

CHAPITRE V

La fonte des neiges arriva et la maison et le jardin recommencèrent leur chant d'eau vive. Cela faisait six mois que je vivais à Hagi. J'avais appris à lire, à écrire et à dessiner. Je m'étais aussi initié aux mille façons de tuer, même si je n'étais encore jamais passé à la pratique. Je me sentais désormais capable de percer à jour les intentions que les hommes cachent au fond de leur cœur, et j'avais acquis d'autres talents utiles que je devais d'ailleurs moins aux leçons de Kenji qu'à l'épanouissement de ma nature profonde. Je savais comment me trouver en deux endroits différents et me rendre invisible, et je pouvais réduire les chiens au silence par un simple regard qui les plongeait instantanément dans le sommeil. J'avais découvert tout seul cette dernière astuce et m'étais abstenu d'en faire part à Kenji, car il m'avait enseigné entre autres la dissimulation.

Je recourais à ces talents lorsque j'étouffais entre les murs de la maison, dans cette vie d'une routine implacable, passée à étudier, à m'entraîner et à obéir à mes deux maîtres sévères. Je ne trouvais que trop aisé de détourner l'attention des gardes, d'endormir les chiens et de m'échapper sans que personne me voie. Même Ichiro et Kenji furent plus d'une fois convaincus que j'étais assis tranquillement dans un coin de la maison avec mon encre et mon pinceau, alors que j'étais dehors avec Fumio, à explorer les ruelles louches du port, à nager dans le fleuve, à écouter les matelots et les pêcheurs. Nous respirions les effluves entêtants de l'air salé et des cordes et des filets de chanvre, et nous humions l'odeur des fruits de mer sous toutes leurs formes possibles, crus, fumés ou grillés, en petites boulettes ou en ragoûts copieux qui nous mettaient l'eau à la bouche. Je saisissais au vol les divers accents de l'Ouest, des îles et même du continent. Et j'écoutais converser des gens qui se croyaient à l'abri des oreilles indiscrètes, apprenant ainsi à mieux connaître la vie de mes semblables, leurs craintes et leurs désirs.

Il m'arrivait de vagabonder en solitaire, en traversant le fleuve à la nage ou en empruntant le barrage à poissons installé entre ses berges. J'explorais les contrées de l'autre rive, m'enfonçais dans les montagnes où les fermiers cultivaient leurs champs secrets, cachés au milieu des arbres, invisibles et donc échappant à l'impôt. Je voyais les nouvelles feuilles vertes bourgeonner dans les halliers, et j'entendais les bois de châtaigniers s'animer du bourdonnement d'insectes en quête du pollen que recelaient leurs chatons dorés. Les fermiers eux aussi bourdonnaient comme une nuée d'insectes. Ils se plaignaient sans fin des seigneurs Otori et du fardeau des taxes qui ne cessait de s'alourdir. Le nom de sire Shigeru revenait régulièrement dans leurs discours, et j'appris que le peuple dans sa majorité regrettait amèrement que le château ne fût pas occupé par le seigneur mais par ses oncles. Je surprenais des opinions qui étaient des crimes de haute trahison et ne s'exprimaient qu'à l'abri de la nuit ou de la forêt profonde. Nul ne pouvait les entendre en dehors de moi, et je n'en parlais à personne.

Le printemps se déployait sur le paysage. L'air était chaud, la terre tout entière débordait de vie. Je me sentais en proie à une inquiétude que je ne comprenais pas moi-même. Je cherchais quelque chose, mais j'ignorais quoi. Kenji m'emmena dans le quartier des plaisirs et je couchai avec des filles, sans lui dire que j'avais déjà visité ces lieux avec Fumio. Je ne trouvais dans ces étreintes qu'un bref exutoire à ma nostalgie. Ces filles éveillaient en moi autant de pitié que de désir, tant elles ressemblaient aux petites villageoises de Mino avec qui j'avais grandi. Elles étaient vraisemblablement issues du même genre de familles, et leurs parents les avaient vendues pour ne pas mourir de faim. Certaines étaient à peine sorties de l'enfance, et je scrutais leurs visages, à la recherche des traits de mes sœurs. Je me sentais souvent envahi par la honte, mais je ne renonçais pas à ces visites.

Les fêtes du printemps commencèrent, avec leurs foules envahissant les sanctuaires et les rues. Les joueurs de tambour remplissaient les nuits de leur musique assourdissante. Leurs bras et leurs visages luisaient de sueur à la lueur des lanternes, et ils étaient possédés d'une telle frénésie qu'ils ne sentaient plus la fatigue. Je ne pus résister à la fièvre de ces célébrations, à l'extase déchaînée de la multitude. Une nuit, j'étais sorti pour suivre avec Fumio la statue du dieu promenée dans les rues par un cortège surexcité, dans un désordre indicible. Je venais de prendre congé de mon ami quand la cohue me poussa contre un homme, que je manquai piétiner. Il se tourna vers moi et je le reconnus : c'était le voyageur qui avait séjourné chez nous et essayé de nous mettre en garde contre les persécutions d'Iida. Petit et trapu, doté d'un visage aussi laid que perspicace, c'était une sorte de colporteur qui se rendait de temps en temps à Mino. Avant que j'aie pu me détourner, je vis qu'il m'avait reconnu et que son regard exprimait non seulement la surprise mais la compassion. Il hurla pour couvrir le vacarme de la foule :

— Tomasu !

Je secouai la tête en faisant semblant de ne pas comprendre, mais il ne lâcha pas prise. Il essaya de m'extraire de la marée humaine en m'attirant dans une ruelle.

— Tomasu, c'est vous, n'est-ce pas ? Le garçon de Mino ?

— Vous faites erreur, affirmai-je. Je ne connais personne de ce nom.

— Tout le monde vous croit mort !

— Je ne comprends pas un mot à ce que vous racontez.

Je ris comme s'il s'agissait d'une bonne plaisanterie, et tentai de m'enfoncer de nouveau dans la foule. Il m'attrapa par le bras pour me retenir et avant même qu'il eût ouvert la bouche, je sus ce qu'il allait dire.

— Votre mère est morte. Ils l'ont tuée. Ils ont tué tout le monde. Vous êtes le seul survivant ! Comment avez-vous fait pour vous échapper ?

Il tenta d'approcher mon visage du sien et je sentis son haleine empestée, sa sueur.

— Vous êtes complètement ivre, mon vieux ! m'écriai-je. Aux dernières nouvelles, ma mère se trouve à Hofu et se porte comme un charme.

Je le repoussai et me saisis de mon couteau.

— J'appartiens au clan des Otori, dis-je d'une voix où la colère remplaçait le rire.

Il recula.

— Pardonnez-moi, seigneur. Je me suis trompé. Je vois bien maintenant que je vous ai pris pour un autre.

Il était légèrement éméché, mais la peur le dégrisait comme par enchantement.

Je me sentis assailli par plusieurs pensées à la fois, la plus pressante étant que j'allais devoir tuer cet homme, ce colporteur inoffensif qui avait essayé de mettre en garde ma famille. Je savais exactement comment il faudrait procéder : je l'entraînerais au fond de la ruelle, lui ferais perdre l'équilibre et tailladerais l'artère de la nuque avant de le laisser s'effondrer par terre où il resterait étendu comme un ivrogne à saigner jusqu'à ce que mort s'ensuive. Même si quelqu'un me voyait, personne n'oserait intervenir.

La foule s'écoulait sans faire attention à nous, j'avais le couteau à la main. Il se laissa tomber par terre, le front dans la poussière, en balbutiant des supplications pour que j'épargne sa vie.

« Je ne peux pas le tuer », pensai-je. Puis je me dis : « Il est inutile de le tuer. Il a admis que je n'étais pas Tomasu, et même s'il a encore des doutes il n'osera en faire part à personne. Après tout, il fait partie des Invisibles. »

Je m'éloignai à reculons et laissai le flot des passants m'entraîner jusqu'aux portes du sanctuaire. Après quoi je me frayai un chemin jusqu'à la berge du fleuve. Le sentier qui le longeait était sombre et désert, mais j'entendais encore les cris excités de la foule, les litanies des prêtres et l'appel lugubre de la cloche du temple. L'eau du fleuve léchait en clapotant les coques des bateaux, les quais, les roseaux. Je me rappelai la première nuit que j'avais passée dans la maison de sire Shigeru. « Le fleuve est toujours à nos portes. Le monde nous attend toujours dehors. Et c'est dans le monde que nous devons vivre. »

Quand je franchis le porche de la maison, les chiens me suivirent des yeux d'un air endormi et docile mais les gardes ne s'aperçurent pas de ma présence. Il m'arrivait parfois, dans de pareilles occasions, de me glisser dans leur pavillon pour les surprendre, mais cette nuit-là je n'étais pas d'humeur à plaisanter. Je songeai avec amertume à leur inertie et à leur distraction, et combien il serait aisé à un autre assassin de la Tribu d'entrer comme l'avait fait Shintaro. Puis je me sentis pris de dégoût à l'idée du monde de dissimulation, de duplicité et d'intrigue où j'étais devenu si habile. J'éprouvai une envie désespérée d'être de nouveau Tomasu pour dévaler la pente de la montagne et rentrer chez moi, retrouver ma mère.

Mes yeux me brûlaient. Le jardin était plein des parfums et des rumeurs du printemps. Éclairés par la lune, les premiers arbres en fleurs brillaient d'un éclat limpide et fragile. Leur pureté me perça le cœur. Comment le monde pouvait-il être à la fois si beau et si cruel ?

Sur la véranda, les flammes des lampes tremblaient et leur cire coulait dans la brise chaude. Kenji était assis dans la pénombre. Il m'appela :

— Sire Shigeru a réprimandé Ichiro pour avoir perdu votre trace. Je lui ai dit qu'on pouvait apprivoiser un renard, mais non le transformer en chien domestique !

En voyant mon visage à la lueur des lampes, il s'exclama :

— Que s'est-il passé ?

— Ma mère est morte.

« Seuls les enfants pleurent. Les hommes et les femmes endurent ce qui advient. » L'enfant Tomasu pleurait au fond de mon cœur, mais Takeo gardait les yeux secs.

Kenji m'attira à lui et chuchota :

— Qui te l'a dit ?

— Un homme que je connaissais à Mino assistait à la fête du sanctuaire.

— Il t'a reconnu ?

— Il a cru me reconnaître. Je l'ai convaincu de son erreur. Mais au début, comme il me prenait encore pour Tomasu, il m'a appris la mort de ma mère.

— Je suis désolé de cette nouvelle, dit Kenji pour la forme. Tu as tué cet homme, j'espère.

Je ne répondis pas. C'était inutile : il avait compris avant même d'avoir achevé sa question. Dans son exaspération, il me donna une taloche comme Ichiro quand je manquais un trait dans un caractère.

— Tu n'es qu'un imbécile, Takeo !

— Il était sans armes, sans mauvaises intentions. C'était un ami de ma famille.

— C'est exactement ce que je craignais. Tu laisses la pitié arrêter ta main. Ne sais-tu pas que tout homme que tu épargneras ne cessera jamais par la suite de te haïr ? Tout ce que tu as obtenu, c'est de le persuader que tu es bien Tomasu.

— Pourquoi aurait-il dû mourir à cause de mon propre destin ? Quel avantage y avait-il à tirer de sa mort ? Aucun !

— Ce qui m'inquiète, ce sont les désastres que sa langue pourra provoquer tant qu'il sera vivant et pourra s'en servir, répliqua Kenji avant de rentrer pour mettre sire Shigeru au courant.

*

Après cet épisode, je tombai en disgrâce et il me fut défendu de vagabonder en ville. Kenji me tenait désormais à l'œil et il se révéla presque impossible de déjouer sa vigilance, ce qui ne m'empêchait pas d'essayer. Comme toujours, il suffisait qu'on mette un obstacle sur ma route pour me donner une envie irrésistible d'en venir à bout. Mon indocilité mettait mon maître hors de lui, mais mes dons ne firent que se développer et j'appris à m'en servir avec une sûreté croissante.

Après que Kenji lui eut raconté mon incapacité à réussir un assassinat, sire Shigeru me parla de la mort de ma mère :

— Tu l'as pleurée durant la première nuit qui suivit notre rencontre. Désormais, tu ne dois plus rien laisser paraître de ton chagrin. Tu ne sais pas qui est en train de t'observer.

C'est ainsi que mon chagrin resta inexprimé, au fond de mon cœur. Dans la nuit, je récitai les prières des Invisibles pour l'âme de ma mère et pour celles de mes sœurs. Mais je ne dis pas les prières de pardon qu'elle m'avait enseignées. Je n'avais pas l'intention d'aimer mes ennemis. Je laissai mon chagrin nourrir mon désir de vengeance.

Cette nuit fut aussi la dernière où il me fut donné de voir Fumio. Quand je parvins à échapper à la surveillance de Kenji pour retourner au port, le bateau des Terada avait disparu. Les autres pêcheurs m'apprirent qu'ils étaient partis une nuit, réduits par les taxes exorbitantes et les règlements iniques à prendre enfin le chemin de l'exil. Le bruit courait qu'ils s'étaient enfuis à Oshima, d'où la famille était originaire. En s'installant dans cette île lointaine, il était presque certain qu'ils allaient se livrer à la piraterie.

Vers cette époque, avant que ne commencent les pluies de la saison des prunes, sire Shigeru manifesta un vif intérêt pour la construction et mit à exécution son projet d'édifier un pavillon du thé à un bout du jardin. Je l'accompagnai pour choisir le bois : des troncs de cèdre soutiendraient le toit tandis que les murs seraient bâtis en cyprès. L'odeur du bois coupé me rappela les montagnes, et je trouvai que les charpentiers ressemblaient aux hommes de mon village, avec leurs longs silences que venaient rompre de brusques éclats de rire quand ils racontaient une de leurs blagues incompréhensibles. Je me surpris à retrouver de mon côté mes anciennes habitudes de langage et à me servir de mots du village que je n'avais pas prononcés depuis des mois. Il arriva même que mon patois leur arrachât quelques gloussements.

Sire Shigeru se passionnait pour toutes les étapes de la construction, depuis l'abattage des arbres dans la forêt jusqu'à la confection des planches et les diverses méthodes de pose des parquets. Nous fîmes de fréquentes visites à l'atelier de coupe, en compagnie de Shiro, le maître charpentier, un homme qui semblait façonné dans la même matière que ce bois qu'il aimait tant, uni au cèdre et au cyprès par des liens fraternels. Il évoquait le caractère et l'esprit de chaque type de bois, et la part de forêt qu'il faisait entrer dans la maison.

— Chaque bois a son propre son, disait-il. Chaque maison a son chant particulier.

Je pensais être le seul à savoir qu'une maison chantait. Cela faisait des mois maintenant que j'écoutais la maison de sire Shigeru. J'avais entendu son chant s'apaiser en une douce mélodie hivernale, j'avais épié les craquements de ses poutres et de ses murs alors qu'elle s'affaissait sous le poids de la neige, qu'elle s'engourdissait de froid puis se réchauffait, se contractait puis s'étirait. Maintenant, de nouveau, sa musique était tissée d'eau vive.

Shiro m'observait comme s'il lisait dans mes pensées.

— J'ai entendu dire que sire Iida s'est fait fabriquer un parquet qui chante comme un rossignol, dit-il un jour. Mais à quoi bon faire chanter un parquet comme un oiseau, alors qu'il possède déjà son propre chant ?

— À quoi sert un tel parquet ? s'enquit sire Shigeru d'une voix apparemment indifférente.

— Le seigneur a peur d'être assassiné. Ce parquet est pour lui une protection supplémentaire. Personne ne peut passer dessus sans réveiller le rossignol.

— Comment est-il fabriqué ?

Le vieillard prit un morceau de parquet à moitié terminé et expliqua comment les lambourdes étaient agencées de manière à faire craquer les planches.

— À ce qu'on m'a dit, on en fait grand usage dans la capitale. La plupart des gens veulent un parquet silencieux. Si les planches font du bruit, ils demandent qu'on corrige ce défaut. Mais Iida ne ferme pas l'œil de la nuit. Il a peur que quelqu'un n'entre chez lui sans qu'il l'entende. Désormais, il restera éveillé de peur d'entendre son parquet chanter ! conclut Shiro en ricanant.

— Serais-tu capable de fabriquer un tel parquet ? demanda sire Shigeru.

Le charpentier sourit dans ma direction.

— Je suis capable de fabriquer un parquet si silencieux que même Takeo ne pourrait l'entendre. Je pense que je peux aussi bien en faire un qui chante.

— Takeo t'aidera, annonça le seigneur. Il faut qu'il connaisse tous les secrets de sa fabrication.

Sur le moment, je n'osai pas demander pourquoi. Même si je me doutais de la réponse, je préférais rester dans le vague. La suite de la conversation fut consacrée au pavillon du thé. Shiro dirigea les travaux, et exécuta en même temps un petit parquet chantant qui fut installé sur la véranda. J'observai la pose de chaque planche, et mémorisai la moindre lambourde, la moindre cheville.

Chiyo se plaignit que les craquements du parquet lui donnaient la migraine et évoquaient plutôt une souris qu'un oiseau. Mais la maisonnée finit par s'y habituer, et ces craquements devinrent une part de la mélodie familière de la maison.

Ce parquet amusait infiniment Kenji : il y voyait un moyen d'empêcher mes escapades. Sire Shigeru ne précisa pas davantage pourquoi il fallait que je sache comment le parquet était fabriqué, mais je suppose qu'il avait deviné quelle attirance il exercerait sur moi. Je passais mes journées à l'écouter. Je reconnaissais à son pas chaque personne qui marchait dessus. Je pouvais prédire quelle serait la prochaine note que le parquet chanterait. J'essayais de passer dessus sans éveiller le rossignol. C'était difficile — Shiro avait fait du bon travail —, mais pas impossible. Ayant suivi les étapes de la fabrication du parquet, je savais qu'il n'avait rien de magique. Il fallait juste que je me donne le temps nécessaire pour m'en rendre maître. Je m'entraînais à le franchir avec cette patience presque fanatique qui était en moi, je le savais maintenant, un trait distinctif de la Tribu.

La saison des pluies commença. Une nuit, l'air était si chaud et humide que je ne parvenais pas à dormir. J'allai boire au bassin puis m'immobilisai au seuil de la véranda, les yeux fixés sur le parquet qui s'étendait devant moi. Je savais que j'allais le traverser sans réveiller personne.

J'avançai rapidement tant mes pieds connaissaient chaque endroit où se poser et quelle pression exercer. Le rossignol resta silencieux. Je ressentis le plaisir profond, bien éloigné de l'ivresse, que procure l'acquisition des talents de la Tribu. Jusqu'au moment où j'entendis une respiration et me retournai pour découvrir que sire Shigeru était en train de me regarder.

— Vous m'avez entendu, dis-je avec désappointement.

— Non, j'étais déjà éveillé. Peux-tu le refaire ?

Je restai un instant accroupi, en me retirant en moi-même comme le font les membres de la Tribu, de manière à évacuer tout ce qui n'était pas ma perception des bruits de la nuit. Puis je m'élançai de nouveau sur la voie du rossignol. L'oiseau continua de dormir.

Je pensai à Iida incapable de trouver le sommeil dans son lit à Inuyama, l'oreille tendue vers le parquet chantant. Je m'imaginai en train d'approcher de lui furtivement, absolument silencieux, absolument indécelable.

Si jamais la même image occupait la pensée de sire Shigeru, il n'y fit aucune allusion. Il se contenta d'observer :

— Je suis déçu par Shiro. Je pensais que son parquet serait plus malin que toi.

Aucun de nous ne dit : « Mais qu'en sera-t-il de celui d'Iida ? » Cependant la question resta en suspens entre nous, dans l'atmosphère pesante de cette nuit du sixième mois.

*

Le pavillon du thé était lui aussi achevé. Nous y prenions souvent le thé le soir, ravivant ainsi mon souvenir de la première fois où j'avais goûté à la coûteuse infusion verte préparée par dame Maruyama. Je sentais que sire Shigeru avait pensé à elle en faisant construire le pavillon, mais il n'en parla jamais. Un camélia au tronc double se dressait devant la porte, et ce fut peut-être ce symbole de l'amour conjugal qui poussa chacun à se lancer dans des considérations sur les avantages du mariage. Ichiro, en particulier, pressait le seigneur de se mettre en quête d'une nouvelle épouse.

— La mort de votre mère et celle de Takeshi ont pu servir d'excuse un certain temps, mais il y a maintenant presque dix ans qu'on vous voit sans femme ni enfant. C'est une situation inouïe !

Les servantes en faisaient des gorges chaudes, oubliant que je pouvais entendre leurs bavardages dans n'importe quelle partie de la maison. La plupart défendaient une opinion qui était en fait proche de la réalité, même si elles n'y croyaient pas vraiment elles-mêmes. D'après elles, sire Shigeru devait être amoureux d'une femme inaccessible, du fait d'un rang inférieur ou de quelque autre empêchement. Ils devaient s'être juré fidélité, soupiraient-elles, car à leur grand regret le seigneur n'avait jamais invité aucune d'elles à partager sa couche. Plus réalistes, les femmes d'âge mûr faisaient observer que de telles choses pouvaient se produire dans les chansons mais n'avaient guère de rapport avec la vie quotidienne de la classe des guerriers.

— Peut-être préfère-t-il les garçons ! répliqua Haruka, la plus effrontée des petites servantes, avant d'ajouter avec force gloussements : Demandez à Takeo !

Sur quoi Chiyo déclara qu'aimer les garçons était une chose, et le mariage une autre. Ces deux domaines n'avaient rien à voir l'un avec l'autre.

Sire Shigeru éludait toutes ces interrogations matrimoniales en disant qu'il était davantage préoccupé par les formalités de mon adoption. Cela faisait des mois que le clan n'avait donné aucune nouvelle à ce sujet, sinon que les délibérations se poursuivaient. Les Otori avaient des soucis plus urgents à affronter. Iida avait commencé sa campagne d'été dans les contrées de l'Est, et les fiefs avaient dû les uns après les autres se rallier aux Tohan ou subir la conquête et l'anéantissement. Bientôt il s'intéresserait de nouveau au pays du Milieu. Les Otori s'étaient accoutumés à la paix. Les oncles de sire Shigeru étaient peu disposés à tenir tête à Iida au risque de replonger leur fief dans la guerre. Cependant, l'idée de se soumettre aux Tohan hérissait la plupart des membres du clan.

Une foule de rumeurs couraient à Hagi, et l'atmosphère était tendue. Kenji se montrait inquiet. Il me tenait à l'œil en permanence, et cette surveillance constante me rendait irritable.

— Les espions Tohan se font de semaine en semaine plus nombreux en ville, disait-il. Tôt ou tard, l'un d'eux reconnaîtra Takeo. Laissez-moi l'emmener.

— Une fois qu'il aura été légalement adopté et placé sous la protection du clan, Iida y regardera à deux fois avant de s'en prendre à lui, répliquait sire Shigeru.

— Je crois que vous le sous-estimez. Il ne reculera devant rien.

— Dans les contrées de l'Est, c'est possible. Mais pas dans le pays du Milieu.

Ils eurent de nombreuses disputes à ce sujet. Kenji pressait le seigneur de lui permettre de m'emmener, mais sire Shigeru se dérobait, refusait de prendre le danger au sérieux et maintenait qu'une fois adopté je serais plus en sécurité à Hagi que n'importe où au monde.

Je finis par être gagné par l'inquiétude de Kenji. J'étais toujours sur mes gardes, aux aguets, ne relâchant jamais ma surveillance. Je ne trouvais un peu de paix qu'aux moments où j'étais absorbé par l'apprentissage de talents nouveaux. Mon désir de perfectionner mes dons tournait à l'obsession.

Le message arriva enfin, alors que le septième mois touchait à sa fin : sire Shigeru devait m'amener le lendemain au château, où ses oncles me recevraient et feraient connaître leur décision.

Chiyo me récura, lava et coupa mes cheveux puis sortit des vêtements neufs mais d'une sobriété à toute épreuve. Ichiro me fit repasser inlassablement l'étiquette que je devais observer, afin que je n'ignore rien des formules de politesse et des inclinations de rigueur.

— Essaie de te montrer à la hauteur, me siffla-t-il au moment du départ. Ne déçois pas sire Shigeru, après tout ce qu'il a fait pour toi.

Kenji ne nous accompagna pas, mais déclara qu'il nous suivrait jusqu'à la porte du château.

— Ouvre bien tes oreilles, me dit-il — comme si je pouvais faire autrement.

Je montais Raku, le cheval gris pâle à la crinière et à la queue noires. Sire Shigeru chevauchait devant moi, sur Kyu, son destrier noir, avec cinq ou six hommes d'escorte. En approchant du château, je fus pris de panique. Sa silhouette puissante, dominant la ville de toute sa masse, réduisit à néant mon courage. Comment pouvais-je prétendre être un seigneur, un guerrier ? Les seigneurs Otori n'auraient qu'à jeter un coup d'œil sur moi pour reconnaître ce que j'étais vraiment : le fils d'une paysanne et d'un assassin. Bien pis, je me sentais horriblement vulnérable, tandis que je chevauchais à travers les rues envahies par la foule. Il me semblait que tout le monde me regardait.

Raku sentit ma panique et se raidit. Un mouvement soudain de la foule le fit broncher. Sans réfléchir, je ralentis ma respiration et détendis mon corps. Il se calma sur-le-champ, mais nous nous étions légèrement écartés et en lui faisant faire demi-tour mon regard tomba sur un badaud dans la rue. Je ne fis qu'entr'apercevoir son visage, mais je le reconnus aussitôt. Je vis la manche vide de son vêtement. J'avais dessiné son portrait pour sire Shigeru et Kenji : c'était l'homme qui m'avait pourchassé sur ce sentier de montagne et dont Jato avait tranché le bras droit.

Il ne semblait pas me regarder, et il me fut impossible de savoir s'il m'avait reconnu. Je remis ma monture sur le droit chemin et repris ma chevauchée. Je ne crois pas avoir moi-même donné le moindre signe de trouble en le voyant. La scène tout entière ne dura pas plus d'une minute.

Étrangement, cet incident me calma. « C'est la réalité, pensai-je. Pas un jeu. Peut-être suis-je en train de prétendre être ce que je ne suis pas. Mais si j'échoue, je suis mort. » Puis je me dis : « Je suis un Kikuta. Je peux traiter d'égal à égal n'importe qui. »

Comme nous franchissions les douves, je repérai Kenji dans la foule, où il avait l'air d'un pauvre vieillard dans une robe élimée. Puis les portes du château s'ouvrirent devant nous, et nous pénétrâmes dans la première cour.

Nous mîmes pied à terre et les hommes restèrent avec les chevaux tandis qu'un homme âgé, le chambrier, venait chercher sire Shigeru et moi pour nous conduire dans la résidence.

C'était un édifice à la fois gracieux et imposant, se dressant du côté où le château regardait la mer et protégé par un petit pont. Il était bordé jusqu'à la digue par un fossé où s'étendait un vaste jardin au dessin harmonieux. Une colline couverte de bois touffus s'élevait derrière le château, et on apercevait au-dessus des arbres le toit recourbé d'un sanctuaire.

Le soleil avait fait une brève apparition, et les pierres fumaient dans la chaleur. Je sentais la sueur couler sur mon front et sous mes aisselles. J'entendais la mer se jeter sur les rochers de l'autre côté de la digue, et j'aurais aimé nager dans ses flots.

Nous retirâmes nos sandales, et des servantes apportèrent de l'eau fraîche pour laver nos pieds. Le chambrier nous conduisit dans la maison. Les pièces semblaient se succéder à l'infini, chacune décorée avec un luxe dispendieux. Nous arrivâmes enfin dans une antichambre, où notre guide nous demanda d'attendre un instant. Nous restâmes assis sur le sol pendant au moins une heure, me sembla-t-il. Je commençai par m'indigner devant cette insulte faite à sire Shigeru et aussi devant la richesse extravagante de la résidence, dont je savais qu'elle était le fruit des impôts accablant les fermiers. J'avais envie de parler à sire Shigeru de l'homme d'Iida que j'avais aperçu à Hagi, mais je n'osai pas ouvrir la bouche. Il semblait absorbé dans la contemplation de la peinture des portes : un héron gris debout dans un fleuve vert sarcelle, les yeux fixés sur une montagne rose et or.

Je me rappelai finalement le conseil de Kenji, et passai le reste du temps à écouter la maison. Elle ne faisait pas entendre un chant de rivière, comme celle de sire Shigeru, mais une mélodie plus profonde et plus grave, soutenue par le déferlement incessant de la mer. Je comptai les différents pas que j'entendais dans la demeure et estimai à cinquante-trois personnes la maisonnée. Je perçus l'écho de trois enfants jouant dans le jardin avec deux chiots. Les dames parlaient d'une excursion en bateau qu'elles espéraient faire si le temps restait propice.

Puis, dans les profondeurs de la maison, j'entendis deux hommes converser paisiblement. Je distinguai le nom de sire Shigeru, et je me rendis compte que je surprenais ses oncles en plein entretien strictement confidentiel.

— L'essentiel, c'est d'amener Shigeru à accepter le mariage, dit l'un des deux hommes.

Il me sembla que c'était la voix la plus âgée, plus énergique et arrêtée dans ses opinions. Je fronçai les sourcils et me demandai ce qu'il voulait dire. N'étions-nous pas venus discuter du problème de mon adoption ?

— Il a toujours refusé de se remarier, observa l'autre homme avec une nuance de déférence laissant supposer qu'il était plus jeune. Et se marier pour sceller l'alliance avec les Tohan à laquelle il s'est toujours opposé... Voilà qui risque tout bonnement de le faire sortir de sa réserve.

— Le moment est critique, dit le plus vieux. J'ai reçu hier des nouvelles de la situation à l'ouest. Il semble que les Seishuu se préparent à défier Iida. Araï, le seigneur de Kumamoto, s'estime offensé par les Noguchi et est en train de lever une armée pour les combattre avec leurs alliés Tohan avant l'hiver.

— Shigeru est-il en contact avec lui ? Cette situation pourrait lui donner l'opportunité dont il a besoin...

— Inutile d'insister, répliqua son frère. Je n'ai que trop conscience de la popularité de Shigeru au sein du clan. S'il s'allie à Araï, à eux deux ils seraient de taille à affronter Iida.

— À moins de... disons de le désarmer...

— Le mariage serait une excellente solution. Shigeru serait obligé de se rendre à Inuyama, où Iida pourrait le tenir à l'œil un bon moment. Et Shirakawa Kaede, la dame en question, jouit d'une réputation qui pourrait se révéler fort utile.

— Voudriez-vous suggérer...

— Deux hommes sont déjà morts pour l'avoir approchée. Il serait regrettable que Shigeru soit sa troisième victime, mais nous ne saurions en être tenus pour responsables.

Le plus jeune eut un petit rire qui me donna envie de le tuer. Je respirai profondément pour essayer de calmer ma fureur.

— Et s'il persiste à refuser de se marier ? demanda-t-il.

— Nous n'accepterons de nous plier à son caprice d'adoption qu'à condition qu'il se marie. Il me semble que c'est une solution sans risque pour nous.

— J'ai essayé de retrouver la trace du garçon, dit l'homme jeune sur le ton pédant d'un archiviste. Je ne vois pas comment il pourrait être apparenté à la défunte mère de Shigeru. Rien n'indique son existence dans les généalogies.

— Je suppose que c'est un fils illégitime, répliqua le plus vieux. J'ai entendu dire qu'il ressemblait à Takeshi.

— Oui, son apparence rend difficile de contester tout lien du sang avec les Otori, mais s'il fallait que nous adoptions chacun de nos bâtards...

— Dans des circonstances normales, il ne serait évidemment pas question d'y consentir. Mais dans ce cas précis...

— Je suis d'accord.

J'entendis le parquet craquer légèrement quand ils se levèrent.

— Une dernière chose, dit le frère aîné. Vous m'aviez assuré que Shintaro ne pouvait pas échouer. Quel a été le problème ?

— J'ai tenté d'établir les faits. Apparemment, ce garçon l'a entendu et a réveillé Shigeru. Shintaro s'est empoisonné.

— Il l'a entendu ? Appartient-il également à la Tribu ?

— C'est possible. Un certain Muto Kenji est arrivé

l'année dernière chez Shigeru. Officiellement il s'agit d'une sorte de précepteur, mais quelque chose me dit que son enseignement doit sortir de l'ordinaire.

Le cadet se remit à rire, et je me hérissai de nouveau. Mais je ressentais aussi un profond mépris pour ces deux hommes. Bien qu'ils fussent au courant de mon ouïe hors du commun, ils n'imaginaient même pas qu'ils pouvaient en être victimes au cœur de leur propre demeure.

La légère vibration de leurs pas s'éloigna des appartements intérieurs, où avait eu lieu cet entretien secret, et passa dans la salle située derrière les portes peintes.

Quelques instants plus tard, le vieux chambrier revint pour ouvrir doucement les portes avant de nous inviter à pénétrer dans la salle d'audience. Les deux seigneurs étaient assis côte à côte sur des chaises basses. Plusieurs hommes s'agenouillèrent le long des deux côtés de la salle. Sire Shigeru s'inclina aussitôt jusqu'au sol et je suivis son exemple, mais non sans avoir jeté un coup d'œil sur ces deux frères pour qui mon cœur éprouvait d'ores et déjà l'aversion la plus marquée.

L'aîné, sire Otori Shoichi, était grand mais pas particulièrement bien bâti. Son visage était décharné et sa mine sinistre. Il portait une petite moustache et une barbe, et ses cheveux grisonnaient déjà. Le cadet, Masahiro, était plus petit et trapu. Il se tenait très droit, comme tous les hommes de petite taille. Il n'avait pas de barbe, et son visage olivâtre était parsemé d'énormes grains de beauté noirs. Sa chevelure était encore noire, mais peu abondante. Chez ces deux hommes, les pommettes saillantes et le nez recourbé typiques des Otori étaient gâtés par les défauts de leur caractère associant la faiblesse et la cruauté.

— Sire Shigeru, mon neveu, vous êtes le bienvenu, dit Shoichi d'un ton affable.

Sire Shigeru s'assit, mais je restai le front dans la poussière.

— Nous avons beaucoup pensé à vous, susurra Masahiro. Votre sort nous a donné de grandes inquiétudes. La disparition de votre frère, suivant de si près la mort de votre mère et votre propre maladie, ont été pour vous un fardeau lourd à supporter.

Ses paroles paraissaient pleines de bonté, mais je savais avec quelle hypocrisie il les prononçait.

— Je vous remercie de votre sollicitude, répliqua sire Shigeru. Mais permettez-moi de vous corriger sur un point. Mon frère n'a pas disparu de façon naturelle. Il a été assassiné.

Il parlait sans émotion, comme s'il ne faisait qu'exposer un fait. Personne ne réagit dans l'assemblée. Un lourd silence s'installa.

Sire Shoichi le rompit en s'exclamant avec une gaieté affectée :

— Et voici donc votre jeune protégé ? Lui aussi est le bienvenu. Quel est son nom ?

— Nous l'appelons Takeo, répondit sire Shigeru.

— Il paraît qu'il possède une ouïe très fine ? dit Masahiro en se penchant légèrement en avant.

— Elle n'a rien d'exceptionnel, assura sire Shigeru. Nous avons tous eu l'ouïe fine dans notre jeunesse.

— Asseyez-vous, jeune homme, me dit Masahiro.

Quand je me fus exécuté, il examina un moment mon visage avant de me demander :

— Qui se trouve au jardin ?

Je fronçai les sourcils, comme si l'idée de compter les habitants du château ne m'était pas encore venue.

— Deux enfants et un chien, hasardai-je. Peut-être un jardinier près du mur ?

— Et la maisonnée comprend combien de personnes, d'après toi ?

J'esquissai un haussement d'épaules puis je me dis que c'était une grave impolitesse et essayai de le transformer en une inclination déférente.

— Plus de quarante-cinq ? Pardonnez-moi, sire Otori, je ne suis que médiocrement doué.

— Quel est leur nombre exact, mon frère ? demanda sire Shoichi.

— Cinquante-trois, je crois.

— Impressionnant, se contenta de dire l'aîné, mais son soupir de soulagement ne m'échappa pas. Je m'inclinai de nouveau jusqu'à terre et restai dans cette position qui me paraissait plus sûre.

— Si nous avons différé si longtemps cette affaire d'adoption, Shigeru, c'est que nous n'étions pas certains de votre disposition d'esprit. Le chagrin semblait vous avoir rendu passablement instable.

— Il n'y a aucune incertitude dans mon esprit, répliqua le seigneur. Je n'ai pas d'enfant vivant, et depuis la mort de Takeshi je n'ai plus d'héritier. Ce garçon et moi-même sommes liés par des obligations mutuelles, dont il est nécessaire de s'acquitter. Il a d'ores et déjà été accepté par ma maisonnée, et nous sommes devenus sa famille. Je demande que cette situation soit entérinée par une adoption qui le fasse entrer officiellement dans le clan des Otori.

— Qu'en dit-il lui-même ?

— Parle, Takeo, m'encouragea sire Shigeru.

Je m'assis en déglutissant avec difficulté, soudain en proie à une émotion invincible. Je pensai à mon cheval saisi de frayeur, exactement comme mon cœur maintenant.

— Je dois la vie à sire Otori. Lui ne me doit rien. Je suis certes indigne de l'honneur qu'il me fait, mais si telle est sa volonté — et celle de Vos Seigneuries —, j'accepterai de tout mon cœur. Je serai toute ma vie un fidèle serviteur du clan des Otori.

— Alors qu'il en soit ainsi, dit sire Shoichi.

— Les documents sont prêts, ajouta sire Masahiro. Nous allons les signer sur-le-champ.

— Mes oncles sont d'une bienveillance inestimable, dit sire Shigeru. Je vous remercie.

— À propos, Shigeru, il y a une autre affaire où nous désirerions avoir votre concours.

Je m'étais de nouveau aplati sur le sol. Mon cœur battait la chamade. J'aurais voulu avertir le seigneur d'une manière ou d'une autre, mais il m'était évidemment impossible de parler.

— Vous êtes au courant de nos négociations avec les Tohan. Nous estimons qu'une alliance serait préférable à la guerre. Nous connaissons votre opinion. Vous êtes encore assez jeune pour vous montrer inconsidéré...

— À près de trente ans, je ne puis plus être compté parmi les jeunes gens.

Cette fois encore, sire Shigeru énonça ce fait avec calme, comme s'il ne souffrait aucune discussion.

— Et je ne désire nullement la guerre pour elle-même. Je n'ai rien contre une alliance en tant que telle. Ce que je désapprouve, c'est l'attitude actuelle des Tohan.

Ses oncles ne réagirent pas à cette remarque, mais l'atmosphère dans la salle se refroidit légèrement. Sire Shigeru n'ajouta pas un mot. Il avait exposé son point de vue avec suffisamment de clarté — trop clairement, même, au gré de ses oncles. Sire Masahiro fit un signe au chambrier, qui tapa discrètement dans ses mains. Quelques instants plus tard, le thé fit son apparition, apporté par une servante qui aurait pu être invisible. Les trois seigneurs Otori burent. Je ne fus pas invité à me joindre à eux.

— Quoi qu'il en soit, l'alliance est en bonne voie, dit enfin sire Shoichi. Sire Iida a suggéré qu'elle soit scellée par un mariage entre les deux clans. Son allié le plus proche, sire Noguchi, a une pupille. Elle se nomme dame Shirakawa Kaede.

Sire Shigeru était en train d'admirer sa tasse de thé, qu'il tenait d'une seule main. Il la plaça avec soin sur la natte devant lui et resta assis, l'air absolument impassible.

— Nous désirons que vous épousiez dame Shirakawa, lança sire Masahiro.

— Pardonnez-moi, mon oncle, mais je ne souhaite pas me remarier. Je n'y ai jamais pensé.

— Heureusement, vous avez des parents pour y penser à votre place. Sire Iida tient énormément à cette union. En fait, l'alliance tout entière en dépend.

Sire Shigeru s'inclina. Le silence s'installa de nouveau. J'entendis des pas lointains, deux personnes s'avançaient lentement, avec précaution, l'une portait un objet pesant. La porte s'ouvrit dans notre dos. Un homme me dépassa et se jeta à genoux, suivi d'une servante chargée d'une table à écrire en laque, ainsi que d'un pinceau, d'encre et de cire à cacheter rouge vermillon.

— Ah ! les documents de l'adoption, s'écria joyeusement sire Shoichi. Qu'on nous les apporte.

Le secrétaire s'approcha à genoux et la table fut installée devant les seigneurs. Puis l'homme lut le contrat à voix haute. Le style était fleuri mais le contenu fort simple : on m'accordait le droit de porter le nom des Otori et de jouir de toutes les prérogatives d'un fils de la famille. Si des enfants naissaient à la suite d'un mariage ultérieur du seigneur, mes droits seraient égaux aux leurs, mais non plus étendus. En contrepartie, je m'engageais à me conduire comme un fils envers sire Otori, à me soumettre à son autorité et à jurer fidélité au clan des Otori. S'il venait à mourir sans autre héritier légitime, ses biens me reviendraient.

Les seigneurs prirent les sceaux.

— Le mariage sera célébré au neuvième mois, dit Masahiro, quand la fête des Morts sera terminée. Sire Iida souhaite que la cérémonie ait lieu à Inuyama. Les Noguchi enverront dame Shirakawa à Tsuwano, où vous viendrez la chercher pour l'escorter jusqu'à la capitale.

J'avais l'impression que les sceaux flottaient dans les airs, suspendus par un pouvoir surnaturel. Il était encore temps pour moi de prendre la parole, de refuser d'être adopté dans ces conditions, d'avertir sire Shigeru du piège qui lui était tendu. Mais je gardai le silence. Les hommes n'étaient plus maîtres des événements. Désormais, nous étions aux mains du destin.

— Apposons-nous les sceaux, Shigeru ? s'enquit Masahiro avec infiniment de politesse.

Le seigneur n'hésita pas un instant.

— Faites, je vous en prie, dit-il. Je consens à ce mariage et je me réjouis de pouvoir vous donner cette satisfaction.

C'est ainsi qu'on apposa les sceaux et que je devins un membre du clan des Otori et le fils adoptif de sire Shigeru. Mais au moment où les cachets se posèrent sur les documents, nous sûmes l'un et l'autre qu'ils scellaient sa propre destinée.

*

Quand nous arrivâmes à la maison, la nouvelle de mon adoption nous avait précédés et tout était prêt pour fêter l'événement. Sire Shigeru et moi avions de bonnes raisons de modérer notre joie, mais mon père adoptif semblait décidé à mettre de côté ses inquiétudes quant à son mariage pour se réjouir de tout son cœur. La maisonnée tout entière suivit son exemple. Je me rendis compte que j'étais vraiment devenu l'un des leurs, au cours des mois passés avec eux. Je fus embrassé, caressé, choyé, gorgé de riz rouge et abreuvé du thé spécial porte-bonheur de Chiyo, qu'elle confectionnait avec des prunes salées et des algues. À la fin, mon visage était endolori à force de sourire et les larmes que je n'avais pas versées dans mon chagrin remplirent mes yeux en cet instant de bonheur.

Sire Shigeru méritait plus que jamais mon amour et ma loyauté. J'étais indigné pour lui de la perfidie de ses oncles à son égard, et terrifié par le complot qu'ils avaient maintenant ourdi pour le perdre. Il y avait aussi le problème de l'homme au bras coupé. Tout au long de la soirée, je sentis le regard de Kenji peser sur moi : je savais qu'il était impatient d'apprendre ce que j'avais entendu, et de mon côté je brûlais d'envie de le lui raconter ainsi qu'à sire Shigeru. Mais quand arriva le moment où les serviteurs se retirèrent après avoir installé les lits, il était minuit passé et il me coûtait de troubler la joie générale par de mauvaises nouvelles. Je voulais me coucher sans rien dire mais à l'instant où j'allais éteindre les lampes Kenji, le seul d'entre nous à être resté vraiment sobre, m'avait arrêté en disant :

— Il faut d'abord que tu nous racontes ce que tu as vu et entendu.

— Attendons demain, implorai-je.

Je vis l'ombre qui assombrissait le regard de sire Shigeru s'approfondir. Une tristesse immense m'envahit, et je me sentis complètement dégrisé. Il murmura :

— J'imagine qu'il faut nous attendre au pire.

— Pourquoi ton cheval a-t-il bronché ? demanda Kenji.

— Parce que j'étais nerveux, tout simplement. Mais quand il a fait un écart, j'ai vu l'homme au bras coupé.

— Ando. Je l'ai vu, moi aussi. Je ne savais pas si tu l'avais remarqué, tu es resté impassible.

— A-t-il reconnu Takeo ? s'enquit immédiatement le seigneur.

— Il vous a regardés tous deux un instant avec attention, puis a pris un air d'indifférence affectée. Mais le simple fait qu'il se trouve dans cette ville prouve qu'il est au courant de quelque chose.

Kenji me lança un regard et commenta :

— Ton colporteur doit avoir parlé !

— Je suis content que ton adoption soit légale, maintenant, observa sire Shigeru. Elle t'assurera une certaine protection.

Je savais que je devais lui rapporter la conversation que j'avais surprise, mais la seule idée d'évoquer tant de bassesse me répugnait.

— Pardonnez-moi, sire Otori, commençai-je. J'ai entendu un entretien secret de vos oncles.

— Au moment où tu faisais le compte plus ou moins juste des habitants de la maisonnée, je suppose, dit-il sèchement. Ils parlaient du mariage ?

— Qui est censé se marier ? demanda Kenji.

— Il semble que je doive prendre une épouse pour sceller l'alliance avec les Tohan, répondit le seigneur. La dame en question est une pupille de sire Noguchi, répondant au nom de Shirakawa.

Kenji fronça les sourcils, mais garda le silence. Sire Shigeru poursuivit :

— Mes oncles m'ont fait comprendre que l'adoption de Takeo dépendait de ce mariage.

Ses yeux se perdirent dans l'obscurité et il constata d'une voix paisible :

— Je suis pris entre deux obligations. Il m'est impossible de les satisfaire toutes deux, mais je ne puis non plus les rompre.

— Takeo devrait nous dire ce qu'ont raconté les seigneurs Otori, murmura Kenji.

Je trouvai plus facile de m'adresser à lui :

— Ce mariage est un piège. Il s'agit d'éloigner sire Shigeru de Hagi, où sa popularité et son opposition à l'alliance avec les Tohan pourraient diviser le clan. Un nommé Araï défie actuellement Iida à l'ouest. Si les Otori rejoignaient son camp, Iida serait pris en tenaille entre eux.

Ma voix s'éteignit, et je me tournai vers le seigneur :

— Sire Otori est-il au courant de ces faits ?

— Je suis en contact avec Araï, dit-il. Continue.

— Dame Shirakawa a la réputation d'apporter la mort aux hommes qui l'approchent. Vos oncles projettent de...

— Me faire assassiner ? compléta-t-il d'un ton neutre.

— Je regrette de devoir rapporter une telle indignité, murmurai-je, le visage en feu. Ce sont eux qui ont engagé Shintaro.

Dehors, les cigales faisaient entendre leur chœur strident. Je sentais des gouttes de sueur perler à mon front. L'air était si pesant, immobile. Il faisait nuit noire, sans lune ni étoiles. Le fleuve exhalait une odeur fétide et fangeuse, une odeur immémoriale, aussi ancienne que la trahison.

— Je savais qu'ils ne me portaient pas dans leur cœur, dit sire Shigeru. Mais de là à lancer Shintaro à mes trousses ! Ils doivent me trouver vraiment dangereux.

Il me donna une bourrade sur l'épaule :

— Je dois une fière chandelle à Takeo. Je suis content qu'il m'accompagne à Inuyama.

— Vous plaisantez ! s'exclama Kenji. Vous ne pouvez pas emmener Takeo là-bas !

— Il semble que je ne puisse me dispenser de m'y rendre, et je me sentirai davantage en sécurité en sa compagnie. De toute façon, c'est mon fils, maintenant. Il a le devoir de me suivre.

— Essayez seulement de partir sans moi ! lançai-je à mon tour.

— Vous avez donc l'intention d'épouser Shirakawa Kaede ? reprit Kenji.

— La connaissez-vous, Kenji ?

— J'ai entendu parler d'elle, comme tout le monde. Elle a quinze ans à peine, et une beauté qu'on dit incomparable.

— Dans ce cas, je déplore de ne pouvoir l'épouser.

Le seigneur parlait d'un ton léger, presque badin.

— Mais il n'est pas mauvais que chacun croie que je vais consentir à cette union, au moins pour un temps. Cela distraira l'attention d'Iida, et nous gagnerons quelques semaines.

— Qu'est-ce qui vous empêche de vous remarier ? intervint Kenji. Vous venez d'évoquer deux obligations entre lesquelles vous êtes pris. Comme vous avez accepté ce projet d'épousailles pour permettre à l'adoption de se faire, j'ai pensé que Takeo était votre seule priorité. Vous n'avez pas contracté de mariage secret, n'est-ce pas ?

— C'est tout comme, avoua sire Shigeru après un silence. Il y a quelqu'un d'autre.

— Me direz-vous qui ?

— J'ai gardé si longtemps le secret, je ne suis pas sûr d'avoir le droit de le dévoiler, répliqua le seigneur. Que Takeo vous le dise, s'il le sait.

Kenji se tourna vers moi. Je déglutis et chuchotai :

— Dame Maruyama ?

Sire Shigeru sourit.

— Depuis combien de temps es-tu au courant ?

— Depuis le soir où nous avons rencontré la dame, à l'auberge de Chigawa.

Pour la première fois depuis que je le connaissais, Kenji avait l'air vraiment ébahi.

— Cette femme dont Iida est fou et qu'il désire épouser ? Depuis quand dure cette histoire ?

— Vous n'allez pas me croire, dit le seigneur.

— Un an ? Deux ans ?

— Depuis ma vingtième année.

— Mais cela fait près de dix ans !

Kenji semblait aussi impressionné par sa propre ignorance des faits que par l'affaire elle-même.

— Encore une bonne raison pour vous de haïr Iida.

Il hocha la tête, stupéfait.

— Il ne s'agit pas d'une simple histoire d'amour, dit sire Shigeru d'une voix tranquille. Nous sommes aussi alliés. À eux deux, elle et Araï contrôlent les Seishuu et les contrées du Sud-Ouest. Si les Otori se joignent à eux, nous pouvons vaincre Iida.

Il se tut un moment, puis reprit :

— Que les Tohan se rendent maîtres du domaine des Otori, et nous verrons se déchaîner la même cruauté et la même persécution que celles dont j'ai sauvé Takeo à Mino. Je ne puis regarder sans rien faire Iida imposer sa loi à mon peuple, dévaster mon pays, brûler mes villages. Mes oncles, comme Iida lui-même, savent que je n'y consentirai jamais. Ils entendent donc me faire quitter la scène. Iida m'a invité dans son repaire, où il compte certainement me faire assassiner. Je prétends retourner cette situation à mon avantage. Après tout, n'est-ce pas l'occasion idéale d'entrer dans Inuyama ?

Kenji le regarda en fronçant les sourcils. À la lueur des lampes, je vis le visage de sire Shigeru s'illuminer de son sourire respirant la franchise. Cet homme avait quelque chose d'irrésistible. Son courage emplissait d'ardeur mon propre cœur. Je comprenais pourquoi les gens l'aimaient tant.

— La Tribu n'est pas concernée par ces affaires, grogna finalement Kenji.

— J'ai été sincère avec vous. Je compte sur vous pour que ceci demeure confidentiel. La fille de dame Maruyama est retenue en otage par Iida. Mais j'espère de vous plus qu'une simple discrétion : je vous serais reconnaissant de m'apporter votre aide.

— Je ne vous trahirai jamais, sire Shigeru. Cependant, comme vous l'avez dit vous-même, il arrive que plusieurs maîtres à la fois exigent notre loyauté. Vous savez comme moi que j'appartiens à la Tribu. Takeo est un Kikuta. Tôt ou tard, les Kikuta feront valoir leurs droits sur sa personne. Je n'y peux rien.

— Ce sera à Takeo de choisir le moment venu, dit le seigneur.

— J'ai juré fidélité au clan des Otori, lançai-je. Sire Shigeru, je ne vous quitterai jamais et je ferai tout ce que vous me demanderez.

Je me voyais déjà dans la forteresse d'Inuyama, où sire Iida Sadamu se terrait sous la protection de son parquet à la voix de rossignol.

CHAPITRE VI

Lorsque Kaede quitta le château des Noguchi, elle n'emportait aucun regret du passé et guère d'espoir pour l'avenir. Cependant elle n'avait que quinze ans et n'était jamais sortie de sa prison durant les huit années qu'elle y avait passées comme otage des Noguchi, de sorte qu'elle ne put s'empêcher de s'extasier devant tout ce qu'elle voyait. Au début du voyage, dame Maruyama et elle furent transportées en palanquin par des équipes de porteurs. Mais les balancements incessants lui donnaient la nausée de sorte qu'au bout de quelques lieues, lors de la première halte, elle insista pour marcher avec Shizuka. L'été était à son apogée, et le soleil tapait fort. Shizuka noua un chapeau de paille sur sa tête et ouvrit une ombrelle pour la protéger.

— Il ne faudrait pas que dame Shirakawa se présente devant son époux avec une peau aussi brune que la mienne, gloussa-t-elle.

Ils cheminèrent jusqu'à midi, se reposèrent un moment dans une auberge puis parcoururent encore quelques lieues avant le soir. Quand ils firent halte, Kaede avait le vertige en repensant à tout ce qu'elle avait admiré : l'éclat vert des rizières, aussi soyeuses et touffues que la fourrure d'un animal, le jaillissement limpide des rivières longeant la route, les montagnes qui se dressaient devant eux en une succession de chaînes parées d'un riche vêtement d'été verdoyant auquel s'entrelaçait le motif cramoisi des azalées sauvages. Et les gens sur la route, dont la variété défiait toute description : fermiers chargés d'une multitude de marchandises qu'elle n'avait jamais vues, chars à bancs et chevaux ployant sous leurs fardeaux, mendiants et colporteurs.

Elle n'était pas censée les regarder fixement, et eux avaient pour devoir de s'incliner jusqu'à terre au passage du convoi, mais elle les honorait d'autant de regards à la dérobée qu'eux-mêmes se permettaient d'en jeter sur sa personne.

Leur escorte était constituée de serviteurs de dame Maruyama, dont le chef, appelé Sugita, traitait la dame avec la familiarité bonhomme d'un oncle. Kaede se prit d'affection pour lui.

— J'aimais mieux marcher, moi aussi, quand j'avais votre âge, dit dame Maruyama tandis qu'elles soupaient ensemble. À vrai dire, le goût m'en est resté, mais je redoute le soleil.

Elle regarda la peau sans rides de Kaede. Sa gentillesse envers la jeune fille ne s'était pas démentie de toute la journée, mais Kaede ne pouvait oublier sa première impression. Elle sentait que sa compagne plus âgée ne l'aimait pas, comme si elle avait subi une offense de sa part.

— Vous ne montez pas à cheval ? demanda-t-elle.

Elle avait envié les hommes sur leurs destriers : ils avaient l'air si forts et si libres.

— Parfois, répondit dame Maruyama. Mais quand je ne suis qu'une pauvre femme sans défense voyageant à travers le domaine des Tohan, je m'accorde le luxe du palanquin.

Kaede lui jeta un coup d'œil interrogateur.

— On dit pourtant que dame Maruyama est puissante, murmura-t-elle.

— Il faut que je dissimule ma puissance lorsque je suis parmi les hommes, sans quoi ils m'écraseraient sans la moindre hésitation.

— Je n'ai plus monté un seul cheval depuis mon enfance, avoua Kaede.

— Mais toute fille de guerrier est censée s'initier à l'équitation ! s'exclama dame Maruyama. Les Noguchi n'y ont-ils pas pourvu ?

— Ils m'ont refusé toute instruction, dit Kaede avec amertume.

— Vous ignorez le maniement du sabre et du poignard ? Et le tir à l'arc ?

— Je ne savais pas que les femmes apprenaient ces choses.

— Dans les contrées de l'Ouest, c'est l'usage.

Elles se turent un instant. Kaede, qui pour une fois avait faim, reprit un peu de riz.

— Les Noguchi vous ont-ils bien traitée ?

— Au début, non, pas du tout.

Kaede se sentait tiraillée entre sa volonté habituelle de réserve face aux questions des autres et un violent désir de se confier à cette femme, qui appartenait à la même classe qu'elle et était son égale. Elles étaient seules dans la pièce, en dehors de Shizuka et de Sachie, la servante de dame Maruyama, lesquelles gardaient toutes deux une telle immobilité que Kaede en oubliait presque leur présence.

— Après l'incident avec le garde, j'ai été transférée à la résidence.

— Et avant ?

— Je vivais avec les servantes, au château.

— Quelle honte ! s'écria dame Maruyama d'une voix gagnée à son tour par l'amertume. Comment les Noguchi osent-ils ? Vous, une Shirakawa !...

Elle baissa les yeux et dit :

— J'ai peur pour ma propre fille, qui est retenue en otage par sire Iida.

— Quand j'étais petite fille, c'était moins dur, assura Kaede. Les servantes avaient pitié de moi. Mais au début du printemps, quand je ne fus plus une enfant sans être encore une femme, personne ne m'a protégée. Il a fallu qu'un homme meure...

À sa propre surprise, elle sentit sa voix se briser. Une émotion soudaine remplit ses yeux de larmes. Un flot de souvenirs envahit malgré elle son esprit : les mains de l'homme, son sexe durci pressé contre elle, le couteau qu'elle tenait, le sang, l'agresseur expirant sous ses yeux.

— Pardonnez-moi, chuchota-t-elle.

Dame Maruyama se pencha vers elle et saisit sa main.

— Pauvre enfant, dit-elle en caressant les doigts de Kaede. Tous ces pauvres enfants, ces filles infortunées. Si seulement je pouvais tous vous délivrer.

Kaede n'avait envie que de pleurer de tout son cœur. Elle lutta pour se dominer.

— Après ces événements, ils m'ont transférée à la résidence. Pour la première fois j'ai disposé d'une servante, Junko d'abord, puis Shizuka. La vie était beaucoup plus facile là-bas. Ils m'ont promise à un vieillard. Il est mort, et je m'en suis réjouie. Mais ensuite les gens ont commencé à raconter que j'apportais la mort à quiconque s'avisait de me connaître et de me désirer.

Elle entendit le souffle de sa compagne s'accélérer brusquement. Pendant un moment, aucune d'elles ne dit un mot.

— Je ne veux provoquer la mort d'aucun homme, dit Kaede à mi-voix. Je ne veux pas que sire Otori meure à cause de moi.

Quand dame Maruyama répondit, ce fut d'une voix blanche :

— Ne dites pas de telles choses, vous ne devriez même pas les penser.

Kaede l'observa. À la lueur des lampes, son visage lui apparut pâle, et comme rempli d'une appréhension soudaine.

— Je suis très lasse, poursuivit la dame. Pardonnez-moi si je ne vous parle pas davantage ce soir. Nous avons encore de nombreuses journées à passer ensemble sur les routes, après tout.

Elle appela Sachie. On retira les plateaux du souper pour installer les lits.

Shizuka accompagna Kaede aux cabinets, et lava les mains de la jeune fille quand elle eut fini.

— Qu'ai-je dit qui ait pu l'offenser ? chuchota Kaede. Je ne la comprends pas. Elle se montre d'abord pleine de bienveillance, et l'instant d'après elle me regarde comme si j'étais un poison pour elle.

— Vous vous faites des idées, répliqua Shizuka d'un ton léger. Dame Maruyama vous aime beaucoup. Sans compter qu'en dehors de sa fille, vous êtes sa plus proche parente.

— Moi ? s'étonna Kaede.

Et voyant Shizuka acquiescer d'un air pénétré, elle demanda :

— Est-ce si important ?

— Si quelque chose arrivait à la mère et à la fille, c'est vous qui hériteriez de Maruyama. Personne ne vous en a parlé, car les Tohan espèrent encore entrer en possession du domaine. C'est une des raisons qui ont poussé Iida à insister pour que vous soyez l'otage des Noguchi.

Comme Kaede ne faisait aucun commentaire, Shizuka ajouta :

— Ma maîtresse est encore plus importante qu'elle ne le pensait !

— Ne te moque pas de moi ! Je me sens perdue en ce monde. J'ai l'impression de ne rien savoir !

Kaede se coucha, l'esprit en pleine confusion. Elle sentit que dame Maruyama ne parvenait pas plus qu'elle à trouver la paix dans la nuit, et le lendemain matin le beau visage de sa compagne lui apparut tiré et fatigué. Elle parla cependant avec gentillesse à Kaede et fit le nécessaire pour qu'un cheval brun, de caractère paisible, fût mis à la disposition de la jeune fille au moment du départ. Sugita l'installa sur sa monture, et au début un homme marcha devant en menant le cheval par la bride. Elle se souvint des poneys qu'elle avait montés dans son enfance, et commença à retrouver son ancienne aisance. Shizuka ne lui permit pas de chevaucher toute la journée, sous prétexte que ses muscles seraient endoloris et qu'elle se fatiguerait trop, mais Kaede aimait la sensation d'être à cheval et brûlait d'impatience de recommencer. Le rythme de la chevauchée l'apaisait et l'aidait à mettre de l'ordre dans ses pensées. Avant tout, elle se sentait atterrée par son manque d'éducation et par son ignorance du monde où elle allait pénétrer. Elle n'était qu'un pion dans la formidable partie que disputaient les seigneurs de la guerre, mais elle aspirait à jouer un rôle plus important, à comprendre les règles du jeu et à y participer elle-même.

Deux incidents aggravèrent encore son trouble. Ils avaient fait halte un après-midi à une heure inhabituelle, sur un carrefour. Un petit groupe de cavaliers venant du sud-ouest se joignirent à eux, comme s'ils avaient eu rendez-vous. Suivant sa coutume, Shizuka courut les saluer et s'enquit avec avidité de leur voyage et des nouvelles croustillantes dont ils étaient éventuellement porteurs. Alors qu'elle l'observait distraitement, Kaede la vit parler à l'un des cavaliers. Il se pencha très bas sur sa selle pour lui murmurer quelque chose. Elle hocha la tête d'un air grave, puis donna une tape sur le flanc de sa monture qui fit un bond en avant. Les hommes éclatèrent de rire, et Shizuka pouffa à son tour de sa voix aiguë, mais à cet instant Kaede eut le sentiment de découvrir un aspect nouveau chez cette fille qui était devenue sa servante, une intensité qui la déconcerta.

Le reste de la journée, Shizuka se comporta comme d'habitude. Elle se récria sur les beautés de la campagne, cueillit des brassées de fleurs sauvages, échangea des saluts avec tous les passants qu'elle croisait. Mais le soir venu, à l'auberge, Kaede la surprit en train de parler d'un air sérieux à dame Maruyama, non pas comme une servante mais genou contre genou, d'égale à égale.

Dès qu'elles la virent, elles se mirent à évoquer le temps qu'il faisait et les préparatifs du lendemain, mais Kaede se sentit trahie. « Des gens de ma sorte n'ont pas vraiment l'occasion de rencontrer quelqu'un comme elle », lui avait dit Shizuka. Il existait pourtant entre elles un lien dont Kaede n'avait rien su. Cette découverte la rendit méfiante, et un peu jalouse. Elle avait fini par compter sur Shizuka, et n'avait aucune envie de la partager avec d'autres.

La chaleur s'alourdit et le voyage devint plus pénible. Un jour, la terre trembla à plusieurs reprises, ce qui accrut le malaise de Kaede. Elle dormait mal, tourmentée par ses soupçons aussi bien que par les puces et autres insectes nocturnes. Elle aspirait à voir le voyage se terminer tout en redoutant d'arriver. Chaque jour, elle décidait d'interroger Shizuka, mais chaque soir, quelque chose la retenait. Dame Maruyama continuait de la traiter avec gentillesse, cependant la jeune fille se méfiait d'elle et répondait à ses avances par une réserve prudente. Après quoi, elle avait le sentiment d'être impolie et puérile. Elle perdit de nouveau tout appétit.

Shizuka la grondait, quand elle prenait son bain du soir :

— Vous n'avez que la peau sur les os, maîtresse. Il faut que vous mangiez ! Que va penser votre époux ?

— Ne commence pas à me parler de mon époux ! disait précipitamment Kaede. Peu m'importe ce qu'il pensera. Peut-être sera-t-il suffisamment horrifié par mon apparence pour me laisser tranquille !

Et elle se sentait de nouveau honteuse, ensuite, en pensant à la puérilité de ses propos.

Ils arrivèrent enfin à la ville de Tsuwano, en franchissant à la fin du jour un col étroit au milieu des montagnes dont la silhouette s'assombrissait déjà devant le soleil couchant. La brise effleurait les rizières en terrasse comme une vague ridant les eaux, des lotus dressaient leurs énormes feuilles d'un vert de jade et des fleurs sauvages s'épanouissaient autour des champs dans une orgie de couleurs. Sous les derniers rayons du soleil, les murs blancs de la ville se teintèrent de rose et d'or.

— Cet endroit donne une impression de bonheur ! ne put s'empêcher de s'exclamer Kaede.

Dame Maruyama, qui chevauchait devant elle, se retourna et lui dit :

— Nous avons quitté le pays Tohan. C'est ici que commence le fief des Otori. Nous attendrons sire Otori dans cette ville.

Le lendemain matin, Shizuka apporta à Kaede une étrange tenue à la place de ses robes habituelles.

— Vous allez prendre votre première leçon d'escrime, maîtresse, annonça-t-elle en montrant à Kaede comment enfiler ses nouveaux vêtements.

Elle la regarda d'un air approbateur.

— Sans sa chevelure, dame Kaede pourrait passer pour un garçon, dit-elle en écartant le lourd rideau noir du visage de la jeune fille et en le nouant en arrière avec un cordon de cuir.

Kaede passa ses mains sur son propre corps. Ses vêtements étaient en chanvre séché rugueux, et flottaient sur elle librement. Elle n'avait jamais porté rien de semblable. Ils cachaient ses formes et lui donnaient une impression de liberté.

— Qui a prévu ces leçons ?

— Dame Maruyama. Nous allons rester ici plusieurs jours, peut-être une semaine, avant que les Otori arrivent. Elle désire que vous soyez occupée afin d'éviter de vous ronger les sangs.

— C'est très gentil de sa part. Qui sera mon professeur ?

Shizuka poussa un gloussement en guise de réponse. Elle quitta l'auberge avec Kaede, traversa la rue et entra dans une bâtisse longue et basse, au sol en parquet. Les deux jeunes filles enlevèrent leurs sandales pour enfiler des sortes de bottes au bout épousant la forme des orteils. Shizuka donna à Kaede un masque pour protéger son visage et décrocha deux longues perches de bois placées dans un râtelier.

— La noble dame a-t-elle déjà appris à combattre avec de tels bâtons ?

— Dans mon enfance, évidemment, répondit Kaede. Dès que j'ai su marcher, ou presque.

— Alors vous devez vous souvenir de ceci.

Shizuka lui tendit une des perches puis, tenant l'autre fermement dans ses deux mains, elle exécuta avec aisance une série de mouvements si rapides que l'œil ne pouvait suivre le bâton fendant l'air comme un éclair.

— Je n'ai jamais su faire aussi bien ! reconnut Kaede avec stupéfaction.

Elle aurait cru Shizuka incapable de soulever la perche sans peine, pour ne rien dire de la manier avec tant de force et d'adresse.

Shizuka pouffa de nouveau, métamorphosant ainsi sous les yeux de Kaede la guerrière concentrée en servante écervelée.

— Vous verrez que vous retrouverez vite vos réflexes, noble dame ! Allons-y.

Kaede se sentit glacée, malgré la chaleur de ce matin d'été.

— C'est toi le professeur ?

— Oh, je n'ai que de faibles connaissances, maîtresse. Vous en savez sans doute autant que moi. Je ne crois pas être en mesure de vous apprendre quoi que ce soit.

En fait, même si Kaede découvrit qu'elle se rappelait encore les mouvements et possédait un certain talent naturel renforcé par l'avantage de sa taille, l'habileté de Shizuka l'emportait de loin sur les capacités de sa maîtresse. À la fin de la matinée, Kaede était épuisée, couverte de sueur et en proie à une émotion violente. Alors que dans son rôle de servante Shizuka faisait tout pour lui complaire, elle se révéla un professeur absolument impitoyable. Chaque coup devait être exécuté à la perfection : au moment où Kaede pensait avoir enfin trouvé le rythme, Shizuka l'interrompait pour lui faire observer poliment qu'elle prenait appui sur le mauvais pied ou qu'elle n'aurait eu aucune chance d'échapper à une fin brutale, si jamais elles avaient combattu au sabre. Elle donna enfin le signal de l'arrêt de la séance, replaça les bâtons dans les râteliers, enleva les masques et essuya le visage de Kaede avec une serviette.

— C'était bien, dit-elle. Dame Kaede est très douée. Nous aurons bientôt rattrapé les années que vous avez perdues.

L'activité physique, le choc de la découverte du talent de Shizuka, la chaleur du matin, les vêtements insolites, tout se conjugua pour mettre Kaede hors d'elle. Elle saisit la serviette et y enfouit son visage, en proie à un violent accès de larmes.

— Maîtresse, chuchota Shizuka, ne pleurez pas. Vous n'avez rien à craindre.

— Qui es-tu en réalité ? sanglota Kaede. Pourquoi te fais-tu passer pour ce que tu n'es pas ? Tu m'avais dit que tu ne connaissais pas dame Maruyama.

— Je voudrais pouvoir tout vous dire, mais c'est encore impossible. Sachez pourtant que je suis ici pour vous protéger. C'est Araï qui m'a chargée de cette mission.

— Tu connais aussi Araï ? Tu avais prétendu simplement que vous étiez originaires de la même ville.

— C'est vrai, mais d'autres liens plus étroits nous unissent. Il a pour vous les plus grands égards, car il se sent votre débiteur. Quand sire Noguchi l'a exilé, sa colère a été sans bornes. Il s'est estimé insulté aussi bien par la méfiance de Noguchi que par la façon dont il vous traitait. En apprenant que vous deviez vous rendre à Inuyama pour vous marier, il s'est arrangé pour que je vous accompagne.

— Pourquoi ? Serai-je menacée là-bas ?

— Inuyama est un endroit dangereux. Encore plus maintenant que les Trois Pays sont à deux doigts de la guerre. Une fois l'alliance avec les Otori assurée par votre mariage, Iida partira combattre les Seishuu à l'ouest.

Dans la pièce dépouillée, le soleil glissait à grand-peine ses rayons dans la poussière qu'elles avaient soulevée. De l'autre côté des fenêtres treillissées, Kaede entendait le murmure des eaux des canaux, les cris des marchands ambulants, des rires d'enfants. Ce monde paraissait si simple, si ouvert, dépourvu des secrets ténébreux cachés sous la surface de celui où elle devait vivre.

— Je ne suis qu'un pion sur l'échiquier, dit-elle avec amertume. Vous n'hésiterez pas plus que les Tohan à me sacrifier.

— Non, Araï et moi sommes à votre service, maîtresse. Il a juré de vous protéger, et je lui obéis.

Elle sourit, et une expression passionnée transfigura soudain son visage. « Ils sont amants », pensa Kaede. Et de nouveau, elle ne put retenir un mouvement de jalousie à l'idée de devoir partager Shizuka. Elle aurait voulu demander : « Qu'en est-il de dame Maruyama ? Quel rôle joue-t-elle dans ce jeu ? Et l'homme que je dois épouser ? » Mais elle craignait la réponse.

— Il fait trop chaud pour continuer aujourd'hui, dit Shizuka en reprenant la serviette à Kaede pour lui essuyer les yeux. Demain, je vous apprendrai à manier un couteau.

Elles se levèrent, et elle ajouta :

— Ne changez en rien vos façons avec moi. Je suis votre servante, rien de plus.

— Je te dois des excuses pour la rudesse dont j'ai parfois fait preuve, murmura gauchement Kaede.

— Vous n'avez jamais été sévère ! s'exclama Shizuka en riant. On pourrait plutôt vous reprocher d'être beaucoup trop indulgente. Les Noguchi ont peut-être négligé votre éducation, mais au moins ils ne vous ont pas enseigné la cruauté.

— Ils m'ont enseigné la broderie, dit Kaede. Mais on ne peut tuer personne avec une aiguille.

— Détrompez-vous, assura Shizuka d'un ton désinvolte. Je vous montrerai comment faire.

*

Pendant une semaine, ils attendirent l'arrivée des Otori dans la ville au milieu des montagnes. Le temps devint plus lourd et tourna à l'orage. Des nuages menaçants se rassemblaient chaque nuit autour des sommets, et des éclairs luisaient dans le lointain, mais il ne pleuvait pas. Kaede eut droit à une leçon quotidienne de combat au sabre et au couteau. Elle commençait à l'aube, avant que la canicule ne devienne insupportable, et s'entraînait trois heures d'affilée, le visage et le corps ruisselant de sueur.

Un jour qu'elles rinçaient leurs visages à l'eau froide, vers midi, on entendit enfin s'élever au-dessus de la rumeur habituelle des rues un bruit de sabots mêlé d'aboiements.

Shizuka fit signe à Kaede de la rejoindre à la fenêtre.

— Regardez ! Les voilà ! Les Otori sont arrivés !

Kaede risqua un coup d'œil à travers le treillis. La troupe de cavaliers approchait au trot. Ils portaient pour la plupart un casque et une armure, mais elle aperçut sur le côté un jeune homme tête nue, qui ne devait guère être plus âgé qu'elle. Elle remarqua la courbe de ses pommettes, l'éclat soyeux de sa chevelure.

— Est-ce sire Shigeru ?

— Bien sûr que non, s'esclaffa Shizuka. Sire Shigeru chevauche en tête. Ce jeune cavalier est son pupille, sire Takeo.

Elle accentua le mot sire avec une ironie dont Kaede devait plus tard se souvenir, mais sur le moment elle n'y prêta guère d'attention car le garçon, comme s'il avait entendu son nom, tourna la tête et regarda dans sa direction.

Ses yeux semblaient exprimer une émotion profonde, sa bouche était sensible, et elle découvrit dans ses traits un mélange d'énergie et de tristesse. Cette vision éveilla quelque chose en elle, une sorte de curiosité mêlée de nostalgie, un sentiment qu'elle fut incapable de reconnaître.

Le cortège continua sa route. Quand le garçon fut hors de vue, elle eut l'impression d'avoir perdu une part d'elle-même. Elle rentra à l'auberge avec Shizuka, qu'elle suivit comme une somnambule. En regagnant sa chambre, elle tremblait comme sous l'effet d'une fièvre violente. Shizuka se méprit complètement sur son état et essaya de la rassurer.

— Sire Otori est un homme plein de bonté, maîtresse. Vous n'avez rien à craindre. Personne ne vous fera de mal.

Kaede garda le silence. Elle n'osait pas ouvrir la bouche, car le seul mot qu'elle eût envie de prononcer était le nom du garçon. Takeo.

Shizuka l'encouragea à manger — d'abord une soupe pour la réchauffer, puis des nouilles froides pour la rafraîchir —, mais la jeune fille ne put rien avaler. La servante la mit au lit. Kaede frissonnait sous la couverture, les yeux brillants, la peau sèche, aussi démunie devant les réactions de son corps que devant un serpent.

Des coups de tonnerre ébranlaient les montagnes et l'air était imprégné d'humidité.

Inquiète, Shizuka fit chercher dame Maruyama. Quand celle-ci entra dans la chambre, un vieil homme la suivait.

— Mon oncle ! l'accueillit Shizuka d'une voix ravie.

— Que s'est-il passé ? s'enquit dame Maruyama en s'agenouillant près de Kaede et en posant la main sur son front. Elle est brûlante. Elle a dû prendre froid.

— Nous étions à l'entraînement, expliqua Shizuka. Nous avons vu les Otori arriver, et elle a été prise d'un brusque accès de fièvre.

— Pouvez-vous lui administrer un remède, Kenji ? demanda dame Maruyama.

— Elle appréhende son mariage, observa Shizuka d'un ton tranquille.

— Je peux guérir sa fièvre, mais non sa peur, dit le vieillard. Je vais faire préparer une infusion. Le thé la calmera.

Kaede restait parfaitement immobile, les yeux clos. Elle entendait distinctement leurs voix, mais elles lui semblaient venir d'un autre monde, auquel elle avait été arrachée à l'instant où ses yeux avaient rencontré ceux de Takeo. Elle secoua sa torpeur pour boire son thé, la tête soutenue par Shizuka comme si elle était une enfant. Puis elle s'abandonna à un sommeil peu profond. Elle fut réveillée par le tonnerre grondant sur la vallée. L'orage avait fini par éclater et la pluie tombait à torrents, faisant résonner les tuiles avant de laver à grande eau les pavés. Kaede avait fait un rêve bouleversant mais il s'évanouit dès qu'elle ouvrit les yeux, en ne lui laissant que la certitude lucide que le sentiment qu'elle éprouvait était l'amour.

Elle se sentit stupéfaite, puis exaltée, puis consternée. Elle pensa d'abord qu'elle mourrait si elle le voyait, mais à la réflexion il lui sembla plutôt qu'elle mourrait si elle ne le voyait pas. Elle se fit des reproches : comment avait-elle pu tomber amoureuse du pupille de l'homme qu'elle devait épouser ? Après quoi elle se dit : « Qui parle de mariage ? » Elle ne pouvait devenir la femme de sire Otori. Elle n'épouserait personne d'autre que Takeo. Elle se mit alors à rire de sa propre stupidité. Comme si l'on se mariait par amour. « Je suis en plein désastre », se répétait-elle. Mais l'instant d'après elle pensait : « Comment ce sentiment pourrait-il être un désastre ? »

Quand Shizuka revint, Kaede affirma qu'elle était guérie. De fait, la fièvre était tombée, laissant place à une émotion intense qui illuminait ses yeux et sa peau.

— Vous êtes plus belle que jamais ! s'émerveilla Shizuka en la baignant puis en lui faisant revêtir ses robes d'épousée pour sa première rencontre avec son futur mari.

Dame Maruyama l'accueillit avec sollicitude, s'enquit de sa santé et se montra soulagée de la voir remise. Mais Kaede était consciente de la nervosité de sa compagne plus âgée, tandis qu'elle la suivait en direction de la meilleure chambre de l'auberge, qui avait été préparée pour sire Otori.

Au moment où les servantes firent coulisser les portes, elle entendit les hommes parler, mais ils se turent dès qu'ils la virent. Elle s'inclina jusqu'au sol. Elle sentait leur regard fixé sur elle, et n'osa pas jeter un seul coup d'œil sur eux. Il lui semblait percevoir chaque battement de son propre cœur s'affolant dans sa poitrine.

— Voici dame Shirakawa Kaede, dit dame Maruyama.

La jeune fille trouva son ton glacé, et se demanda une nouvelle fois ce qu'elle avait fait pour l'offenser si cruellement.

— Dame Kaede, je vous présente sire Otori Shigeru, poursuivit la dame d'une voix si faible qu'elle était presque inaudible.

Kaede s'assit.

— Sire Otori, murmura-t-elle en levant les yeux sur le visage de l'homme qu'elle allait épouser.

— Dame Shirakawa, répondit-il avec une parfaire politesse. Nous avons entendu dire que vous étiez souffrante. Êtes-vous remise ?

— Tout à fait, je vous remercie.

Elle fut séduite par son visage, par son regard qui semblait plein de bonté. « Sa réputation n'est pas usurpée, pensa-t-elle. Mais comment pourrais-je l'épouser ? » Elle sentit le sang lui monter aux joues.

— Ces herbes sont infaillibles, dit l'homme assis à gauche du seigneur.

Elle reconnut la voix du vieillard qui avait fait préparer son thé et que Shizuka avait appelé son oncle.

— Dame Shirakawa est célèbre pour sa beauté, mais sa renommée aurait peine à lui rendre justice.

— Vous la flattez, Kenji, lança dame Maruyama. Si une fille n'est pas belle à quinze ans, elle ne le sera jamais.

Kaede eut l'impression de rougir de plus belle.

— Nous vous avons apporté des présents, dit sire Otori. Ils pâlissent auprès de votre beauté, mais veuillez les accepter comme un témoignage de mon profond respect et du dévouement du clan des Otori. Takeo.

Elle trouva qu'il s'adressait à elle avec indifférence, et même avec froideur, et elle se dit que tels seraient toujours ses sentiments envers elle.

Le garçon se leva et apporta un plateau d'argent sur lequel se trouvaient des paquets enveloppés dans un crêpe de soie rose pâle arborant l'emblème des Otori. Il s'agenouilla devant Kaede pour le lui présenter.

Elle s'inclina pour exprimer sa gratitude.

— Voici le pupille et fils adoptif de sire Otori, dit dame Maruyama. Sire Otori Takeo.

Elle n'osa pas regarder son visage, mais s'accorda un coup d'œil sur ses mains. Elles étaient souples, avec de longs doigts et une forme harmonieuse. La peau était d'une couleur intermédiaire entre le thé et le miel, les ongles avaient des reflets lilas. Elle le pressentait habité de silence, comme s'il était en train d'écouter, sans cesse aux aguets.

— Sire Takeo, chuchota-t-elle.

Il ne ressemblait pas aux hommes qu'elle craignait et haïssait. Il avait son âge, une peau et des cheveux aussi éclatants de jeunesse que les siens. Elle sentit se réveiller la curiosité intense qu'elle avait éprouvée au premier regard. Elle aurait voulu tout savoir de lui. Pourquoi sire Otori l'avait-il adopté ? Qui était-il vraiment ? Qu'avait-il vécu pour être si triste ? Et pourquoi avait-elle le sentiment qu'il lisait dans son cœur ?

— Dame Shirakawa.

Sa voix était grave, avec un léger accent de l'Est.

Il fallait qu'elle le regarde. Elle leva les yeux et rencontra son regard. Il la scrutait d'un air presque désemparé, et elle sentit quelque chose passer entre eux, comme s'ils avaient franchi mystérieusement l'espace qui les séparait pour se toucher.

La pluie, qui s'était calmée, se remit à tomber avec un tel fracas que leurs voix avaient peine à se faire entendre. Le vent se leva à son tour, faisant vaciller les flammes des lampes et danser les ombres sur le mur.

« Puissé-je rester ici à jamais, » pensa Kaede.

Dame Maruyama dit d'un ton brusque :

— Il vous a déjà rencontrée, mais vous n'avez pas été présentés : voici Muto Kenji, un vieil ami de sire Otori qui est aussi le professeur de sire Takeo. Il aidera Shizuka à compléter votre instruction.

— Sieur Muto.

Elle le regarda furtivement et le reconnut. Il la contemplait, éperdu d'admiration, en secouant légèrement la tête comme s'il ne pouvait en croire ses yeux. « Il a l'air d'un brave vieillard, » se dit Kaede. Puis elle se ravisa : « Il n'est pas si vieux, en fait ! » Elle avait l'impression que son visage se dérobait et se transformait pendant qu'elle le regardait.

Elle sentit le sol trembler presque imperceptiblement. Nul ne dit mot dans la pièce, mais dehors quelqu'un cria de surprise. Puis on n'entendit plus de nouveau que le vent et la pluie.

Elle frissonna. Il fallait qu'elle dissimule le moindre de ses sentiments. Toutes les apparences étaient trompeuses.

CHAPITRE VII

Après avoir été adopté officiellement au sein du clan, j'eus davantage l'occasion de fréquenter d'autres garçons de mon âge issus de familles de guerriers. Ichiro était un professeur très recherché, et comme il m'enseignait déjà l'histoire, la religion et les classiques, il consentit à admettre d'autres élèves à ses cours. Parmi eux se trouvaient Miyoshi Gemba, qui devait devenir avec son frère, Kahei, l'un de mes amis et alliés les plus proches. Gemba avait un an de plus que moi. Kahei était trop vieux pour suivre les cours d'Ichiro, ayant dépassé sa vingtième année, mais il aidait ses cadets à s'initier aux arts de la guerre.

Je me joignais maintenant aux hommes du clan qui se réunissaient dans une vaste salle située en face du château, afin de combattre avec des bâtons ou d'approfondir d'autres arts martiaux. Du côté le plus abrité de la salle, au sud, s'étendait un grand terrain pour les exercices d'équitation et de tir à l'arc. Chaque matin, après deux heures de calligraphie sous la direction d'Ichiro, je parcourais à cheval avec deux compagnons les rues tortueuses de la cité fortifiée et consacrais quatre ou cinq heures à m'entraîner avec acharnement.

À la fin de l'après-midi, je retrouvais Ichiro avec

ses autres élèves, et nous luttions pour garder les yeux ouverts pendant qu'il tentait de nous inculquer les principes de Kung Tzu et l'histoire des Huit-Îles. C'est ainsi qu'arriva le solstice d'été, puis la fête de l'étoile de la Tisserande, et que les jours de la grande chaleur commencèrent. Les pluies de la saison des prunes avaient cessé, mais le temps resta très humide et orageux. Les fermiers prédisaient d'un air sombre que la saison des typhons serait encore pire que d'ordinaire.

Je continuais également à suivre les leçons de Kenji, mais elles avaient lieu la nuit. Il évitait la salle d'entraînement du clan, et m'exhortait à ne pas révéler les talents que j'avais hérités de la Tribu.

— Les guerriers n'y voient que de la sorcellerie, disait-il. Tes dons ne t'attireront que leur mépris.

Nous passâmes bien des nuits dehors, et j'appris à circuler en restant invisible dans la ville endormie. Ma relation avec Kenji était étrange. Je n'avais aucune confiance en lui à la lumière du jour. Les Otori m'avaient adopté, et je leur avais donné mon cœur. Je ne voulais pas qu'on me rappelle que je n'étais qu'un étranger, et même une anomalie. Mais la nuit, c'était différent. Kenji possédait des talents incomparables. Il voulait les partager avec moi, et je brûlais d'envie de me les approprier — en partie pour eux-mêmes, car ils satisfaisaient un besoin obscur qui était né en moi, mais aussi parce que je savais que j'avais beaucoup à apprendre si je voulais réaliser un jour ce que sire Shigeru attendait de moi. Bien qu'il ne m'en eût jamais parlé, je ne voyais pas d'autre motif pouvant expliquer qu'il m'ait arraché à l'enfer de Mino. J'étais le fils d'un assassin, un membre de la Tribu, et il m'avait adopté. J'allais maintenant l'accompagner à Inuyama. Dans quel dessein, sinon celui de tuer Iida ?

La plupart des jeunes guerriers m'acceptèrent, par égard pour sire Shigeru, et je me rendis compte que ces garçons et leurs pères avaient pour lui un immense respect. En revanche les rejetons de Masahiro et de Shoichi me menèrent la vie dure, surtout Yoshitomi, le fils aîné du premier. Ils me parurent bientôt aussi haïssables que leurs géniteurs, et ma haine se mêla de mépris pour leur arrogance et leur aveuglement. Nous nous battions souvent avec des bâtons, et je savais qu'ils nourrissaient envers moi des intentions meurtrières. Un jour, Yoshitomi m'aurait tué si je n'avais distrait à temps son attention en recourant à mon second moi. Il ne me pardonna jamais cet incident, et me murmurait souvent des insultes depuis lors : « Espèce de sorcier, sale tricheur. » En réalité, j'avais moins peur d'être tué par lui que de lui ôter moi-même la vie en me défendant ou par accident. Certes ces rencontres avaient un effet positif sur mes talents d'escrimeur, mais je me sentis soulagé quand le jour de notre départ arriva sans que le sang eût coulé.

La saison n'était guère propice aux voyages, puisque c'étaient les jours les plus chauds de l'été, mais nous devions absolument être à Inuyama avant le début de la fête des Morts. Nous ne prîmes pas la route directe passant par Yamagata mais partîmes en direction du sud, pour nous rendre à Tsuwano, qui était désormais le poste avancé du fief des Otori et où nous devions retrouver le cortège nuptial et célébrer la cérémonie des fiançailles. Après quoi notre voyage se poursuivrait en territoire Tohan et nous rattraperions la grand-route à Yamagata.

Le trajet jusqu'à Tsuwano fut tranquille et agréable, malgré la chaleur. J'étais délivré des leçons d'Ichiro et des tensions de l'entraînement. Cette chevauchée en compagnie de sire Shigeru et de Kenji avait des allures de vacances, et pendant quelques jours nous oubliâmes tous en apparence nos inquiétudes pour l'avenir. Malgré les éclairs qui chaque nuit illuminaient les montagnes et teintaient en bleu indigo les nuages, la pluie nous épargna et les feuillages des forêts à l'apogée de l'été nous baignèrent dans un océan verdoyant.

Nous entrâmes dans Tsuwano à midi, après nous être levés à l'aube pour couvrir la dernière étape de notre voyage. J'étais triste d'arriver, car je savais que c'en était fini désormais des plaisirs innocents de notre chevauchée sans souci. Les rues de Tsuwano étaient bordées de canaux regorgeant de grosses carpes rouge et or, et la ville chantait au rythme de ses eaux. Alors que nous approchions de l'auberge, j'entendis soudain se détacher sur le fond sonore de l'eau vive et des rues animées mon nom prononcé par une femme. La voix venait d'une bâtisse longue et basse aux murs blancs et aux fenêtres treillissées, qui devait servir de salle de combat. Je savais que deux femmes se trouvaient à l'intérieur mais je ne pouvais pas les voir. Je me demandai fugitivement ce qu'elles faisaient là, et pourquoi l'une d'elles avait prononcé mon nom.

Quand nous arrivâmes à l'auberge, j'entendis la même femme parler dans la cour. Il s'agissait de la servante de dame Shirakawa, et nous apprîmes que sa maîtresse était souffrante. Kenji se rendit à son chevet et en revint si enthousiasmé par sa beauté qu'il se lança dans des descriptions sans fin. Cependant l'orage finit par éclater et je craignis que le tonnerre ne rende les chevaux nerveux, de sorte que je courus aux écuries sans l'écouter. Je n'avais pas envie d'entendre vanter la beauté de dame Shirakawa. Si jamais il m'arrivait de penser à elle, c'était avec l'aversion que m'inspirait le rôle qu'elle allait jouer dans le piège tendu à sire Shigeru.

Au bout d'un moment, Kenji me rejoignit dans les écuries en compagnie de la servante. Elle avait l'air d'une jolie fille aussi gentille qu'écervelée, mais je reconnus en elle une représentante de la Tribu avant même qu'elle m'ait adressé un sourire rien moins que respectueux en s'écriant :

— Mon cousin !

Elle leva les mains et les pressa contre les miennes.

— Je suis Kikuta, moi aussi, du côté de ma mère. Mais j'appartiens aux Muto par mon père. Kenji est mon oncle.

Nos mains avaient les mêmes doigts effilés, et la même ligne traversait nos paumes de part en part.

— C'est le seul trait distinctif dont j'aie hérité, dit-elle avec regret. Pour le reste, je suis une pure Muto.

Comme Kenji, elle avait la faculté de changer d'apparence de sorte qu'on n'était jamais sûr de la reconnaître. Au début, je la jugeai très jeune, mais je découvris qu'en fait elle avait près de trente ans et était mère de deux fils.

— Dame Kaede s'est un peu remise, annonça-t-elle à Kenji. Votre thé l'a fait dormir et maintenant elle tient absolument à se lever.

— Tu l'as surmenée, dit Kenji en souriant. À quoi pensais-tu, par une telle chaleur ?

Il ajouta à mon adresse :

— Shizuka initie dame Shirakawa à l'escrime. Elle peut aussi te donner des leçons. Avec cette pluie, nous ne sommes pas près de partir d'ici.

Il se tourna de nouveau vers elle :

— Peut-être pourras-tu lui apprendre à se montrer sans pitié. C'est la seule qualité qui lui manque.

— On ne peut guère l'enseigner, répliqua-t-elle. On naît impitoyable, on ne le devient pas.

— Shizuka, elle, ne s'embarrasse pas de pitié, me dit Kenji. Tu ferais mieux de t'en faire une amie !

Je ne répondis pas. J'étais un peu irrité de le voir attirer l'attention de Shizuka sur ma faiblesse dès notre première rencontre. La pluie martelait les pavés de la cour et nous nous étions abrités sous l'avant-toit des écuries, où les chevaux piaffaient nerveusement.

— Dame Shirakawa est-elle sujette à la fièvre ?

— Pas vraiment. C'est la première fois qu'elle a un accès de ce genre. Mais elle n'est guère robuste. Elle n'a aucun appétit, et elle dort mal. La perspective de son mariage et la situation de sa famille la tourmentent. Sa mère est mourante, et elle ne l'a pas revue depuis l'âge de sept ans.

— Tu t'es prise d'affection pour elle, remarqua Kenji avec un sourire.

— C'est vrai, même si je ne suis entrée à son service que pour complaire à Araï.

— Je n'ai jamais vu une fille aussi belle, avoua-t-il.

— Mon oncle ! Elle a vraiment fait votre conquête !

— Je dois vieillir. Je ne puis m'empêcher de la plaindre. Quelle que soit la tournure que prendront les événements, elle sera la perdante.

Un énorme coup de tonnerre éclata au-dessus de nos têtes. Les chevaux se cabrèrent en tirant sur leurs cordes, et je courus les calmer. Shizuka retourna dans l'auberge et Kenji partit en quête de la maison de bains. Je ne les revis pas avant le soir.

Plus tard, après m'être baigné et avoir revêtu une tenue de cérémonie, j'assistai sire Shigeru lors de sa première entrevue avec sa future épouse. Nous avions apporté des cadeaux, et je les sortis de leurs boîtes tout en présentant les objets de laque qui avaient fait le voyage avec nous. Des fiançailles étaient censées être un événement heureux, me semblait-il, même si je n'avais jamais participé à une telle fête. Pour la promise, cependant, c'était peut-être une épreuve qu'elle abordait toujours avec appréhension. En tout cas, cette cérémonie me parut chargée de tension et assombrie de présages funestes.

Dame Maruyama nous salua comme si nous n'étions que de vagues connaissances, mais ses yeux avaient peine à se détacher du visage de sire Shigeru. Je trouvai qu'elle avait vieilli depuis notre rencontre à Chigawa. Elle était toujours aussi belle, mais la souffrance avait gravé de fines rides sur son visage. Le seigneur et elle se montrèrent pleins de froideur l'un envers l'autre et aussi envers le reste de l'assistance, notamment dame Shirakawa.

Cette dernière nous réduisit au silence par sa beauté. Malgré l'enthousiasme dont Kenji avait fait montre, je ne m'attendais pas à tant de splendeur. Je compris mieux la douleur de dame Maruyama : il s'y mêlait sans doute maintenant une part de jalousie. Comment un homme pourrait-il refuser la possession d'une telle beauté ? Personne ne blâmerait sire Shigeru d'accepter ce présent des dieux, qui s'accordait à la fois avec son devoir envers ses oncles et avec les exigences de l'alliance. Mais ce mariage priverait dame Maruyama non seulement de l'homme qu'elle aimait depuis tant d'années, mais aussi de son allié le plus puissant.

L'atmosphère chargée de tensions souterraines qui régnait dans la pièce mit un comble à mon malaise et à ma gêne. Je voyais combien Kaede souffrait de la froideur de dame Maruyama. Le sang lui monta aux joues, et cette rougeur soudaine ne fit qu'embellir son teint. J'entendais son cœur battant, son souffle accéléré. Elle gardait les yeux baissés, sans regarder aucun de nous. Je me dis : « Elle est si jeune, et pleine de terreur. » À cet instant, elle leva les yeux et me regarda. Il me sembla qu'elle était en train de se noyer sous mes yeux, et que si je tendais la main vers elle, je la sauverais.

*

— Eh bien, Shigeru, vous devez maintenant choisir entre la femme la plus puissante des Trois Pays et la plus belle créature de notre temps, dit Kenji quelques heures plus tard, alors que nous échangions nos impressions après avoir partagé bien des flacons de vin.

Il paraissait probable que la pluie allait nous retenir pour quelques jours à Tsuwano, de sorte qu'il était inutile de se coucher tôt pour se lever avant l'aube.

— Si seulement j'étais un seigneur !

— Vous avez déjà une épouse sous la main, répliqua Shigeru.

— Mon épouse est une bonne cuisinière, mais elle a une langue de vipère, un embonpoint excessif et une aversion marquée pour les voyages, grommela Kenji.

Je ne dis rien mais je ris en moi-même, car je savais qu'il mettait à profit l'absence de sa femme pour fréquenter assidûment le quartier des plaisirs.

Kenji continua ses plaisanteries qui visaient en fait, me sembla-t-il, à sonder les intentions de sire Shigeru. Cependant celui-ci se contenta de répondre dans la même veine, comme s'il fêtait réellement ses fiançailles. Grisé par le vin, j'allai me coucher au son de la pluie tambourinant sur le toit, tombant en cascade le long des gouttières et s'abattant sur les pavés. Les canaux étaient près de déborder : j'entendais dans le lointain le chant de la rivière s'enfler en un cri furieux tandis qu'elle dévalait la montagne.

Je me réveillai au milieu de la nuit, et me rendis compte instantanément que sire Shigeru n'était plus dans la chambre. Il était en train de parler avec dame Maruyama, d'une voix si basse que j'étais seul à pouvoir l'entendre. Un an plus tôt, dans une autre chambre d'auberge, je les avais surpris comme maintenant absorbés dans un entretien secret. J'étais à la fois épouvanté du risque qu'ils prenaient et stupéfait de la force de cet amour qui les soutenait malgré la rareté de leurs rencontres.

« Jamais il n'épousera Shirakawa Kaede », pensai-je. Mais je n'aurais su dire si ce constat me remplissait de joie ou d'inquiétude.

En proie à un profond malaise, je restai éveillé jusqu'à l'aube. Le soleil se leva sur une journée grise et humide, sans aucun signe d'amélioration du temps. Un typhon avait balayé l'ouest du pays plus tôt dans l'année que de coutume, amenant un cortège de pluies diluviennes, d'inondations, de ponts coupés et de routes impraticables. Tout était moite et sentait le moisi. Deux des chevaux avaient des jarrets enflés et brûlants, et un palefrenier avait reçu une ruade en pleine poitrine. Je prescrivis des cataplasmes pour les chevaux et fis examiner l'homme par un apothicaire. J'avalais un petit déjeuner tardif quand Kenji vint me rappeler que j'étais censé prendre un cours d'escrime. C'était bien la dernière chose que j'avais envie de faire.

— Quel autre projet as-tu pour ta journée ? insista-t-il. Tu veux rester assis à boire du thé ? Shizuka peut t'en apprendre long. Puisque nous sommes coincés ici, autant en tirer le meilleur parti.

Je terminai donc ma collation et suivis docilement mon professeur à la salle de combat, en courant sous la pluie. On entendait de l'extérieur les bâtons s'entrechoquer bruyamment. Deux jeunes hommes étaient en train de combattre. Au bout d'un instant, je me rendis compte que le premier n'était pas un garçon mais Shizuka : elle était plus habile que son adversaire, mais celui-ci, plus grand et plus déterminé, lui résistait vaillamment. En nous apercevant, cependant, Shizuka le toucha avec aisance sous la garde. Ce ne fut qu'en voyant le vaincu ôter son masque que je réalisai qu'il s'agissait de Kaede.

— Ils m'ont distraite ! s'écria-t-elle avec colère en essuyant son visage sur sa manche.

— Rien ne doit vous distraire, maîtresse, répliqua Shizuka. C'est votre principal point faible : vous manquez de concentration. Rien ne doit exister que votre adversaire, les sabres et vous.

Elle se retourna pour nous saluer :

— Bonjour, mon oncle ! Bonjour, mon cousin !

Nous répondîmes à son salut et nous inclinâmes avec un respect plus marqué devant Kaede. Puis il y eut un bref silence. Je me sentais mal à l'aise car c'était la première fois que je voyais des femmes dans une salle de combat, en tenue d'entraînement. Leur présence me déconcertait. Il me semblait que cette situation devait avoir quelque chose d'inconvenant. Je n'aurais pas dû me trouver ici avec la future épouse de sire Shigeru.

— Nous reviendrons plus tard, lançai-je, Quand vous aurez fini.

— Non, je veux que tu combattes avec Shizuka, dit Kenji. Dame Shirakawa ne peut certes pas rentrer seule à l'auberge, mais il sera instructif pour elle de vous observer.

— Elle aurait même besoin de s'entraîner avec un homme, intervint Shizuka. Dans un combat réel, elle n'aurait pas le choix de ses adversaires.

Je jetai un coup d'œil à Kaede. Ses yeux s'élargirent légèrement, mais elle garda le silence.

— Elle serait bien capable de battre Takeo, commenta Kenji d'une voix aigre.

Je me dis que le vin devait lui avoir donné la migraine. À dire vrai, je ne me sentais pas moi-même particulièrement frais.

Kaede s'assit en tailleur, comme un homme. Elle dénoua le cordon qui retenait ses cheveux en arrière, et ils se répandirent jusqu'au sol en ondoyant autour de son corps. Je m'efforçai de ne pas la regarder.

Shizuka me tendit un bâton et se mit en posture.

Nous combattîmes un moment, sans céder le moindre avantage à l'autre. Je n'avais encore jamais affronté une femme, et je retenais mes coups de peur de la blesser. Mais alors que je feintais, elle m'arracha soudain mon bâton des mains grâce à un coup tournoyant qui me prit totalement au dépourvu. Si mon adversaire avait été le fils de Masahiro, j'étais mort.

— Mon cousin, dit-elle avec reproche. Ne m'insultez pas, je vous prie.

Après quoi je me battis avec plus d'énergie, mais elle était habile et d'une force surprenante. Il fallut attendre la seconde reprise pour que je prenne peu à peu le dessus, et je ne dus mon avantage qu'aux instructions qu'elle me prodiguait. Elle me concéda la quatrième reprise, en déclarant :

— J'ai déjà combattu toute la matinée avec dame Kaede. Vous êtes reposé, mon cousin, outre que vous n'avez que la moitié de mon âge.

— Un peu plus que la moitié, je pense ! dis-je en haletant.

J'étais en nage et Kenji me donna une serviette pour que je m'essuie.

— Pourquoi appelles-tu sire Takeo ton cousin ? demanda Kaede.

— Vous n'allez pas me croire mais nous sommes parents, du côté de ma mère, répondit Shizuka. Sire Takeo n'est pas né Otori, il a été adopté.

Kaede nous regarda tous trois d'un air sérieux.

— Il y a un air de famille entre vous. C'est difficile à définir, mais on sent un mystère, comme si aucun d'entre vous n'était ce qu'il paraît être.

— Voilà une bonne définition de la sagesse dans le monde où nous vivons, noble dame, dit Kenji avec une piété qui me parut affectée.

Je supposai qu'il préférait que Kaede ignore la vraie nature de notre lien, à savoir que nous appartenions tous à la Tribu. Je n'en avais pas plus envie que lui, du reste. J'aimais mieux qu'elle voie en moi un Otori.

Shizuka ramassa le cordon et noua de nouveau la chevelure de Kaede.

— À votre tour d'affronter sire Takeo.

— Non, lançai-je aussitôt. Il faut que je vous laisse. Je dois m'occuper des chevaux et demander à sire Otori s'il n'a pas besoin de moi.

Kaede se leva. Je sentais qu'elle tremblait légèrement et j'avais le vertige en respirant le parfum qui émanait d'elle, où la sueur se mêlait à des effluves de fleurs.

— Rien qu'une reprise, assura Kenji. Ça ne peut pas vous faire de mal.

Shizuka voulut attacher le masque de Kaede, mais celle-ci la repoussa d'un geste.

— Si je dois affronter des hommes, autant combattre sans masque, dit-elle.

Je pris mon bâton à contrecœur. Dehors, la pluie redoublait de violence. La salle était plongée dans une lumière verdâtre qui estompait les contours. Nous semblions perdus dans un monde à part, isolé de la réalité, ensorcelé.

La reprise ressembla d'abord à un entraînement ordinaire, chacun de nous essayant de déstabiliser l'autre, mais j'avais sans cesse peur d'atteindre son visage et elle ne me quittait pas des yeux. Nous étions tous deux hésitants, embarqués dans un jeu étrange dont nous ignorions toutes les règles. Puis, sans que je puisse dire à quel instant, le combat se transforma en une sorte de danse. Un pas, un coup, une parade, un pas. Le souffle de Kaede s'accéléra, faisant écho au mien, jusqu'au moment où nous respirâmes à l'unisson, où ses yeux se mirent à briller dans son visage illuminé, où nos coups se firent plus violents et le rythme de nos pas plus trépidant. Par moments je dominais, puis c'était son tour, mais aucun de nous ne parvenait à prendre le dessus — en avions-nous seulement envie ?

Enfin, presque par erreur, je déjouai sa garde et préférai lâcher mon bâton plutôt que de risquer de toucher son visage. Aussitôt, Kaede abaissa son propre bâton et lança :

— Je me rends.

— C'était bien, commenta Shizuka, mais je pense que Takeo aurait pu y mettre un peu plus d'énergie.

Je restai debout, les yeux fixés sur Kaede, en ouvrant la bouche comme un idiot. Je me dis : « Si je ne la serre pas dans mes bras maintenant, j'en mourrai. »

Kenji me tendit une serviette et me donna une bonne tape en pleine poitrine.

— Takeo..., commença-t-il.

— Quoi ? dis-je d'un air hébété.

— Essaie de ne pas tout compliquer !

Shizuka lança d'une voix brusque, comme pour l'avertir d'un danger :

— Dame Shirakawa !

— Comment ? murmura Kaede sans me quitter des yeux.

— Je crois que ça suffit pour aujourd'hui, déclara Shizuka. Retournons dans votre chambre.

Kaede me sourit, en abandonnant soudain toute défiance :

— Sire Takeo.

— Dame Shirakawa.

Je m'inclinai devant elle en essayant de prendre un air cérémonieux, mais ne pus m'empêcher de répondre à son sourire.

— Il ne manquait plus que ça, marmonna Kenji.

— Que voulez-vous, c'est de leur âge ! répliqua Shizuka. Ils s'en remettront.

Quand Shizuka sortit de la salle avec Kaede, en criant aux servantes attendant dehors d'apporter des parapluies, j'entrevis soudain ce qu'ils avaient voulu dire. Ils avaient à la fois tort et raison. Kaede et moi venions d'éprouver les premières ardeurs du désir, et bien plus que du désir, de l'amour. Mais jamais nous ne pourrions nous en remettre.

Pendant une semaine, les pluies diluviennes nous retinrent prisonniers dans la petite ville de montagne. Nous n'eûmes pas d'autre séance d'entraînement en commun, Kaede et moi. J'aurais voulu qu'aucune n'eût jamais eu lieu : ç'avait été un moment de folie indépendant de ma volonté, et maintenant j'étais tourmenté par ses conséquences. Je passais mes journées à écouter la jeune fille. J'entendais sa voix, son pas et aussi, en ces heures où nous n'étions plus séparés que par une mince cloison, son souffle dans la nuit. Je pouvais dire comment elle dormait — mal — et quand elle se réveillait — souvent. Nous étions contraints de passer des moments ensemble, du fait de l'exiguïté de l'auberge, de notre voyage commun, de notre présence nécessaire au côté de sire Shigeru et de dame Maruyama. Mais nous n'avions jamais l'occasion de nous parler. Je crois que nous étions tous deux également terrifiés à l'idée de trahir nos sentiments. Nous osions à peine nous regarder, mais parfois nos yeux se rencontraient, et l'incendie se remettait à brûler entre nous.

Je maigrissais et mes yeux se creusaient à force de désir, et le manque de sommeil aggravait encore mon état car j'avais repris ma vieille habitude de vagabonder et repartais comme à Hagi explorer la nuit. Sire Shigeru ignorait mes escapades, puisque je profitais de ses entretiens avec dame Maruyama pour filer. Quant à Kenji, si jamais il s'en aperçut, il fit mine de rien. J'avais l'impression de devenir aussi immatériel qu'un fantôme. Le jour j'étudiais et je dessinais, la nuit je partais à la découverte de vies inconnues, en arpentant la ville comme une ombre. Je me disais souvent que jamais je n'aurais une vie à moi, étant destiné à appartenir pour toujours aux Otori ou à la Tribu.

J'épiais les marchands calculant les pertes que leur vaudraient les dégâts des eaux, je regardais les bourgeois boire et jouer dans des tripots avant de repartir aux bras de prostituées, je contemplais des enfants endormis entre leurs parents. J'escaladais des murs et des gouttières, je marchais sur des toits et longeais des clôtures. Un jour je franchis à la nage les douves du château, fis l'ascension de ses enceintes et de sa porte, et observai les gardes de si près que je pouvais sentir leur odeur. J'étais stupéfait de constater qu'ils étaient incapables de me voir et de m'entendre. J'écoutais ce que les gens disaient éveillés ou dans leur sommeil, j'entendais leurs protestations, leurs jurons et leurs prières.

Je rentrais à l'auberge avant l'aurore, trempé jusqu'aux os. Après avoir ôté mes vêtements mouillés, je me glissais sous les couvertures, nu et frissonnant. À moitié assoupi, j'écoutais le monde s'éveiller autour de moi. Les coqs chantaient d'abord, puis les corneilles commençaient à croasser. Des servantes se levaient pour aller chercher de l'eau, des sabots claquaient sur les ponts de bois. Dans les écuries, Raku et les autres chevaux hennissaient. J'attendais l'instant où j'entendrais la voix de Kaede.

Après trois jours de déluge ininterrompu, la pluie commença à faiblir. Sire Shigeru recevait de nombreuses visites à l'auberge. J'épiais leurs conversations circonspectes en essayant de reconnaître les visiteurs loyaux et ceux qui ne demandaient qu'à le trahir. Nous nous rendîmes au château pour offrir des présents à sire Kitano, et je revis au grand jour les murailles et la porte que j'avais escaladées la nuit.

Il nous accueillit courtoisement et présenta ses condoléances pour la mort de Takeshi. Le sujet devait lui tenir à cœur, car il y revint à plusieurs reprises. Il appartenait à la même génération que les oncles de sire Shigeru et avait deux fils du même âge que lui. Ils n'assistaient pas à l'entrevue — le premier était prétendument en voyage, et le second souffrant. Sire Kitano présenta des excuses, mais je savais qu'il mentait.

— Ils ont passé leur adolescence à Hagi, me raconta plus tard sire Shigeru. Ils fréquentaient assidûment la maison de mes parents et étaient comme deux frères pour Takeshi et moi-même.

Il resta un moment silencieux, puis reprit :

— Enfin, cela remonte à des années. Les temps changent et nous devons tous changer avec eux.

Mais je ne pouvais accepter cette résignation. Je sentais avec amertume que plus nous nous rapprochions du territoire Tohan, plus le seigneur était isolé.

La nuit tombait. Nous nous étions baignés et attendions le souper. Kenji était parti pour la maison de bains, où il prétendait s'être entiché d'une fille. La pièce donnait sur un petit jardin. La pluie n'était plus qu'une faible bruine et les portes étaient grandes ouvertes. Le jardin exhalait un parfum pénétrant de terre détrempée et de feuilles mouillées.

— Demain, il fera beau, dit sire Shigeru. Nous pourrons reprendre notre voyage. Cependant nous n'arriverons pas à Inuyama avant la fête. Nous serons contraints de séjourner à Yamagata, je pense.

Il sourit sans aucune joie et ajouta :

— Je pourrai ainsi commémorer la mort de mon frère dans les lieux mêmes où elle s'est produite. Mais personne ne doit s'apercevoir de mes sentiments. Il faut que je feigne d'avoir renoncé à toute idée de vengeance.

— Pourquoi pénétrer en territoire Tohan ? demandai-je. Il n'est pas trop tard pour rebrousser chemin. Si c'est mon adoption qui vous oblige à ce mariage, je pourrais repartir avec Kenji. Il n'attend que ça.

— Il n'en est pas question ! répliqua le seigneur. J'ai donné ma parole que je respecterais ces engagements, et j'ai apposé mon sceau. Maintenant que j'ai plongé dans le fleuve, je dois suivre le courant. Je préférerais encore être assassiné par Iida plutôt que d'en être méprisé.

Il jeta un regard circulaire sur la chambre, l'oreille aux aguets.

— Nous sommes absolument seuls ici ? Tu n'entends personne ?

Je percevais la rumeur familière du soir dans l'auberge : le pas léger des servantes chargées d'eau et de victuailles, le couteau de la cuisinière en plein travail dans la cuisine, de l'eau en train de bouillir, les conversations grognonnes des gardes arpentant le couloir et la cour. Je n'entendais personne respirer en dehors de nous deux.

— Nous sommes seuls.

— Approche-toi. Une fois que nous serons parmi les Tohan, il nous sera impossible de parler. J'ai beaucoup de choses à te dire avant...

Il me fit un sourire — un vrai cette fois.

— ... avant ce qui arrivera à Inuyama !

— J'ai songé à t'envoyer au loin. Kenji le voudrait pour ta sécurité, et ses craintes sont évidemment justifiées. Quant à moi, advienne que pourra, je dois me rendre à Inuyama. Le service que je te demande est presque impossible, et va bien au-delà de toutes les obligations que tu peux avoir à mon égard. Il me semble donc que je dois te donner le choix. Quand tu auras entendu ce que je veux te dire avant que nous soyons entrés en territoire Tohan, tu seras libre si tu le désires de partir avec Kenji et de rejoindre les rangs de la Tribu.

Un bruit étouffé dans le couloir m'épargna une réponse.

— Quelqu'un s'avance vers la porte.

Nous fîmes tous deux silence.

Un instant plus tard, les servantes entrèrent avec les plateaux du souper. Après leur départ, nous nous mîmes à manger. À cause de la pluie, la chère était maigre : une sorte de poisson mariné, du riz, de la langue du diable et des concombres au vinaigre. Mais je crois que ni lui ni moi n'y avons fait attention.

— Peut-être te demandes-tu d'où est née ma haine pour Iida, dit sire Shigeru. J'ai toujours éprouvé pour lui une antipathie personnelle, du fait de sa cruauté et de sa duplicité. Après Yaegahara et la mort de mon père, quand mes oncles ont pris la tête du clan, beaucoup de gens ont estimé que j'aurais dû mettre fin à mes jours. D'après eux, c'était la seule solution honorable — et le meilleur moyen de les débarrasser de ma présence encombrante, Mais lorsque les Tohan ont pris possession des terres conquises sur les Otori et que j'ai vu les conséquences désastreuses de leur domination pour les gens du peuple, j'ai décidé qu'il serait plus louable de vivre et de chercher à me venger. Je crois que la satisfaction du peuple est la pierre de touche d'un gouvernement. Si le souverain est juste, le pays est comblé des bienfaits du Ciel. Dans les contrées administrées par les Tohan, le peuple meurt de faim et gémit sous le poids des dettes et des exactions continuelles des fonctionnaires d'Iida. Les Invisibles sont torturés et tués avec des raffinements divers : on les crucifie, on les suspend la tête en bas au-dessus de fosses à ordures, on les enferme dans des corbeilles pour les livrer en pâture aux corbeaux. Les paysans sont contraints d'abandonner leurs nouveau-nés et de vendre leurs filles faute de pouvoir les nourrir.

Il prit un morceau de poisson et le mâcha posément, le visage impassible.

— Iida devint le souverain le plus puissant des Trois Pays. Le pouvoir confère sa propre légitimité. La plupart des gens pensent qu'un seigneur a le droit d'agir à sa guise dans son clan et dans ses terres. Moi-même, j'ai été élevé dans cette croyance. Mais Iida menaçait mon pays, le pays de mon père, et je n'avais pas l'intention de lui abandonner ma patrie sans combattre.

« Cette pensée ne m'a pas quitté depuis de longues années. J'ai endossé une personnalité qui n'était que partiellement la mienne. On m'appelle Shigeru le Fermier. Je me suis consacré à bonifier mes terres, et les saisons, les récoltes et l'irrigation sont devenues mes seuls sujets de conversation. Ce sont des questions qui m'intéressent, du reste, mais elles me donnaient aussi un prétexte pour parcourir le fief en tous sens et apprendre bien des choses que j'aurais ignorées autrement.

« J'évitais de me rendre en pays Tohan, en dehors de mes visites annuelles à Terayama où sont enterrés mon père et nombre de mes ancêtres. Le temple avait été cédé aux Tohan en même temps que la ville de Yamagata, après Yaegahara. Mais la cruauté des Tohan finit un jour par m'atteindre personnellement, et ma patience arriva à son terme.

« L'année dernière, juste après la fête de l'étoile de la Tisserande, ma mère tomba malade. Son accès de fièvre fut particulièrement virulent : elle mourut dans la semaine. Trois autres membres de la maisonnée succombèrent, y compris sa servante. Je tombai malade à mon tour. Pendant quatre semaines, je restai suspendu entre la vie et la mort, en proie au délire, inconscient du reste du monde. Ma guérison fut inespérée et quand elle fut acquise, je regrettai de n'avoir pas péri, car c'est alors que j'appris que mon frère avait été assassiné durant la première semaine de ma maladie.

« Nous étions au cœur de l'été. Il avait déjà été enterré. Personne ne put me dire comment les faits s'étaient déroulés : apparemment, il n'y avait pas eu de témoin. Mon frère avait depuis peu une nouvelle maîtresse, mais elle aussi avait disparu. Nous apprîmes seulement qu'un marchand de Tsuwano avait reconnu le corps dans les rues de Yamagata et s'était chargé de le faire inhumer à Terayama. Dans mon désespoir, j'écrivis à Muto Kenji, que je connaissais depuis Yaegahara. Je me disais que la Tribu pourrait me fournir des informations. Deux semaines plus tard, un homme se présenta chez moi tard dans la nuit. Il était muni d'une lettre d'introduction portant le sceau de Kenji. À le voir, je l'aurais pris pour un palefrenier ou un fantassin. Il me confia qu'il s'appelait Kuroda, un nom que je savais courant parmi les membres de la Tribu.

« La fille dont Takeshi s'était entiché était une chanteuse, et ils s'étaient rendus ensemble à Tsuwano pour la fête de l'étoile de la Tisserande. J'étais déjà au courant de ces circonstances, car dès la mort de ma mère j'avais envoyé à mon frère un message lui enjoignant de ne pas rentrer à Hagi. J'aurais voulu qu'il reste à Tsuwano, mais apparemment la fille voulait pousser jusqu'à Yamagata, où elle avait de la famille, et Takeshi l'accompagna. Kuroda me dit qu'il y avait eu une scène dans une auberge — des insultes proférées à l'encontre des Otori et de moi-même. Une rixe éclata. Takeshi était une fine lame, il tua deux hommes et en blessa plusieurs autres, qui prirent la fuite. Puis il rentra chez les parents de la fille. Au milieu de la nuit, des Tohan vinrent mettre le feu à la maison. Tous ses habitants furent brûlés vifs ou poignardés s'ils essayaient d'échapper aux flammes.

Je fermai les yeux un instant, il me semblait entendre leurs hurlements.

— Oui, ce fut la même chose qu'à Mino, continua sire Shigeru avec amertume. Les Tohan prétendirent qu'il s'agissait d'une famille d'Invisibles, bien que rien ne permît de l'affirmer. Mon frère était en costume de voyage. Personne ne connaissait son identité. Son cadavre resta dans la rue pendant deux jours.

Il poussa un profond soupir.

— L'indignation aurait dû être à son comble. Des clans sont entrés en guerre pour moins que cela. Le moins qu'Iida pouvait faire, c'était de présenter des excuses, de punir ses hommes et d'offrir une réparation quelconque. Mais Kuroda me rapporta qu'en apprenant cette nouvelle, Iida s'était écrié : « Ces parvenus d'Otori ! En voilà au moins un dont je n'aurai plus à me soucier. Dommage qu'ils ne m'aient pas plutôt débarrassé du frère. » Même les meurtriers furent stupéfaits, me dit Kuroda. Ils ignoraient quand ils l'avaient tué qui était Takeshi. En apprenant son identité, ils s'étaient attendus à payer de leur vie cette erreur.

« Mais Iida ne fit rien, pas plus que mes oncles. Je leur racontai confidentiellement ce que Kuroda m'avait appris. Ils préférèrent ne pas ajouter foi à ce récit. Ils me rappelèrent la témérité dont Takeshi avait souvent fait preuve dans le passé, les rixes auxquelles il avait été mêlé, les risques qu'il prenait. Ils m'interdirent d'évoquer ce sujet en public. Ma santé était loin d'être rétablie, me dirent-ils, je ferais mieux de changer d'air un moment. Ils me suggérèrent de faire un petit voyage dans les montagnes de l'Est, d'essayer les sources thermales ou les prières dans les sanctuaires. Je décidai de partir, mais dans un dessein différent de celui qu'ils me proposaient.

— Vous êtes allé me chercher à Mino, chuchotai-je.

Il ne me répondit pas tout de suite. La nuit était tombée, maintenant, mais le ciel rougeoyait encore faiblement. Les nuages se dissipaient, et la lune apparaissait et disparaissait entre les nuées. Pour la première fois, je distinguai les montagnes et les pins dont la silhouette se détachait, noire, sur le ciel nocturne.

— Dis aux servantes d'apporter les lampes, dit sire Shigeru, et j'allai à la porte pour les appeler.

Elles arrivèrent bientôt et enlevèrent les plateaux, apportèrent du thé et allumèrent les lampes dans leurs supports. Après leur départ, nous bûmes le thé en silence. Les bols luisaient d'un vernis bleu foncé. Shigeru tourna le sien dans sa main puis le retourner pour lire le nom du potier.

— À mes yeux, il a moins de charme que les couleurs de terre de Hagi, commenta-t-il, mais il n'en est pas moins beau.

— Puis-je vous poser une question ? demandai-je avant de me taire de nouveau, ne sachant vraiment si je voulais connaître la réponse.

— Continue, m'encouragea-t-il.

— Vous avez laissé croire aux gens que nous nous étions rencontrés par hasard, mais il m'a semblé que vous saviez où me trouver. Vous me cherchiez.

Il hocha la tête.

— Oui, j'ai su qui tu étais dès que je t'ai vu sur le sentier. J'étais venu à Mino dans l'intention expresse de te trouver.

— Parce que mon père était un assassin ?

— C'était la raison principale, mais non la seule.

J'avais l'impression qu'il n'y avait pas assez d'air dans la chambre pour me permettre de respirer. Je ne me souciais pas des autres raisons qui avaient pu pousser sire Shigeru à me chercher. Il fallait que je me concentre sur l'essentiel.

— Mais comment pouviez-vous savoir, alors que j'ignorais tout moi-même, alors que même la Tribu n'était pas au courant ?

Il reprit d'une voix encore plus basse qu'auparavant :

— Depuis Yaegahara, j'ai eu le temps d'apprendre bien des choses. Je n'étais qu'un adolescent, à l'époque, le type même du fils de guerrier incapable de rien concevoir au-delà du maniement du sabre et de l'honneur de ma famille. J'ai rencontré Muto Kenji lors de cette bataille, et dans les mois qui suivirent il m'a ouvert les yeux sur le pouvoir souterrain qui se cache derrière la domination de la classe des guerriers. J'ai pu entrevoir les réseaux de la Tribu et comprendre comment ils contrôlent les seigneurs de la guerre et leurs clans. Kenji est devenu un ami, et grâce à lui j'ai rencontré beaucoup d'autres membres de la Tribu. Ils m'intéressaient, et j'en sais probablement plus long sur leur compte que n'importe quel autre étranger. Mais j'ai gardé pour moi ces informations. Je n'en ai parlé à personne sinon vaguement à Ichiro, et maintenant à toi.

Je pensai au bec du héron plongeant brusquement dans les eaux.

— Kenji s'est trompé, le soir de notre première conversation à Hagi. Je savais très bien qui j'amenais dans ma maisonnée. Mais je ne m'étais pas rendu compte de l'étendue de tes talents.

Il me lança un sourire plein de franchise, qui transfigura son visage.

— Tes dons ont été pour moi une récompense imprévue.

Je semblais avoir de nouveau perdu l'usage de la parole. Je savais qu'il fallait que nous en venions au dessein qui avait poussé sire Shigeru à me chercher et à me sauver la vie, mais je ne pouvais me résoudre à aborder de but en blanc ce sujet. Je sentis resurgir en moi le côté obscur de ma nature, héritage de la Tribu. J'attendis en silence.

Le seigneur reprit :

— Je savais que je ne pourrais jamais trouver de repos sous le ciel tant que les meurtriers de mon frère seraient vivants. Je tenais leur maître pour responsable de leurs actes. Et entre-temps, la situation s'était modifiée. La brouille d'Araï avec Noguchi signifiait que les Seishuu étaient de nouveau intéressés par une alliance avec les Otori contre Iida. Une seule conclusion s'imposait : le moment était venu d'assassiner le tyran.

En entendant ces mots, je sentis une sourde excitation commencer à bouillonner en moi. Je me rappelai cet instant dans mon village où j'avais décidé de ne pas mourir mais de vivre pour me venger, et cette nuit à Hagi, à la lueur de la lune hivernale, où j'avais su que je possédais la capacité et la volonté nécessaires pour tuer Iida. Je me sentis profondément fier à l'idée que sire Shigeru était venu me chercher dans ce dessein. Ma vie entière semblait converger vers cette mort.

— Mes jours vous appartiennent, déclarai-je. Je ferai tout ce que vous voudrez.

— Ce que je te demande est extrêmement dangereux, presque impossible. Si tu choisis de refuser, tu es libre de t'en aller demain avec Kenji. Toutes les dettes entre nous seront effacées. Ta réputation n'aura nullement à en souffrir.

— Ne m'insultez pas, je vous prie.

Ma réaction le fit rire.

J'entendis des pas dans la cour et une voix sur la véranda.

— Kenji est de retour.

Quelques minutes plus tard, il entra dans la chambre, suivi d'une servante apportant du thé frais. Il nous examina du coin de l'œil pendant qu'elle nous servait, et lança dès qu'elle fut partie :

— Vous avez l'air de conspirateurs. Qu'est-ce que vous complotez ?

— De nous rendre à Inuyama, répondit sire Shigeru. J'ai exposé mes intentions à Takeo. Il m'accompagne là-bas de son propre gré.

Kenji changea d'expression.

— Il court à sa perte, marmonna-t-il.

— Peut-être que non, dis-je d'une voix légère. Sans me vanter, je crois que je suis la seule personne au monde qui ait une chance d'approcher sire Iida.

— Tu n'es qu'un enfant, grogna mon professeur. Je l'ai déjà dit à sire Shigeru. Il connaît mon opposition à ce projet inconsidéré. Écoute-moi, maintenant. T'imagines-tu vraiment pouvoir tuer sire Iida ? Il a survécu à davantage de tentatives d'assassinat que je n'ai eu de filles dans mon lit. Et tu n'as encore jamais tué personne ! Sans compter que tu as toutes les chances d'être reconnu soit dans la capitale, soit en chemin. Je crois que ton colporteur a parlé de toi à quelqu'un. Ce n'est pas un hasard si Ando s'est rendu à Hagi. Il venait vérifier si la rumeur disait vrai, et il t'a vu en compagnie de sire Shigeru. À mon avis, Iida sait déjà qui tu es et où tu te trouves. Tu te feras probablement arrêter dès que tu auras mis les pieds en territoire Tohan.

— Pas s'il est avec moi, intervint le seigneur. Ne suis-je pas un Otori venant conclure une alliance amicale ? Du reste, je lui ai dit qu'il était libre de s'en aller avec vous. C'est lui qui a choisi de m'accompagner.

Je crus déceler une note de fierté dans sa voix. Je me tournai vers Kenji :

— Il n'est pas question que je m'en aille. Il faut que je me rende à Inuyama. De toute façon, j'ai mes propres comptes à régler là-bas.

Il soupira d'un air irrité.

— Dans ce cas, je suppose que je vais devoir vous suivre.

— Le temps s'est éclairci. Nous reprendrons notre voyage dès demain, dit sire Shigeru.

— J'ai encore un mot à vous dire, Shigeru. Vous m'aviez stupéfié en m'apprenant que vous aviez réussi à cacher si longtemps vos amours avec dame Maruyama. Mais j'ai entendu quelque chose, aux bains, une plaisanterie qui me porte à croire que votre secret n'en est plus un.

— Qu'avez-vous entendu ?

— Un homme a déclaré à la fille qui lui frottait le dos que sire Otori était en ville avec sa future épouse. À quoi elle a répondu : « L'actuelle épouse est aussi du voyage. » Beaucoup de clients ont ri comme s'ils saisissaient l'allusion, et la conversation a roulé ensuite sur dame Maruyama et sur le désir qu'Iida ressentait pour elle. Bien sûr, nous sommes encore en pays Otori : ils n'éprouvent que de l'admiration à votre égard, et cette rumeur leur fait plaisir car elle rehausse la réputation des Otori et constitue comme un coup de poignard dans le dos des Tohan. Mais c'est autant de raisons supplémentaires pour répandre ce bruit, jusqu'au moment où il parviendra aux oreilles d'Iida.

Je voyais le visage de sire Shigeru à la lueur des lampes. Une expression étrange s'y peignit, où il me sembla lire un mélange d'orgueil et de regret.

— Iida peut bien me tuer, dit-il. Il ne peut rien changer au fait qu'elle me préfère à lui.

— Vous êtes amoureux de la mort, comme tous ceux de votre classe, siffla Kenji d'une voix que je ne lui avais jamais entendue, où vibrait un ressentiment profond.

— Je ne crains pas la mort, répliqua le seigneur. Mais il est faux de prétendre que j'en suis amoureux. Bien au contraire, je pense avoir prouvé combien j'aimais la vie. Mais mieux vaut mourir que de vivre dans la honte, et c'est là le point où je suis parvenu aujourd'hui.

J'entendis des pas approcher. Je tournai la tête comme un chien, et les deux hommes se turent. On frappa à la porte. Sachie apparut sur le seuil et s'agenouilla. Sire Shigeru se leva aussitôt pour la rejoindre, et elle lui chuchota quelque chose avant de s'en aller silencieusement. Il se tourna vers nous :

— Dame Maruyama souhaite m'entretenir des dispositions à prendre pour le voyage de demain. Je vais me rendre un moment dans sa chambre.

Kenji resta silencieux, mais inclina légèrement la tête.

— C'est peut-être la dernière fois que nous serons ensemble, dit doucement le seigneur.

Il sortit dans le couloir en faisant coulisser la porte derrière lui.

— Dommage que je n'aie pas été le premier à te trouver, marmonna Kenji. Tu ne serais jamais devenu un seigneur, et aucun lien de loyauté ne t'attacherait à Shigeru. Tu appartiendrais corps et âme à la Tribu, et tu ne te ferais pas prier pour filer avec moi dès cette nuit.

— Si sire Otori ne m'avait pas trouvé le premier, je serais mort ! répliquai-je avec véhémence. Que faisait la Tribu pendant que les Tohan massacraient les miens et incendiaient ma maison ? Le seigneur m'a sauvé la vie, ce jour-là. C'est pour cette raison que je ne puis le quitter. Jamais je ne l'abandonnerai. N'essayez pas de m'en reparler à l'avenir !

Le regard de Kenji devint impénétrable.

— Sire Takeo, dit-il d'un ton ironique.

Les servantes vinrent installer les lits et nous n'échangeâmes plus un mot.

*

Le lendemain matin, les routes sortant de Tsuwano étaient bondées de voyageurs profitant du beau temps pour continuer leur voyage. Le ciel était d'un bleu clair et intense, et la terre gorgée d'humidité fumait sous l'ardeur du soleil. Le pont de pierre franchissant le fleuve était intact, mais l'eau se précipitait avec furie sous ses arches, en jetant contre les piles des branches d'arbres, des planches de bois, des cadavres d'animaux et peut-être d'humains. Je pensais fugitivement à la première fois où j'avais traversé le pont de Hagi quand j'aperçus un héron noyé flottant sur les ondes, son plumage gris et blanc imbibé d'eau, toute sa grâce flétrie, défigurée. Cette vision me glaça comme un présage terrible.

Les chevaux étaient reposés et impatients de trotter. Si jamais sire Shigeru était moins impatient et partageait mes pressentiments funestes, il n'en laissa rien voir. Son visage était calme, ses yeux brillaient. Il semblait rayonner d'énergie et de vie. Mon cœur se serra à cette vue, car je frémissais de penser que je tenais dans mes mains d'assassin son avenir tout entier. Je regardai mes mains posées sur l'encolure gris pâle et la crinière noire de Raku, et je me demandai si elles me trahiraient.

Je n'aperçus que fugitivement Kaede, alors qu'elle montait dans le palanquin. Elle ne me regarda pas. Dame Maruyama s'inclina légèrement en nous voyant, mais ne dit mot. Son visage était pâle, ses yeux cernés, mais elle se montrait pleine de calme et de sang-froid.

Le voyage fut lent et pénible. À l'abri de ses montagnes, Tsuwano avait échappé au gros de la tempête, mais en descendant vers la vallée nous découvrîmes toute l'étendue du désastre : maisons et ponts emportés par les flots, arbres déracinés, champs inondés. Les villageois nous regardaient d'un air morne ou ne pouvaient cacher leur colère en nous voyant traverser le théâtre de leur souffrance, que nous accroissions encore en réquisitionnant leur foin pour nourrir nos chevaux et leurs bateaux pour franchir les rivières en crue. Nous avions déjà plusieurs jours de retard, et devions à tout prix forcer l'allure.

Il nous fallut trois jours pour atteindre la frontière du fief, soit le double du temps prévu. Une escorte avait été envoyée à notre rencontre. Elle comprenait trente guerriers Tohan menés par Abe, l'un des hommes de confiance d'Iida, et l'emportait ainsi en nombre sur les vingt cavaliers accompagnant sire Shigeru. Sugita et les autres hommes de la suite de dame Maruyama étaient rentrés dans leurs domaines après notre arrivée à Tsuwano.

Abe et ses hommes attendaient depuis une semaine, et ils étaient impatients et irritables. Ils ne voulaient pas passer le temps requis pour la fête des Morts à Yamagata. Les relations entre les deux clans étaient rien moins que cordiales, et l'atmosphère se chargea de tension. Les Tohan se montraient arrogants et hâbleurs. Ils nous faisaient sentir que nous étions en situation d'infériorité, que les Otori venaient ici en suppliants, non en égaux. Mon sang bouillait pour sire Shigeru, mais lui ne semblait pas autrement ému. Il faisait preuve de sa courtoisie habituelle, et c'est à peine si son humeur s'était un peu assombrie.

Je passai ces jours dans le même silence qu'à l'époque où j'avais perdu l'usage de la parole. J'épiais des bribes de conversation dans l'espoir qu'elles me révéleraient, comme des brins de paille, dans quelle direction soufflait le vent. Mais en pays Tohan, les gens étaient taciturnes et renfermés. Ils savaient que les espions pullulaient et que les murs avaient des oreilles. Même quand les guerriers Tohan s'enivraient la nuit, ils gardaient un mutisme qui contrastait avec l'expansivité bruyante et joyeuse des Otori.

Je n'avais plus approché la triple feuille de chêne d'aussi près depuis le jour du massacre de Mino. Je baissais les yeux et détournais mon visage, de peur de voir ou d'être reconnu par un des hommes qui avaient incendié mon village et assassiné ma famille. Mon personnage d'artiste m'était utile, car je pouvais souvent m'isoler avec mes pinceaux et ma pierre à encre. J'abandonnais ma nature véritable pour devenir un garçon doux, sensible et craintif, prenant rarement la parole et se fondant avec le décor. Mon professeur était la seule personne à qui je parlais. Kenji ne se montrait pas moins timide et discret que moi-même. De temps en temps, nous échangions à voix basse des remarques sur la calligraphie ou le style de peinture en usage sur le continent. Les Tohan nous méprisaient et ne faisaient pas attention à nous.

Notre séjour à Tsuwano me paraissait maintenant comme le souvenir d'un rêve. Notre combat avait-il vraiment eu lieu ? L'amour nous avait-il surpris et enflammés, Kaede et moi ? Je la vis à peine durant les jours qui suivirent. Les dames logeaient dans des maisons indépendantes et prenaient leurs repas à part. Il n'était pas difficile de faire comme si Kaede n'existait pas ainsi que je me l'étais promis, mais si jamais j'entendais sa voix, mon cœur battait à tout rompre, et la nuit son image brûlait derrière mes yeux fermés. Étais-je ensorcelé ?

Le premier soir, Abe m'ignora, mais le second, après le souper, quand le vin eut éveillé son agressivité, il me fixa longuement avant de demander à sire Shigeru :

— Ce garçon est un de vos parents, j'imagine ?

— C'est le fils d'un cousin éloigné de ma mère, répondit le seigneur, le cadet d'une nombreuse famille dont tous les enfants sont maintenant orphelins. Ma mère avait toujours voulu l'adopter, et après sa mort j'ai exaucé son désir.

— En vous mettant du même coup une poule mouillée sur les bras, commenta Abe en riant.

— Hélas, vous pourriez bien être dans le vrai, dit sire Shigeru. Mais il a d'autres talents qui ont leur prix. Il est doué pour le calcul et pour l'écriture, et n'est pas dénué d'un certain don pour la peinture.

Il parlait d'un ton empreint de patience et de déception, comme si j'étais pour lui un fardeau importun, mais je savais que ses remarques n'avaient pour but que de donner la dernière touche à mon personnage. Assis, les yeux baissés, je gardais le silence.

Abe se servit encore du vin et but en m'observant par-dessus sa coupe. Il avait des yeux petits et enfoncés dans un visage grêlé, aux traits grossiers.

— Ça ne sert pas à grand-chose de nos jours !

— Nous pouvons certainement espérer en une paix prochaine, maintenant que nos deux clans sont sur le point de s'allier, observa tranquillement sire Shigeru. Qui sait si les arts ne fleuriront pas de nouveau.

— La paix avec les Otori, c'est possible. Ils se soumettront sans combattre. Mais maintenant ce sont les Seishuu qui s'agitent, sous l'influence de ce traître d'Araï.

— Araï ?

— Un ancien vassal de Noguchi, seigneur de Kumamoto. Ses terres jouxtent celles de la famille de votre fiancée. Il a passé l'année à lever des troupes. Il faut que nous l'ayons écrasé avant l'hiver.

Abe but de nouveau. Son visage prit une expression d'ironie méchante, accentuant la courbe cruelle de sa bouche.

— Araï a tué un homme qui tentait paraît-il d'abuser de dame Shirakawa, et il s'est tenu pour offensé quand sire Noguchi l'a exilé.

Il se tourna vers moi et me demanda, avec le don de seconde vue des ivrognes :

— Je parie que tu n'as jamais tué un homme, mon gars, je me trompe ?

— Non, sire Abe, répondis-je.

Il éclata de rire. Je sentais la brute affleurer en lui, et je ne voulais pas le provoquer.

— Et toi, mon vieux ? lança-t-il à Kenji qui tenait son rôle de professeur insignifiant en buvant son vin avec délice.

Il semblait légèrement gris, mais en réalité il était bien moins ivre qu'Abe.

Il entonna d'une voix haut perchée, avec une piété affectée :

— Bien que les sages nous enseignent que l'homme noble ait le droit, et même le devoir, de venger une mort, je n'ai jamais eu l'occasion d'en venir à une telle extrémité. D'autre part, l'Illuminé invite ses disciples à s'abstenir d'ôter la vie à quelque être sensible que ce soit, aussi ai-je adopté un régime strictement végétarien.

Il but en connaisseur et remplit de nouveau sa coupe.

— Par bonheur, le vin de riz fait partie de ce régime.

— Vous n'avez donc pas de guerriers à Hagi, pour être contraint de voyager avec des compagnons de cet acabit ? s'esclaffa Abe.

— Je suis censé me rendre à mes noces, répliqua sire Shigeru d'une voix douce. Devrais-je plutôt me préparer au combat ?

— Un homme devrait toujours se préparer au combat, rétorqua Abe. Surtout quand sa fiancée a la réputation de dame Kaede. Vous en avez conscience, je suppose ?

Il secoua sa tête massive.

— C'est comme manger du poisson-lanterne. Une bouchée serait capable de vous tuer. Vous n'êtes pas inquiet à cette perspective ?

— Je devrais l'être ?

Le seigneur se versa du vin et but.

— Il est vrai qu'elle est adorable, je l'avoue. Le jeu en vaut sans doute la chandelle !

— Dame Shirakawa ne sera pas un danger pour moi, assura sire Shigeru, avant de mettre Abe sur le sujet de ses exploits durant les campagnes d'Iida à l'est.

J'écoutai les vantardises du soudard en essayant de déceler ses faiblesses. J'avais d'ores et déjà décidé de le tuer.

*

Le lendemain, nous arrivâmes à Yamagata. La cité avait été frappée de plein fouet par la tempête, qui avait laissé derrière elle de nombreux morts et des récoltes ravagées. Presque aussi grande que Hagi, elle avait été la seconde ville du fief des Otori avant d'être cédée aux Tohan. Le château avait été reconstruit et donné à un vassal d'Iida, mais la plupart des habitants se considéraient toujours comme des Otori et la présence de sire Shigeru était un motif supplémentaire d'agitation. Abe avait espéré être à Inuyama avant le début de la fête des Morts, et il était furieux de ce séjour forcé à Yamagata. Tant que la fête n'était pas terminée, tout voyage était censé être néfaste, en dehors des visites aux temples et des pèlerinages aux lieux sacrés.

Sire Shigeru était accablé de tristesse en découvrant pour la première fois l'endroit où Takeshi avait trouvé la mort.

— Chaque fois que je vois un Tohan, je me demande s'il est l'un des assassins, me confia-t-il tard dans la nuit. Et je m'imagine qu'eux-mêmes se demandent pourquoi ils n'ont toujours pas reçu leur châtiment, et qu'ils me méprisent parce que je les laisse vivre. J'ai envie de les abattre tous comme des chiens !

Je ne l'avais encore jamais entendu exprimer un sentiment d'impatience.

— Ce serait nous enlever toutes nos chances d'approcher Iida, répliquai-je. Quand nous l'aurons à notre merci, toutes les insultes des Tohan seront lavées d'un seul coup.

— Ton alter ego studieux ne manque pas de sagesse, Takeo, dit sire Shigeru d'une voix un peu rassérénée. Ni de sang-froid.

Le lendemain, il se rendit au château avec Abe pour être reçu par le seigneur du cru. Il en revint plus triste et plus agité que jamais.

— Les Tohan cherchent à prévenir des troubles en rejetant sur les Invisibles la responsabilité des ravages de la tempête, m'annonça-t-il brièvement. Une poignée de malheureux marchands et paysans ont été dénoncés et arrêtés. Plusieurs ont succombé à la torture. Quatre d'entre eux sont suspendus aux murs du château. Leur supplice se prolonge depuis trois jours.

— Ils sont vivants ? chuchotai-je en frissonnant.

— Ils peuvent survivre encore plus d'une semaine. Entre-temps, les corbeaux se repaissent de leur chair vive.

Une fois que j'eus appris leur existence, je ne pus m'empêcher de les écouter sans cesse : parfois un gémissement étouffé, parfois un faible cri, qu'accompagnaient dans la journée les croassements et les battements d'ailes incessants des corbeaux. Je les entendis toute cette nuit-là, puis le lendemain jusqu'au soir, après quoi ce fut la première nuit de la fête des Morts.

Les Tohan imposaient un couvre-feu à leurs villes, mais la fête suivait des traditions plus anciennes et le couvre-feu était repoussé jusqu'à minuit. À la tombée du jour, nous quittâmes l'auberge pour nous joindre à la foule se rendant d'abord aux temples puis sur les rives du fleuve. Toutes les lanternes de pierre bordant les accès aux sanctuaires étaient allumées, et des bougies étaient posées sur les pierres tombales. Leurs lueurs tremblantes projetaient des ombres étranges sur les passants, dont les corps semblaient se décharner et les visages se creuser comme des crânes. La marée humaine avançait posément, en silence, comme si les morts eux-mêmes avaient surgi de la terre. Il était aisé de s'y perdre, et d'échapper ainsi à la vigilance de nos gardes.

La nuit était chaude et paisible. Je m'approchai de la rive avec sire Shigeru, et nous lançâmes sur les eaux du fleuve des bougies allumées dans de fragiles embarcations chargées d'offrandes pour les morts. Les cloches des temples retentissaient, et des chants et des litanies planaient sur les flots lents et sombres. Nous regardâmes les lumières s'éloigner, entraînées par le courant, en espérant que les morts seraient consolés et laisseraient en paix les vivants.

Mais moi, je ne me sentais pas le cœur en paix. Je pensais à ma mère, à mon beau-père et à mes sœurs, à mon père mort depuis si longtemps, aux habitants de Mino. Sire Shigeru songeait certainement à son père, à son frère. Il semblait que leurs esprits ne nous laisseraient tranquilles qu'après avoir été vengés. Autour de nous, des gens mettaient à flot leurs petits vaisseaux illuminés, en pleurant et en gémissant, et une vaine tristesse serra mon cœur à l'idée que tel était le monde. Ce que j'avais retenu de la doctrine des Invisibles me revint à l'esprit, mais je me souvins alors que tous ceux qui me l'avaient enseignée étaient morts.

Les flammes des bougies brûlèrent longtemps, avant de s'amoindrir au point de ressembler à des lucioles, puis à des étincelles, puis à ces lueurs fantomatiques qui dansent sous les yeux quand on a regardé trop fixement le feu. La lune était pleine, et se teintait de cette nuance orangée qui annonce la fin de l'été. Je redoutais de rentrer à l'auberge, dans cette chambre étouffante où je passerais la nuit à me retourner sur ma couche en écoutant les Invisibles agoniser sur le mur du château.

On avait allumé des feux de joie le long des berges du fleuve, et les gens se mirent à danser la ronde obsédante qui doit à la fois souhaiter la bienvenue aux morts et les faire partir, afin que les vivants soient soulagés. La musique se détachait sur le fracas des tambours. Ce spectacle éclaircit un peu mon humeur, et je bondis sur mes pieds pour regarder. À l'ombre des saules, j'aperçus Kaede.

Elle était debout à côté de dame Maruyama, Sachie et Shizuka. Sire Shigeru se leva et se dirigea vers elles d'un pas indolent. Dame Maruyama vint à sa rencontre, et ils se saluèrent avec une politesse empreinte de froideur et de formalisme. Ils échangèrent des paroles de condoléances pour les morts et des commentaires sur le voyage puis se tournèrent d'un même mouvement vers les danseurs afin de les regarder, ce qui était parfaitement naturel. Mais j'avais l'impression qu'il était aisé, à travers leurs voix, dans leur façon de se tenir côte à côte, de deviner leur désir, et j'avais peur pour eux. Je savais qu'ils étaient capables de dissimuler leurs sentiments — ils le faisaient depuis tant d'années —, mais maintenant qu'ils s'apprêtaient à jouer un va-tout désespéré, je craignais qu'ils n'abandonnent toute prudence avant la dernière manche.

Kaede était désormais seule sur la rive, en dehors de Shizuka. Je me retrouvai près d'elle comme par enchantement, comme si des esprits m'avaient emporté dans les airs pour me déposer à son côté. Je la saluai avec une politesse mêlée de timidité, afin de donner le change à Abe s'il me voyait. Je voulais qu'il me croie simplement en proie à une passion d'adolescent pour la fiancée de sire Shigeru. Je dis un mot de la chaleur, mais Kaede tremblait comme si elle était glacée. Nous restâmes un instant silencieux, puis elle me demanda à voix basse :

— Qui pleurez-vous, sire Takeo ?

— Ma mère, mon père.

Après une pause, je repris :

— Les morts sont si nombreux.

— Ma mère est mourante, dit-elle. J'espérais la revoir, mais nous avons pris un tel retard dans notre voyage que je crains qu'il ne soit trop tard. J'avais sept ans quand j'ai été livrée en otage. Pendant plus de la moitié de ma vie, je n'aurai vu ni ma mère ni mes sœurs.

— Et votre père ?

— Lui aussi est un étranger pour moi.

— Assistera-t-il à votre...

À ma propre surprise, je découvris que j'avais la gorge trop serrée pour prononcer ce mot fatidique.

— Mon mariage ? s'exclama-t-elle avec amertume. Non, il n'y sera pas.

Ses yeux fixés sur la rivière illuminée de mille lueurs se tournèrent sans me regarder vers les danseurs et la foule des spectateurs.

— Ils s'aiment, murmura-t-elle comme si elle se parlait à elle-même. C'est pour cela qu'elle me hait.

Je savais que je n'aurais pas dû être là, en train de lui parler, mais je ne parvenais pas à m'éloigner. Je tentai de jouer encore mon personnage d'artiste doux, timoré et bien élevé :

— Les mariages se décident pour des raisons de devoir et d'alliance. Ce qui ne veut pas dire qu'ils soient nécessairement malheureux. Sire Otori est un homme de bien.

— Je suis fatiguée d'entendre ce discours. Je sais

qu'il est un homme de bien. Tout ce que je dis, c'est qu'il ne m'aimera jamais.

Je sentis ses yeux sur mon visage.

— Mais j'ai conscience, ajouta-t-elle, que l'amour n'est pas fait pour les gens de notre classe.

Cette fois, c'était moi qui tremblais. Je redressai la tête, et mes yeux rencontrèrent les siens.

— Alors pourquoi suis-je amoureuse ? chuchota-t-elle.

Je n'osai pas ouvrir la bouche. Les mots que je voulais prononcer me suffoquaient. Je sentais sur ma langue leur douceur et leur force. De nouveau, je me dis que je mourrais si je ne la possédais pas.

Les tambours résonnaient, les feux de joie flamboyaient. La voix de Shizuka s'éleva dans l'obscurité :

— Il se fait tard, dame Shirakawa.

— Je viens, dit Kaede. Bonne nuit, sire Takeo.

Je m'autorisai une seule faiblesse : prononcer son nom comme elle venait de prononcer le mien :

— Dame Kaede.

À l'instant où elle se détournait, je vis son visage s'illuminer, plus brillant que les flammes, plus radieux que la lune au-dessus des eaux.

CHAPITRE VIII

Nous repartîmes lentement vers la ville à la suite des femmes, puis nous regagnâmes nos logements séparés. Les gardes Tohan nous avaient rattrapés en chemin, et ils nous escortèrent jusqu'à l'entrée de l'auberge. Ils restèrent dehors tandis qu'un de nos guerriers Otori montait la garde dans le couloir.

— Demain, nous irons à Terayama, déclara sire Shigeru alors que nous nous apprêtions à nous coucher. Je dois me rendre sur la tombe de Takeshi et présenter mes respects à l'abbé, qui était un vieil ami de mon père. Je lui ai apporté des cadeaux de Hagi.

Nous avions emporté avec nous quantité de cadeaux, qui remplissaient les bâts de nos chevaux de somme à côté de nos bagages, des vêtements pour le mariage et des provisions de bouche. Je ne me souciai pas outre mesure du coffret de bois qu'il entendait porter à Terayama, ni de son contenu. D'autres désirs et d'autres inquiétudes m'agitaient sans relâche.

La chambre était aussi étouffante que je l'avais redouté. Je ne parvenais pas à fermer l'œil. J'entendis les cloches du temple à minuit, puis tous les bruits furent suffoqués par le couvre-feu, en dehors des gémissements pitoyables des mourants suspendus aux murs du château.

Je finis par me lever. Je n'avais pas vraiment de plan en tête, seule mon insomnie me poussait ainsi à l'action. Kenji et Shigeru dormaient, et je constatai que le garde du couloir somnolait. Saisissant la boîte étanche où Kenji conservait des capsules de poison, je la glissai dans mon vêtement de dessous. Je revêtis des habits de voyage noirs et emportai le petit sabre, de fines cordelettes, deux grappins et une corde dissimulés dans le coffre de bois. Chacun de ces gestes prenait du temps, car je devais les exécuter en silence, mais pour nous, membres de la Tribu, la réalité du temps est différente, et nous le dilatons ou l'accélérons à notre guise. Je n'étais pas pressé, et je savais que mes deux compagnons endormis ne se réveilleraient pas.

Le garde remua quand je passai à côté de lui. Je me rendis aux cabinets pour me soulager, et j'envoyai mon second moi rentrer dans la chambre en repassant près de l'homme. J'attendis qu'il soit de nouveau assoupi, puis je me rendis invisible, escaladai le mur de la cour intérieure et atterris d'un bond dans la rue.

J'entendais les gardes Tohan à la porte de l'auberge, et je savais que des patrouilles sillonnaient les rues. Une part de mon esprit avait conscience du danger, et même de la folie de ce que j'entreprenais, mais je ne pouvais résister à mon impulsion. J'avais envie de tester avant notre arrivée à Inuyama les talents que Kenji m'avait inculqués, et surtout je voulais tout simplement faire taire les gémissements s'élevant du château, afin de pouvoir enfin dormir.

Je me faufilai dans le dédale des rues étroites, et rejoignis le château par un itinéraire tortueux. On apercevait encore de la lumière derrière les volets de quelques maisons, mais la plupart étaient déjà plongées dans l'obscurité. Je saisis au passage des bribes de conversation : un homme consolait une femme en pleurs, un enfant babillait comme si la fièvre le faisait délirer, une voix chantait une berceuse, des ivrognes se disputaient. J'arrivai à la grand-rue menant droit aux douves et au pont de la forteresse. Elle était bordée d'un canal empoissonné de carpes en prévision d'un siège. La plupart des poissons dormaient, et leurs écailles luisaient faiblement au clair de lune. De temps en temps, l'un d'eux se réveillait et battait l'eau d'un brusque coup de queue. Je me demandai s'ils rêvaient.

Je progressais de porte en porte, les oreilles tendues vers la moindre rumeur de pas, le moindre cliquetis d'acier. Les patrouilles ne m'inquiétaient pas outre mesure : je savais que je les entendrais bien avant qu'elles s'aperçoivent de ma présence, et surtout j'étais protégé par mon don d'invisibilité et de dédoublement. Quand je parvins au bout de la rue et vis les eaux des douves éclairées par la lune, j'étais à peu près affranchi de toute pensée en dehors d'une satisfaction intense au fond de moi à l'idée d'être un Kikuta et d'accomplir ce pour quoi j'étais né. Seuls les membres de la Tribu connaissent ce sentiment.

Du côté de la cité, les douves étaient bordées d'un bouquet de saules dont le lourd feuillage d'été plongeait dans les eaux. Dans une perspective strictement défensive, il aurait fallu les supprimer. Peut-être un habitant du château, l'épouse ou la mère du seigneur, aimait la beauté de ces arbres dont les branches, au clair de lune, paraissaient couvertes de givre. Il n'y avait pas un souffle de vent. Je me glissai entre eux, m'accroupis et contemplai longuement le château.

Il était plus vaste que ceux de Tsuwano ou même de Hagi, mais de conception analogue. Je distinguais vaguement les contours des corbeilles sur les murs blancs du donjon derrière la seconde porte du côté sud. Il fallait que je traverse les douves à la nage, que j'escalade le mur de pierre et passe par-dessus la première porte, puis que je franchisse le pont et la seconde porte avant de monter sur le donjon d'où je devrais descendre jusqu'aux corbeilles.

J'entendis des pas et m'aplatis sur le sol. Une troupe de gardes s'approchait du pont. Une autre patrouille sortait du château, et les hommes échangèrent quelques mots.

— Rien à signaler ?

— Quelques réfractaires au couvre-feu, comme d'habitude.

— Qu'est-ce que ça pue !

— Ce sera pire demain. Il va faire encore plus chaud.

Le premier groupe s'enfonça dans la ville tandis que les autres franchissaient le pont et montaient les marches menant à la porte. Une voix leur demanda en criant le mot de passe, ils répondirent. J'entendis le craquement des barres qu'on écartait pour ouvrir. Puis la porte se referma violemment, et les pas s'éloignèrent.

De ma place, sous les saules, je sentais l'odeur d'eau stagnante des douves, à laquelle se mêlait une autre puanteur : des relents de corruption humaine, exhalés par des corps vivants en train de pourrir lentement.

Au bord de l'eau, des graminées étaient en fleurs et quelques iris tardifs s'épanouissaient. Des grenouilles coassaient, des grillons stridulaient. L'air brûlant de la nuit caressait mon visage. Deux cygnes, d'une blancheur inconcevable, glissaient sur le sillage argenté de la lune.

Je remplis mes poumons et plongeai dans l'eau. Je nageai près du fond en me dirigeant légèrement en aval, de façon à refaire surface dans l'ombre du pont. Les pierres énormes du mur des douves offraient des prises naturelles pour l'escalade. J'étais surtout inquiet à l'idée qu'on puisse me voir sur la pierre claire, car je ne pouvais rester invisible que deux ou trois minutes d'affilée. Le temps qui avait coulé avec une telle lenteur s'accéléra brusquement. Je grimpai à toute allure, comme un singe. À la première porte, j'entendis les voix des gardes rentrant après avoir fait leur ronde. Je me tapis contre une gouttière, me rendis invisible et profitai du bruit de leurs pas pour jeter discrètement mes grappins par-dessus le surplomb massif de la muraille.

Je me hissai sur le toit de tuiles et courus jusqu'à la passerelle du côté sud. Les corbeilles où des hommes agonisaient étaient juste au-dessus de ma tête, ou presque. L'un d'eux ne cessait d'implorer qu'on lui donne à boire, un autre poussait des gémissements inarticulés alors que son voisin répétait le nom du dieu secret d'une voix rapide, monotone, qui me donna la chair de poule. Le quatrième était absolument silencieux. L'odeur du sang et des excréments me prit à la gorge. Je tentai de me boucher le nez, de fermer mes oreilles pour échapper à cette puanteur, à ces voix. Je regardai mes mains à la lueur de la lune.

Il fallait que je passe au-dessus de la salle des gardes, que j'entendais discuter en préparant du thé. Quand la bouilloire cliqueta au bout de sa chaîne de fer, je jetai mes grappins pour escalader le donjon jusqu'au parapet auquel les corbeilles étaient fixées.

Elles étaient suspendues par des cordes à environ douze mètres au-dessus du sol, et chacune était juste assez grande pour contenir un homme à genoux, la tête inclinée en avant, les bras attachés dans le dos. Ces cordes paraissaient suffisamment solides pour supporter mon poids, mais quand j'en vérifiai une la corbeille à l'autre bout se mit brusquement à osciller et son occupant poussa un cri de terreur qui sembla faire voler la nuit en éclats. Je me figeai. L'homme sanglota un instant, puis se remit à chuchoter :

— De l'eau ! De l'eau !

Nul ne lui répondit, en dehors d'un chien qui aboya au loin. La lune se rapprochait des montagnes, derrière lesquelles elle disparaîtrait bientôt. La ville était endormie, paisible.

Quand la lune se fut couchée, je contrôlai que mon grappin était solidement arrimé au parapet, sortis les capsules de poison et les glissai dans ma bouche. Puis je descendis le mur en me servant de ma propre corde et en vérifiant à chaque instant la prise sous mes pieds.

Arrivé à la première corbeille, je détachai de ma tête mon bandeau encore humide de l'eau du fleuve et parvins à le glisser à travers les mailles d'osier de manière à le tenir devant le visage du prisonnier. Je l'entendis sucer en prononçant des paroles incohérentes.

— Je ne puis vous sauver, chuchotai-je, mais j'ai du poison. Il vous donnera une mort rapide.

Il pressa son visage contre la paroi d'osier et ouvrit la bouche.

Le suivant n'était pas en état de m'entendre, mais comme sa tête s'était affaissée sur le côté je pus atteindre la carotide et mettre fin à ses gémissements sans le faire souffrir.

Après quoi je dus remonter sur le parapet pour changer la position de ma corde, car je ne pouvais accéder aux autres corbeilles. Mes bras étaient endoloris, et je n'avais que trop conscience des pavés de la cour s'étendant à mes pieds. Quand j'approchai du troisième homme, celui qui priait, il fixa sur moi ses yeux sombres et éveillés. Je murmurai une des prières des Invisibles et sortis la capsule de poison.

— C'est défendu, dit-il.

— Je prends sur moi tout le péché, chuchotai-je. Tu es innocent. Tu seras pardonné.

Lorsque j'introduisis la capsule dans sa bouche, il dessina du bout de la langue sur ma paume le signe des Invisibles. Je l'entendis prier, puis il se tut à jamais.

Je ne sentis aucune pulsation dans le cou du quatrième, mais bien qu'il fût déjà mort j'utilisai ma cordelette pour l'étrangler, pour plus de sûreté, en comptant les minutes à voix basse.

J'entendis le premier coq chanter. Quand je remontai sur le parapet, la nuit était plongée dans un profond silence. J'avais fait taire les cris et les gémissements. Je pensais que le contraste de cette paix soudaine réveillerait les gardes à coup sûr, et j'entendais mon propre cœur battre la chamade.

Je revins par le même chemin qu'à l'aller, en me laissant tomber au sol sans même m'aider du grappin, avec des mouvements encore plus rapides que la première fois. Un autre coq chanta, suivi d'un troisième. La ville allait bientôt sortir du sommeil. J'étais trempé de sueur, et l'eau des douves me parut glaciale. Mon souffle ne suffit pas pour tout le trajet et je refis surface un peu avant d'avoir rejoint les saules, au grand émoi des cygnes. Je repris une inspiration et plongeai de nouveau.

Je montai sur la berge et me dirigeai vers le bosquet dans l'intention de m'y asseoir un instant, le temps de reprendre haleine. Le ciel s'éclaircissait. J'étais épuisé, et peinais à garder intacts mon sang-froid et ma concentration. Ce que je venais de faire me paraissait presque irréel.

Avec horreur, j'entendis un homme bouger sous les saules. Ce n'était pas un soldat, me sembla-t-il, mais un paria quelconque, peut-être un corroyeur à en juger par l'odeur de tannerie dont il était imprégné. Avant que j'aie pu retrouver la force de me rendre invisible, il m'avait vu. Et ce regard suffit pour que je réalise en un éclair qu'il savait ce que j'avais fait.

« Non, je ne tuerai pas à nouveau », pensai-je, révolté à l'idée que cette fois il ne s'agirait pas d'une délivrance mais d'un meurtre. Je sentais sur mes propres mains l'odeur du sang et de la mort. Je décidai de laisser la vie sauve à cet homme, abandonnai mon second moi sous l'arbre et me retrouvai en un instant de l'autre côté de la rue.

Je prêtai l'oreille quelques minutes, et entendis l'homme parler à mon image avant qu'elle ne se dissipe.

— Pardonnez-moi, noble seigneur, dit-il. Voilà trois jours que j'écoute souffrir mon frère. Soyez remercié. Que le secret soit avec vous et vous bénisse.

Puis mon second moi s'évanouit, et le malheureux s'écria dans sa terreur et sa stupéfaction :

— Un ange!

J'entendis son souffle bouleversé, proche des sanglots, tandis que je courais de porte en porte. J'espérais qu'aucune patrouille ne tomberait sur lui, et qu'il ne parlerait pas de ce qu'il avait vu. Je me rassurai en songeant qu'il faisait partie des Invisibles, et que ceux-ci emportent leurs secrets dans la tombe.

Le mur d'enceinte de l'auberge était assez bas pour qu'un bond suffise à le franchir. Je retournai aux cabinets puis au bassin, où je crachai les capsules restantes avant de me laver le visage et les mains comme si je venais juste de me lever. Quand je passai à côté du garde, il était à moitié réveillé.

— Il fait déjà jour? marmotta-t-il.

— Il reste une heure avant l'aube, répliquai-je.

— Vous êtes pâle, sire Takeo. Vous avez été souffrant?

— Un peu de colique, rien de plus.

— Cette sale nourriture Tohan, grogna-t-il, et nous éclatâmes de rire.

— Voulez-vous du thé ? proposa-t-il. Je vais sortir du lit les servantes.

— Plus tard. Je vais essayer de dormir un moment.

Je fis coulisser la porte et me glissai dans la chambre. Les ténèbres se teintaient à peine de gris. En entendant sa respiration, je compris que Kenji était éveillé.

— Où étais-tu ? chuchota-t-il.

— Aux cabinets. Je ne me sentais pas bien.

— Depuis minuit ? dit-il d'une voix incrédule.

J'ôtai mes vêtements mouillés en cachant en même temps mes armes sous le matelas.

— Non, ça n'a pas duré si longtemps. Vous dormiez.

Il tendit la main pour palper mes vêtements de dessous.

— Tu es trempé ! Tu t'es baigné dans le fleuve ?

— Je vous ai dit que j'étais malade. Peut-être n'ai-je pas pu me rendre à temps aux cabinets.

Kenji me donna une claque sur l'épaule, et j'entendis sire Shigeru se réveiller.

— Que se passe-t-il ? murmura-t-il.

— Takeo a passé la nuit dehors. Je me suis fait du souci pour lui.

— Je n'arrivais pas à dormir, me justifiai-je. Je suis juste sorti faire un tour. Je l'ai déjà fait avant, à Hagi et à Tsuwano.

— Je sais, rétorqua Kenji, mais nous étions alors en pays Otori. C'est beaucoup plus dangereux ici.

— De toute façon, je suis rentré, maintenant.

Je me glissai sous la couverture, la remontai sur ma tête et sombrai presque immédiatement dans un sommeil aussi profond et dépourvu de rêves que la mort.

Je fus réveillé par les croassements des corneilles. Je n'avais dormi qu'environ trois heures, mais me sentais reposé et paisible. Je ne pensais pas à la nuit passée. En fait, je ne m'en souvenais que vaguement, comme si j'avais agi en état de transe. Il faisait une de ces journées si rares de la fin de l'été, où règnent un ciel limpide et bleu et un air doux et chaud, sans rien d'étouffant. Une servante entra dans la chambre avec le plateau du déjeuner. Après s'être inclinée et avoir servi le thé, elle me dit d'une voix tranquille :

— Sire Otori vous attend aux écuries. Il vous demande de le rejoindre dès que possible. Et votre professeur souhaite que vous emportiez votre matériel à dessin.

J'acquiesçai de la tête, la bouche pleine. Elle ajouta :

— Je vais faire sécher vos vêtements.

— Emportez-les plus tard, lui dis-je, n'ayant guère envie qu'elle découvre les armes.

Dès qu'elle fut sortie, je bondis sur mes pieds, m'habillai et cachai grappins et cordes dans le double fond du coffre de voyage où Kenji les avait rangés. Je pris mon étui à pinceaux et la boîte de laque contenant la pierre à encre, et je les enveloppai dans une étoffe. Puis je glissai mon sabre dans ma ceinture, m'imprégnai un instant de mon personnage d'artiste studieux et me dirigeai vers les écuries.

En passant devant la cuisine, j'entendis une servante chuchoter :

— Ils sont tous morts dans la nuit. On dit qu'un ange de la mort est venu...

Je continuai d'avancer les yeux baissés, en m'arrangeant pour que ma démarche ait l'air légèrement empruntée. Les dames étaient déjà sur leurs montures. Sire Shigeru conversait avec Abe, et je compris que ce dernier allait nous accompagner. Un jeune guerrier Tohan debout à côté d'eux tenait deux chevaux par la bride, tandis qu'un palefrenier se chargeait de Kyu, le destrier de sire Shigeru, et de mon Raku.

— Allez, dépêchez-vous ! s'écria Abe en me voyant. Nous n'allons pas passer la journée à vous attendre pendant que vous vous prélassez au lit.

— Présentez vos excuses à sire Abe, dit sire Shigeru avec un soupir.

— Je suis confus, mon retard est inexcusable, lançai-je précipitamment en m'inclinant jusqu'à terre en direction d'Abe et des dames.

J'essayai de ne pas regarder Kaede.

— J'ai étudié jusque tard dans la nuit.

Puis je me tournai vers Kenji et m'adressai à lui d'un ton déférent :

— J'ai apporté mon matériel à dessin, sieur Kenji.

— C'est bien, répliqua-t-il. Vous allez voir des œuvres remarquables à Terayarna, et peut-être même aurez-vous le temps d'en copier quelques-unes.

Sire Shigeru et Abe enfourchèrent leurs destriers, et le palefrenier m'amena Raku. Mon cheval était content de me voir, et il fourra son museau sur mon épaule. Je fis comme s'il me déséquilibrait et trébuchai légèrement. Puis je m'approchai du flanc droit de Raku et feignis d'avoir quelque difficulté à me hisser sur ma monture.

— Espérons qu'il est plus doué pour le dessin que pour l'équitation, se moqua Abe.

— Hélas, ses talents artistiques n'ont rien d'extraordinaire.

Je sentis que le mécontentement de Kenji à mon égard n'était pas feint.

Je ne répondis ni à l'un ni à l'autre, me contentant d'étudier la nuque d'Abe tandis qu'il chevauchait devant moi, en imaginant l'effet que cela ferait de serrer une corde autour de son cou ou de plonger un poignard dans sa chair ferme.

Ces sombres pensées m'occupèrent jusqu'au moment où nous eûmes franchi le pont qui menait hors de la ville. Je tombai alors sous le charme de la beauté du jour. La campagne pansait ses plaies après les ravages de la tempête. Des liserons épanouissaient leurs corolles d'un bleu éclatant, même aux endroits où leurs sarments arrachés gisaient dans la boue. Des martins-pêcheurs traversaient le fleuve en un éclair, et des aigrettes et des hérons se tenaient debout dans les eaux basses. D'innombrables libellules, appartenant à une douzaine d'espèces différentes, voletaient autour de nous tandis que nos chevaux en s'avançant faisaient s'envoler des papillons jaunes ou d'un brun orangé.

Nous traversâmes la plaine du fleuve au milieu de rizières d'un vert lumineux, où les plants couchés par la tempête commençaient déjà à redresser la tête. Partout, un peuple laborieux s'activait. Les paysans semblaient même gais, malgré le paysage ravagé qui s'étendait autour d'eux. Ils me rappelaient les gens de mon village, leur esprit qui ne pliait jamais face aux désastres, leur croyance inébranlable que quoi qu'il pût leur arriver, la vie était foncièrement bonne et le monde bienveillant. Je me demandais combien d'années sous la férule des Tohan seraient encore nécessaires pour extirper cette croyance de leur cœur.

Les rizières firent place à des potagers en terrasses puis, comme le chemin devenait plus escarpé, à des bois de bambous qui nous emprisonnèrent dans leur pénombre d'un vert argenté avant d'être remplacés à leur tour par des pins et des cèdres. Le sol couvert d'une épaisse couche d'aiguilles étouffait le bruit des sabots de nos chevaux.

La forêt impénétrable s'étendait autour de nous. De temps en temps, nous croisions des pèlerins affrontant le pénible trajet menant à la montagne sacrée. Nous avancions les uns derrière les autres, ce qui rendait difficiles les conversations. Je savais que Kenji brûlait de m'interroger sur la nuit passée, mais je n'avais pas envie d'en parler, ni même d'y penser.

Après presque trois heures de route, nous atteignîmes le petit groupe de bâtiments entourant la porte extérieure du temple. Une hôtellerie était prévue pour les visiteurs. On emmena nos chevaux pour les nourrir et les abreuver, et on nous servit le déjeuner, des plats de légumes très simples préparés par les moines.

— Je me sens lasse, dit dame Maruyama quand nous eûmes terminé ce repas frugal. Sire Abe, je vous serais reconnaissante de rester ici avec dame Shirakawa et moi-même afin que nous prenions un peu de repos.

Il ne put refuser, bien qu'il lui coûtât manifestement de ne pas garder sire Shigeru sous ses yeux.

Celui-ci me donna le coffret de bois en me demandant de le porter en haut de la colline, et je pris également mon propre baluchon contenant encre et pinceaux. Le jeune guerrier Tohan nous suivit, l'air légèrement renfrogné, comme si cette expédition ne lui disait rien de bon, mais il était difficile même à des esprits soupçonneux de trouver à y redire. Sire Shigeru ne pouvait guère passer si près de Terayama sans se rendre sur la tombe de son frère, d'autant que c'était le premier anniversaire de sa disparition et que la fête des Morts battait son plein.

Nous commençâmes l'ascension de l'escalier de pierre aux marches raides. Le temple était bâti à flanc de montagne, à proximité d'un autel d'une vénérable antiquité. Les arbres du bois sacré devaient avoir quatre ou cinq siècles. Leurs troncs énormes montaient à l'assaut de la voûte de feuillage et les racines noueuses s'accrochaient au sol moussu comme des esprits de la forêt. J'entendais dans le lointain les litanies des moines et le bourdonnement des cloches et des gongs, se détachant sur le fond des voix de la forêt, les min-min, l'éclaboussement d'une cascade, le vent dans les arbres, les chants d'oiseaux. Mon allégresse devant la beauté du jour céda la place à un sentiment plus profond, où l'espoir se mêlait à la crainte, comme si un secret immense et merveilleux était sur le point de se révéler à moi.

Nous finîmes par atteindre la seconde porte, où un nouveau groupe de bâtiments abritaient des pèlerins et autres visiteurs. Nous fûmes priés d'attendre, et on nous servit du thé. Quelques instants plus tard, deux prêtres s'approchèrent de nous. L'un était un vieillard plutôt petit, auquel son grand âge donnait un air de fragilité mais qui avait des yeux brillants et un visage respirant la sérénité. L'autre était beaucoup plus jeune, avec un visage sévère et un corps robuste.

— Vous êtes le bienvenu en ces lieux, sire Otori, dit le vieillard.

En entendant ces mots, le guerrier Tohan s'assombrit encore davantage.

— C'est avec un profond chagrin que nous avons procédé à l'inhumation de sire Takeshi. Bien entendu, vous êtes venu pour vous rendre sur sa tombe.

— Restez ici avec Muto Kenji, dit sire Shigeru au soldat avant de s'avancer avec moi à la suite du prêtre en direction du cimetière, où les sépultures étaient alignées à l'ombre d'arbres gigantesques.

Quelqu'un brûlait du bois et la fumée se déployait sous les feuillages, en teintant de bleu les rayons du soleil.

Nous nous agenouillâmes tous trois en silence. Quelques instants plus tard, le jeune prêtre arriva avec des bougies et de l'encens qu'il tendit à sire Shigeru, qui les plaça devant la pierre tombale. Le doux parfum flotta autour de nous. La lueur des lampes ne tremblait pas, car il n'y avait pas de vent, mais on avait peine à distinguer les flammes dans l'éclat du soleil. Shigeru sortit à son tour deux objets de sa manche : un galet noir comme ceux qu'on trouve au bord de la mer, dans les environs de Hagi, et un cheval de paille, sans doute un jouet d'enfant. Il les posa tous deux sur la tombe.

Je me souvins des larmes qu'il avait versées durant la nuit qui suivit notre première rencontre. Maintenant je comprenais son chagrin, mais aucun de nous ne pleurait.

Au bout d'un moment, le prêtre se leva en effleurant l'épaule du seigneur, et nous le suivîmes dans l'édifice principal de ce temple isolé. Il était construit en bois de cyprès et de cèdre, dont les couleurs pâlies avaient pris avec le temps des reflets argentés. Ses dimensions semblaient modestes, mais les proportions parfaites de sa salle centrale donnaient un sentiment d'espace et de tranquillité et amenaient le regard à s'élever jusqu'aux hauteurs où la statue dorée de l'Illuminé semblait flotter parmi les flammes des bougies comme dans la lumière même du paradis.

Après avoir ôté nos sandales, nous gravîmes les marches conduisant dans la salle. Le jeune prêtre apporta de nouveau de l'encens, que nous déposâmes aux pieds brillants de la statue. S'agenouillant près de nous, il commença à psalmodier un des sutras pour les morts.

Il faisait sombre à l'intérieur et j'étais ébloui par les bougies, mais j'entendais d'autres respirations de l'autre côté de l'autel. Quand mes yeux se furent habitués à la pénombre, je distinguai les silhouettes assises de moines plongés dans une méditation silencieuse. Je me rendis compte que la salle était beaucoup plus vaste que je n'avais d'abord imaginé, et que des moines y étaient rassemblés en grand nombre, peut-être même par centaines.

Bien que je fusse élevé parmi les Invisibles, ma mère m'emmenait dans les temples et les sanctuaires de notre région, de sorte que je n'étais pas totalement ignorant des enseignements de l'Illuminé. Cette fois encore, comme souvent dans le passé, je me dis que la rumeur et l'apparence d'hommes en prière étaient toujours semblables. La paix régnant en ces lieux bouleversa mon âme. Que faisais-je ici, moi, un assassin dont le cœur n'aspirait qu'à la vengeance ?

Quand la cérémonie fut terminée, nous rejoignîmes Kenji qui paraissait fort occupé à entretenir le Tohan d'art et de religion.

— Nous avons un présent pour l'abbé, dit sire Shigeru en prenant le coffret que j'avais laissé près de Kenji.

Le regard du vieux prêtre se mit à pétiller.

— Je vais vous mener auprès de lui.

— Et ces jeunes gens seraient ravis de voir les peintures, intervint Kenji.

— Makoto les leur montrera. Veuillez-me suivre, sire Otori.

Le soldat Tohan resta interdit en voyant le seigneur disparaître derrière l'autel avec le vieillard. Il fit mine de leur emboîter le pas, mais Makoto sembla lui barrer le chemin sans geste ni menace d'aucune sorte.

— Par ici, jeune homme !

Avec une assurance tranquille, il réussit comme par enchantement à nous faire sortir tous trois du temple et nous mena par un chemin en rondins à un bâtiment plus petit.

— Le grand peintre Sesshu a vécu dans ce temple

pendant dix ans, nous dit-il. Il a dessiné les jardins et peint des paysages, des mammifères et des oiseaux. Ces écrans de bois sont son œuvre.

— Voilà un artiste digne de ce nom ! s'exclama Kenji de sa voix bougonne de professeur.

— Oui, maître, approuvai-je.

Je n'avais pas besoin de feindre l'humilité : les peintures que nous avions sous les yeux étaient d'une splendeur intimidante. Ce cheval noir, ces grues immaculées, semblaient avoir été saisis et figés dans l'espace d'un instant par l'art consommé du peintre. On avait l'impression que le charme allait être rompu d'une minute à l'autre, que le cheval allait trépigner et se cabrer, que les grues allaient nous voir et s'élancer dans le ciel. L'artiste avait réussi ce à quoi nous aspirons tous : capturer le temps et l'immobiliser.

L'écran le plus proche de la porte semblait vide. Je le scrutai, croyant que les couleurs avaient dû se faner. Makoto déclara :

— Des oiseaux étaient peints dessus, mais la légende dit qu'ils étaient si vivants qu'ils se sont envolés.

— Tu vois tout ce qu'il te reste à apprendre, me lança Kenji.

Je trouvai qu'il en faisait un peu trop mais le guerrier Tohan me jeta un regard de mépris puis sortit, après un bref coup d'œil sur les peintures, et s'assit à l'ombre d'un arbre.

Je pris la pierre à encre et Makoto m'apporta de l'eau. Après avoir préparé l'encre, je déployai un rouleau de papier. Je voulais suivre la main du maître et voir si je serais capable d'imprégner mon pinceau, en franchissant le gouffre des années qui nous séparaient, d'un fragment de sa vision.

Dehors, l'éclat de l'après-midi était à son apogée, encore intensifié par le chant strident des grillons.

Les arbres projetaient de vastes ombres noires comme de l'encre. La salle était plus fraîche, plongée dans la pénombre. Le temps s'alanguissait. J'entendis le souffle régulier du jeune soldat quand il s'endormit.

— Les jardins sont également l'œuvre de Sesshu, dit Makoto.

Il s'assit avec Kenji sur les nattes, en tournant le dos aux peintures et à moi-même, pour contempler les rochers et les arbres. Une cascade murmurait au loin, et j'entendis roucouler deux colombes. De temps en temps, Kenji faisait une remarque ou posait une question sur le jardin, et Makoto répondait. Mais leur conversation devint de plus en plus décousue, jusqu'au moment où ils semblèrent gagnés à leur tour par une douce somnolence.

Seul avec mon pinceau et mon papier, face à ces peintures incomparables, je sentis en moi la même concentration, le même sang-froid qui m'avaient habité la nuit passée, et je tombai cette fois encore dans un véritable état de transe. J'étais un peu attristé par cette similitude entre les talents de la Tribu et la virtuosité de l'art. Je fus pris d'une envie irrésistible de m'installer ici pendant dix ans, comme le grand Sesshu, et de passer mes journées à peindre et à dessiner jusqu'à ce que mes œuvres deviennent vivantes et s'envolent.

Je fis des copies du cheval et des grues, avec un résultat qui me laissa cruellement insatisfait, puis je peignis le petit oiseau de mes montagnes tel que je l'avais vu s'enfuir à mon approche, dans un battement d'ailes jetant comme un éclair de blancheur.

Mon travail m'absorbait tout entier. J'entendais au loin la voix de sire Shigeru conversant avec le vieux prêtre. Je n'écoutais pas vraiment. Je supposais que le seigneur cherchait un soutien spirituel auprès du vieillard, dans un domaine tout personnel. Mais leurs propos me parvenaient malgré moi, et je me rendis compte peu à peu qu'ils abordaient des sujets bien différents : le poids accablant des nouveaux impôts, la liberté sans cesse restreinte, le désir d'Iida de détruire les temples et l'existence de plusieurs milliers de moines recevant une formation militaire dans des monastères isolés et brûlant d'abattre les Tohan pour restituer leurs terres aux Otori.

Je souris tristement. Ma vision du temple comme un lieu de paix, à l'écart de la guerre, se révélait passablement erronée. Les prêtres et les moines étaient aussi belliqueux que nous, aussi assoiffés de vengeance.

Je fis une nouvelle copie du cheval, qui me satisfit davantage. J'avais capté quelque chose de sa force fougueuse. J'eus le sentiment que l'esprit de Sesshu était bel et bien entré en contact avec moi par-delà le temps, et qu'il m'avait peut-être rappelé que lorsque la vérité fait voler en éclats les illusions, le talent est enfin libre de s'exprimer.

Puis j'entendis un autre son, montant du chemin, et mon cœur s'affola : la voix de Kaede. Les dames et Abe étaient en train de gravir l'escalier menant à la seconde porte. J'appelai Kenji à voix basse :

— Les autres arrivent.

Makoto bondit sur ses pieds et sortit sans un bruit. Quelques minutes plus tard, le vieux prêtre et sire Shigeru entrèrent dans la salle, où je mettais la dernière touche à ma copie du cheval.

— Je vois que Sesshu vous a inspiré ! dit le vieillard en souriant.

Je donnai la copie à sire Shigeru. Quand les dames et Abe nous rejoignirent, il était assis à la regarder. Le guerrier Tohan se réveilla et essaya de faire comme s'il n'avait pas dormi. La conversation roula exclusivement sur les peintures et les jardins. Dame Maruyama se montra particulièrement prévenante envers Abe, sollicitant sans cesse son opinion et le flattant au point que même lui finit par s'intéresser au sujet.

Kaede regarda le croquis de l'oiseau.

— Puis-je garder cette esquisse ? demanda-t-elle.

— Si elle vous plaît, dame Shirakawa, répondis-je. Je crains qu'elle ne soit fort médiocre.

— Elle me plaît, dit-elle à voix basse. Elle me fait penser à la liberté.

La canicule était telle que l'encre avait déjà séché, j'enroulai la feuille et la donnai à Kaede, en effleurant un instant ses doigts. C'était la première fois que nous nous touchions. Aucun de nous n'ajouta un mot. La chaleur parut plus intense, le chant des grillons plus obsédant. Je sentis soudain la fatigue me submerger. J'avais la tête qui tournait à force d'émotion et de manque de sommeil. Mes doigts avaient perdu leur assurance et tremblaient pendant que je rangeais mon matériel.

— Allons nous promener au jardin, dit sire Shigeru en entraînant les dames à l'extérieur.

Je sentis le regard du vieux prêtre posé sur moi.

— Revenez nous voir, murmura-t-il. Quand tout sera terminé. Vous serez toujours le bienvenu ici.

Je songeai aux troubles et aux révolutions que ce temple avait vus, aux batailles qui faisaient rage autour de lui. Il paraissait si tranquille : les arbres n'avaient pas changé depuis des siècles, l'Illuminé restait assis au milieu des bougies en esquissant son sourire serein. Même en ce lieu de paix, cependant, les hommes préparaient la guerre. Jamais je ne pourrais me retirer dans une solitude consacrée à la peinture et aux jardins tant qu'Iida ne serait pas mort.

— Y aura-t-il jamais une fin ? répliquai-je.

— Tout ce qui a un commencement a une fin.

Je m'inclinai jusqu'au sol devant lui, et il joignit les mains en un geste de bénédiction.

Makoto sortit du jardin avec moi. Il me regardait avec curiosité.

— Jusqu'où va la finesse de votre ouïe ? demanda-t-il doucement.

Je regardai autour de nous. Les guerriers Tohan se trouvaient avec sire Shigeru en haut de l'escalier.

— Pouvez-vous entendre ce qu'ils disent ?

Il mesura l'espace du regard avant de répondre :

— Seulement s'ils se mettent à crier.

— J'entends la moindre de leurs paroles. J'entends les gens dans le réfectoire, en bas, et je puis vous dire combien ils sont.

Je m'interrompis, car je venais de m'apercevoir qu'ils devaient être une multitude.

Makoto rit brièvement, avec un mélange de stupeur et d'approbation.

— Comme un chien ?

— Oui, comme un chien.

— Vos maîtres doivent vous trouver utile.

Ses paroles me frappèrent. J'étais utile à mes maîtres, à sire Shigeru, à Kenji, à la Tribu. J'étais né avec des talents obscurs que je n'avais pas demandés, mais que je ne pouvais m'empêcher de tester et de perfectionner, et c'était à eux que je devais ma situation actuelle. Sans eux, je serais sans doute mort. Avec eux, je m'enfonçais chaque jour davantage dans ce monde de mensonge, de dissimulation et de vengeance. Je me demandai dans quelle mesure Makoto me comprendrait, et j'aurais aimé partager avec lui ces pensées. Je ressentais pour lui une sympathie spontanée, et même plus que de la sympathie : de la confiance. Mais les ombres s'allongeaient, nous approchions de l'heure du coq. Il fallait partir, si nous voulions rentrer à Yamagata avant la nuit. Le temps manquait pour les confidences.

En descendant les marches avec lui, je découvris qu'effectivement une foule énorme s'était massée près de l'hôtellerie.

— Ils sont ici pour la fête ? demandai-je à Makoto.

— En partie, répondit-il.

Puis il me murmura en aparté, de façon que personne d'autre ne puisse l'entendre :

— Mais c'est surtout la nouvelle de la visite de sire Otori qui les a amenés en ces lieux. Ils n'ont pas oublié comment les choses se passaient avant Yaegahara. Nous non plus, du reste. Adieu, me dit-il comme j'enfourchais Raku. Nous nous reverrons.

Sur le chemin de la montagne comme sur la grand-route, la même scène se répéta. Les gens étaient venus en masse dans l'espoir d'apercevoir de leurs propres yeux sire Shigeru. Il y avait quelque chose de surnaturel à voir ces hommes et ces femmes silencieux se prosterner sur notre passage puis se relever pour nous suivre du regard, le visage sombre, les yeux brûlants.

Les Tohan étaient furieux, mais impuissants. Ils chevauchaient à quelques pas devant nous, cependant j'entendais leurs chuchotements aussi clairement que s'ils m'avaient parlé à l'oreille :

— Qu'est-ce qu'a fabriqué Shigeru au temple ? demanda Abe.

— Il a prié, puis parlé avec le prêtre. On nous a montré les œuvres de Sesshu et le gamin a peint un moment.

— Je me fiche de ce que faisait le gamin ! Shigeru est-il resté seul avec le prêtre ?

— Pas plus de quelques minutes, mentit le jeune homme.

Le cheval d'Abe s'élança en avant. Dans sa colère, le guerrier devait avoir tiré brusquement sur la bride.

— Il ne complote rien du tout, dit son compagnon juvénile avec désinvolture. Ce n'est pas la peine de se creuser la tête sur son comportement. Il se rend tout bonnement à son mariage. Je ne comprends pas pourquoi vous êtes si inquiet. Ces trois hommes sont inoffensifs. Idiots, si vous voulez, ou même lâches, mais inoffensifs.

— C'est toi l'idiot si tu crois une chose pareille, gronda Abe. Shigeru est beaucoup plus dangereux qu'il ne le semble. Il n'est pas lâche, pour commencer. Il est patient. Et aucun autre seigneur des Trois Pays n'a un tel ascendant sur le peuple !

Ils chevauchèrent un instant en silence, puis Abe marmonna :

— Au premier signe de trahison, nous le tenons.

Ces mots flottèrent jusqu'à moi, dans l'atmosphère délicieuse de ce soir d'été. Le jour tombait quand nous arrivâmes au fleuve, et les lucioles illuminèrent un crépuscule bleu parmi les joncs. Sur la rive, les feux de joie flamboyaient déjà en l'honneur de la seconde nuit de la fête des Morts. La nuit précédente avait porté le sceau du deuil et de la tristesse. Aujourd'hui, l'ambiance était plus agitée, parcourue par un courant souterrain d'effervescence et de violence. Les rues étaient remplies par une foule qui devenait plus dense aux abords des douves. Les gens avaient les yeux fixés sur la première porte du château.

En passant, nous vîmes que quatre têtes étaient exposées au-dessus de la porte. On avait déjà retiré les corbeilles du mur.

— Leur mort a été rapide, me dit sire Shigeru. Ils ont eu de la chance.

Je ne répondis pas. Je regardais dame Maruyama : après un coup d'œil furtif sur les têtes, elle s'était détournée, pâle mais impassible. Je me demandai ce qu'elle pensait, si elle priait.

La foule affluait avec un grondement sourd de bête qui s'approche avec douleur de l'abattoir, alarmée par l'odeur de sang et de mort.

— Ne traînez pas, lança Kenji. Je vais aller aux nouvelles. Je vous retrouverai à l'auberge. N'en sortez sous aucun prétexte.

Il appela un palefrenier, descendit de cheval et confia les rênes à l'homme avant de disparaître dans la cohue.

Alors que nous tournions dans la grand-rue que j'avais descendue en courant la nuit passée, un escadron de guerriers Tohan, le sabre au poing, se dirigea vers nous au galop.

— Sire Abe ! cria l'un d'eux. Nous allons nettoyer les rues. La ville est en ébullition. Mettez vos hôtes en sûreté et postez des gardes aux entrées.

— Pourquoi tout ce désordre ? demanda Abe.

— Les criminels sont tous morts dans la nuit. Un homme prétend qu'un ange est venu les délivrer !

— La présence de sire Otori n'arrange pas la situation, remarqua aigrement Abe tout en nous reconduisant en hâte à l'auberge. Nous reprendrons notre voyage dès demain.

— La fête n'est pas terminée, observa sire Shigeru. Voyager le troisième jour ne peut que nous porter malheur.

— Nous n'y pouvons rien ! Rester ici risquerait d'être encore plus funeste.

Il avait tiré son sabre et le faisait tournoyer pour se frayer un chemin à travers la foule.

— À genoux ! hurlait-il.

Effrayé par le bruit, Raku s'élança en avant et je me retrouvai près de Kaede, dont le genou frôlait le mien. Les chevaux rapprochèrent leurs deux têtes, se rassurant mutuellement par leur présence. Ils trottèrent de conserve tout le long de la rue, avec une cadence parfaite.

Les yeux fixés devant elle, Kaede me dit d'une voix si basse que je pouvais seul la distinguer au milieu du tumulte qui nous environnait :

— Je voudrais que nous puissions être seuls l'un avec l'autre. Il y a tant de choses que j'aimerais savoir de vous. Je ne sais même pas qui vous êtes en réalité. Pourquoi faites-vous exprès de vous rabaisser ? Pourquoi dissimulez-vous votre adresse ?

J'aurais aimé chevaucher ainsi à son côté pour l'éternité, mais la rue n'était pas assez longue et j'avais peur de lui répondre. Je fis avancer mon cheval, comme si Kaede m'était indifférente, mais mon cœur battait à tout rompre au souvenir de ses paroles. C'était tout ce que je désirais : être seul avec elle, révéler ma personnalité cachée, renoncer aux secrets et aux tromperies, être étendu près d'elle, sa peau contre ma peau.

Serait-ce possible un jour ? Seulement si Iida mourait.

Arrivé à l'auberge, j'allai vérifier qu'on s'occupait bien des chevaux. Les guerriers Otori qui étaient restés sur place m'accueillirent avec soulagement. Ils avaient tremblé pour notre sécurité.

— La ville s'est embrasée, dit l'un d'eux. Un faux mouvement, et on se battra dans les rues.

— Quelles sont les nouvelles ? demandai-je.

— Les Invisibles que ces salauds torturaient, quelqu'un est parvenu à les approcher et à les tuer. Incroyable ! Et un bonhomme s'est mis dans la tête qu'il avait vu un ange !

— Ils savent que sire Otori est ici, ajouta un autre. Ils se considèrent toujours comme des Otori. Je crois qu'ils en ont marre des Tohan.

— Avec cent hommes, nous pourrions prendre cette ville, marmonna le premier.

— Ne dites jamais ces choses, même pas à vous-mêmes, même pas à moi, les exhortai-je. Nous n'avons pas cent hommes à notre disposition. Nous sommes à la merci des Tohan. Nous sommes censés être au service d'une alliance, et nous devons paraître fidèles à ce rôle. La vie de sire Shigeru en dépend.

Ils continuèrent à grommeler tout en dessellant les chevaux et en leur donnant à manger. Je les sentais tout près de s'enflammer, brûlants du désir de laver d'anciennes injures et de régler de vieux comptes.

— Si l'un de vous donne un seul coup de sabre à un Tohan, il me le paiera de sa vie ! m'écriai-je avec colère.

Cette menace ne les impressionna guère. Ils avaient beau mieux me connaître qu'Abe et ses hommes, à leurs yeux j'étais toujours le jeune Takeo, au goût un peu trop marqué pour les études et la peinture, même si je savais maintenant manier honorablement le sabre. Un garçon gentil — trop gentil. L'idée que je puisse vraiment tuer l'un d'eux les faisait sourire.

Je craignais leur imprudence. Si un combat éclatait, j'étais certain que les Tohan en profiteraient pour accuser sire Shigeru de trahison. Il fallait à tout prix éviter un incident qui nous empêcherait d'arriver à Inuyama sans éveiller les soupçons.

Quand je quittai les écuries, j'étais en proie à une migraine lancinante. J'avais l'impression de n'avoir pas dormi depuis des semaines. Je me rendis au pavillon de bains, où je fus accueilli par la servante qui m'avait servi du thé le matin et proposé de faire sécher mes vêtements. Elle frotta mon dos et massa mes tempes, et elle aurait sans doute été prête à faire davantage pour moi si je n'avais été si fatigué et si obsédé par la pensée de Kaede. La fille me laissa macérer dans l'eau chaude, mais me chuchota au moment de se retirer :

— Vous avez fait du beau travail.

J'étais en train de m'assoupir, mais sa réflexion me réveilla en sursaut.

— Quel travail ? demandai-je, mais elle était déjà partie.

Mal à l'aise, je sortis du baquet et retournai dans ma chambre, en sentant encore une douleur sourde vriller mon front.

Kenji était rentré. Je l'entendis converser à voix basse avec sire Shigeru. Ils s'interrompirent à mon arrivée, et me regardèrent fixement. Je lus sur leurs visages qu'ils étaient au courant. Kenji dit simplement :

— Comment ?

Je tendis l'oreille. L'auberge était calme, les Tohan écumaient encore les rues. Je chuchotai :

— Deux avec du poison, un avec une corde, un de mes propres mains.

Il secoua la tête :

— C'est presque incroyable. Dans l'enceinte du château ? Seul ?

— Je ne me souviens pas de grand-chose, répliquai-je. Je pensais que vous seriez fâché contre moi.

— Pour être fâché, je suis fâché ! s'exclama-t-il. Je suis même furieux. Tu as vraiment fait l'idiot. En toute logique, nous devrions être en train d'assister à ton enterrement.

Je me raidis dans l'attente d'une de ses taloches, mais il m'embrassa en s'écriant :

— Je dois m'attacher à toi ! Je n'ai pas envie de te perdre.

— Je n'aurais pas cru que c'était possible, renchérit sire Shigeru qui apparemment ne pouvait s'empêcher de sourire. Notre plan va peut-être réussir, après tout !

— Les gens dans la rue disent que ce doit être un coup de Shintaro, observa Kenji. Même si personne ne sait qui a pu le payer, ni pourquoi.

— Shintaro est mort, objectai-je.

— Nous ne sommes pas nombreux à le savoir. Du reste, à en croire la plupart des commentaires, le responsable des faits est une sorte d'esprit céleste.

— Un homme m'a aperçu, le frère d'un des morts. Il a vu mon second moi et quand celui-ci s'est évanoui, il a pensé qu'il s'agissait d'un ange.

— Pour autant que je puisse en juger, il n'a aucune idée de ton identité. Il faisait sombre, il ne t'a pas vu distinctement. Il a vraiment cru à cette histoire d'ange.

— Mais qu'est-ce qui t'a poussé à agir, Takeo ? demanda sire Shigeru. Pourquoi prendre un tel risque maintenant ?

Une nouvelle fois, ma mémoire me faisait défaut.

— Je ne sais pas, je n'arrivais pas à dormir...

— C'est cette douceur qu'il a au fond de lui, expliqua Kenji. C'est elle qui le pousse à agir par compassion, même quand il tue.

— Une des servantes de l'auberge est au courant de quelque chose, intervins-je. Elle a emporté mes vêtements mouillés, ce matin, et elle vient de me dire à l'instant...

— Elle est des nôtres, m'interrompit Kenji.

En l'entendant, je me rendis compte qu'en fait j'avais toujours su qu'elle faisait partie de la Tribu.

— Bien entendu, les gens de la Tribu ont tout de suite soupçonné la vérité. Ils savent que Shintaro est mort, et que tu accompagnes sire Shigeru. Aucun d'entre eux n'arrive à comprendre que tu n'aies pas été pris sur le fait, mais ils savent aussi que tu es le seul à avoir pu commettre un tel acte.

— Peut-il rester secret, cependant ? demanda sire Shigeru.

— Personne ne trahira Takeo auprès des Tohan, si c'est ce que vous voulez dire. Et ces brutes semblent n'avoir aucun soupçon.

Kenji se tourna vers moi.

— Tes talents d'acteur sont en progrès. Même moi, j'aurais eu peine à te prendre pour autre chose qu'un lourdaud bien intentionné, aujourd'hui.

Le seigneur retrouva le sourire. Mais Kenji poursuivit, d'un ton faussement négligent :

— Cela dit, Shigeru, je connais vos projets. Je sais que Takeo est d'accord pour vous aider à les exécuter. Mais après cet épisode, je ne crois pas que la Tribu l'autorisera à rester avec vous encore longtemps. Il est certain maintenant qu'ils vont vouloir le récupérer.

— Nous n'avons besoin que d'une semaine, chuchota sire Shigeru.

Je sentis monter dans mes veines un flot obscur, noir comme de l'encre. Levant les yeux, je regardai le seigneur en plein visage — ce que je n'osais que rarement, même maintenant. Nous échangeâmes un sourire. Jamais nous n'étions aussi proches que dans notre accord tacite pour le meurtre.

Nous entendions des cris sporadiques s'élever dans les rues, une rumeur d'hommes s'enfuyant en courant, de chevaux au galop, de feux grésillants, qui culmina en un concert de hurlements et de lamentations. Les Tohan nettoyaient les rues, en imposant de force le couvre-feu. Au bout d'un moment, le tumulte s'apaisa et ce fut de nouveau la paix d'une soirée d'été. La lune s'était levée, inondant de clarté la ville. J'entendis des chevaux pénétrer dans la cour de l'auberge, et la voix d'Abe. Quelques instants plus tard, on frappa discrètement à la porte et des servantes entrèrent avec les plateaux du souper. L'une d'elles était la fille qui m'avait parlé aux bains. Après le départ de ses compagnes, elle nous servit puis dit à Kenji d'une voix tranquille :

— Sire Abe est rentré. Il y aura des gardes supplémentaires devant les chambres cette nuit. Les hommes de sire Otori doivent être remplacés par des soldats Tohan.

— Ils vont être furieux, dis-je en me rappelant l'agitation de nos guerriers.

— Voilà qui ressemble à une provocation, murmura sire Shigeru. Sommes-nous l'objet de soupçons particuliers ?

— Sire Abe est rempli d'inquiétude et de colère face à l'ampleur des troubles qui ont secoué la ville, répondit la servante. Il dit qu'il a pris ces mesures pour assurer votre protection.

— Voudriez-vous demander à sire Abe d'avoir la bonté de venir me voir ?

La servante s'inclina puis sortit. Nous mangeâmes notre souper presque sans échanger un mot. Vers la fin du repas, sire Shigeru commença à parler de Sesshu et de ses peintures. Il sortit ma copie du cheval et la déroula.

— C'est une pièce fort plaisante, commenta-t-il. Une copie fidèle, mais où tu as mis quelque chose de toi. Tu pourrais devenir un véritable artiste...

Il n'acheva pas sa phrase, mais je complétai en moi-même sa pensée : « Dans un monde différent, dans une autre vie, dans un pays qui ne serait pas régi par la guerre. »

— Le jardin est splendide, observa Kenji. Malgré sa taille réduite, je le trouve plus exquis que les témoignages plus imposants de l'art de Sesshu.

— Je suis d'accord, déclara sire Shigeru. Bien sûr, le site de Terayama est incomparable.

J'entendis Abe s'approcher d'un pas lourd. Quand la porte s'ouvrit, je demandai d'un ton humble :

— Pouvez-vous m'expliquer la disposition des rochers, sieur Kenji ?

— Sire Abe, lança le seigneur. Entrez, je vous prie.

Il appela la servante :

— Apportez du thé frais et du vin.

Abe s'inclina avec une certaine désinvolture, et s'installa sur les coussins.

— Je ne resterai pas longtemps : je n'ai pas encore soupé, et nous devons être sur la route demain à la première heure.

— Nous parlions de Sesshu, dit sire Shigeru.

On apporta le vin et il remplit une coupe pour Abe.

— Un grand peintre, approuva Abe en buvant goulûment. Il est regrettable qu'en notre époque troublée l'artiste soit moins important que le guerrier.

Il me jeta un regard méprisant, qui me convainquit que je n'avais pas été percé à jour.

— La ville est tranquille, maintenant, mais la situation demeure préoccupante. Je crois que mes hommes vous offriront une meilleure protection.

— Le guerrier est indispensable, dit sire Shigeru. C'est pourquoi je préfère avoir mes propres hommes autour de moi.

Dans le silence qui s'ensuivit, je perçus clairement la différence entre eux. Abe n'était rien de plus qu'un hobereau monté en grade. Sire Shigeru, lui, était l'héritier d'un clan ancien. Même si cela lui faisait mal au cœur, Abe devait se soumettre à sa volonté. Il fit la moue, avant de concéder finalement :

— Si c'est vraiment ce que veut sire Otori...

— Je le veux, dit le seigneur avec un léger sourire en remplissant de nouveau la coupe.

Après le départ d'Abe, sire Shigeru me lança :

— Reste avec les gardes cette nuit, Takeo. Qu'ils sachent qu'au moindre incident, je n'hésiterai pas à les livrer à Abe pour qu'il les châtie. Je redoute un soulèvement prématuré alors que nous sommes si près du but.

Je m'attachai à ce but avec une telle obstination que je n'accordai pas davantage d'attention aux visées de la Tribu sur ma personne, dont Kenji nous avait pourtant rappelé l'imminence. Je me concentrai tout entier sur Iida Sadamu, terré dans son repaire d'Inuyama. J'allais arriver jusqu'à lui en déjouant les embûches de la voie du rossignol. Et je le tuerais. Même la pensée de Kaede ne faisait que renforcer ma résolution. Je n'avais pas besoin d'être un Ichiro pour calculer que si Iida mourait avant le mariage de la jeune fille, elle serait libre de m'épouser.

CHAPITRE IX

Nous fûmes réveillés de bonne heure, ce matin-là, et le soleil était à peine levé quand nous nous mîmes en route. La limpidité du jour précédent n'était plus qu'un souvenir. L'air était lourd et moite, des nuages s'étaient amassés durant la nuit et la pluie menaçait.

Les rassemblements dans les rues avaient été interdits, et les Tohan faisaient respecter cette décision à coups de sabre. Ils massacrèrent un ramasseur de gadoue qui avait osé s'arrêter pour regarder notre cortège, et une vieille femme fut battue à mort faute de s'être écartée à temps de notre chemin.

Partir le troisième jour de la fête des Morts était considéré comme néfaste. Ces actes de cruauté et ces effusions de sang semblèrent aggraver encore les mauvais présages pesant sur notre voyage.

Les dames firent la route en palanquin, de sorte que je ne vis pas Kaede avant la halte de midi. Je ne lui parlai pas, mais son aspect me bouleversa. Elle était plus pâle que jamais, sa peau semblait transparente et ses yeux étaient cernés. Mon cœur se serra. En la voyant si fragile, je ressentais pour elle un amour encore plus éperdu.

Inquiet de sa pâleur, sire Shigeru interrogea Shizuka. Elle lui répondit que le mouvement du palanquin ne convenait pas à Kaede, qu'il n'y avait rien d'autre. Mais ses yeux se tournèrent vers moi, et il me sembla que je comprenais leur message.

Notre groupe était silencieux, chacun restant plongé dans ses pensées. Les soldats se montraient tendus et irritables, la chaleur devenait oppressante. Seul sire Shigeru semblait à l'aise et conversait avec une légèreté insouciante, comme s'il se préparait vraiment à célébrer un mariage longtemps désiré. Je savais que cette attitude lui valait le mépris des Tohan, mais elle me semblait constituer l'une des démonstrations de courage les plus admirables que j'eusse jamais vues.

Plus nous progressions vers l'est, plus les ravages de la tempête devenaient moins apparents. Les routes s'amélioraient à l'approche de la capitale, et chaque jour nous couvrions une distance plus importante. L'après-midi du cinquième jour, nous arrivâmes à Inuyama.

Iida avait fait de cette cité orientale sa capitale après sa victoire à Yaegahara, et c'est alors qu'il avait entrepris la construction de son énorme château. Il dominait la ville de ses murs noirs aux créneaux blancs, et ses toits ressemblaient à des pans de toile lancés vers le ciel. Tandis que nous avancions vers lui, je me surpris à étudier les fortifications, à mesurer la hauteur des portes et des murs, à regarder les prises possibles pour une escalade... « Ici je me rendrai invisible, ici j'aurai besoin de grappins... »

Je n'avais pas imaginé que la ville serait si grande, ni qu'une telle multitude de guerriers monteraient la garde au château et seraient cantonnés dans ses environs.

Abe retint son cheval de manière à se retrouver à ma hauteur. J'étais devenu une des cibles favorites de ses plaisanteries et de son humour de soudard.

— Voilà l'image de la puissance, mon garçon. Il faut être un guerrier pour en arriver là. Vos petits travaux au pinceau ne font pas vraiment le poids, pas vrai ?

Peu m'importait ce qu'Abe pouvait penser de moi, du moment qu'il ne soupçonnât pas la vérité.

— C'est l'endroit le plus imposant que j'aie jamais vu, sire Abe. J'aimerais pouvoir étudier de plus près son architecture, ses œuvres d'art...

— Je peux certainement vous arranger ça, affirma-t-il, prêt à faire preuve d'une bonté condescendante maintenant qu'il était en sûreté dans sa ville.

Je me hasardai à observer :

— Le nom de Sesshu est toujours vivant, alors que nous avons oublié ceux des guerriers de son époque.

— Mais vous n'êtes pas Sesshu, n'est-ce pas ?

Il éclata de rire. Son mépris était tel que le sang lui montait à la tête, mais je l'approuvai avec humilité. Il ignorait tout de moi : c'était ma seule consolation.

On nous conduisit à une résidence proche des douves du château. En apparence, tout semblait indiquer qu'Iida tenait au mariage et à l'alliance avec les Otori. Il n'y avait absolument rien à redire aux égards et aux honneurs dont sire Shigeru se vit gratifié. Quant aux dames, on les mena au cœur même de la forteresse, dans la propre résidence d'Iida où elles devaient loger avec les femmes de sa maisonnée — c'était là que vivait la fille de dame Maruyama.

Je ne vis pas le visage de Kaede, mais en partant elle souleva furtivement le rideau du palanquin et sa main apparut. Elle tenait le rouleau que je lui avais donné, l'esquisse du petit oiseau de mes montagnes dont elle m'avait dit qu'il lui faisait penser à la liberté.

Une douce pluie vespérale commença à tomber, estompant les contours du château et faisant briller les tuiles et les pavés. Deux oies fendirent le ciel, en battant posément des ailes. Quand elles furent hors de vue, j'entendis encore leur cri lugubre.

Plus tard, Abe revint de la résidence chargé de cadeaux de mariage et de messages enthousiastes de bienvenue de la part de sire Iida. Je lui rappelai sa promesse de me faire visiter le château. À force d'insister et de me prêter de bonne grâce à son badinage pesant, j'obtins gain de cause pour le lendemain.

Kenji et moi nous rendîmes donc le matin à la forteresse avec lui. J'écoutai les commentaires d'Abe d'un air respectueux en dessinant des esquisses, mais notre guide s'ennuya bientôt et nous confia à l'un de ses serviteurs. Tandis que mes mains esquissaient arbres, jardins et panoramas, mes yeux et mon esprit enregistraient le plan du château, la distance entre la première porte et la seconde, appelée porte du Diamant, et l'espace qu'il fallait couvrir pour atteindre le pont intérieur, puis la résidence. Le fleuve longeait le côté est de l'édifice, lequel était entièrement entouré de douves. Tout en me consacrant à mon labeur d'artiste, j'écoutais, je localisais les gardes visibles ou cachés et je les comptais.

Le château grouillait de guerriers et de fantassins, de forgerons, de fléchiers et d'armuriers, de palefreniers, de cuisiniers, de servantes et de domestiques de toutes sortes. Je me demandais ce qu'ils devenaient la nuit, et si le calme s'installait jamais dans cette fourmilière.

Plus bavard qu'Abe, le serviteur se plaisait à exalter la grandeur d'Iida et se montrait naïvement impressionné par mes dessins. Je brossai une rapide esquisse de sa personne et lui donnai le rouleau. Les portraits étaient une rareté à l'époque, et il le serra dans ses mains comme un talisman magique. Du coup, il nous montra plus de détails qu'il n'aurait dû, notamment les chambres dérobées où des gardes étaient stationnés en permanence, les fausses fenêtres des tours de guet et l'itinéraire qu'empruntaient chaque nuit les patrouilles pour faire leur ronde.

Kenji n'ouvrait guère la bouche, sinon pour critiquer mes dessins et corriger tel ou tel coup de pinceau. J'étais curieux de savoir s'il avait l'intention de m'accompagner la nuit où je me rendrais au château. Par moments, je me disais que je ne pourrais rien faire sans son aide, mais l'instant d'après j'étais sûr de vouloir être seul.

Nous finîmes par arriver au donjon central, où nous fûmes présentés au capitaine de la garde et autorisés à gravir les marches raides de l'escalier menant à l'étage supérieur. Les piliers massifs soutenant la tour avaient au moins vingt mètres de haut. J'imaginai l'impression qu'ils avaient dû faire dans la forêt, l'immensité de leur feuillage, la profondeur de leur ombre. Les poutres transversales avaient conservé leurs torsions originelles, comme si elles aspiraient à se relever d'un bond et à redevenir des arbres vivants. Je sentais la puissance du château, comme un animal bandant ses forces avant de m'attaquer.

Du haut de la plate-forme supérieure, sous les yeux curieux des gardes de midi, nous pûmes contempler la cité tout entière. Au nord se dressaient les montagnes que j'avais traversées avec sire Shigeru, et plus loin encore c'était la plaine de Yaegahara. Mon village natal, Mino, se trouvait au sud-est. L'atmosphère était calme et brumeuse, sans un souffle de vent. Malgré l'épaisseur des murs de pierre et la fraîcheur du bois sombre, il régnait une chaleur suffocante. Les visages des gardes luisaient de sueur, et ils peinaient dans leurs armures lourdes et inconfortables.

Les fenêtres sud du donjon principal donnaient sur le second donjon, moins élevé, dont Iida avait fait sa résidence. Il se dressait au-dessus d'un énorme mur fortifié surgissant presque sans transition des douves. Derrière les douves, du côté est, une zone marécageuse d'environ cent mètres de large précédait le fleuve dont les flots, gonflés par la tempête, paraissaient profonds et impétueux. Le haut du mur fortifié était percé d'une rangée de petites fenêtres, mais les portes de la résidence se trouvaient toutes du côté ouest. Des toits gracieusement inclinés couvraient les vérandas, qui s'ouvraient sur un petit jardin entouré par les murs du deuxième pont intérieur. Vu du sol, il était impossible de soupçonner son existence, mais nous pouvions le contempler comme des aigles du haut de notre aire.

Du côté opposé, le pont du nord-ouest abritait les cuisines et divers communs.

Mes yeux ne se lassaient pas du contraste entre les deux faces du palais d'Iida. Le côté ouest était si beau, d'une grâce presque fragile, alors que le côté est, dans sa puissance et son austérité, donnait une impression de brutalité encore accrue par les anneaux de fer fichés sous les meurtrières de la muraille. Les gardes nous informèrent que les ennemis d'Iida étaient suspendus à ces anneaux, afin que la souffrance des victimes du seigneur rehausse et approfondisse la jouissance que lui procuraient son pouvoir et sa magnificence.

Tandis que nous redescendions, j'entendis les soldats se moquer de nous. J'avais appris à connaître ces quolibets dont les Tohan accablent toujours les Otori, prétendant qu'ils préfèrent coucher avec des garçons plutôt qu'avec des filles, qu'ils sont plus prompts à bâfrer qu'à se battre, que leur constitution est sérieusement affaiblie par leur goût pour les sources thermales, où ils passent leur temps à uriner. Leurs rires gras résonnaient dans notre dos. Embarrassé, notre compagnon marmonna des excuses.

Je l'assurai que nous n'étions nullement offensés, et m'immobilisai un instant à l'entrée du pont intérieur en feignant d'être pétrifié d'admiration devant les liserons splendides qui s'épanouissaient sur les murs de pierre des cuisines. J'entendais la rumeur familière des offices : le sifflement de l'eau en train de bouillir, le cliquetis des couteaux, le bruit monotone du pilon annonçant qu'on préparait des gâteaux de riz, les cris des cuisinières et le bavardage suraigu des petites servantes. Mais d'autres bruits me parvenaient de plus loin, dans la direction opposée, du fond de l'édifice donnant sur le jardin.

Au bout d'un instant, je compris qu'il s'agissait des bruits de pas de la multitude traversant en tous sens le parquet du rossignol.

— Entendez-vous cette rumeur étrange ? demandai-je innocemment à Kenji.

Il fronça les sourcils.

— De quoi peut-il s'agir ?

Notre compagnon éclata de rire.

— C'est le parquet du rossignol.

— Comment ? nous écriâmes-nous en chœur.

— C'est une sorte de parquet chantant. Personne, même pas un chat, ne peut le traverser sans qu'il se mette à gazouiller comme un oiseau.

— On croirait de la magie, observai-je.

— Qui sait, répliqua l'homme en riant de ma crédulité. En tout cas, Sa Seigneurie dort mieux depuis qu'il la protège.

— Quelle merveille ! m'exclamai-je. J'aimerais tant le voir de mes propres yeux.

Sans cesser de sourire, notre guide nous mena obligeamment du côté sud, en faisant le tour du pont. La porte donnant sur le jardin était ouverte. Elle n'était pas très haute mais un surplomb massif la dominait et ses marches étaient si escarpées qu'un homme seul était en mesure de les défendre. Nous regardâmes le bâtiment qui s'étendait de l'autre côté. Les volets de bois étaient tous ouverts, et je vis le parquet immense et brillant qui s'étendait sur toute la longueur de l'édifice.

Une foule de servantes chargées des plateaux du déjeuner, car il était presque midi, ôtaient leurs sandales avant de s'avancer sur le parquet. J'écoutai son chant, et le cœur me manqua. Je me souvins du parquet de la maison de Hagi, que je parcourais d'un pas si léger et silencieux. Celui-ci était quatre fois plus vaste, et son chant infiniment plus complexe. Je n'aurais aucune occasion de m'entraîner dessus. Une seule chance s'offrirait à moi pour déjouer ses embûches.

Je restai aussi longtemps que je le pus sans éveiller les soupçons, poussant force cris d'admiration tout en essayant de repérer chaque bruit que j'entendais. Je ne pouvais m'empêcher par moments de me rappeler que Kaede était quelque part dans cette résidence, et je tendais vainement l'oreille dans l'espoir d'entendre sa voix.

Kenji finit par s'exclamer :

— Allons-y maintenant ! Mon estomac crie famine. De toute façon, sire Takeo reverra dès demain cette merveille quand il accompagnera sire Otori.

— Nous retournons au château demain ?

— Sire Otori se présentera devant sire Iida demain après-midi, répliqua Kenji. Bien entendu, sire Takeo viendra avec lui.

— Quelle émotion ! proclamai-je.

Mais mon cœur se serra à cette perspective.

En rentrant dans nos appartements, nous trouvâmes sire Shigeru occupé à examiner des robes nuptiales. Déployées sur les nattes, elles étaient aussi somptueuses que colorées, et leurs broderies reproduisaient tous les symboles de la chance et de la longévité : fleurs de prunier, grues et tortues marines.

— Mes oncles me les ont envoyées en présent, déclara-t-il. Que dis-tu de leur bienveillance, Takeo ?

— Elle est sans bornes, répliquai-je, écœuré par leur duplicité.

— Laquelle devrais-je porter, selon toi ?

Il souleva la robe aux fleurs de prunier, et l'homme qui avait apporté les habits l'aida à la revêtir.

— Celle-ci est parfaite, assura Kenji. Mangeons, maintenant.

Cependant sire Shigeru s'attarda encore un instant à caresser des mains l'étoffe fine, à admirer la complexité délicate de la broderie. Il ne dit rien, mais je vis passer une expression singulière sur son visage : peut-être éprouvait-il du regret à l'idée du mariage qui n'aurait jamais lieu, peut-être aussi, quand j'y repense maintenant, pressentait-il le destin qui l'attendait.

— Je porterai cette robe, dit-il.

Il la retira et la tendit à l'homme qui murmura :

— Elle est assurément seyante. De toute façon, rares sont les hommes dont la beauté égale celle de sire Otori.

Un sourire illumina le visage ouvert du seigneur, mais il n'ajouta pas un mot et ne se montra guère plus bavard durant le repas. Nous étions tous passablement silencieux, à vrai dire, trop tendus pour échanger des banalités, et trop conscients de la possible présence d'espions pour aborder d'autres sujets.

Malgré ma fatigue, je me sentais agité. Il fit si chaud l'après-midi que je restai cloîtré. Les portes étaient grandes ouvertes sur le jardin, mais on ne sentait pas l'ombre d'une brise dans les chambres. Je somnolais, en essayant de me rappeler le chant du rossignol emprisonné dans le parquet. J'étais bercé par la rumeur du jardin, mêlant les bourdonnements d'insectes aux éclaboussements de la cascade, qui me réveillait à moitié puis me plongeait dans l'illusion d'être de retour à Hagi, dans la demeure du seigneur.

Vers le soir, il se remit à pleuvoir et l'air se rafraîchit un peu. Kenji et sire Shigeru étaient absorbés dans une partie de go. Les pions noirs étaient échus à Kenji. J'avais dû finir par m'endormir pour de bon, car je fus réveillé par une servante frappant à la porte et déclarant à Kenji qu'un messager l'attendait dehors.

Il acquiesça de la tête, joua son coup et se leva pour sortir. Sire Shigeru le regarda s'éloigner puis étudia le support du jeu, comme si seules les péripéties de la partie l'intéressaient. Je me levai à mon tour et examinai la disposition des pions. Je les avais souvent vus jouer ensemble, et le seigneur avait toujours eu l'avantage. Cette fois, cependant, je constatai que les pions blancs étaient en piètre posture.

Je me rendis près du bassin pour asperger d'eau mon visage et mes mains. J'avais l'impression de suffoquer, d'être pris au piège. Traversant la cour de notre logis, je sortis dans la rue.

Kenji était debout de l'autre côté de la chaussée, en train de parler à un jeune homme vêtu comme un courrier. Avant que j'aie pu entendre une bribe de leur conversation, il m'aperçut, donna une bourrade au jeune messager et lui dit adieu. Puis il traversa la rue pour me rejoindre, en se dissimulant de nouveau derrière l'apparence inoffensive de mon vieux professeur. Mais il évita de me regarder dans les yeux et j'eus l'impression d'avoir surpris comme cela m'était déjà arrivé une fois, avant qu'il ne m'eût vu, le véritable Muto Kenji : l'homme réel derrière tous ses masques, aussi impitoyable que Jato.

Ils continuèrent à jouer jusque tard dans la nuit. Je ne pouvais supporter d'assister à l'annihilation des pions blancs, mais je n'arrivais pas non plus à m'endormir. J'étais hanté par ce qui m'attendait, et tourmenté par les soupçons que je nourrissais envers Kenji. Le lendemain matin, il sortit de bonne heure et pendant son absence, Shizuka nous rendit visite. Elle apportait des cadeaux de mariage de la part de dame Maruyama. Deux rouleaux étaient cachés dans l'emballage. Le premier était une lettre, que Shizuka tendit à sire Shigeru.

Il la lut, le visage fermé et creusé par la fatigue. Il ne nous informa pas de son contenu, mais la plia avant de la glisser dans la manche de sa robe. Il prit l'autre rouleau et me le passa après y avoir jeté un coup d'œil. Les phrases étaient sibyllines, mais au bout d'un instant je saisis leur signification. Il s'agissait d'une description de l'intérieur de la résidence, indiquant clairement où Iida dormait.

— Il vaut mieux les brûler, sire Otori, chuchota Shizuka.

— Je le ferai. Quelles autres nouvelles ?

— Puis-je me rapprocher ? demanda-t-elle.

Et elle lui glissa dans l'oreille, d'une voix si basse que le seigneur et moi-même pouvions seuls l'entendre :

— L'armée d'Araï déferle sur le Sud-Ouest. Il a vaincu Noguchi et n'est plus très éloigné d'Inuyama.

— Iida est au courant ?

— Il le sera bientôt, s'il ne l'est déjà. Ses espions sont plus nombreux que les nôtres.

— Et Terayama ? Avez-vous des nouvelles de là-bas ?

— Ils sont persuadés de pouvoir s'emparer de Yamagata sans coup férir dès qu'Iida...

Sire Shigeru leva une main, mais Shizuka s'était déjà interrompue.

— Cette nuit, donc, dit-il simplement.

Elle s'inclina.

— Sire Otori.

— Dame Shirakawa se porte-t-elle bien ? demanda-t-il d'une voix normale en s'éloignant d'elle.

— Je souhaiterais que son état soit meilleur, répondit doucement Shizuka. Elle semble avoir perdu définitivement l'appétit et le sommeil.

Mon cœur s'était arrêté un instant quand sire Shigeru avait dit : « Cette nuit. » Puis il s'était mis à battre à un rythme rapide mais mesuré, en propulsant le sang dans mes veines avec une énergie régulière. Je regardai une fois encore le plan dans ma main, afin d'inscrire son message dans mon cerveau. La pensée de Kaede, avec son pâle visage, les os fragiles de ses poignets, le flot noir de sa chevelure, fit de nouveau défaillir mon cœur. Je me levai et me dirigeai vers la porte pour dissimuler mon émotion.

— Je regrette profondément de lui faire du mal, dit le seigneur.

— Elle-même redoute de vous faire du mal, répliqua Shizuka.

Elle ajouta à voix basse :

— Il y a tant de choses qu'elle redoute. Il faut que je retourne auprès d'elle, je n'aime pas la laisser seule.

— Que voulez-vous dire ? m'écriai-je si fort qu'ils me regardèrent avec surprise.

Shizuka hésita.

— Elle parle souvent de la mort, finit-elle par murmurer.

Je voulais envoyer un message à Kaede. Je voulais courir au château et l'arracher à sa prison — l'emmener ailleurs, dans un endroit où nous serions en sûreté. Mais je savais qu'un tel endroit n'existait pas, qu'il ne pourrait pas exister avant que cette histoire n'ait trouvé sa conclusion...

J'avais aussi envie d'interroger Shizuka à propos de Kenji, pour savoir ce qu'il manigançait, ce que la Tribu avait en tête. Mais des servantes entrèrent avec les plateaux du déjeuner, et il me fut impossible de lui parler en particulier avant son départ.

Pendant le repas, nous évoquâmes en peu de mots les dispositions prises pour notre visite de l'après-midi. Ensuite, sire Shigeru écrivit quelques lettres pendant que j'étudiais mes esquisses du château. Je sentais souvent son regard se poser sur moi, et j'avais l'impression qu'il aurait désiré me dire encore bien des choses, mais il garda le silence. Je restai assis tranquillement sur le sol, à contempler le jardin, à m'efforcer de respirer plus lentement, en me retirant dans l'être obscur et silencieux qui habitait mes profondeurs et en lui lâchant la bride afin qu'il prenne possession du moindre de mes muscles, de mes tendons et de mes nerfs. Mon ouïe semblait plus fine que jamais. J'entendais la ville entière, sa cacophonie de vie humaine et animale, de joie, de désir, de souffrance et de chagrin. J'aspirais au silence, j'aurais voulu être délivré de tout ce qui m'oppressait. Avec une impatience indicible, j'attendais la nuit.

Kenji revint sans dire un mot de son expédition. Il nous regarda en silence revêtir nos robes de cérémonie arborant dans le dos l'emblème des Otori. Il n'ouvrit la bouche que pour suggérer qu'il serait peut-être plus sage que je n'aille pas au château, mais sire Shigeru observa que j'attirerais bien davantage l'attention en ne venant pas. Il n'ajouta pas que j'avais besoin d'étudier une dernière fois les lieux. Je ressentais également le besoin de revoir Iida. La seule image que je conservais de lui était celle de l'apparition terrifiante de Mino, un an plus tôt : l'armure noire, le casque orné de bois de cerf, le sabre qui avait failli trancher le fil de mes jours. Cette image avait pris de telles proportions dans mon esprit que j'étais bouleversé à l'idée de voir le tyran en chair et en os, sans armure pour le protéger.

Nous partîmes escortés par nos vingt guerriers Otori au grand complet. Ils attendirent sur le premier pont avec les chevaux, tandis que sire Shigeru et moi suivions Abe à l'intérieur de la résidence. Quand nous ôtâmes nos sandales sur le parquet du rossignol, je retins mon souffle en écoutant sous mes pieds l'oiseau chanter. La demeure était décorée avec un luxe éblouissant dans le style moderne. Les peintures étaient si exquises qu'elles réussirent presque à me distraire de mon noir dessein. Elles n'étaient pas empreintes de paix et de retenue, comme celles de Sesshu à Terayama, mais débordaient d'or, de vie et de puissance. Dans l'antichambre où notre attente se prolongea pendant plus d'une demi-heure, les portes et les écrans étaient ornés de grues et de saules couverts de neige. Sire Shigeru s'extasia devant eux, et sous l'œil sardonique d'Abe, nous parlâmes à voix basse de la peinture et de l'artiste.

— À mon sens, ces peintures sont très supérieures à celles de Sesshu, déclara le seigneur Tohan. Elles ont des couleurs plus riches et plus vives, et des dimensions beaucoup plus ambitieuses.

Sire Shigeru murmura quelques mots évasifs, tandis que je gardais le silence. Quelques instants plus tard, un homme d'un certain âge entra, s'inclina jusqu'à terre et annonça à Abe :

— Sire Iida est prêt à recevoir ses hôtes.

Nous nous levâmes et traversâmes de nouveau le parquet du rossignol, en suivant Abe en direction de la grande salle. Sire Shigeru s'agenouilla sur le seuil, et je suivis son exemple. Abe nous fit signe de nous avancer à l'intérieur, où nous nous agenouillâmes de nouveau, le front dans la poussière. Je regardai à la dérobée Iida Sadamu assis au fond de la salle sur une estrade, ses robes aux nuances crème et or déployées autour de lui, un éventail rouge et or à la main droite, un petit chapeau de cérémonie noir sur la tête. Il était plus petit que dans mon souvenir, mais non moins imposant. Il devait avoir une dizaine d'années de plus que Shigeru, et ne devait guère lui arriver qu'à l'épaule. Ses traits étaient quelconques, en dehors de ses yeux fins qui trahissaient son intelligence et sa férocité. Ce n'était pas un bel homme, mais sa présence irradiait une puissance irrésistible. Ma vieille terreur se réveilla d'un seul coup en moi.

Une vingtaine de serviteurs de sa suite étaient rassemblés dans la salle, tous prosternés. Seuls Iida et son petit page étaient assis. Il y eut un long silence. On approchait de l'heure du singe et il régnait une chaleur étouffante, aucune porte n'étant ouverte. Derrière les parfums imprégnant les robes, on sentait une odeur rance d'hommes en sueur. J'aperçus du coin de l'œil les contours des cabinets dérobés, où j'entendais la respiration des gardes qui étaient cachés et les légers craquements accompagnant leurs changements de position. J'avais la bouche sèche.

Sire Iida se décida enfin à parler :

— Soyez le bienvenu, sire Otori. Voici des circonstances fastes, puisque nous devons célébrer un mariage et sceller une alliance.

Sa voix était rude, son ton négligent, ce qui rendait incongrues dans sa bouche les formules de politesse.

Sire Shigeru releva la tête et s'assit sans hâte. Il répliqua avec la même politesse cérémonieuse, en saluant le seigneur au nom de ses oncles et du clan Otori tout entier.

— Je suis heureux de pouvoir être utile à deux grandes maisons.

Sa formule rappelait subtilement à Iida qu'ils étaient d'un rang égal, par la naissance et par le sang.

Iida sourit sans aucune aménité et répliqua :

— Oui, il faut que la paix règne entre nous. Nous ne voulons pas d'un second Yaegahara.

Shigeru inclina la tête.

— Le passé est le passé.

J'étais encore prosterné, mais je pouvais voir son visage de profil. Il regardait droit devant lui, d'un air franc, et son expression était ferme et joyeuse. Personne n'aurait pu imaginer qu'il était différent de ce qu'il paraissait : un jeune fiancé reconnaissant de la faveur dont l'honorait un seigneur plus âgé.

Leur échange de civilités se prolongea un moment. Puis on apporta le thé, qui fut servi aux deux seigneurs.

— Ce jeune homme est votre fils adoptif, je crois, lança Iida quand on eut versé le thé. Qu'il boive avec nous.

Je fus contraint de m'asseoir, quoique j'eusse préféré m'abstenir de cet honneur. Je m'inclinai derechef devant Iida et m'avançai à genoux, en m'efforcant d'empêcher mes doigts de trembler quand je pris le bol. Je sentis son regard sur moi mais n'osai pas lever les yeux vers lui, de sorte qu'il me fut impossible de savoir s'il reconnaissait en moi le gamin de Mino qui l'avait fait tomber par terre après avoir brûlé le flanc de son cheval.

J'examinai mon bol. Son vernis était d'un gris métallique très brillant où s'allumaient des reflets rouges, comme je n'en avais jamais vu de pareils.

— C'est un cousin éloigné de ma défunte mère, expliqua sire Shigeru. Elle avait à cœur de le voir adopté par notre famille, et après sa mort, j'ai exaucé son désir.

— Comment s'appelle-t-il ?

Iida ne me quittait pas des yeux tout en buvant bruyamment son thé.

— Il a pris le nom d'Otori, répondit sire Shigeru. Nous l'appelons Takeo.

Il n'ajouta pas : « D'après le prénom de mon frère », mais je sentis le nom de Takeshi flotter dans l'air, comme si son fantôme s'était glissé dans la salle.

Iida poussa un grognement. Malgré la chaleur, l'atmosphère parut soudain glaciale, plus périlleuse que jamais. Je savais que sire Shigeru en était conscient. Je sentis son corps se raidir, bien qu'il ne se départît pas de son sourire. Derrière la politesse de façade, il y avait des années d'antipathie mutuelle, où se mêlaient l'héritage de Yaegahara, la jalousie d'Iida et le chagrin et la soif de vengeance de sire Shigeru.

J'essayai de m'identifier à Takeo, l'artiste studieux, introverti et maladroit, baissant les yeux d'un air embarrassé.

— Depuis combien de temps vit-il avec vous ?

— Environ un an, répondit sire Shigeru.

— Il me semble apercevoir un certain air de famille, dit Iida. N'êtes-vous pas de cet avis, Ando ?

Il s'adressait à l'un des serviteurs agenouillés le long de la salle. L'homme leva la tête et me regarda. Nos yeux se croisèrent, et je reconnus sur-le-champ son visage allongé de loup, son front vaste et pâle et ses yeux enfoncés. Je ne voyais pas son côté droit, mais je n'en avais pas besoin pour savoir qu'il lui manquait un bras, coupé net par Jato prenant vie dans les mains de sire Shigeru.

— La ressemblance est indéniable, déclara Ando. Elle m'avait déjà frappé la première fois que je vis le jeune seigneur...

Il fit une pause avant d'ajouter :

— À Hagi.

Je m'inclinai humblement devant lui.

— Pardonnez-moi, sire Ando, mais je ne crois pas avoir eu le plaisir de vous rencontrer.

— Nous ne nous sommes pas vraiment rencontrés, concéda-t-il. Je n'ai fait que vous apercevoir en compagnie de sire Otori, et j'ai pensé alors que vous aviez véritablement l'air d'un membre de... la famille.

— Rien d'étonnant, puisque nous sommes parents, observa sire Shigeru que ce jeu du chat avec la souris ne semblait nullement impressionner.

J'étais maintenant certain qu'Iida et Ando savaient exactement qui j'étais. Ils savaient aussi que c'était sire Shigeru qui m'avait sauvé. Je m'attendais à ce qu'ils nous fassent arrêter d'un instant à l'autre, à moins qu'ils n'ordonnent aux gardes de nous massacrer sans autre forme de procès, au milieu des ustensiles de la cérémonie du thé.

Sire Shigeru fit un mouvement imperceptible et je devinai qu'il était prêt à bondir sur ses pieds, le sabre à la main, si la situation l'exigeait. Mais il n'avait pas l'intention de sacrifier à la légère plusieurs mois de préparation. Le silence s'installa et la tension monta dans la salle.

Iida esquissa un sourire. Je sentais qu'il jouissait intensément de cette scène. Il n'allait pas donner si vite le signal de la curée : il voulait s'amuser encore un peu avec nous. Nous n'avions aucune chance de nous en sortir, étant en plein cœur du territoire Tohan, constamment surveillés, avec une escorte réduite à vingt guerriers. J'étais sûr qu'il projetait de nous éliminer tous les deux, mais pas avant d'avoir savouré le plaisir d'avoir en son pouvoir son ennemi juré.

Il se mit à évoquer le mariage qui devait être célébré. Derrière sa politesse superficielle, je percevais un mépris mêlé de jalousie :

— Dame Shirakawa est une pupille de sire Noguchi, le plus ancien et le plus sûr de mes alliés.

Il ne dit pas un mot de la défaite infligée à Noguchi par Araï. L'ignorait-il encore, ou croyait-il que nous n'étions pas au courant ?

— Sire Iida me fait un grand honneur, répliqua sire Shigeru.

— Il est vrai qu'il était temps de faire la paix avec les Otori.

Iida s'interrompit un instant puis reprit :

— C'est une très belle fille. Sa réputation n'est pas heureuse. J'espère que vous n'en êtes pas alarmé.

Les serviteurs furent pris d'un accès de gaieté presque imperceptible — on n'entendit pas un rire, mais des sourires entendus apparurent sur leurs visages.

— Il me semble que sa réputation est injustifiée, assura sire Shigeru d'une voix égale. Quant à être alarmé, je ne saurais l'être tant que je suis l'hôte de sire Iida.

Le sourire d'Iida s'était évanoui et le seigneur avait l'air menaçant. Il me fit l'effet d'être dévoré de jalousie. La politesse et l'amour-propre auraient dû le dissuader d'aller plus loin, mais il ne put s'en empêcher.

— Des bruits courent à votre sujet, lança-t-il brutalement.

Sire Shigeru se contenta de hausser les sourcils sans rien dire.

— Il est question d'un attachement ancien, d'un mariage secret, se mit à bramer Iida.

— Sire Iida m'étonne, répliqua froidement sire Shigeru. Je ne suis plus tout jeune. Il est naturel que j'aie connu plus d'une femme.

Iida recouvra son sang-froid et grogna une réponse, mais une lueur méchante brillait dans ses yeux. Nous fûmes congédiés avec une politesse hypocrite, Iida jeta simplement :

— Je suis impatient de vous revoir dans trois jours, pour la célébration du mariage.

Quand nous retrouvâmes notre escorte, les guerriers apparurent tendus et irritables après avoir dû supporter les sarcasmes et les menaces des Tohan. En redescendant les gradins de la rue menant à la première porte, nous gardâmes le silence, sire Shigeru et moi. J'étais occupé à mémoriser autant que possible le plan du château, et mon cœur bouillait de haine et de rage contenue envers sire Iida. Je voulais le tuer pour venger le passé, pour châtier son insolence face à sire Shigeru — et aussi parce que, si je ne le tuais pas dès cette nuit, il nous tuerait tous les deux.

Le soleil disparaissait dans un halo pluvieux quand nous retournâmes à notre logis, où Kenji nous attendait. Une légère odeur de brûlé flottait dans la chambre : il avait profité de notre absence pour détruire les messages de dame Maruyama.

Il étudia nos visages.

— On a reconnu Takeo ?

Sire Shigeru retira ses vêtements de cérémonie.

— J'ai besoin d'un bain, dit-il en souriant comme s'il relâchait un peu la tension qu'il s'était imposée pour se dominer. Pouvons-nous parler librement, Takeo ?

J'entendais s'élever des cuisines la rumeur des servantes préparant le souper. Des pas résonnaient de temps en temps dans l'allée couverte, mais le jardin était désert. Les gardes bavardaient devant l'entrée principale, une servante vint leur apporter des bols de riz et de soupe.

— À condition de chuchoter, répondis-je.

— Soyons brefs. Approchez-vous, Kenji. Oui, on

l'a reconnu. Iida est en proie au soupçon et à la peur. Il peut frapper d'un instant à l'autre.

— Je vais emmener Takeo sur-le-champ, dit Kenji. Je peux le cacher dans la ville.

— Non ! m'écriai-je. Cette nuit, je vais au château.

— C'est notre seule chance, murmura sire Shigeru. Nous devons agir les premiers.

Kenji nous regarda et poussa un profond soupir.

— Dans ce cas, j'irai avec toi.

— Vous avez été un véritable ami pour moi, dit doucement le seigneur. Il est inutile que vous risquiez votre vie.

— Je ne le fais pas pour vous, Shigeru. C'est pour tenir Takeo à l'œil, répliqua Kenji.

Se tournant vers moi, il ajouta :

— Tu ferais mieux d'examiner une dernière fois les murailles et les douves avant le couvre-feu. Je vais t'accompagner. Emporte ton matériel à dessin : il y aura des jeux de lumière intéressants sur l'eau.

Je rassemblai mon matériel et nous quittâmes le logis. Au moment de franchir la porte, cependant, Kenji eut un geste qui me surprit. Il se retourna vers le seigneur et s'inclina profondément en disant :

— Sire Otori.

Sur le moment, je crus qu'il était ironique. Ce ne fut que plus tard que je compris qu'il s'agissait d'un adieu.

Je ne fis pas d'autres adieux qu'une révérence ordinaire, que sire Shigeru me rendit. Sa silhouette se détachait à contre-jour devant le jardin, et je ne vis pas l'expression de son visage.

*

Les nuages s'étaient épaissis, mais malgré l'humidité ambiante il ne pleuvait pas. Il faisait un peu plus frais, maintenant que le soleil s'était couché, cependant l'air était encore lourd et moite. Les rues étaient bondées de passants profitant de l'heure séparant le coucher du soleil et le couvre-feu. Ils ne cessaient de me heurter, ce qui accroissait mon anxiété et mon malaise. Je croyais voir partout des espions et des assassins. L'entrevue avec Iida avait été fatale à mon sang-froid, et j'étais de nouveau Tomasu, le gamin terrorisé qui s'était enfui des ruines de Mino. Pouvais-je vraiment croire que j'allais escalader les murailles du château d'Inuyama et assassiner ce seigneur que je venais de voir dans toute sa puissance et qui savait que je n'étais qu'un Invisible, le seul de mon village à lui avoir échappé ? J'avais beau prétendre être sire Otori Takeo, un seigneur, ou Kikuta, un membre de la Tribu, la vérité était que je n'étais ni l'un ni l'autre. J'étais un Invisible, j'appartenais au peuple des pourchassés.

Nous nous dirigeâmes vers l'ouest, en longeant le côté sud de la forteresse. La nuit tombait, et je m'estimais heureux que la lune et les étoiles aient déserté le ciel. Des torches flamboyaient à la porte du château, et des bougies et des lampes à huile éclairaient les boutiques. Des odeurs de sésame et de soja, de vin de riz et de poisson grillé, flottaient dans l'air. J'avais faim, en dépit de tout. J'aurais voulu que nous nous arrêtions pour acheter à manger, mais Kenji proposa d'aller un peu plus loin. La rue devint plus sombre, plus déserte. J'entendis un véhicule cahoter sur les pavés, puis le son d'une flûte. Ces bruits avaient quelque chose d'indiciblement irréel. Je frissonnai, en proie à un obscur pressentiment.

— Rentrons, dis-je.

À cet instant, un étrange cortège surgit d'une ruelle en face de nous. Je les pris d'abord pour des saltimbanques. Un vieillard poussait une charrette couverte d'ornements et d'images. Une fille jouait de la flûte, mais elle la laissa tomber en nous voyant. Deux jeunes gens sortirent de l'ombre, chacun portant une toupie. Le premier faisait tournoyer la sienne, le second la faisait voltiger. La pénombre leur prêtait un aspect magique, comme s'ils étaient possédés par des esprits. Je stoppai net, et Kenji s'immobilisa juste derrière moi. Une deuxième fille s'avança vers nous en disant :

— Venez jeter un coup d'œil, jeune seigneur.

Sa voix me parut familière, mais je ne l'identifiai qu'après un instant de réflexion. Je bondis aussitôt en arrière, en esquivant Kenji, et laissai mon second moi près de la charrette. C'était la servante de l'auberge de Yamagata, celle dont Kenji avait dit : « Elle est des nôtres. »

À ma grande surprise, un des garçons me suivit sans faire attention à mon double. Je me rendis invisible, mais il parvint à me localiser. Mes derniers doutes disparurent : la Tribu venait faire valoir ses droits sur ma personne, comme Kenji l'avait annoncé, comme il l'avait toujours su. Je me laissai tomber par terre, roulai jusqu'à la charrette et me glissai dessous, mais mon professeur m'attendait de l'autre côté. J'essayai de le mordre à la main, mais il attrapa ma mâchoire et me força à lâcher prise. Je lui donnai alors un coup de pied et tentai de devenir inconsistant entre ses doigts pour lui échapper, mais c'était lui qui m'avait enseigné tous les trucs que je connaissais.

— Tiens-toi tranquille, Takeo, siffla-t-il. Arrête de te battre. Personne ne veut te faire de mal.

— D'accord, dis-je en m'immobilisant.

Il relâcha sa prise, et j'en profitai pour filer. Je tirai mon couteau de ma ceinture. Cependant mes cinq adversaires ne plaisantaient plus. Un des garçons me fit une feinte, me forçant à reculer devant la charrette. Je le frappai et le blessai jusqu'à l'os. Puis je tailladai l'une des filles. L'autre s'était rendue invisible, et je la sentis me tomber dessus comme un singe du haut de la charrette. Les jambes sur mes épaules, elle me ferma la bouche d'une main et de l'autre tâtonna sur mon cou. Je savais évidemment quel endroit elle voulait atteindre, et je me secouai si violemment que j'en perdis l'équilibre. Le jeune homme que j'avais blessé saisit mon poignet et le tordit jusqu'à ce que je lâche mon couteau. Je m'effondrai par terre avec la fille. Ses mains serraient toujours ma gorge.

Avant de perdre conscience, je vis clairement sire Shigeru assis dans la chambre, en train d'attendre notre retour. J'essayai de hurler mon indignation devant l'énormité de cette trahison, mais ma bouche était bâillonnée et même mes oreilles perdirent tout contact avec le monde.

CHAPITRE X

Le soir tombait sur le troisième jour suivant l'arrivée de Kaede à Inuyama. Depuis l'instant où elle avait pénétré dans le château, secouée par le palanquin, son humeur n'avait cessé de s'assombrir. Plus encore que Noguchi, Inuyama était un lieu d'oppression et de terreur. Les femmes de la maisonnée étaient encore dans l'accablement du deuil de leur maîtresse, l'épouse d'Iida, morte au début de l'été. Kaede n'avait fait qu'entrevoir leur maître, mais il était impossible d'échapper à l'obsession de sa présence. Il dominait la résidence tout entière, et chacun vivait dans la crainte de ses lubies et de ses fureurs. Personne ici ne parlait ouvertement.

Des femmes aux voix fatiguées et aux yeux vides lui déclamaient des félicitations tout en préparant d'un air apathique ses robes de mariée. Elle se sentait la proie d'un destin funeste.

Passé la première joie de ses retrouvailles avec sa fille, dame Maruyama se montrait inquiète et tendue. À plusieurs reprises, elle avait paru sur le point de se confier à Kaede, mais elles ne restaient jamais très longtemps seules ensemble. Kaede passait ses journées à se remémorer tous les événements du voyage, en essayant de comprendre le dessous des cartes, mais elle devait s'avouer qu'en fait elle ne savait rien. Toutes les apparences mentaient, et elle ne pouvait avoir confiance en personne — même pas en Shizuka, malgré les allégations de la jeune femme. Pour le bien de sa famille, il lui fallait s'armer de courage afin que s'accomplisse son union avec sire Otori. Elle n'avait aucune raison de penser que ce mariage ne se ferait pas comme prévu, et pourtant, elle n'y croyait pas. Il lui semblait aussi lointain que la lune. Mais si elle ne se mariait pas, si de nouveau un homme mourait à cause d'elle, elle n'aurait plus d'autre issue que la mort.

Elle s'efforçait d'affronter cette idée avec courage, mais elle ne pouvait se mentir à elle-même : elle n'avait que quinze ans, elle ne voulait pas mourir, elle voulait vivre — vivre avec Takeo.

La journée étouffante touchait lentement à son terme, et le soleil voilé d'un halo pluvieux plongeait la ville dans une lumière rouge, d'une splendeur irréelle. Kaede était à la fois épuisée et agitée. Elle aspirait à se dépouiller des couches de robes qui l'accablaient, elle avait la nostalgie de la fraîcheur et de l'ombre de la nuit, tout en redoutant le jour nouveau qu'elle amènerait.

— Les seigneurs Otori sont venus au château aujourd'hui, n'est-ce pas ? demanda-t-elle d'une voix d'où elle tenta de bannir toute émotion.

— Oui, sire Iida les a reçus.

Shizuka hésita. Kaede sentit son regard peser sur elle, plein de pitié. La servante dit doucement :

— Maîtresse...

Elle s'interrompit.

— Qu'y a-t-il ?

Shizuka se mit à parler gaiement du trousseau de mariage, tandis que deux servantes du château passaient dans le couloir, faisant chanter sous leurs pieds le parquet à la voix de rossignol. Quand la rumeur de leurs pas se fut éloignée, Kaede lança :

— Qu'allais-tu me dire ?

— Vous vous souvenez que je vous ai dit qu'il était possible de tuer quelqu'un avec une aiguille ? Je vais vous montrer comment. On ne sait jamais, cela pourrait vous être utile.

Elle sortit une aiguille d'aspect banal, mais en la prenant dans sa main Kaede se rendit compte que c'était en fait une arme miniature, plus solide et plus lourde qu'une aiguille ordinaire. Shizuka lui montra comment la plonger dans l'œil ou dans la nuque d'un adversaire.

— Cachez-la dans l'ourlet de votre manche, maintenant. Faites attention à ne pas vous blesser avec.

Kaede frissonna avec un mélange d'horreur et de fascination.

— Je ne sais pas si je serais capable de m'en servir.

— Il vous est déjà arrivé de donner un coup de couteau à un homme tant vous étiez furieuse.

— Tu es au courant de cette histoire...

— Araï m'a tout raconté. Sous l'effet de la colère ou de la peur, les êtres humains perdent le contrôle de leurs actes. Gardez aussi votre couteau constamment sous la main. Je donnerais cher pour que nous ayons des sabres, mais ils sont trop difficiles à dissimuler. En cas de combat, le mieux est de tuer un soldat le plus tôt possible afin de lui prendre son sabre.

— Que va-t-il se passer ? chuchota Kaede.

— J'aimerais pouvoir tout vous dire, mais c'est trop dangereux pour vous. Je désire juste que vous soyez préparée.

Kaede s'apprêtait à poser une autre question, mais Shizuka murmura :

— Vous devez vous taire : ne rien me demander et

ne rien dire à personne. Moins vous en saurez, plus vous serez en sécurité.

On avait attribué à Kaede une petite chambre à l'extrémité de la résidence, voisine de la pièce plus vaste que les femmes de la maisonnée d'Iida partageaient avec dame Maruyama et sa fille. Les deux chambres donnaient sur le jardin qui s'étendait sur le côté sud de la demeure, et Kaede entendait le ruissellement de l'eau et l'ondoiement léger des arbres. Pendant la nuit, elle sentit que Shizuka ne fermait pas l'œil un seul instant. À un moment, elle se redressa et l'aperçut assise en tailleur sur le seuil, silhouette presque indiscernable sur le fond du ciel sans étoiles. Des hiboux hululaient dans les ténèbres, et à l'aube on entendit monter les cris des oiseaux du fleuve. Il commença à pleuvoir.

Elle somnolait, bercée par ces rumeurs, quand des croassements stridents de corbeaux la tirèrent de son sommeil. La pluie avait cessé et la chaleur était déjà intense. Shizuka s'était habillée. En voyant que Kaede était éveillée, elle s'agenouilla près d'elle et chuchota :

— Maîtresse, il faut que j'essaie de parler à sire Otori. Auriez-vous la bonté de vous lever et de lui écrire un poème quelconque ? J'ai besoin d'un prétexte pour me rendre auprès de lui.

— Qu'est-il arrivé ? demanda Kaede, alarmée par le visage tiré de la jeune femme.

— Je l'ignore. J'attendais quelque chose, la nuit dernière... quelque chose qui ne s'est pas produit. Il faut que je découvre pourquoi.

Elle se mit à parler plus fort :

— Je vais préparer l'encre, maîtresse. Mais vous ne devez pas être si impatiente. Vous aurez toute la journée pour écrire des poèmes convenables.

— Que dois-je écrire ? chuchota Kaede. Je ne sais pas composer de poésie, je n'ai jamais appris.

— Peu importe, quelques lignes sur l'amour conjugal, les canards mandarins, la clématite et le mur feront l'affaire.

Kaede aurait presque pu croire que Shizuka plaisantait, si son expression n'avait été si grave.

— Aide-moi à m'habiller, lança-t-elle d'un ton impérieux. Oui, je sais qu'il est tôt, mais arrête tes jérémiades. Je dois absolument écrire dès maintenant à sire Otori.

Shizuka lui sourit d'un air encourageant, avec un entrain que démentait la pâleur de son visage.

Kaede traça hâtivement quelques caractères, sans savoir ou presque ce qu'elle écrivait, puis ordonna d'une voix aussi forte qu'elle le put à Shizuka de se dépêcher de porter cette missive au logis des Otori. La jeune femme sortit non sans manifester sa mauvaise volonté, et Kaede l'entendit se plaindre doucement aux gardes, qui répondirent par un éclat de rire.

Elle demanda aux servantes de lui apporter du thé. Après l'avoir bu, elle resta assise à contempler le jardin en essayant de calmer son anxiété, de se montrer aussi courageuse que Shizuka. De temps en temps, elle effleurait du doigt l'aiguille cachée dans sa manche ou le couteau qui reposait dans sa robe, lisse et frais au toucher. Elle songea aux leçons de combat qu'elle avait reçues par les soins de dame Maruyama et de Shizuka. Quelle prévoyance les avait guidées ? Elle avait eu l'impression de n'être qu'un pion dans la partie qui se jouait autour d'elle, mais ces deux femmes avaient essayé du moins de la préparer, et elles lui avaient donné des armes.

Shizuka revint moins d'une heure plus tard en rapportant une lettre en retour de sire Otori, qui avait rédigé un poème d'un style aisé et gracieux.

Kaede le regarda.

— Qu'est-ce que cela signifie ?

— Ce n'est qu'un prétexte. Il ne pouvait se dispenser de vous répondre.

— Sire Otori se porte-t-il bien ? demanda-t-elle d'un ton cérémonieux.

— Fort bien, et son cœur vous attend avec impatience.

— Dis-moi la vérité, chuchota Kaede.

Elle regarda Shizuka en face, vit une lueur d'hésitation dans ses yeux :

— Sire Takeo... il est mort ?

— Nous ne savons pas.

Shizuka poussa un profond soupir.

— Je vais tout vous dire. Il a disparu avec Kenji. Sire Otori pense qu'il a été enlevé par la Tribu.

— Je ne comprends pas.

Elle se sentit écœurée par le thé qu'elle venait de boire, et se demanda un instant si elle n'allait pas vomir.

— Allons nous promener au jardin pendant qu'il fait encore frais, proposa Shizuka avec calme.

Kaede se leva et crut qu'elle allait s'évanouir. Elle sentit son front se baigner d'une sueur glacée. Shizuka la soutint par le bras et la conduisit sur la véranda. S'agenouillant devant elle, elle l'aida à enfiler ses sandales.

Elles descendirent lentement le chemin au milieu des arbres et des buissons, et le babillage du torrent suffit à couvrir les mots que Shizuka chuchota en hâte à Kaede :

— La nuit dernière, Iida aurait dû être assassiné. Araï n'est plus qu'à une douzaine de lieues d'Inuyama, à la tête d'une immense armée. Les moines guerriers de Terayama sont prêts à s'emparer de la ville de Yamagata. Ce pourrait être la fin de la tyrannie des Tohan.

— Quel rapport avec sire Takeo ?

— C'est lui qui devait être l'assassin. Il devait s'introduire dans le château durant la nuit, mais des membres de la Tribu l'ont enlevé.

— Takeo ? Un assassin ?

Kaede avait presque envie de rire tant cette idée lui paraissait invraisemblable. Puis elle se rappela les songeries obscures où il s'absorbait, le soin qu'il prenait à cacher son adresse. Elle se rendit compte qu'elle ignorait ce que pouvait dissimuler son apparence — cependant elle avait su entrevoir en lui quelque chose de plus. Elle respira profondément, en essayant de reprendre son sang-froid.

— Que signifie cette histoire de Tribu ?

— Le père de Takeo était un membre de la Tribu. Takeo a hérité de lui des talents exceptionnels.

— Comme les tiens, dit Kaede d'une voix neutre. Comme ceux de ton oncle.

— Il a des dons incomparablement plus développés que nous. Mais vous avez raison : nous appartenons nous aussi à la Tribu.

— Es-tu une spécialiste de l'espionnage ? Ou de l'assassinat ? Est-ce pour cela que tu joues le rôle de ma servante ?

— Mon amitié pour vous n'est pas jouée, répliqua promptement Shizuka. Je vous ai déjà dit que vous pouviez vous fier à moi. N'oubliez pas que c'est Araï lui-même qui m'a chargée de veiller sur vous.

— Comment pourrais-je te croire après tous les mensonges que j'ai entendus ? dit Kaede en sentant les larmes lui monter aux yeux.

— Cette fois, je vous dis la vérité, assura Shizuka d'un air sombre.

Dans son émotion, Kaede crut de nouveau défaillir, puis le malaise se dissipa et elle se sentit pleine de calme et de lucidité.

— Mon mariage avec sire Otori, était-ce un prétexte pour qu'il puisse se rendre à Inuyama ?

— Ce n'est pas lui qui l'a arrangé. On lui a imposé cette union comme une condition nécessaire à l'adoption de Takeo. Mais une fois qu'il l'eut acceptée, il comprit qu'elle lui donnait l'occasion d'introduire Takeo dans la citadelle des Tohan.

Shizuka s'interrompit un instant avant de reprendre d'une voix très tranquille :

— Il est possible qu'Iida et les seigneurs Otori veuillent se servir de ce mariage avec vous pour justifier la mort de sire Shigeru. C'est une des raisons pour lesquelles j'ai été chargée de vous protéger tous deux.

— Ma réputation sera toujours utile, constata Kaede avec amertume en comprenant à quel point les hommes étaient maîtres de son destin, et en disposaient sans aucun scrupule.

Elle se sentait de nouveau au bord de l'évanouissement.

— Vous avez besoin de vous asseoir un instant, dit Shizuka.

Les buissons avaient laissé place à un jardin plus dégagé, offrant une vue sur les montagnes s'étendant au-delà des douves et du fleuve. Un pavillon avait été édifié en travers du torrent, dans une position propice pour recueillir le moindre souffle de vent. Elles y pénétrèrent après avoir marché avec précaution sur les rochers permettant d'y accéder. Des coussins étaient prêts à accueillir les visiteurs, et elles s'assirent dessus. L'eau vive donnait une impression de fraîcheur, et des martins-pêcheurs et des hirondelles traversaient le pavillon comme des flèches aux couleurs éclatantes. Dans les pièces d'eau s'étendant plus loin, des lotus épanouissaient leurs fleurs rose pourpre, et quelques iris d'un bleu profond déployaient au bord de l'eau leurs pétales dont la couleur était presque identique à celle des coussins.

— Pourquoi Takeo aurait-il été enlevé par la Tribu ? demanda Kaede en caressant machinalement le tissu de sa robe.

— Les Kikuta, la famille à laquelle il appartient, pensaient que la tentative d'assassinat était vouée à l'échec. Comme ils ne voulaient pas le perdre, ils sont intervenus pour l'empêcher d'agir. Mon oncle a joué un rôle dans cette affaire.

— Et toi ?

— Non, moi, j'estimais qu'il valait la peine d'essayer. À mon avis, Takeo avait toutes les chances de réussir. Du reste, il sera impossible de secouer le joug des Tohan tant qu'Iida sera vivant.

« Je n'arrive pas à en croire mes oreilles, songea Kaede. Me retrouver aux prises avec tant de perfidie. Elle parle du meurtre d'Iida aussi légèrement que s'il s'agissait d'un paysan ou d'un paria. Si quelqu'un surprenait notre conversation, on nous torturerait à mort. » Malgré la chaleur grandissante, elle frissonna.

— Que vont-ils faire de lui ?

— Il deviendra l'un d'eux, et sa vie sera à l'avenir un secret pour le reste du monde, y compris pour nous.

« Donc je ne le reverrai jamais », se dit Kaede.

Elles entendirent des voix sur le chemin, et quelques instants plus tard dame Maruyama, Mariko, sa fille, et Sachie, sa suivante, traversèrent le torrent pour venir s'asseoir à leur côté. Dame Maruyama était aussi pâle que Shizuka, et ses manières avaient subi une transformation indéfinissable. Elle avait perdu une partie de son sang froid imperturbable. Sous prétexte que sa fille voulait jouer au volant, elle l'envoya un peu plus loin avec Sachie.

Kaede s'efforça de mener une conversation normale :

— Dame Mariko est charmante.

— Ce n'est pas une grande beauté, mais elle est gentille et intelligente, répliqua sa mère. Elle est plutôt du côté de son père. Peut-être est-ce une chance pour elle. Même la beauté est dangereuse pour une femme. Mieux vaut ne pas être l'objet du désir des hommes.

Elle sourit avec amertume, puis chuchota à l'adresse de Shizuka :

— Nous avons très peu de temps. J'espère que je puis me fier à dame Shirakawa.

— Je ne vous trahirai pas, dit Kaede à voix basse.

— Dites-moi ce qui s'est passé, Shizuka.

— Takeo a été enlevé par la Tribu. C'est tout ce que sait sire Shigeru.

— Je n'aurais jamais cru Kenji capable de le trahir. Quelle amère déception pour le seigneur.

— Il assure qu'il s'agissait dès le début d'un pari désespéré. Il se refuse à blâmer qui que ce soit. Son seul souci, désormais, c'est votre sécurité et celle de l'enfant.

Kaede pensa d'abord que Shizuka faisait allusion à la petite Mariko, mais elle vit le visage de dame Maruyama rougir légèrement. Elle serra les lèvres, sans dire un mot.

— Que faire ? Faut-il que nous essayions de fuir ?

Les doigts pâles de dame Maruyama tordaient nerveusement la manche de sa robe.

— Vous ne devez surtout pas éveiller les soupçons d'Iida.

— Shigeru ne veut pas fuir ? demanda la dame d'une voix blanche.

— Je le lui ai proposé, mais il a refusé. Il prétend qu'il est gardé de trop près. Il a le sentiment qu'il ne survivra qu'à condition de ne montrer aucune peur. Sa seule chance, d'après lui, est d'agir comme s'il avait parfaitement confiance dans les Tohan et dans l'alliance projetée.

— Il veut conclure ce mariage ?

Sa voix monta d'un cran.

— Il veut faire comme si c'était son intention, dit Shizuka avec précaution. Nous devons imiter son exemple, si jamais nous voulons sauver sa vie.

— Iida m'a envoyé des messages me pressant d'accepter de l'épouser, lança dame Maruyama. Je m'y suis toujours refusée pour l'amour de Shigeru.

Elle regarda Shizuka d'un air éperdu.

— Noble dame, implora Shizuka. Ne parlez pas ainsi. Soyez patiente, soyez brave. Tout ce que nous pouvons faire, c'est attendre. Nous devons nous comporter comme si rien d'extraordinaire n'avait eu lieu, et continuer nos préparatifs pour le mariage de dame Kaede.

— Ils vont saisir ce prétexte pour le tuer, gémit dame Maruyama. Elle est si belle, et sa beauté est fatale.

— Je ne veux causer la mort d'aucun homme ! s'écria Kaede, et surtout pas celle de sire Otori.

Ses yeux s'emplirent soudain de larmes, et elle se détourna.

— Quel dommage que vous ne puissiez pas épouser sire Iida pour que ce soit lui qui meure ! s'exclama dame Maruyama.

Kaede tressaillit comme si elle venait d'être souffletée.

— Pardonnez-moi, chuchota la dame. Je ne suis plus moi-même. Je n'ai pas fermé l'œil de la nuit. Je suis folle d'angoisse — pour lui, pour ma fille, pour moi-même, pour notre enfant. Vous ne méritez pas que je vous rudoie ainsi. Vous vous êtes retrouvée mêlée à nos affaires sans aucune faute de votre part. J'espère que vous ne penserez pas trop de mal de moi.

Elle prit la main de Kaede et la serra dans la sienne.

— Si ma fille et moi venons à mourir, vous serez mon héritière. Je vous confie mon domaine et mes sujets. Prenez-en soin.

Elle détourna ses yeux pleins de larmes, et regarda le fleuve.

— Si c'est le seul moyen de sauver sa vie, qu'il vous épouse. Mais cela ne les empêchera pas de le tuer ensuite.

Au bout du jardin, des marches taillées dans la muraille descendaient jusqu'aux douves, où deux bateaux de plaisance étaient amarrés. Les marches traversaient une porte, dont Kaede supposait qu'elle devait être fermée à la tombée de la nuit. Pour l'heure, elle était ouverte, et on apercevait à travers les douves et le fleuve. Deux gardes la surveillaient paresseusement, l'air abruti par la chaleur.

— Il fera frais sur l'eau, aujourd'hui, murmura dame Maruyama. Il doit être possible d'acheter les bateliers...

— Je vous le déconseille vivement, noble dame, dit Shizuka d'un ton pressant. Si vous tentez de vous enfuir, vous éveillerez les soupçons d'Iida. Nous avons tout intérêt à nous concilier ses bonnes grâces en attendant qu'Araï soit plus près.

— Araï n'approchera pas d'Inuyama tant qu'Iida sera vivant, déclara dame Maruyama. Il ne se risquera pas à l'assiéger. Nous avons toujours considéré ce château comme imprenable. Il ne peut tomber que de l'intérieur.

Elle se détourna du fleuve pour fixer de nouveau le donjon.

— Nous sommes pris au piège. Cette forteresse nous tient en son pouvoir. Il faut pourtant que je m'en échappe.

— Ne prenez pas de décisions inconsidérées, plaida Shizuka.

Mariko revint en se plaignant qu'il faisait trop chaud pour jouer. Sachie la suivait.

— Je vais la ramener dans nos appartements, dit dame Maruyama. Elle a ses leçons à suivre, après tout...

Sa voix se brisa, et ses yeux s'emplirent de nouveau de larmes.

— Ma pauvre enfant, murmura-t-elle. Mes pauvres enfants.

Elle joignit ses mains sur son ventre.

— Venez, maîtresse, dit Sachie. Vous avez besoin de vous étendre.

Bouleversée de compassion, Kaede avait également les larmes aux yeux. Elle avait l'impression que les pierres du donjon et des murailles allaient l'écraser. Le chant strident des grillons finissait par engourdir la pensée, le sol semblait réverbérer la chaleur. Dame Maruyama avait raison, se dit la jeune fille : ils étaient tous pris au piège, et il n'y avait pas moyen de s'échapper.

— Voulez-vous rentrer ? lui demanda Shizuka.

— Restons un moment ici.

Kaede se rappela qu'elle avait encore un autre sujet à aborder.

— Tu as l'air de pouvoir aller et venir à ta guise, Shizuka. Les gardes ont confiance en toi.

Shizuka hocha la tête.

— J'ai hérité de quelques talents de la Tribu, dans ce domaine.

— De toutes les femmes de ce château, tu es la seule qui pourrait s'échapper.

Kaede hésita, ne sachant comment formuler ce qu'elle croyait son devoir de dire. Elle lança pour finir de but en blanc :

— Si tu veux partir, va-t'en. Je ne veux pas que tu restes à cause de moi.

Puis elle se mordit les lèvres et détourna vivement la tête, car elle ne savait comment elle ferait pour survivre sans cette fille sur qui elle avait fini par compter.

— Le plus sûr pour nous, c'est qu'aucun de nous n'essaie de s'enfuir, chuchota Shizuka. Mais de toute façon, il est hors de question que je m'en aille. À moins que vous ne m'en donniez l'ordre, je ne vous quitterai jamais. Nos destins sont liés, désormais.

Elle ajouta, comme si elle se parlait à elle-même :

— Il n'y a pas que les hommes qui aient de l'honneur.

— C'est sire Araï qui vous a envoyée à moi, observa Kaede, et vous me dites que vous faites partie de la Tribu, laquelle s'est emparée de force de sire Takeo. Êtes-vous vraiment libre de vos décisions ? Avez-vous le choix de l'honneur ?

— Pour une personne sans éducation, dame Kaede est loin d'être ignorante, dit Shizuka en souriant.

À ces mots, Kaede se sentit un instant le cœur plus léger.

Elle passa la plus grande partie de la journée au bord de l'eau, sans déjeuner ou presque. Les dames de la maisonnée la rejoignirent pendant quelques heures, et elles parlèrent de la beauté du jardin et des préparatifs du mariage. L'une d'elles s'était rendue à Hagi, qu'elle décrivit avec admiration. Elle raconta à Kaede plusieurs légendes du clan des Otori, et fit allusion en chuchotant à leur ancien antagonisme avec les Tohan. Elles se déclarèrent toutes enchantées de voir cette querelle bientôt terminée grâce à Kaede, et lui affirmèrent que sire Iida se réjouissait de tout son cœur de cette alliance.

Ne sachant que répondre, consciente de la perfidie que dissimulaient ces projets de mariage, Kaede se réfugia dans une timidité affectée. Son visage lui faisait mal à force de sourire, mais elle ouvrait à peine la bouche.

Elle aperçut soudain sire Iida en personne, qui traversait le jardin en direction du pavillon. Trois ou quatre hommes de sa suite l'accompagnaient.

Les dames se turent sur-le-champ et Kaede appela Shizuka :

— Je crois que je préfère rentrer. J'ai mal à la tête.

— Je vais démêler vos cheveux et vous masser le crâne, dit la servante.

De fait, le poids de sa chevelure semblait soudain insupportable à Kaede. Son corps était moite, sa peau irritée sous la masse des robes. Elle aspirait à la fraîcheur, à la nuit.

Quand elles s'éloignèrent du pavillon, cependant, sire Abe quitta le petit groupe d'hommes pour s'avancer vers elles à grandes enjambées. Shizuka s'agenouilla aussitôt, tandis que Kaede s'inclinait, mais moins profondément.

— Dame Shirakawa, dit-il. Sire Iida désire vous parler.

S'efforçant de cacher sa répugnance, elle retourna au pavillon où Iida était déjà installé sur les coussins. Les femmes s'étaient placées en retrait et s'absorbaient dans la contemplation du fleuve.

Kaede s'agenouilla sur le parquet, le front dans la poussière, consciente du regard acéré du seigneur dardant sur elle ses yeux brûlants comme du métal en fusion.

— Vous pouvez vous asseoir, lança-t-il.

Sa voix était rude et les tournures polies semblaient mal à l'aise dans sa bouche. Elle sentait le regard fixe de ses hommes, le silence pesant qui lui était devenu familier, où le désir se mêlait à l'admiration.

— Shigeru est un heureux mortel, déclara Iida.

Les hommes éclatèrent d'un rire qu'elle trouva chargé de menace et de malveillance. Elle pensait qu'il allait lui parler du mariage ou de son père, qui avait déjà envoyé des messages pour prévenir qu'il ne pourrait venir du fait de la maladie de sa femme.

Elle fut d'autant plus surprise quand il demanda :

— Je crois qu'Araï est une de vos vieilles connaissances ?

— Je l'ai rencontré quand il était au service de sire Noguchi, répondit-elle prudemment.

— C'est à cause de vous que Noguchi l'a exilé. Une grave erreur, qu'il vient de payer lourdement. Il semble maintenant que je doive m'attendre à avoir affaire avec Araï sur le pas de ma porte.

Il poussa un profond soupir.

— Votre mariage avec sire Otori n'aurait pu survenir à un moment plus favorable.

Kaede se répéta : « Je ne suis qu'une fille ignorante, élevée par les Noguchi, loyale et sotte. Je ne sais rien des intrigues des clans. »

Elle le regarda avec un visage inexpressif de poupée et s'écria d'une voix de petite fille :

— Je n'ai d'autre désir que de contenter sire Iida et mon père.

— Vous n'avez rien entendu au sujet d'Araï, pendant votre voyage ? Shigeru n'en a jamais parlé ?

— Je n'ai eu aucune nouvelle de sire Araï depuis qu'il a quitté sire Noguchi, assura-t-elle.

— On dit pourtant qu'il était un de vos champions les plus ardents.

Elle osa lever la tête, le regard protégé par ses cils.

— On ne peut me tenir pour responsable des sentiments des hommes à mon égard, noble seigneur.

Leurs yeux se rencontrèrent un instant. Il la regardait intensément, comme un prédateur. Elle sentit qu'il la désirait, lui aussi, comme tous les autres, excité et tourmenté à l'idée qu'elle apportait la mort.

L'écœurement la gagna. Elle songea à l'aiguille cachée dans sa manche, l'imagina en train de s'enfoncer dans la chair de cette brute.

— C'est vrai, admit-il, pas plus qu'on ne peut blâmer un homme s'il vous admire.

Il tourna la tête et s'adressa à Abe :

— Vous aviez raison. Elle est exquise.

Il parlait d'elle comme d'une chose, d'un objet d'art.

— Vous vous apprêtiez à rentrer, dame Shirakawa ? Je ne veux pas vous retenir. Il me semble que votre santé est délicate.

— Sire Iida.

Elle s'inclina de nouveau jusqu'au sol et recula à genoux jusqu'à l'entrée du pavillon. Shizuka l'aida à se relever et elles s'éloignèrent.

Elles n'échangèrent pas un mot avant d'être de retour dans la chambre. Kaede chuchota alors :

— Il sait tout.

— Non, dit Shizuka en prenant le peigne et en commençant à s'occuper des cheveux de la jeune fille. Il n'a pas de certitude. Il ne peut rien prouver. Vous avez été parfaite.

Elle entreprit de masser le cuir chevelu et les tempes de Kaede. Celle-ci sentit sa tension se relâcher peu à peu, et s'appuya contre elle :

— Je voudrais aller à Hagi. Tu viendras avec moi ?

— Si cela arrive un jour, vous n'aurez pas besoin de moi, répliqua Shizuka en souriant.

— Je crois que j'aurai toujours besoin de toi, murmura Kaede.

Elle continua d'une voix teintée de mélancolie :

— Peut-être serais-je heureuse avec sire Shigeru. Si je n'avais pas rencontré Takeo, si je n'étais pas tombée amoureuse de...

— Chut ! fit Shizuka en soupirant sans cesser de faire travailler ses doigts habiles.

— Nous pourrions avoir des enfants, reprit Kaede d'un ton rêveur, alangui. Rien de tout cela ne sera possible, maintenant, et pourtant il faut que je fasse comme si j'y croyais.

— La guerre peut éclater d'une minute à l'autre, chuchota Shizuka. Nous ignorons ce qui se passera dans les prochains jours, pour ne rien dire de l'avenir plus lointain.

— Où peut se trouver sire Takeo en cet instant ? Tu le sais ?

— S'il est encore dans la capitale, il doit être caché dans l'un des refuges secrets de la Tribu. Mais il est possible qu'ils l'aient déjà fait sortir de la province.

— Le reverrai-je un jour ? demanda Kaede.

Mais elle n'attendait pas de réponse, et Shizuka ne dit rien. Ses doigts bienfaisants continuaient leur ouvrage. De l'autre côté des portes ouvertes, le jardin chatoyait dans la lumière brûlante, le chant strident des grillons était plus assourdissant que jamais.

La journée s'éteignit lentement et les ombres commencèrent à s'allonger.

CHAPITRE XI

Je ne restai pas longtemps inconscient. Quand je revins à moi, il faisait sombre et je devinai aussitôt que j'étais à l'intérieur de la charrette. Il y avait au moins deux personnes avec moi. À sa respiration, je reconnus Kenji. L'autre devait être une des filles, à en juger par son parfum. Ils me tenaient chacun fermement par un bras.

Je me sentais affreusement mal, comme si j'avais reçu un coup sur la tête, et les secousses de la charrette n'arrangeaient pas les choses.

— Je vais vomir, dis-je.

Kenji lâcha mon bras et je m'assis, au bord de la nausée. C'est alors que je me rendis compte que la fille m'avait également lâché. J'oubliai aussitôt mon envie de vomir, tant je voulais désespérément m'échapper. Je protégeai ma tête avec mes bras et me jetai contre l'ouverture rabattable de la charrette.

Elle était solidement attachée de l'extérieur. Je sentis une de mes mains se déchirer en heurtant un clou. Kenji et la fille m'empoignèrent et m'allongèrent de force tandis que je me débattais comme un beau diable. Une voix courroucée cria un avertissement à l'extérieur du véhicule. Kenji jura et me lança :

— Ferme-la ! Tiens-toi tranquille ! Si les Tohan te trouvent maintenant, tu es mort !

Mais la raison n'avait plus prise sur moi. Quand j'étais enfant, je ramenais souvent des bêtes sauvages à la maison : des renardeaux, des hermines, des bébés lapins. Je n'arrivais jamais à les apprivoiser. Tout ce qu'ils voulaient, poussés par une force aveugle, irrationnelle, c'était s'échapper. Je repensais maintenant à cet élan instinctif. Rien ne comptait pour moi, sinon qu'il fallait absolument empêcher que sire Shigeru puisse croire que je l'avais trahi. Jamais je ne resterais avec ceux de la Tribu. Ils n'arriveraient jamais à me garder prisonnier.

— Fais-le taire, chuchota Kenji en luttant pour m'immobiliser.

Et sous les mains de la fille, le monde de nouveau sombra dans des ténèbres douloureuses.

Cette fois, en reprenant conscience, je crus vraiment que j'étais dans le royaume des morts. Je ne voyais ni n'entendais rien. Il régnait une obscurité absolue et un silence universel. Puis je repris contact avec mes sensations. Je souffrais trop pour être mort. Ma gorge était irritée, j'avais affreusement mal à une main ainsi qu'au poignet qu'un de mes adversaires avait tordu. J'essayai de m'asseoir, mais j'étais entravé par des liens juste assez serrés pour réduire au minimum ma liberté de mouvement. Je tournai la tête en l'agitant : je sentis que j'avais les yeux bandés. Le pire, cependant, c'était ma soudaine surdité. Au bout d'un instant, je me rendis compte qu'on avait bouché mes oreilles. J'éprouvai un soulagement immense en comprenant que je n'avais pas perdu mon ouïe.

Je sursautai en sentant une main sur mon front. Délivré de mon bandeau, je découvris Kenji agenouillé près de moi. Une lampe à huile brûlant par terre, à côté de lui, éclairait son visage. Je pensai en un éclair qu'il était vraiment dangereux. Il avait juré un jour de me protéger au péril de sa vie — sa protection était bien la dernière chose dont j'avais envie, désormais.

Je vis ses lèvres remuer tandis qu'il parlait.

— Je n'entends rien, lui dis-je. Enlevez les bouchons.

Il y consentit, et le monde s'offrit de nouveau à moi. Je restai un moment silencieux, occupé à retrouver mes repères. J'entendais le fleuve dans le lointain : j'étais donc toujours à Inuyama. Aucun bruit ne troublait la maison où je me trouvais, tout le monde dormait en dehors des gardes conversant en chuchotant à l'entrée. Je jugeai que la nuit devait être bien avancée, et j'entendis à cet instant la cloche d'un temple éloigné sonner minuit.

J'aurais dû me trouver à l'intérieur du château, à cette heure.

— Je suis désolé que nous t'ayons fait mal, déclara Kenji. Tu n'avais pas besoin de te débattre avec tant d'énergie.

Je sentais ma fureur aveugle près d'exploser de nouveau, et je m'efforçai de la contenir.

— Où suis-je ?

— Dans une maison de la Tribu. Nous te ferons sortir de la capitale dans un jour ou deux.

Son ton paisible, prosaïque, me mit hors de moi.

— Vous aviez dit que vous ne le trahiriez jamais, la nuit de mon adoption. Vous vous souvenez ?

Kenji soupira.

— Cette nuit-là, nous avons tous deux fait allusion à des obligations contradictoires. Shigeru sait que je suis d'abord au service de la Tribu. Je l'ai averti, à cette occasion comme souvent par la suite, que la Tribu avait sur toi des droits plus anciens, qu'elle ferait valoir tôt ou tard.

— Mais pourquoi maintenant ? demandai-je avec amertume. Vous auriez pu me laisser encore une nuit.

— Peut-être t'aurais-je donné cette chance, en ce qui me concerne. Mais après l'incident de Yamagata, je n'ai plus eu la situation en main. De toute façon, tu serais mort, maintenant. Tu ne serais plus utile à personne.

— J'aurais peut-être eu le temps de tuer Iida, marmonnai-je.

— Cette issue a été également envisagée, mais jugée contraire aux intérêts supérieurs de la Tribu.

— Je suppose qu'il est un bon employeur pour la plupart d'entre vous ?

— Nous travaillons pour ceux qui nous paient le mieux. Une société stable est tout à fait de notre goût, alors qu'une guerre déclarée n'est guère favorable aux affaires. Le gouvernement d'Iida est rude, mais il garantit la stabilité. Nous nous en accommodons fort bien.

— Vous n'avez donc jamais cessé de tromper sire Shigeru ?

— Il m'a souvent rendu la monnaie de ma pièce, tu peux en être sûr.

Kenji resta silencieux une bonne minute avant de reprendre :

— Shigeru était condamné d'avance. Trop de personnages puissants voulaient s'en débarrasser. Il a remarquablement su tirer son épingle du jeu, pour réussir à survivre si longtemps.

Je me sentis glacé.

— Il ne faut pas qu'il meure, chuchotai-je.

— Iida va certainement saisir le premier prétexte venu pour le tuer, dit Kenji d'une voix douce. Il est devenu beaucoup trop dangereux pour qu'on le laisse vivre. Outre qu'il a offensé personnellement

Iida par ses amours avec dame Maruyama et par ton adoption, ce qui s'est passé à Yamagata a alarmé les Tohan au plus haut point.

La lampe fumait en répandant une lumière vacillante. Kenji ajouta paisiblement :

— Le problème avec Shigeru, c'est que les gens l'aiment.

— Nous ne pouvons pas l'abandonner ! Laissez-moi partir le retrouver.

— Ce n'est pas moi qui décide. Et même dans ce cas, je ne le pourrais pas. Iida sait que tu fais partie des Invisibles. Il te livrerait à Ando comme il l'a promis. Shigeru aura sans aucun doute une mort de guerrier, rapide et honorable. Toi, tu serais torturé : tu sais ce qu'ils sont capables de faire.

Je me tus. Ma tête me faisait mal et un sentiment d'échec insupportable m'envahissait. Je m'étais senti pareil à un javelot, toutes mes forces tendues vers une cible unique. Maintenant que la main qui me tenait m'avait lâché, je gisais sur le sol, inutile.

— Renonce, Takeo, dit Kenji en observant mon visage. C'est fini.

Je hochai lentement la tête. Mieux valait faire semblant de l'approuver.

— Je meurs de soif.

— Je vais préparer du thé. Ça t'aidera à dormir. Tu veux manger quelque chose ?

— Non. Pouvez-vous me détacher ?

— Pas cette nuit, répondit Kenji.

Je repensai à cette réponse tandis que je me retournais sans parvenir à fermer l'œil plus d'une minute, à la recherche d'une position confortable malgré les liens entravant mes mains et mes pieds. Je décidai qu'elle signifiait que Kenji jugeait possible que je m'échappe une fois détaché. Si mon professeur en jugeait ainsi, c'était probablement vrai. Je n'avais pas d'autre perspective un peu réconfortante, et elle ne me consola pas longtemps.

Vers le lever du jour, il se mit à pleuvoir. J'écoutai l'eau remplissant les gouttières, coulant sur les avant-toits. Puis les coqs chantèrent et la ville s'éveilla. J'entendis les domestiques s'activer dans la maison, je sentis la fumée des feux qu'on allumait dans la cuisine. J'épiai les voix et les pas, afin de les compter, et je dressai dans ma tête le plan de la demeure, en essayant de deviner où elle se trouvait dans la rue et quel était son environnement. D'après les odeurs et les sons qui s'élevèrent quand la maisonnée se mit au travail, je jugeai que j'étais caché dans une brasserie, une de ces vastes maisons de négociants bordant la ville fortifiée. La pièce où je me trouvais n'avait pas de fenêtres. Elle était aussi étroite qu'un nid d'anguilles, et resta dans les ténèbres même après le lever du soleil.

Le mariage devait être célébré le surlendemain. Sire Shigeru serait-il encore vivant ce jour-là ? Et s'il était assassiné avant, que deviendrait Kaede ? Mes pensées me torturaient. Comment le seigneur allait-il passer les deux prochains jours ? Que faisait-il en cet instant même ? Pensait-il à moi ? L'idée qu'il croyait peut-être que je m'étais enfui de mon propre chef me mettait au supplice. Et que disaient les guerriers Otori ? Ils devaient me mépriser.

Je déclarai à Kenji que j'avais besoin d'aller aux cabinets. Il détacha mes pieds et m'y conduisit. Notre cagibi donnait sur une pièce plus vaste que nous traversâmes avant de descendre un escalier menant à l'arrière-cour. Une servante apporta une cuvette d'eau et m'aida à me laver les mains. J'étais couvert de sang, il était impossible que j'eusse tant saigné en me blessant au clou. Je devais avoir sérieusement mis à mal quelqu'un avec mon couteau —

je me demandais ce qu'était devenue mon arme, maintenant.

Quand nous rentrâmes dans la chambre secrète, Kenji omit d'attacher de nouveau mes pieds.

— Quelle est la suite des événements ? demandai-je.

— Essaie de dormir encore. Il ne se passera rien aujourd'hui.

— Dormir ! Il me semble que je n'arriverai plus jamais à dormir !

Kenji m'observa un instant puis lança d'une voix brève :

— Ça te passera.

Si j'avais eu les mains libres, je l'aurais tué. Je bondis sur lui tout entravé que j'étais, en brandissant mes poings liés pour l'atteindre sur le côté. Je le pris au dépourvu et nous basculâmes tous les deux, mais il se dégagea avec l'agilité d'un serpent et me cloua au sol. Il était maintenant aussi furieux que moi. Je l'avais déjà vu en colère contre moi, mais cette fois il était hors de lui. Il me gifla à deux reprises sans aucune retenue, si fort que j'en eus la tête qui tournait.

— Laisse tomber ! hurla-t-il. S'il le faut, je vais te cogner jusqu'à ce que tu comprennes. C'est ce que tu veux ?

— Exactement ! hurlai-je à mon tour. Allez-y, tuez-moi. C'est le seul moyen de me garder ici !

Je cambrai mon dos et roulai sur le côté, me libérant ainsi de son poids. J'essayai de lui donner des coups de pied, de le mordre. Il me frappa encore, mais je lui échappai et me jetai de nouveau sur lui, enragé, en le couvrant d'injures.

J'entendis des pas se hâter à l'extérieur, et la porte s'ouvrit. La fille de Yamagata et l'un des garçons se précipitèrent dans la pièce. À trois, ils finirent par me maîtriser, mais j'étais plus qu'à moitié fou de rage et ils ne réussirent pas sans peine à m'attacher de nouveau les pieds.

Kenji bouillait de colère. Les nouveaux arrivants virent dans quel état nous nous trouvions tous deux, et la fille lança :

— Maître, laissez-nous avec lui. Nous allons le surveiller. Vous avez besoin d'un peu de repos.

Manifestement, ils étaient étonnés et choqués de le voir perdre son sang-froid.

Nous avions passé plusieurs mois ensemble, en tant que professeur et élève. Il m'avait appris presque tout ce que je savais. Je lui avais obéi sans discuter, j'avais supporté ses gronderies continuelles, ses sarcasmes et les corrections qu'il m'infligeait. J'avais mis de côté ma suspicion initiale et j'en étais venu à lui faire confiance. Ces liens venaient d'être tranchés brutalement, en ce qui me concernait, et rien ne pourrait les renouer à l'avenir.

Il s'agenouilla devant moi, saisit ma tête et me força à le regarder en face :

— J'essaie de sauver ta vie ! cria-t-il. Tu ne peux pas te fourrer ça dans le crâne ?

Je lui crachai en plein visage et me raidis dans l'attente d'un coup, mais le jeune homme retint son bras en lui disant d'un ton pressant :

— Allez vous reposer, maître.

Kenji me lâcha et se releva.

— Quel sang as-tu hérité de ta mère, pour être aussi fou et obstiné ? s'exclama-t-il.

Il se dirigea vers la porte, et lança avant de sortir :

— Ne le quittez pas des yeux un seul instant. Ne le détachez sous aucun prétexte.

Après son départ, j'eus envie de crier et de sangloter comme un enfant pris de colère. Des larmes de rage et de désespoir brûlaient mes paupières. Je m'allongeai sur le matelas, les yeux tournés vers le mur.

La fille quitta la pièce peu après et revint avec de l'eau froide et une serviette. Elle me fit asseoir et essuya mon visage. Ma lèvre était fendue, et je sentais l'ecchymose qui s'étendait autour d'un de mes yeux et en travers de la pommette. Mon infirmière se montrait si douce que j'eus l'impression qu'elle éprouvait pour moi une certaine sympathie, bien qu'elle gardât le silence.

Le jeune homme nous observait, aussi peu bavard que sa compagne.

Plus tard, elle apporta du thé et un peu de nourriture. Je bus le thé mais refusai de manger.

— Où est mon couteau ? demandai-je.

— Nous l'avons gardé, répondit-elle.

— Je vous ai blessée avec ?

— Non, c'était Keiko. Elle et Akio ont été atteints à la main, mais sans gravité.

— Je voudrais vous avoir tués tous tant que vous êtes.

— Je sais. Personne ne peut prétendre que vous n'ayez pas combattu bravement. Mais vous aviez cinq membres de la Tribu contre vous. Vous n'avez pas à avoir honte.

Je sentais pourtant la honte m'envahir, comme si elle m'imprégnait au plus profond de ma chair de sa noirceur.

La longue journée passa avec une lenteur oppressante. La cloche du soir venait juste de retentir dans le temple situé au bout de la rue, quand Keiko apparut sur le seuil et chuchota quelques mots à mes deux gardiens. Je l'entendis parfaitement, mais par habitude je fis semblant de rien. J'allais avoir un visiteur — un visiteur nommé Kikuta.

Quelques minutes plus tard, un homme maigre, de

taille moyenne, entra dans la pièce, suivi de Kenji. Il y avait une certaine ressemblance entre eux : leur aspect changeant les rendait aussi peu remarquables l'un que l'autre. La peau de l'étranger était plus sombre, d'une nuance plus proche de mon propre teint. Ses cheveux étaient encore noirs, bien qu'il approchât sans doute de la quarantaine.

Il resta debout un instant, les yeux fixés sur moi. Puis il traversa la pièce, s'agenouilla près de moi et, comme Kenji lors de notre première rencontre, examina les paumes de mes mains.

— Pourquoi est-il attaché ? s'enquit-il.

Sa voix était aussi banale que son aspect, malgré un léger accent du Nord.

— Il essaie de s'échapper, maître, dit la fille. Il est plus calme, maintenant, mais il s'est montré d'une grande violence.

— Pourquoi veux-tu t'échapper ? me demanda-t-il. Te voici enfin parmi les tiens.

— Ma famille n'est pas ici, répliquai-je. Avant même d'avoir entendu parler de la Tribu, j'ai juré fidélité à sire Otori. Je suis légalement entré dans le clan par adoption.

Il poussa un grognement.

— Il paraît que les Otori t'appellent Takeo. Quel est ton vrai nom ?

Je ne répondis pas.

— Il a été élevé parmi les Invisibles, dit doucement Kenji. Le nom qu'il a reçu à sa naissance est Tomasu.

Kikuta siffla entre ses dents.

— Il vaut mieux l'oublier. Takeo ira pour le moment, encore que ce nom n'ait jamais été employé dans la Tribu. Sais-tu qui je suis ?

— Non, affirmai-je même si je m'en doutais fortement.

— Non, maître, ne put s'empêcher de chuchoter le jeune homme d'un ton de reproche.

Kikuta sourit.

— Vous ne lui avez pas enseigné les bonnes manières, Kenji ?

— La courtoisie n'est un devoir qu'envers ceux qui le méritent, dis-je.

— Tu sauras que je mérite tout à fait ta politesse. Je suis le chef de ta famille, Kikuta Kotaro, le cousin germain de ton père.

— Je n'ai jamais connu mon père, et je n'ai jamais porté son nom.

— Mais tu portes la marque de ton hérédité Kikuta : l'acuité de ton ouïe, tes dons artistiques et tous les autres talents dont nous savons que tu es abondamment pourvu, sans oublier la ligne qui traverse tes paumes. Ce sont des faits que tu ne peux pas nier.

J'entendis un faible bruit dans le lointain, quelqu'un frappait à la porte d'entrée de la boutique du bas. La porte s'ouvrit, des voix entamèrent une conversation sans importance où il était question de vin. Kikuta avait lui aussi tourné légèrement la tête. Je sentis une émotion en moi : comme si je commençais à le reconnaître.

— Vous entendez tout ? demandai-je.

— Pas aussi bien que toi. Ce don s'amoindrit avec l'âge. Mais j'entends presque tout.

— À Terayama, un jeune moine m'a dit que j'étais comme un chien.

Ma voix se teinta d'amertume.

— D'après lui, j'étais utile à mes maîtres. Est-ce pour cette raison que vous m'avez enlevé ? Parce que je vous serai utile ?

— L'important n'est pas que tu sois utile, répliqua-t-il. C'est que tu sois né dans la Tribu. C'est ta famille.

Tu en ferais partie même si tu étais dénué de tout talent. Et si tu avais tous les dons possibles et imaginables mais sans être natif de la Tribu, tu ne pourrais jamais être des nôtres et nous n'aurions aucun intérêt pour ta personne. Il se trouve que ton père était Kikuta : tu es donc Kikuta.

— Je n'ai pas le choix ?

Il sourit de nouveau.

— Ce n'est pas une chose que tu choisis, pas plus que le fait d'avoir l'ouïe fine.

Cet homme avait l'art de me calmer comme j'avais pu dans le passé calmer des chevaux : en comprenant ma nature. Je n'avais encore jamais rencontré personne qui sût ce qu'on ressentait quand on était Kikuta. Cette compréhension intime m'attirait puissamment.

— Supposons que j'accepte cette destinée : qu'allez-vous faire de moi ?

— Te trouver un lieu sûr dans une autre province, loin des Tohan, où tu pourras achever ta formation.

— Je ne veux plus entendre parler de formation. J'en ai soupé des professeurs !

— Muto Kenji a été envoyé à Hagi en raison de son amitié de longue date avec Shigeru. Il t'a beaucoup appris, mais un Kikuta a besoin d'un maître Kikuta.

Je ne l'écoutais plus.

— Son amitié ? Il l'a trompé et trahi sans vergogne !

La voix de Kikuta s'adoucit.

— Tu as de grands talents, Takeo, et personne ne met en doute ta bravoure ou ton cœur. Mais il faut remettre de l'ordre dans ta tête. Tu dois apprendre à maîtriser tes émotions.

— Pour devenir capable de trahir mes amis aussi aisément que Muto Kenji ?

La brève accalmie était terminée, et je sentais de nouveau ma fureur sur le point d'exploser. J'avais envie de m'y abandonner, car seule la colère effaçait mon sentiment de honte. Les deux jeunes gardiens s'avancèrent, prêts à me retenir, mais Kikuta leur fit signe de rester à leur place.

Saisissant mes mains liées, il les tint fermement en me disant :

— Regarde-moi.

Malgré moi, mes yeux rencontrèrent les siens. Je sentis que je me noyais dans mes émotions et que seuls ses yeux m'empêchaient de sombrer. Peu à peu, ma fureur retomba, cédant la place à un épuisement sans bornes. Je ne pus lutter contre le sommeil qui s'amassait sur moi comme les nuages sur la montagne. Les yeux de Kikuta ne me quittèrent pas jusqu'à l'instant où les miens se fermèrent et où les nuées du sommeil m'engloutirent.

À mon réveil, il faisait jour. Le soleil glissait ses rayons obliques dans la pièce attenante au cagibi secret, plongeant ma couche dans une faible lumière orangée. Je n'arrivais pas à croire que ce fût de nouveau l'après-midi : je devais avoir dormi presque un jour entier. La fille était assise par terre, à quelques pas de moi. Je me rendis compte qu'on venait de fermer la porte : c'était ce bruit qui m'avait réveillé. L'autre garde avait dû sortir.

— Comment vous appelez-vous ? demandai-je.

Ma voix était rauque, ma gorge me faisait toujours mal.

— Yuki.

— Et l'autre gardien ?

— Akio.

C'était celui dont elle m'avait appris que je l'avais blessé.

— Qu'est-ce que m'a fait cet homme ?

— Le maître Kikuta ? Il vous a juste plongé dans le sommeil. C'est un talent typiquement Kikuta.

Je me rappelai les chiens de Hagi. Un talent typiquement Kikuta...

— Quelle heure est-il ? repris-je.

— La première demie de l'heure du coq.

— Vous n'avez pas de nouvelles ?

— De sire Otori ? Non, aucune.

Elle s'approcha un peu et chuchota :

— Voulez-vous que je lui porte un message de votre part ?

Je la fixai avec stupeur.

— Vous pourriez faire ça ?

— J'ai travaillé comme servante dans la demeure où il loge, comme à Yamagata.

Elle me lança un regard significatif.

— Je peux essayer de lui parler ce soir ou demain matin.

— Dites-lui que je ne suis pas parti de mon plein gré. Demandez-lui de me pardonner...

Il m'était impossible d'exprimer mes sentiments en quelques mots. Je m'interrompis.

— Pourquoi me rendriez-vous un tel service ?

Elle secoua la tête en souriant, en me faisant signe que nous devions nous taire. Akio revint dans le cagibi. Une de ses mains était bandée, et il me traita avec froideur.

Plus tard, ils me détachèrent les pieds et m'emmenèrent prendre un bain. Après m'avoir déshabillé, ils m'aidèrent à entrer dans l'eau chaude. Je me sentais comme un paralytique, le moindre de mes muscles me faisait souffrir.

— Voilà ce qu'on s'inflige à soi-même en s'abandonnant à la fureur, observa Yuki. Vous n'avez pas idée du mal qu'on peut se faire avec sa propre force.

— C'est pourquoi vous devez apprendre à vous

maîtriser, ajouta Akio. Sans quoi, vous n'êtes qu'un danger pour les autres aussi bien que pour vous-même.

En me ramenant au cagibi, il me lança :

— Par votre désobéissance, vous avez battu en brèche toutes les règles de la Tribu. Que ceci vous serve de leçon.

Je me rendis compte qu'il ne m'en voulait pas seulement de l'avoir blessé : il éprouvait pour moi une antipathie mêlée de jalousie. Je ne m'en souciai pas autrement. Ma tête me faisait affreusement mal, et ma fureur ne m'avait quitté que pour laisser place à un chagrin infini.

Mes gardiens semblèrent considérer qu'une sorte de trêve avait été conclue, et ils me laissèrent sans liens. Je n'étais guère en état de m'échapper. Je pouvais à peine marcher, pour ne rien dire de partir à l'assaut de fenêtres ou de toits. Je mangeai un peu, c'était mon premier repas depuis deux jours. Yuki et Akio s'en allèrent, et furent remplacés par Keiko et l'autre garçon, qui s'appelait Yoshinori. Keiko avait elle aussi les mains bandées. Ils semblaient m'être aussi hostiles qu'Akio. Nous n'échangeâmes pas un seul mot.

Je pensais à sire Shigeru, et priais pour que Yuki parvienne à lui parler. Je me surpris alors à dire les prières des Invisibles, dont les mots me revinrent spontanément. Je m'en étais nourri en même temps que du lait de ma mère, après tout. Comme un enfant, je me les murmurai à moi-même et peut-être en retirai-je du réconfort, car je m'endormis de nouveau, profondément.

Le sommeil me rendit des forces. À mon réveil, c'était le matin. Mon corps s'était un peu remis, et je ne souffrais plus au moindre mouvement. Yuki était de retour. En voyant que j'étais éveillé, elle envoya Akio faire une commission quelconque. Elle semblait plus âgée que les autres, et exerçait une certaine autorité sur eux.

Elle me dit sur-le-champ ce que je brûlais d'entendre :

— Je me suis rendue au logis de sire Otori hier soir et j'ai réussi à lui parler. Il était immensément soulagé de vous savoir sain et sauf. Il craignait plus que tout que vous n'ayez été capturé ou assassiné par les Tohan. Il vous avait écrit hier, dans le vain espoir que cette lettre puisse vous parvenir un jour.

— Vous l'avez avec vous ?

Elle fit oui de la tête.

— Il m'a donné encore autre chose pour vous. Je l'ai caché dans le placard.

Elle ouvrit la porte du placard où la literie était rangée, et attrapa sous une pile de couvertures un paquet allongé. Je reconnus l'étoffe servant d'enveloppe : c'était une vieille robe de voyage de sire Shigeru, celle-là même peut-être qu'il portait le jour où il m'avait sauvé la vie à Mino. Elle me donna le paquet et je l'examinai : un objet rigide était enveloppé à l'intérieur. Je compris sur-le-champ ce dont il s'agissait. Je dépliai la robe d'où je sortis Jato.

Je crus que j'allais mourir de chagrin. Cette fois, mes larmes coulèrent : je ne pus les retenir.

Yuki dit avec douceur :

— Ils doivent se rendre sans armes au château, pour le mariage. Il ne voulait pas que son sabre soit perdu si jamais il ne revenait pas.

— Il ne reviendra pas, affirmai-je en pleurant de tout mon cœur.

Yuki m'enleva le sabre, l'enveloppa de nouveau et le replaça dans le placard.

— Pourquoi avoir fait cela pour moi ? demandai-je. Vous êtes certainement en train de désobéir à la Tribu.

— Je suis originaire de Yamagata. J'étais là-bas quand Takeshi a été assassiné. J'ai grandi avec la fille de la famille qui l'hébergeait. Vous avez vu l'ambiance qui règne dans cette ville, combien ses habitants aiment sire Shigeru. Je suis comme eux. Et je pense que Kenji, le maître Muto, s'est mal comporté envers vous deux.

Il y avait une note de défi dans sa voix, comme dans celle d'un enfant indigné — et désobéissant. Je n'avais pas envie de l'interroger davantage. J'étais simplement éperdu de reconnaissance pour ce qu'elle avait fait pour moi.

— Donnez-moi la lettre, dis-je au bout d'un moment.

Il avait suivi les leçons d'Ichiro, et son écriture était exactement ce que la mienne aurait dû être : fluide et hardie. Il avait écrit d'abord un mot bref. « Takeo, je suis si heureux que tu sois sain et sauf. Il n'y a rien à pardonner. Je sais que tu serais incapable de me trahir, et j'ai toujours été persuadé que la Tribu essaierait de t'enlever. Pense à moi demain. »

La lettre principale suivait...

Takeo, quelles qu'en soient les raisons, nous n'avons pas pu aller jusqu'au bout de notre pari. Mes regrets sont cruels, mais du moins le chagrin de t'envoyer à la mort m'est ainsi épargné. Je pense que tu te trouves au sein de la Tribu, de sorte que ta destinée ne dépend plus de moi. Cela dit, tu es mon fils adoptif et mon unique héritier légitime. J'espère que tu seras un jour en mesure d'entrer en possession de l'héritage des Otori. Si je meurs sous les coups d'Iida, je te charge de venger ma mort. Mais ne me pleure pas, car je crois que j'accomplirai davantage dans la mort que durant ma vie. Sois patient. Je te demande également de prendre soin de dame Shirakawa.

Des liens contractés dans une vie antérieure ont certainement décidé de l'intensité de nos sentiments. Je suis heureux de t'avoir rencontré à Mino. Je t'embrasse.

Ton père adoptif, Shigeru.

Son sceau était appliqué sur la missive.

— Les guerriers Otori croient que vous et le maître Muto avez été assassinés, dit Yuki. Personne n'imagine que vous auriez pu partir de votre plein gré. J'ai pensé que vous seriez content de le savoir.

Je songeai à tous ces hommes qui m'avaient taquiné et choyé, en m'apprenant tant de choses et en me supportant avec tant de patience. Ils avaient été fiers de moi, et ils me gardaient jusqu'au bout leur estime. Une mort certaine les attendait, mais je les enviais car ils allaient périr avec sire Shigeru, alors que j'étais condamné à vivre, en commençant par ce jour terrible.

Chaque bruit du dehors me faisait tressaillir. À un moment, peu après midi, je crus entendre dans le lointain des sabres s'entrechoquer, des hommes crier, mais personne ne vint me donner la moindre nouvelle. Un silence insolite et oppressant tomba sur la cité.

Ma seule consolation était de savoir Jato dans sa cachette, à portée de ma main. Je fus souvent tenté de prendre le sabre et de me frayer de force un chemin hors de la maison, mais le dernier message de Shigeru m'avait enjoint de me montrer patient. Le chagrin avait succédé à la fureur, mais maintenant que mes larmes séchaient il faisait place à son tour à la détermination. Je ne sacrifierais ma vie qu'à condition d'entraîner Iida dans ma perte.

Vers l'heure du singe, j'entendis une voix dans la boutique du bas. Mon cœur s'arrêta, car je savais que des nouvelles devaient être arrivées. J'étais sous la surveillance de Keiko et Yoshinori, mais Yuki entra quelques minutes plus tard et leur dit de s'en aller.

Elle s'agenouilla près de moi et posa sa main sur mon bras.

— Muto Shizuka nous a fait parvenir un message du château. Les maîtres vont venir vous parler.

— Il est mort ?

— Non, pire que cela : prisonnier. Ils vont tout vous dire.

— Il est condamné au suicide ?

Yuki hésita. Elle lança précipitamment, sans me regarder :

— Iida l'a accusé de donner asile à un Invisible, d'en être un lui-même. Ando a un compte personnel à régler avec lui, et il exige qu'il soit châtié. Sire Otori a été dépouillé des prérogatives de la classe des guerriers, et doit être traité comme un criminel de droit commun.

— Iida n'osera jamais.

— Il a déjà osé.

J'entendis des pas s'approcher dans la pièce attenante. L'indignation et le choc me remplirent d'une énergie soudaine. Bondissant vers le placard, je saisis Jato et le dégainai d'un même mouvement. Je sentis l'arme s'adapter tout naturellement à ma main, et je la brandis au-dessus de ma tête.

Kenji et Kikuta entrèrent dans le cagibi. En voyant Jato dans mes mains, ils se figèrent. Kikuta chercha son couteau sous sa robe, mais Kenji ne bougea pas.

— Je n'ai pas l'intention de vous attaquer, assurai-je. Encore que vous méritiez de mourir. Mais je vais me tuer...

Kenji roula des yeux effarés. Kikuta dit avec douceur :

— Nous espérons que tu n'auras pas à en venir à de telles extrémités.

Au bout d'un instant, il poussa un sifflement et reprit d'un ton presque impatient :

— Assieds-toi, Takeo. Tu as été suffisamment clair.

Nous nous installâmes tous par terre et je posai le sabre sur la natte, à portée de ma main.

— Je vois que Jato t'a trouvé, dit Kenji. J'aurais dû m'y attendre.

— C'est moi qui l'ai apporté, maître, avoua Yuki.

— Non, c'est le sabre qui s'est servi de toi. Il passe ainsi de main en main. Je devrais le savoir : il s'est servi de moi pour trouver Shigeru après Yaegahara.

— Où est Shizuka ? demandai-je.

— Toujours au château. Elle n'est pas venue en personne. Le simple fait d'envoyer un message était très dangereux, mais elle voulait que nous sachions ce qui s'était passé et apprendre de son côté nos intentions.

— Dites-moi tout.

— Dame Maruyama a tenté de s'enfuir du château avec sa fille, hier.

Kikuta parlait d'une voix égale, sans émotion.

— Elle avait soudoyé des bateliers pour traverser le fleuve. Ils ont été trahis et interceptés. Les trois femmes se sont jetées dans l'eau. La dame et sa fille se sont noyées, mais Sachie, la servante, a été sauvée. Elle aurait mieux fait de se noyer, car les Tohan l'ont torturée jusqu'à ce qu'elle révèle les liens de sa maîtresse avec Shigeru, l'alliance de ce dernier avec Araï et les relations de la dame avec les Invisibles.

— Ils ont fait comme si le mariage aurait bien lieu, jusqu'au moment où Shigeru s'est trouvé à l'intérieur du château, poursuivit Kenji. Ils ont alors massacré les guerriers Otori et accusé le seigneur de haute trahison.

Il fit une brève pause puis reprit paisiblement :

— Shigeru est déjà suspendu au mur du château.

— Crucifié ? chuchotai-je.

— Non, attaché par les bras.

Je fermai un instant les yeux, en imaginant la souffrance, les épaules disloquées, la lente asphyxie, l'épouvantable humiliation.

— Une mort de guerrier, rapide et honorable ? lançai-je à Kenji d'un ton accusateur.

Il ne répondit pas. Son visage habituellement si mobile était figé, et sa peau claire était affreusement pâle.

Je tendis la main et la posai sur Jato, puis je dis à Kikuta :

— J'ai une proposition à faire à la Tribu. Je crois savoir que vous travaillez pour ceux qui vous paient le mieux. Je veux acheter vos services en vous offrant quelque chose à quoi vous semblez accorder un grand prix, à savoir ma vie et mon obéissance. Laissez-moi aller au château cette nuit et mettre fin au supplice de sire Shigeru. En échange, je m'engage à renoncer au nom d'Otori et à rejoindre les rangs de la Tribu. Si vous refusez, je me tuerai sur-le-champ. Je ne sortirai jamais vivant de cette pièce.

Les deux maîtres échangèrent un regard. Kenji hocha imperceptiblement la tête, et Kikuta déclara :

— Je dois convenir que la situation a changé et que nous semblons arrivés à une impasse.

La rue s'anima brusquement, des gens coururent, des cris retentirent. Nous tendîmes tous deux l'oreille, en obéissant à notre nature identique de Kikuta. La rumeur s'éteignit, et il poursuivit :

— J'accepte ta proposition. Je t'autorise à te rendre au château cette nuit.

— Je l'accompagnerai, s'écria Yuki. En attendant, je vais faire les préparatifs nécessaires.

— Si le maître Muto est d'accord.
— Je suis d'accord, dit Kenji. Je viendrai avec vous.
— Rien ne vous y oblige, lançai-je.
— Je vous accompagnerai quand même.
— A-t-on une idée de la position d'Araï ? demandai-je.

Kenji répondit :

— Même en faisant marche toute la nuit vers Inuyama, il n'arriverait pas avant l'aube.
— Mais il est en route ?
— Shizuka croit qu'il n'attaquera pas la forteresse. Tout ce qu'il espère, c'est de parvenir à amener Iida à le combattre sur la frontière.
— Et Terayama ?
— Ils se soulèveront quand ils apprendront cet outrage, assura Yuki. Et ce sera la même chose à Yamagata.
— Aucune révolte ne réussira tant qu'Iida sera vivant, intervint Kikuta avec une colère soudaine, et de toute façon ces développements ultérieurs ne nous concernent pas. Il s'agit de mettre fin au supplice de Shigeru, notre accord ne va pas plus loin.

Je me tus. « Tant qu'Iida sera vivant... »

La pluie recommença à tomber. Sa douce rumeur remplit la ville, elle lava tuiles et pavés, rafraîchit l'air étouffant.

— Et dame Shirakawa ? demandai-je.
— Shizuka dit qu'elle est sous le choc, mais calme. Aucun soupçon ne semble peser sur elle, malgré le blâme que lui vaut sa réputation malheureuse. Les gens disent qu'elle est maudite, mais on ne croit pas qu'elle soit mêlée à la conspiration. Sachie, la servante, était plus faible que ne le pensaient les Tohan, et la mort l'a délivrée de la torture avant qu'elle ait pu accuser Shizuka, semble-t-il.
— A-t-elle fait des révélations à mon sujet ?

Kenji soupira.

— Elle n'était au courant de rien, en dehors du fait que tu appartenais aux Invisibles et avais été sauvé par Shigeru, ce qu'Iida savait déjà. Ando et lui croient que Shigeru t'a adopté uniquement pour les insulter, et que tu t'es enfui parce qu'on t'avait reconnu. Ils ne se doutent pas que tu fais partie de la Tribu, et ils ignorent tes talents.

C'était un premier avantage. Le temps et la nuit constituaient un autre atout. La pluie n'était plus qu'une bruine, et une épaisse couche de nuages cachait entièrement la lune et les étoiles. Et je comptais aussi sur le changement qui était intervenu en moi. Une dimension de mon être, restée jusqu'alors à moitié informe, s'était enfin pleinement réalisée. Mon explosion de fureur, suivie du profond sommeil des Kikuta, avait pour ainsi dire éliminé les scories de ma nature, ne laissant qu'un noyau d'acier indestructible. Je reconnaissais en moi-même ce moi véritable que j'avais entrevu chez Kenji, comme si Jato s'était éveillé à la vie.

Nous préparâmes tous trois l'équipement et les tenues dont nous avions besoin. Ensuite, je passai une heure à exercer mon corps. Mes muscles étaient encore raidis, même s'ils me faisaient moins mal. J'étais surtout préoccupé par mon poignet droit. En soulevant Jato, j'avais senti un élancement douloureux se propager jusqu'au coude. Finalement, Yuki me noua autour du poignet un bracelet de cuir pour le protéger.

Quand la seconde demie de l'heure du chien sonna, nous fîmes un repas léger. Puis nous nous assîmes en silence, en ralentissant notre souffle et le cours de notre sang. Pour améliorer notre vision nocturne, nous avions plongé la pièce dans l'obscurité. On avait imposé un couvre-feu précoce, et des patrouilles à cheval parcouraient les rues en forçant les gens à rentrer chez eux. Après quoi, le silence régna sur la ville. Autour de nous, la maison chantait sa mélodie du soir : on emporta des plats, les chiens reçurent leur pitance, les gardes prirent leur poste pour la nuit. J'entendis les pas des servantes allant installer les lits dans les chambres, les boules d'un abaque cliqueter pendant que quelqu'un faisait les comptes du jour. Peu à peu, le chant se réduisit à quelques notes constantes : la respiration profonde des dormeurs, la rumeur des ronflements, le cri soudain d'un homme au comble de la passion physique. Ces bruits humains, si banals, attendrirent mon âme. Je me surpris à penser à mon père, à son désir de mener la vie d'un homme ordinaire. Avait-il crié ainsi à l'instant où j'avais été conçu ?

Au bout d'un moment, Kenji demanda à Yuki de nous laisser seuls quelques minutes. Il s'assit près de moi et murmura :

— On a prétendu que Shigeru avait des liens avec les Invisibles. Dans quelle mesure cette accusation est-elle fondée ?

— Il n'y a jamais fait allusion devant moi, sauf pour me donner un autre nom que Tomasu et pour me mettre en garde contre mes prières.

— Le bruit court qu'il n'a pas voulu nier. Il aurait refusé de souiller leurs images saintes.

Kenji semblait déconcerté, presque irrité.

— La première fois que j'ai rencontré dame Maruyama, elle a tracé le signe des Invisibles sur ma main, dis-je lentement.

— Il m'a caché tant de choses. Et moi qui croyais le connaître !

— A-t-il appris la mort de dame Maruyama ?

— Apparemment, Iida s'est fait un plaisir de le mettre au courant.

Je songeai un moment à cette scène. Je savais que sire Shigeru n'aurait jamais accepté de renier les croyances auxquelles la dame tenait si profondément. Qu'il y ait ou non adhéré, il ne pouvait céder aux intimidations d'Iida. Et maintenant, il tenait la promesse qu'il avait faite à sa bien-aimée à Chigawa. Il n'épouserait aucune autre femme, et ne vivrait jamais sans elle.

— Je ne pouvais pas supposer qu'Iida le traiterait de cette façon, dit Kenji.

J'eus l'impression qu'il essayait plus ou moins de s'excuser, mais sa trahison était trop grave pour que je puisse lui pardonner. J'étais content qu'il nous accompagne et mette ses talents à notre disposition, mais après cette nuit, j'avais l'intention de ne plus jamais le revoir.

— Allons délivrer sire Shigeru de ses peines, lançai-je.

Je me levai et appelai Yuki à voix basse. Elle rentra dans la chambre et nous endossâmes la tenue noire qui est celle de la Tribu la nuit et masque les mains et le visage de façon qu'aucune parcelle de peau n'apparaisse. Nous emportâmes des cordelettes, des cordes et des grappins, des couteaux longs et courts ainsi que des capsules de poison qui nous procureraient le cas échéant une mort rapide.

Je pris Jato.

— Laisse-le ici, dit Kenji. Tu ne peux pas faire l'escalade avec un sabre.

J'ignorai sa remarque — je savais très bien pour quoi j'en aurais besoin.

La demeure où la Tribu m'avait caché se trouvait à l'extrémité ouest de la capitale, au milieu des maisons de négociants situées au sud du fleuve. Le quartier était un vrai labyrinthe de ruelles et de passages étroits, qu'il était aisé de traverser sans être vu. Au bout de la rue, nous découvrîmes le temple encore éclairé car les prêtres préparaient les rituels de minuit. Un chat était assis près d'une lanterne de pierre. Il ne bougea pas en nous voyant passer furtivement.

Comme nous approchions du fleuve, j'entendis un cliquetis d'acier et des pas pesants. Kenji se rendit invisible sous un porche, tandis que Yuki et moi-même bondissions silencieusement sur un toit où nous nous confondîmes avec les tuiles.

La patrouille comprenait un homme à cheval suivi de six fantassins. Deux d'entre eux portaient des torches enflammées. Ils progressaient le long de la rue bordant le fleuve, en éclairant et en scrutant chaque venelle. Ils faisaient tant de bruit qu'ils ne m'inquiétèrent pas un seul instant.

Les tuiles étaient humides et glissantes sous mon visage. La bruine légère continuait d'amortir les sons.

Il devait pleuvoir en cet instant même sur le visage de sire Shigeru...

Je sautai du mur, et nous repartîmes en direction du fleuve.

Un petit canal coulait le long de la ruelle. Yuki nous mena à la bouche d'égout où il disparaissait sous la chaussée. Nous nous y engouffrâmes, en dérangeant le sommeil des poissons, et refîmes surface à l'endroit où il se jetait dans la rivière. L'eau étouffait le bruit de nos pas. Devant nous surgit la masse obscure du château. Les nuages étaient si bas que j'avais peine à distinguer les tours les plus élevées. Nous étions séparés de la muraille fortifiée par le fleuve, puis par les douves.

— Où est-il ? demandai-je à Kenji en chuchotant.

— Du côté est, en contrebas du palais d'Iida. Là où nous avons vu les anneaux de fer.

Un flot de bile me remonta à la gorge. Je dis en luttant contre la nausée :

— Et les gardes ?

— Plusieurs sont stationnés dans le couloir, juste au-dessus de lui. D'autres patrouillent dans la cour, à ses pieds.

Comme je l'avais fait à Yamagata, je m'assis et contemplais longuement le château. Aucun de nous ne parlait. Je sentis mon être obscur de Kikuta se lever en moi, prendre possession de chaque veine, de chaque muscle. C'était ainsi que j'allais prendre moi-même possession du château et le forcer à me rendre ce qu'il gardait prisonnier.

Je sortis Jato de ma ceinture et le posai sur la berge en le cachant dans l'herbe haute.

« Attends ici, lui dis-je en moi-même. Je vais t'amener ton maître. »

Nous nous glissâmes un à un dans le fleuve et nageâmes sous l'eau jusqu'à l'autre rive. J'entendis la première patrouille dans les jardins, au-delà des douves. Nous nous tapîmes dans les roseaux jusqu'à ce qu'elle soit passée, puis nous traversâmes en courant le marécage étroit avant de replonger dans les douves.

Quand nous émergeâmes, nous vîmes la muraille se dresser juste devant nous. Elle était surmontée d'un petit mur à toit de tuiles qui faisait le tour du jardin devant la résidence et du terrain s'étendant derrière jusqu'à la muraille. Kenji sauta dans la cour pour guetter les patrouilles tandis que Yuki et moi-même rampions sur le toit de tuiles vers le côté sud-est. Nous entendîmes à deux reprises le chant du grillon, qui était le signal d'avertissement de Kenji, et nous nous rendîmes invisibles au sommet du mur tandis que les patrouilles passaient à nos pieds.

Je m'agenouillai et regardai en haut. Au-dessus de moi s'alignaient les fenêtres du couloir s'étendant à l'arrière de la résidence. Elles étaient toutes fermées et munies de barreaux, à l'exception de la plus proche des anneaux de fer auxquels sire Shigeru était suspendu par deux cordes nouées à ses poignets. Sa tête était renversée sur sa poitrine, et je crus qu'il était déjà mort. Puis je vis que ses pieds s'appuyaient légèrement contre le mur, de façon à soulager un peu ses bras. J'entendis son souffle rauque, ralenti. Il était vivant.

Le parquet du rossignol chanta. Je m'aplatis sur les tuiles. Quelqu'un se pencha à la fenêtre ouverte, et sire Shigeru poussa un cri de douleur quand une secousse sur la corde fit déraper ses pieds.

— Danse, Shigeru, c'est le jour de tes noces ! s'esclaffa le garde.

Je sentis la rage monter lentement en moi. Yuki posa une main sur mon bras, mais il n'était pas question que je laisse éclater ma violence. Ma colère était froide, désormais, et d'autant plus redoutable.

Nous restâmes un long moment aux aguets. Plus une seule patrouille. Kenji les avait-il toutes réduites au silence ? La lampe de la fenêtre fumait en répandant une lueur vacillante. Un soldat apparaissait toutes les dix minutes environ. Chaque fois que le supplicié trouvait un point d'appui pour ses pieds, un garde venait secouer la corde. Le cri de souffrance qui suivait était de plus en plus faible, et il fallait à chaque fois plus de temps au seigneur pour reprendre des forces.

La fenêtre restait ouverte. Je chuchotai à Yuki :

— Il faut que nous grimpions là-haut. Si vous pouvez tuer les gardes au fur et à mesure qu'ils arrivent, je m'occuperai de la corde. Coupez les liens de ses poignets quand vous entendrez le cri du cerf. Je descendrai sire Shigeru.

— Je vous retrouverai au canal, répondit-elle tout bas.

Dès que la nouvelle visite des tortionnaires fut achevée, nous nous laissâmes tomber dans la cour et entreprîmes d'escalader le mur de la résidence. Yuki entra par la fenêtre tandis que je me plaquais sur la saillie qui s'avançait dessous, sortis la corde et l'attachai à l'un des anneaux de fer.

Le rossignol chanta. Invisible, je me figeai contre le mur. J'entendis quelqu'un se pencher au-dessus de moi, puis un hoquet étouffé, les vains efforts de l'homme étranglé pour se dégager, puis le silence.

Yuki chuchota :

— Allez-y !

Je commençai à descendre vers sire Shigeru, en laissant filer la corde. Je l'avais presque rejoint quand j'entendis le chant du grillon. De nouveau je me rendis invisible, en priant le Ciel pour que la corde soit cachée par la brume. J'entendis la patrouille passer à mes pieds. Leur attention fut distraite par un bruit d'éclaboussement dans les douves. Un soldat s'avança au bord du mur pour éclairer l'eau avec sa torche. La lueur brilla faiblement dans le brouillard.

— Ce n'était qu'un rat, s'écria-t-il.

Les hommes disparurent et j'entendis leurs pas s'éloigner lentement.

Le temps pressait. Je savais qu'un autre garde allait bientôt surgir au-dessus de moi. Combien de temps encore Yuki parviendrait-elle à les tuer un par un ? Le mur était glissant, et la corde encore plus. Je dégringolai les derniers mètres afin de me retrouver à la hauteur de sire Shigeru.

Ses yeux étaient fermés, mais il m'entendit ou sentit ma présence car il les ouvrit et chuchota mon nom sans montrer aucune surprise. L'ombre de son sourire lumineux passa sur son visage, et je sentis de nouveau mon cœur se briser.

— Ça va faire mal, dis-je. Ne faites aucun bruit.

Il referma les yeux et appuya ses pieds contre le mur. Je l'attachai à moi aussi solidement que je pus, puis je poussai le cri du cerf. Yuki coupa les cordes qui retenaient sire Shigeru. Il poussa malgré lui un gémissement étouffé quand ses bras furent libres, et sous son poids mes pieds dérapèrent sur le mur glissant. Je priai pour que ma corde tienne le coup, tandis que nous tombions comme une masse. Notre chute se termina par une terrible secousse, mais nous atterrîmes juste au-dessus du sol, à une douzaine de centimètres près.

Kenji sortit de l'ombre, et ensemble nous détachâmes le seigneur et le portâmes jusqu'au mur.

Après que Kenji eut lancé les grappins, nous réussîmes à hisser en haut le supplicié. Puis nous l'attachâmes de nouveau, et Kenji le fit glisser le long du mur tandis que je descendais à côté de lui en essayant de soulager un peu ses souffrances.

Il était impossible de faire halte au pied de la muraille, et nous dûmes lui faire traverser les douves sur-le-champ, en couvrant son visage avec une cagoule noire. Sans le brouillard, on nous aurait découverts tout de suite, car nous ne pouvions l'immerger. Nous le portâmes enfin à travers le dernier terrain dépendant du château, jusqu'à la rive du fleuve. Il était maintenant presque inconscient, couvert de sueur tant il souffrait. Ses lèvres étaient à vif aux endroits qu'il avait mordus pour s'empêcher lui-même de crier. Ses deux épaules étaient démises, comme je l'avais prévu, et il devait avoir des lésions internes car il crachait du sang.

La pluie s'intensifia. Un cerf — un vrai, celui-là — cria de frayeur en nous apercevant et s'enfuit en bondissant. Mais aucune rumeur ne s'éleva du château. Nous plongeâmes sire Shigeru dans le fleuve et nageâmes doucement, sans hâte, vers l'autre rive. Je bénissais la pluie car elle nous rendait invisibles et étouffait tous les bruits, mais elle m'empêcha aussi d'apercevoir le moindre signe de Yuki quand je me retournai pour regarder le château.

Une fois sur la berge, nous étendîmes le seigneur sur l'herbe haute de l'été. Kenji s'agenouilla près de lui, le débarrassa de sa cagoule et essuya son visage trempé.

— Pardonnez-moi, Shigeru, murmura-t-il.

Le seigneur sourit mais ne dit rien. Il rassembla toutes ses forces pour chuchoter mon nom.

— Je suis là.

— Tu as Jato avec toi ?

— Oui, sire Shigeru.

— C'est le moment de t'en servir. Porte ma tête à Terayama et enterre-la à côté de Takeshi.

Un nouveau spasme de douleur lui coupa un instant la parole. Il reprit :

— Et apporte-moi là-bas la tête d'Iida.

Comme Kenji l'aidait à se mettre à genoux, il dit d'une voix tranquille :

— Takeo ne m'a jamais déçu.

Je sortis Jato de son fourreau. Le seigneur tendit la tête en murmurant quelques mots : les prières que les Invisibles ont coutume de dire à l'instant de la mort, puis le nom de l'Illuminé. Je priai, moi aussi, pour qu'il me soit donné de ne pas le décevoir maintenant. Il faisait plus sombre qu'en cette nuit où Jato dans sa main m'avait sauvé la vie.

Je brandis le sabre, sentis la douleur sourde irradier mon poignet et demandai pardon à sire Shigeru. Le sabre-serpent bondit, mordit et, rendant ainsi un ultime service à son maître, lui ouvrit les portes de l'autre monde.

Dans le silence absolu de la nuit, le sang bouillonnant semblait faire un bruit monstrueux. Nous prîmes la tête et la lavâmes dans le fleuve avant de l'envelopper dans la cagoule. Nous avions tous deux les yeux secs — nous étions au-delà du chagrin ou du remords.

Il y eut un remous sous les eaux, et quelques instants plus tard Yuki émergea avec l'aisance d'une loutre. Grâce à l'acuité de sa vision nocturne, elle embrassa la scène d'un coup d'œil, s'agenouilla près du corps et dit une brève prière. Je soulevai la tête — comme elle était lourde ! — et la posai dans ses mains.

— Portez-la à Terayama, dis-je. Je vous retrouverai là-bas.

Elle acquiesça de la tête et je vis briller ses dents quand elle me sourit.

— Nous devons tous filer, maintenant, lança Kenji. C'était du beau travail, mais c'est terminé.

— Je veux d'abord faire don de son corps au fleuve.

Je ne pouvais pas supporter l'idée de le laisser sans sépulture sur la berge. Je pris des pierres à l'embouchure du canal et les nouai dans le pagne qui était son seul vêtement. Mes deux compagnons m'aidèrent à le plonger dans l'eau.

Je nageai jusqu'à l'endroit le plus profond du fleuve et lâchai le corps, que je sentis s'enfoncer d'un seul coup. Du sang remonta à la surface, faisant une tache sombre dans le brouillard blanc, mais les flots l'emportèrent.

Je pensai à la maison de Hagi où le fleuve était toujours à notre porte, et au héron qui faisait chaque soir une visite au jardin. Maintenant, Otori Shigeru était mort. Mes larmes coulaient, et elles aussi le fleuve les emportait.

Mais pour moi, l'œuvre de la nuit n'était pas achevée. Je retournai sur la rive et soulevai Jato. La lame ne portait presque aucune trace de sang. J'essuyai le sabre et le remis dans le fourreau. Je savais que Kenji avait raison, que l'arme me gênerait pour escalader les murs — mais elle m'était indispensable maintenant. Je ne dis pas un mot à Kenji, et me contentai de répéter à Yuki :

— Je vous reverrai à Terayama.

Kenji chuchota « Takeo », mais sans conviction.

Il devait avoir compris que rien ne m'arrêterait. Il étreignit brièvement Yuki. Ce ne fut qu'alors que je réalisai qu'elle était évidemment sa fille. Il me suivit quand je replongeai dans le fleuve.

CHAPITRE XII

Kaede attendait la nuit. Elle savait qu'elle n'avait pas le choix : il fallait qu'elle se tue. Elle pensait à la mort avec l'intensité qu'elle apportait à toute chose. L'honneur de sa famille dépendait de son mariage — son père le lui avait dit. Dans la confusion et le tumulte qui l'avaient environnée tout le jour, elle se raccrochait à la conviction que le seul moyen de préserver la réputation de sa famille était d'agir elle-même avec honneur.

Le soir tombait sur ce qui aurait dû être le jour de son mariage. Elle portait encore les robes que les dames Tohan avaient préparées pour elle. Elle n'avait encore jamais été habillée avec tant de somptuosité et d'élégance, et elle se sentait perdue dans cette splendeur, aussi fragile qu'une poupée. Les femmes avaient eu les yeux rouges à force de pleurer la mort de dame Maruyama, mais Kaede n'avait été mise au courant qu'après le massacre des guerriers Otori. Elle avait appris alors une telle suite d'horreurs qu'elle avait cru devenir folle d'indignation et de chagrin.

Malgré ses pièces luxueuses, ses trésors artistiques et ses jardins splendides, la résidence était devenue un lieu de violence et de torture. De l'autre côté du parquet du rossignol, l'homme qu'elle aurait dû épouser était suspendu à la muraille. Tout au long de l'après-midi, elle avait entendu les sarcasmes et les rires mauvais des gardes. Son cœur était sur le point de se briser, et elle sanglotait sans discontinuer. Par moments, elle entendait prononcer son nom — elle avait conscience que sa réputation n'avait fait qu'empirer. Il lui semblait qu'elle était responsable de la ruine de sire Otori. Elle pleurait pour lui, pour l'humiliation sans bornes que lui avait infligée Iida. Elle pleurait pour ses parents et pour la honte dont elle les accablait.

Elle croyait avoir versé toutes ses larmes, mais elles jaillirent de nouveau et inondèrent son visage. Dame Maruyama, Mariko, Sachie... elles avaient toutes péri, emportées par la violence des Tohan. Tous les gens à qui elle tenait étaient morts, ou disparus.

Et elle pleura sur son propre sort, car elle n'avait que quinze ans et sa vie s'achevait avant même d'avoir commencé. Elle portait le deuil de l'époux qu'elle ne connaîtrait jamais, des enfants qu'elle ne porterait pas, de l'avenir qu'un coup de couteau allait anéantir. Sa seule consolation était l'esquisse que lui avait donnée Takeo. Elle l'avait toujours à la main et la regardait à tout instant. Bientôt elle serait libre, comme le petit oiseau de la montagne.

Shizuka se rendit un moment aux cuisines pour demander qu'on leur apporte à manger. En passant près des gardes, elle se joignit à leurs plaisanteries avec une apparente insensibilité. Mais en revenant, elle laissa tomber le masque. Son visage était ravagé par le chagrin.

— Maîtresse, dit-elle d'une voix légère qui démentait ses sentiments réels, il faut que je vous peigne. Vos cheveux sont dans un beau désordre. Et vous devez changer de tenue.

Elle aida la jeune fille à se déshabiller et ordonna aux servantes d'emporter les lourdes robes de mariage.

— Je vais mettre dès maintenant ma robe de nuit, dit Kaede. Je ne verrai plus personne aujourd'hui.

Ayant enfilé le vêtement de coton léger, elle s'assit sur le sol devant la fenêtre ouverte. Il pleuvait doucement et l'air était un peu plus frais. Le jardin était trempé, comme si lui aussi avait répandu des larmes de désespoir.

Shizuka s'agenouilla derrière elle, releva sa lourde chevelure et y passa les doigts. Elle souffla à l'oreille de Kaede :

— J'ai envoyé un message à la demeure des Muto dans cette ville. Je viens d'avoir leur réponse. Takeo était caché là-bas, comme je le pensais. Ils vont l'autoriser à venir reprendre le corps de sire Otori.

— Sire Otori est mort ?

— Non, pas encore.

La voix de Shizuka se brisa. Elle tremblait d'émotion.

— Quel outrage, murmura-t-elle, quelle honte. Il est impossible de le laisser ainsi. Il faut que Takeo vienne le chercher.

— Alors lui aussi mourra aujourd'hui.

— Mon messager va essayer de joindre également Araï, chuchota Shizuka. Mais je ne sais pas s'il pourra arriver à temps pour nous secourir.

— Je n'ai jamais cru qu'il fût possible de défier les Tohan. Sire Iida est invincible. Sa cruauté est un gage de puissance, dit Kaede.

Elle regarda la pluie tomber de l'autre côté de la fenêtre, la brume grise qui voilait les montagnes.

— Pourquoi les hommes ont-ils créé un monde si dur ? demanda-t-elle à voix basse.

Un vol d'oies sauvages passa au-dessus du jardin,

en poussant des cris lugubres. Dans le lointain, au-delà de la muraille, retentit l'appel d'un cerf.

Kaede posa ses mains sur sa tête. Ses cheveux étaient humides des larmes de Shizuka.

— Quand arrivera Takeo ?

— S'il vient, ce sera tard dans la nuit.

Il y eut un long silence, puis Shizuka soupira :

— C'est une entreprise désespérée.

Kaede ne répondit pas. « Je l'attendrai, se promit-elle. Je le reverrai une dernière fois. »

Elle toucha le manche froid du couteau sous sa robe. Shizuka remarqua son mouvement, l'attira à elle et l'étreignit.

— N'ayez pas peur. Quoi que vous fassiez, je resterai avec vous. Je vous suivrai dans l'autre monde.

Elles restèrent longtemps embrassées. Épuisée par l'émotion, Kaede sombra dans cet état de confusion qui accompagne le chagrin. Elle avait l'impression de rêver, d'avoir pénétré dans un monde différent où elle reposait dans les bras de Takeo, délivrée de la peur. « Lui seul peut me sauver, se surprit-elle à penser. Lui seul peut me ramener à la vie. »

Plus tard, elle déclara à Shizuka qu'elle avait envie de prendre un bain. Elle lui demanda d'épiler son front et ses sourcils, puis de frotter ses pieds et ses jambes pour leur donner une douceur satinée. Elle soupa légèrement avant de s'asseoir en silence, parfaitement calme en apparence. Elle médita sur ce qu'on lui avait enseigné dans son enfance, se remémora le visage serein de l'Illuminé à Terayama.

— Prenez-moi en compassion, pria-t-elle. Aidez-moi à avoir du courage.

Les servantes vinrent installer les lits. L'heure du rat était déjà bien avancée, et on n'entendait plus aucun bruit dans la résidence en dehors du rire lointain des gardes. Kaede s'apprêtait à s'étendre, après avoir glissé son couteau sous le matelas, quand des pas lourds firent chanter le parquet. On frappa à la porte. Shizuka s'avança, et s'inclina aussitôt jusqu'à terre. Kaede entendit la voix de sire Abe. « Il est venu arrêter Shizuka », pensa-t-elle avec terreur.

La servante plaida :

— Il est très tard, seigneur, dame Shirakawa est épuisée.

Mais la voix d'Abe était insistante.

Kaede l'entendit s'éloigner. Shizuka retourna auprès d'elle et eut juste le temps de chuchoter « Sire Iida souhaite vous rendre visite », avant que le parquet ne se remette à chanter.

Iida pénétra dans la chambre, suivi d'Abe et de l'homme au bras coupé, dont elle savait qu'il s'appelait Ando.

Kaede jeta un coup d'œil sur leurs visages excités par le vin et le triomphe de leur vengeance. Elle se jeta sur le sol, le front contre la natte, le cœur battant à tout rompre.

Iida s'assit en tailleur et lança :

— Asseyez-vous, dame Shirakawa.

Elle leva la tête de mauvaise grâce et le regarda. Il portait avec désinvolture des vêtements de nuit, mais son sabre était glissé dans sa ceinture. Les deux autres hommes, agenouillés derrière lui, étaient également armés. Ils s'assirent à leur tour, en examinant Kaede avec une curiosité insultante.

— Pardonnez-moi pour cette intrusion tardive, dit Iida. Mais je ne voulais pas que ce jour s'achève sans que je vous aie exprimé mes regrets pour votre infortune.

Il lui sourit en dévoilant ses dents larges, et lança par-dessus son épaule à Shizuka :

— Sors.

Les yeux de Kaede s'élargirent et sa respiration

s'accéléra, mais elle n'osa pas tourner la tête pour regarder Shizuka. Elle entendit la porte se fermer et supposa que la jeune femme resterait à proximité, de l'autre côté. Elle demeura assise, immobile, les yeux baissés, en attendant qu'Iida poursuive.

— Votre mariage, où j'avais vu l'occasion d'une alliance avec les Otori, semble avoir été un prétexte que des vipères ont saisi pour tenter de me mordre. Cela dit, je crois que j'ai exterminé le nid.

Ses yeux se fixèrent sur le visage de Kaede.

— Vous avez voyagé pendant plusieurs semaines en compagnie d'Otori Shigeru et de Maruyama Naomi. Ne vous êtes-vous jamais doutée qu'ils complotaient contre moi ?

— J'ignorais tout, seigneur, assura-t-elle.

Elle ajouta d'une voix tranquille :

— S'il y avait un complot, il était nécessaire de me tenir à l'écart pour qu'il réussisse.

Il poussa un grognement, et reprit après un long silence :

— Où est le jeune homme ?

Elle n'aurait pas cru possible que son cœur batte encore plus fort, mais son pouls s'emballa, martelant ses tempes au point de la faire défaillir.

— Quel jeune homme, sire Iida ?

— Le soi-disant fils adoptif, Takeo.

— Je ne sais rien de lui, dit-elle en feignant la surprise. Pourquoi le connaîtrais-je ?

— Quelle sorte d'homme était-ce, selon vous ?

— Il était jeune, très silencieux. Il semblait plutôt studieux : il aimait peindre et dessiner.

Elle se força à sourire.

— Il n'était guère adroit et... peut-être manquait-il un peu de courage.

— C'était la version de sire Abe. Nous savons maintenant qu'il faisait partie des Invisibles. Il aurait dû être exécuté il y a un an, mais il s'est échappé. Pourquoi Shigeru aurait-il non seulement hébergé mais adopté un tel criminel, sinon pour m'offenser et m'insulter ?

Kaede ne savait que répondre. La complexité de ces intrigues lui paraissait insondable.

— Sire Abe pense que le jeune homme a pris la fuite en voyant qu'Ando l'avait reconnu. C'est un lâche, apparemment. Nous l'attraperons tôt ou tard, et je le suspendrai au mur à côté de son père adoptif.

Iida la regarda avec des yeux luisants, mais elle ne réagit pas.

— Ma revanche sur Shigeru sera alors complète.

Il se mit à sourire et ses dents brillèrent.

— Mais il reste une question plus urgente à régler, celle de votre avenir. Approchez-vous.

Kaede s'inclina et s'avança à genoux. Son cœur s'était ralenti, en fait il semblait presque avoir cessé de battre. Le temps lui aussi ralentissait. Le silence de la nuit s'approfondit. La pluie n'était plus qu'un bruissement indistinct. Un grillon chanta.

Iida se pencha en avant et l'examina. Son visage était éclairé par la lampe, et en levant les yeux elle vit que ses traits de prédateur se relâchaient sous l'effet du désir.

— Je suis déchiré, dame Shirakawa. Ces événements vous ont souillée irrémédiablement, cependant votre père s'est montré loyal envers moi et je me sens d'une certaine manière responsable de votre sort. Que dois-je faire ?

— Mon seul désir est de mourir, répliqua-t-elle. Accordez-moi une fin honorable. Mon père sera satisfait d'une telle issue.

— Il ne faut pas oublier la question de l'héritage Maruyama. J'ai pensé à vous épouser moi-même.

Notre union résoudrait le problème de l'avenir du domaine, et mettrait un terme aux bruits qui courent sur le danger que vous représentez pour les hommes.

— Ce serait pour moi un trop grand honneur, murmura-t-elle.

Il sourit et passa sur ses dents de devant un de ses ongles effilés.

— Je sais que vous avez deux sœurs. Je pourrais épouser l'aînée. Tout bien pesé, je crois qu'il est préférable que vous mettiez fin à vos jours.

— Sire Iida.

Elle s'inclina jusqu'au sol.

Iida lança par-dessus son épaule aux hommes assis derrière lui :

— C'est une fille vraiment merveilleuse, n'est-ce pas ? Belle, intelligente, courageuse. Quel gâchis !

Elle se redressa en détournant la tête, déterminée à ne rien lui laisser voir de ses sentiments.

— Je suppose que vous êtes vierge.

Il tendit la main et toucha ses cheveux. Elle se rendit compte qu'il était beaucoup plus ivre qu'il n'avait d'abord semblé. Elle sentit son haleine empestée de vin quand il se pencha vers elle. Furieuse contre elle-même, elle ne put s'empêcher de trembler sous son attouchement. Il le remarqua et éclata de rire.

— Ce serait une tragédie pour vous de mourir vierge. Il faut que vous connaissiez au moins une nuit d'amour.

Kaede le fixa avec incrédulité. Elle vit alors combien il était dépravé, dans quels abîmes de luxure et de cruauté il s'était enfoncé. L'immensité de son pouvoir l'avait rendu arrogant et corrompu. Elle avait l'impression de faire un rêve, où elle voyait bien ce qui allait se produire mais était impuissante à l'empêcher. Elle ne parvenait pas à croire en ses intentions.

Il prit sa tête des deux mains et s'inclina sur elle. Elle détourna son visage, et les lèvres d'Iida effleurèrent sa nuque.

— Non, dit-elle. Non, seigneur. Ne me déshonorez pas. Accordez-moi simplement de mourir !

— Il n'y a aucun déshonneur à faire mon bon plaisir, souffla-t-il.

— Pas devant ces hommes, je vous en supplie ! s'écria-t-elle en relâchant son corps, comme si elle cédait.

— Laissez-nous, leur lança-t-il sèchement. Qu'on ne me dérange sous aucun prétexte avant l'aube.

Elle entendit les deux hommes sortir, parler avec Shizuka. Elle aurait voulu crier, mais n'osa pas. Iida s'agenouilla près d'elle, la souleva et la porta sur le matelas. Il dénoua sa ceinture et sa robe s'ouvrit. Desserrant sa propre ceinture, il se coucha près d'elle. Kaede sentit sa peau se hérisser de peur et de répulsion.

— Nous avons toute la nuit, dit-il.

Ce furent ses dernières paroles. La pression de ce corps d'homme contre le sien réveilla brutalement en Kaede le souvenir du garde du château de Noguchi. La bouche du seigneur sur la sienne la rendit presque folle de dégoût. Elle jeta les bras en arrière, et il poussa un grognement approbateur en sentant le corps de la jeune fille se tendre contre le sien. De la main gauche, elle trouva l'aiguille dans sa manche droite. Alors qu'il se baissait sur elle, elle la lui enfonça dans l'œil. Il lança un cri qu'il était impossible de distinguer d'un gémissement de volupté. Elle saisit de sa main droite le couteau glissé sous le matelas et le brandit. En s'affaissant sur elle de tout son poids, l'homme l'enfonça lui-même dans son cœur.

CHAPITRE XIII

Le fleuve et la pluie m'avaient trempé jusqu'aux os, de l'eau dégoulinait de mes cheveux et de mes cils, je ruisselais comme les joncs, les bambous et les saules. Et même s'il ne se voyait pas sur mes vêtements noirs, j'étais aussi trempé de sang. Le brouillard s'était encore épaissi. Kenji et moi évoluions dans un monde fantomatique, immatériels et invisibles. Je me surpris à me demander si je n'étais pas mort à mon insu, pour revenir maintenant comme un ange de la vengeance. Une fois l'œuvre de la nuit accomplie, je m'évanouirais de nouveau dans les ténèbres infernales. Et le chagrin à tout instant était prêt à entonner sa litanie terrible dans mon cœur, mais il m'était encore impossible de l'écouter.

Nous émergeâmes des douves et commençâmes à escalader la muraille. Je sentais contre mon flanc le poids de Jato — c'était comme si j'avais emmené sire Shigeru avec moi. Il me semblait que son fantôme était entré en moi et avait imprégné ma chair de sa présence. Quand nous atteignîmes le sommet du mur du jardin, j'entendis les pas d'une patrouille. Les voix des soldats étaient anxieuses. Ils subodoraient une intrusion et s'arrêtèrent net en découvrant les cordes coupées par Yuki. Ils poussèrent des exclamations de surprise et levèrent les yeux vers les anneaux de fer auxquels le seigneur avait été suspendu.

Nous en prîmes chacun deux. Ils moururent en quatre coups, sans même avoir le temps de baisser les yeux. Sire Shigeru avait dit vrai. Le sabre bondissait dans ma main comme animé d'une volonté propre, ou comme s'il était manié par le seigneur lui-même. Aucune compassion, aucune douceur en moi ne venait l'entraver.

La fenêtre au-dessus de nous était encore ouverte, et la lampe luisait faiblement. Le palais semblait tranquille, plongé dans le sommeil de l'heure du bœuf. En atterrissant dans le couloir, nous butâmes contre les cadavres des gardes tués par Yuki. Kenji poussa un bref grognement approbateur. Je m'avançai vers la porte séparant le couloir et le corps de garde. Je savais que quatre petites pièces s'alignaient le long du couloir. La première était ouverte et menait à l'antichambre où j'avais attendu avec sire Shigeru en regardant avec lui les grues peintes sur les écrans. Les trois autres étaient cachées derrière la paroi des appartements d'Iida.

Le parquet du rossignol faisait le tour de la résidence entière et la traversait en son centre, séparant les chambres des hommes de celles des femmes. Il s'étendait devant moi, brillant faiblement à la lueur de la lampe, silencieux.

Je m'accroupis dans l'ombre. J'entendis des voix lointaines, à l'autre bout du bâtiment : au moins deux hommes, et une femme.

Shizuka.

Au bout d'un instant, je me rendis compte que les hommes étaient Abe et Ando. Quant aux gardes, je n'étais pas sûr de leur nombre exact — peut-être deux avec les seigneurs, et une dizaine d'autres cachés dans les chambres dérobées. Je situai les voix dans la dernière chambre, celle d'Iida. Sans doute les seigneurs l'attendaient-ils, mais où était-il, lui ? Et que faisait Shizuka en leur compagnie ?

Sa voix était légère, presque aguicheuse, alors que ses compagnons parlaient avec fatigue, en bâillant, et semblaient légèrement éméchés.

— Je vais chercher encore un peu de vin, l'entendis-je déclarer.

— Oui, la nuit risque apparemment d'être longue, répliqua Abe.

— Une dernière nuit sur cette terre est toujours trop brève, dit-elle d'une voix légèrement altérée.

— Rien ne dit que ce sera votre dernière nuit, si vous jouez bien, assura Abe avec une admiration non feinte. Vous êtes une femme séduisante, et vous savez vous débrouiller. Je veillerai sur votre sort.

— Sire Abe ! minauda Shizuka. Puis-je vous faire confiance ?

— Apportez encore du vin, et je vous prouverai que je suis un homme de parole.

J'entendis le parquet chanter quand elle s'y engagea en sortant de la chambre. Un pas plus lourd la suivit, et Ando lança :

— Je vais aller regarder encore un peu Shigeru danser. Voilà un an que j'attends ce moment.

Pendant qu'ils longeaient le couloir central, je m'élançai dans celui qui faisait le tour et courus me tapir près de la porte de l'antichambre. Le parquet resta silencieux sous mes pieds. Shizuka me dépassa, et Kenji poussa son cri de grillon. Elle se fondit dans l'ombre.

Ando entra dans l'antichambre et se dirigea vers le corps de garde. Il enjoignit avec colère aux soldats de se réveiller, mais à peine avait-il ouvert la bouche que déjà Kenji le maintenait d'une poigne de fer. Entrant à mon tour, j'ôtai ma cagoule et soulevai la lampe afin qu'il voie mon visage.

— Tu me vois ? chuchotai-je. Tu me reconnais ? Je suis le garçon de Mino. Tu vas payer pour les miens. Et pour sire Otori.

Une fureur incrédule brilla dans ses yeux. Je ne voulais pas me servir de Jato avec lui. Je pris la cordelette et l'étranglai, pendant que Kenji le maîtrisait et que Shizuka regardait la scène.

Je demandai à voix basse :

— Où est Iida ?

— Avec Kaede, répondit Shizuka. Dans la dernière chambre des appartements des femmes. Courez-y, pendant ce temps je distrairai Abe. Iida est seul avec elle. Si jamais la situation se gâte ici, je m'en occuperai avec Kenji.

Je compris à peine ce qu'elle me disait. Je m'étais senti plein de sang-froid, mais maintenant le sang se glaçait dans mes veines. Je pris une profonde inspiration et laissai ma nature obscure de Kikuta s'éveiller et s'emparer totalement de moi avant de m'élancer sur la voie du rossignol.

Dans le jardin, la pluie bruissait doucement. On entendait s'élever des pièces d'eau et du marais les coassements des grenouilles. Les femmes soupiraient dans leur sommeil. Je sentais le parfum des fleurs, l'odeur de cyprès du pavillon de bains et l'âcre puanteur des cabinets. Aussi impondérable qu'un fantôme, je semblais traverser le parquet sans le toucher. Le château dressait sa masse dans mon dos, devant moi coulait le fleuve. Iida m'attendait.

Dans la dernière chambre, au fond de la résidence, une lampe brillait. Les écrans de bois étaient ouverts, mais on avait fermé celui de papier et je voyais se détacher dans le halo orangé de la lampe la silhouette d'une femme assise, immobile, ses longs cheveux répandus autour d'elle.

Tenant fermement Jato, je fis coulisser l'écran et me précipitai dans la chambre.

Kaede, un sabre à la main, bondit aussitôt sur ses pieds. Elle était couverte de sang.

Iida gisait sur le matelas, le visage dans la poussière. Kaede lança :

— Le mieux est encore de tuer un homme et de lui prendre son sabre. C'est ce qu'a dit Shizuka.

Ses pupilles étaient dilatées par l'émotion, et elle tremblait comme une feuille. La scène baignait dans une atmosphère presque surnaturelle : cette fille si jeune, si fragile, cet homme massif et puissant même dans la mort, le bruit de la pluie, le silence de la nuit...

Je posai Jato. Elle baissa le sabre d'Iida et s'avança vers moi.

— Takeo, dit-elle comme si elle s'éveillait d'un rêve. Il a essayé de... Je l'ai tué.

Puis elle fut dans mes bras. Je la serrai jusqu'à ce qu'elle eût cessé de trembler.

— Tu es trempé, chuchota-t-elle. Tu n'as pas froid ?

Je n'avais pas senti le froid jusqu'à cet instant, mais maintenant je frissonnais presque aussi violemment qu'elle. Iida était mort, mais ce n'était pas moi qui l'avais tué. J'avais l'impression qu'on m'avait volé ma vengeance, mais je ne pouvais discuter l'arrêt du destin, qui s'était servi de la main de Kaede pour régler son compte au tyran. J'étais à la fois déçu et fou de soulagement. Et je tenais Kaede dans mes bras, comme j'en rêvais depuis des semaines.

Quand je repense à ce qui se passa ensuite, je ne sais que dire sinon que nous étions comme ensorcelés, depuis Tsuwano. Kaede murmura :

— Je m'attendais à mourir cette nuit.

— Il y a peu de chances que nous soyons vivants demain.

— Mais nous serons ensemble, me souffla-t-elle à l'oreille. Personne n'entrera ici avant l'aube.

En l'entendant, en la touchant, je me sentis éperdu d'amour et de désir pour elle.

— Tu as envie de moi ? demanda-t-elle.

— Tu le sais bien.

Nous tombâmes à genoux, toujours embrassés.

— Tu n'as pas peur de moi ? De ce qui arrive aux hommes à cause de moi ?

— Non. Pour moi, tu ne seras jamais un danger. Tu as peur, toi ?

— Non, dit-elle avec une sorte d'émerveillement dans la voix. Je veux être avec toi avant de mourir.

Sa bouche rencontra la mienne. Elle dénoua sa ceinture et sa robe s'ouvrit. J'enlevai mes vêtements mouillés et sentis contre moi la peau dont j'avais eu une telle nostalgie. Nos corps se pressèrent l'un contre l'autre avec la fougue et la folie de la jeunesse.

J'aurais été heureux de mourir ensuite, mais comme le fleuve, la vie nous entraîna plus loin. Une éternité semblait avoir passé, mais notre ivresse ne devait pas avoir duré plus d'un quart d'heure car j'entendis le parquet chanter quand Shizuka retourna auprès d'Abe. Dans la chambre voisine, une femme parla dans son sommeil, puis éclata d'un rire si amer que j'en eus la chair de poule.

— Que fabrique Ando ? demanda Abe.

— Il s'est endormi, pouffa Shizuka. Il ne tient pas le vin aussi bien que sire Abe.

Je l'entendis remplir la coupe, que le soudard vida d'un trait. J'effleurai des lèvres les cils et les cheveux de Kaede.

— Je dois rejoindre Kenji, chuchotai-je. Je ne peux pas laisser Shizuka et lui sans protection.

— Pourquoi ne pas tout simplement mourir ensemble, dit-elle, pendant que nous sommes heureux ?

— C'est à cause de moi qu'il est ici. Je dois tout faire pour sauver sa vie.

— Je viens avec toi.

Elle se leva prestement, rajusta sa robe et s'empara de nouveau du sabre. La lampe coulait, presque éteinte. J'entendis au loin le premier coq chanter dans la ville.

— Non. Reste ici pendant que je vais chercher Kenji. Nous nous retrouverons ici et nous échapperons par le jardin. Tu sais nager ?

Elle secoua la tête.

— Je n'ai jamais appris. Mais il y a des barques amarrées aux douves. Nous pourrons peut-être en prendre une.

J'enfilai mes vêtements, dont le tissu froid et humide sur ma peau me fit frissonner. En soulevant Jato, je sentis une vive douleur au poignet — il avait dû se froisser de nouveau au cours des combats de la nuit. Je savais qu'il fallait que je coupe la tête d'Iida dès maintenant, et je demandai à Kaede de le prendre par les cheveux pour qu'il tende le cou. Elle s'exécuta malgré un léger mouvement de recul.

— C'est pour sire Shigeru, chuchotai-je tandis que Jato tranchait son cou.

Il n'en jaillit pas beaucoup de sang, car il avait déjà coulé à flots. Je découpai la robe du tyran pour y envelopper sa tête. Elle pesait aussi lourd que celle de sire Shigeru quand je l'avais remise à Yuki. Je n'arrivais pas à croire que c'était toujours la même nuit. Abandonnant la tête sur le sol, j'étreignis Kaede une dernière fois et m'élançai de nouveau.

Kenji était toujours dans le corps de garde, et j'entendis Shizuka glousser avec Abe. Kenji chuchota :

— La prochaine patrouille va arriver d'un instant à l'autre. Ils vont découvrir les corps.

— C'est fini, répliquais-je. Iida est mort.

— Alors filons.

— Il faut que je m'occupe d'Abe.

— Laisse-le à Shizuka.

— Et il faut que nous emmenions Kaede.

Il scruta mon visage dans l'obscurité.

— Dame Shirakawa ? Tu es fou ?

C'était plus que probable. Sans me donner la peine de lui répondre, je m'avançai d'un pas lourd et délibéré sur le parquet du rossignol.

L'oiseau se mit aussitôt à chanter. Abe cria :

— Qui va là ?

Il se précipita hors de la chambre sans même rajuster sa robe, le sabre au poing. Il était suivi de deux gardes, dont l'un tenait une torche. Abe me vit dans cette lueur tremblante, et il me reconnut. Son regard exprima d'abord l'étonnement, puis le mépris. Il s'avança vers moi à grands pas, en faisant retentir le parquet. Derrière lui, Shizuka bondit sur l'un des gardes et lui trancha la gorge. L'autre se retourna avec stupeur, et laissa tomber la torche en tirant son sabre.

Abe appela à l'aide à grands cris. Il se rua sur moi comme un fou, en brandissant son énorme sabre. Il me porta un coup que je parai, mais sa force était prodigieuse et mon bras affaibli par la douleur. J'esquivai sa seconde attaque et me rendis un instant invisible. J'étais pris de court par sa férocité et son adresse.

Kenji était à mes côtés, mais les gardes restant sortirent en masse de leurs réduits secrets. Shizuka était aux prises avec deux soldats. Kenji laissa son second moi sous le sabre de l'un d'entre eux pour le poignarder ensuite dans le dos. Mon attention était tout entière absorbée par Abe, qui me repoussait le long du parquet du rossignol vers le fond du palais. Réveillées en sursaut, les femmes s'enfuirent en hurlant, ce qui eut pour effet de distraire un instant Abe et de me permettre de reprendre mon souffle. Je savais qu'une fois Abe éliminé, nous pourrions venir à bout des gardes. Mais j'avais aussi conscience de l'avantage que lui donnaient sur moi son habileté alliée à son expérience.

Il m'accula dans un coin du bâtiment, où je n'avais aucune issue pour lui échapper. Je me rendis de nouveau invisible, mais il savait que je ne pouvais me dérober. Invisible ou non, son sabre pourrait toujours me trouver pour me mettre en pièces.

Mais alors qu'il semblait me tenir en son pouvoir, il chancela en ouvrant la bouche d'un air incrédule. Une expression d'horreur se peignit sur son visage, et ses yeux regardèrent fixement par-dessus mon épaule.

Je ne suivis pas son regard, mais profitai de cet instant d'inattention pour abattre Jato sur lui. Le sabre me tomba des mains quand mon bras droit céda à la violence du choc. Abe tituba en avant, le crâne défoncé. Je fis un saut pour l'éviter et me retournai pour découvrir Kaede sur le seuil de la chambre, éclairée par la lampe. Elle tenait d'une main le sabre d'Iida, et de l'autre sa tête.

Côte à côte, nous nous frayâmes à coups de sabre un chemin sur le parquet du rossignol. Chaque coup me faisait tressaillir de douleur. Si je n'avais pas eu Kaede sur ma droite, je serais mort.

Tous les contours se brouillaient devant mes yeux. Je crus d'abord que le brouillard s'était infiltré dans la résidence, puis j'entendis des flammes crépiter et sentis une forte odeur de fumée. La torche que le garde avait laissé tomber venait de mettre le feu aux écrans de bois.

Des cris de terreur s'élevèrent. Fuyant la résidence en flammes, les femmes et les servantes affluaient au château alors que les soldats de la forteresse essayaient de franchir dans l'autre sens la porte étroite pour pénétrer dans le palais. À la faveur de la fumée et de la confusion générale, notre groupe de quatre réussit à rejoindre le jardin.

La résidence n'était plus qu'un immense brasier. Personne ne savait où se trouvait Iida, ni s'il était mort ou vivant. Personne ne savait qui avait pu attaquer ainsi cette forteresse réputée imprenable. S'agissait-il d'hommes ou de démons ? Shigeru avait disparu comme par magie. Était-ce l'œuvre d'un humain ou d'un ange ?

La pluie s'était calmée, mais le brouillard s'épaississait à l'approche de l'aube. Shizuka nous guida à travers le jardin jusqu'à la porte et aux marches donnant accès aux douves. Nous croisâmes les gardes qui s'apprêtaient à remonter à la résidence. Complètement désorientés, ils n'opposèrent guère de résistance. Nous n'eûmes aucun mal à ôter les barres de la porte et à bondir dans une barque, dont nous nous hâtâmes de larguer l'amarre.

Les douves étaient reliées au fleuve par le marais bordant la forteresse. Derrière nous, le château était illuminé par l'incendie. Des cendres flottaient jusqu'à nous, s'abattaient sur nos cheveux. Le fleuve était agité et notre bateau de plaisance, en y pénétrant porté par le courant, fut secoué en tous sens par les vagues. Ce n'était guère qu'une coquille de noix, et je craignais qu'il ne chavire si la violence des eaux s'intensifiait. Soudain, je vis surgir devant nous les piles du pont. Je crus un instant que nous allions nous y fracasser, mais la barque passa à travers en piquant du nez et le fleuve nous entraîna plus loin, au-delà de la ville.

Aucun de nous ne parlait beaucoup. Nous étions tous hors d'haleine, tendus après avoir frôlé la mort de si près, attristés peut-être à la pensée de tant d'êtres que nous avions envoyés dans l'autre monde, mais remplis aussi d'une joie profonde, presque douloureuse, de n'avoir pas subi le même sort. Tel était mon état d'esprit, du moins.

J'allai prendre la rame à l'arrière du bateau, mais le courant était trop fort pour tenter de gouverner. Il fallait nous abandonner au flot. Le brouillard blanchit à l'aube, mais il était tout aussi impénétrable qu'aux heures obscures. En dehors de la masse rougeoyante du château embrasé, tout avait disparu.

Cependant, je perçus une rumeur étrange se détachant sur le chant du fleuve. On aurait dit un bourdonnement innombrable, comme si un immense essaim d'insectes s'abattait sur la cité.

— Vous entendez ? demandai-je à Shizuka.

Elle fronça les sourcils.

— Qu'est-ce que c'est ?

— Je ne sais pas.

Le soleil s'éclaircit, dissipant le voile brumeux. Le vrombissement gigantesque sur la berge s'intensifia, et je reconnus enfin cette rumeur : c'était le piétinement de milliers d'hommes et de chevaux, le tintement des harnais, le cliquetis de l'acier. Des couleurs vives resplendirent entre les lambeaux déchiquetés du brouillard — les emblèmes et les bannières des clans de l'Ouest.

— Araï est arrivé ! s'écria Shizuka.

*

Les chroniques relatant la chute d'Inuyama ne manquent pas, et comme je n'y ai pas pris part il me semble inutile de la décrire ici.

Je ne m'attendais pas à survivre à cette nuit, et je n'avais aucune idée de ce que je devais faire ensuite. J'avais fait présent de ma vie à la Tribu, cela du moins était une certitude. Mais je n'avais pas encore accompli tous mes devoirs envers sire Shigeru.

Kaede ignorait tout du marché que j'avais conclu avec les Kikuta. En tant qu'Otori, héritier de sire Shigeru, il aurait été de mon devoir de l'épouser, et certes je ne désirais rien de plus au monde. Mais si je devenais Kikuta, dame Shirakawa serait pour moi aussi inaccessible que la lune. Ce qui s'était passé entre nous réapparaissait maintenant comme un rêve. En y repensant, je me disais que j'aurais dû avoir honte de ce que j'avais fait. Dans ma lâcheté, je finis par chasser cette scène de mon esprit.

Nous nous rendîmes d'abord à la demeure des Muto où j'avais été caché, afin de nous changer et de nous restaurer un peu. Shizuka se rendit immédiatement auprès d'Araï, en confiant Kaede aux femmes de la maison.

Je n'avais pas envie de parler à Kenji, ni à personne d'autre. Je voulais aller à Terayama, enterrer sire Shigeru et placer la tête d'Iida sur la tombe. Je savais que je devais me hâter, avant d'être tombé complètement sous la coupe des Kikuta. J'avais conscience d'avoir d'ores et déjà désobéi au chef de ma famille en retournant au château. Même si ce n'était pas moi qui avais tué Iida, tout le monde m'attribuerait cet acte contraire aux volontés expresses de la Tribu. Mais je ne pouvais le nier sans causer un tort immense à Kaede. Mon intention n'était pas de désobéir indéfiniment — simplement, j'avais besoin d'encore un peu de temps.

Vu la confusion régnant ce jour-là, il me fut aisé de quitter discrètement la maison. Je me rendis au logis où j'avais séjourné avec sire Shigeru. Les tenanciers avaient fui devant l'armée d'Araï, en emportant la plupart de leurs possessions. Une grande partie de nos bagages étaient pourtant restés dans nos chambres, y compris les esquisses que j'avais faites à Terayama et l'écritoire sur laquelle sire Shigeru m'avait écrit sa dernière lettre. Je les regardai tristement. Le chagrin se faisait entendre de plus en plus fort en moi, exigeait que je lui prête attention. J'avais l'impression de sentir la présence du seigneur dans la chambre, et je croyais le voir assis sur le seuil tandis que la nuit tombait et que je ne revenais pas.

Je n'emportai presque rien — quelques vêtements, un peu d'argent et Raku, mon cheval. Kyu, le destrier noir de sire Shigeru, avait disparu avec la plupart des chevaux des Otori, mais Raku était encore dans l'écurie. L'odeur de feu flottant sur la ville le rendait nerveux, et il m'accueillit avec soulagement. Je le sellai, suspendis à l'arçon la corbeille contenant la tête d'Iida, et sortis de la ville en me joignant à la multitude fuyant sur la grand-route l'approche des armées.

Je voyageai à vive allure, en ne dormant que brièvement la nuit. Le temps s'était éclairci et il y avait de l'automne dans l'air. Chaque jour, je voyais la silhouette acérée des montagnes se détacher sur le ciel d'un bleu radieux. Le trèfle sauvage et le maranta commençaient à fleurir. Le spectacle devait être admirable, mais j'étais comme aveugle à la beauté. Je savais qu'il fallait que je réfléchisse à ce que j'allais faire, mais je me sentais incapable d'affronter mes actes passés. J'étais parvenu à ce stade du deuil où avancer semble impossible. Je n'aspirais qu'à revenir en arrière, à retrouver la maison de Hagi et le temps où sire Shigeru était vivant, avant notre départ pour Inuyama.

L'après-midi du quatrième jour, alors que je venais de traverser Kushimoto, je me rendis compte que la foule sur la route affluait maintenant dans ma direction. Avisant un paysan menant un cheval de somme, je l'interpellai :

— Que se passe-t-il ici ?

— Les moines ! Les guerriers ! cria-t-il en réponse. Yamagata est tombé entre leurs mains, les Tohan sont en fuite. On dit que sire Iida est mort !

Je souris en me demandant ce qu'il dirait en découvrant le sinistre colis accroché à ma selle. J'étais en tenue de voyage, sans aucun écusson. Personne ne savait qui j'étais, et j'ignorais que mon nom était déjà devenu célèbre.

Je n'attendis pas longtemps avant d'entendre le bruit tout proche d'hommes armés sur la route, et je m'enfonçai dans la forêt. Je n'avais pas envie de me faire voler Raku ou d'être entraîné dans des rixes inutiles avec les Tohan en pleine débandade. Ils avançaient rapidement, dans l'espoir apparemment d'arriver à Inuyama avant que les moines ne les aient rattrapés. À mon avis, ils allaient être bloqués au col de Kushimoto où il leur faudrait sans doute organiser leur résistance.

Toute la journée, ils refluèrent en désordre non loin de moi, qui continuais ma route vers le nord dans la forêt. Je les évitai autant que possible, même s'il me fallut à deux reprises recourir à Fato pour défendre ma vie et mon cheval. Mon poignet me gênait toujours, et mon inquiétude s'accrut avec le coucher du soleil — non que je craignisse pour ma propre sûreté, mais j'étais tourmenté à l'idée de ne pas parvenir à mener à bien ma mission. La situation semblait trop dangereuse pour dormir. La lune brillait, et je voyageai toute la nuit à sa lueur, en laissant Raku suivre son rythme nonchalant.

À l'aube, j'aperçus au loin la silhouette des montagnes entourant Terayama. Si tout allait bien, j'y arriverais avant la fin du jour. J'avisai une mare en contrebas de la route et m'arrêtai pour que Raku boive. Le soleil se leva, et sous ses chauds rayons je sentis soudain mes paupières s'alourdir. J'attachai mon cheval à un arbre, m'allongeai avec la selle en guise d'oreiller et m'endormis sur-le-champ.

Je fus réveillé par la terre qui tremblait. Je restai un moment étendu à contempler la lumière miroitant sur la mare, et à écouter le bruissement de l'eau mêlé à la rumeur des pas de centaines d'hommes s'avançant sur la route. Je me levai dans l'intention de m'enfoncer dans la forêt avec Raku, mais en levant les yeux je vis qu'il ne s'agissait nullement d'une armée Tohan. Les guerriers portaient armes et armures, mais leurs bannières étaient celles des Otori et du temple de Terayama. Ceux qui n'étaient pas casqués arboraient des crânes rasés, et je reconnus au premier rang le jeune moine qui nous avait montré les peintures de Sesshu.

— Makoto ! m'écriai-je en remontant le talus pour le rejoindre.

Il se tourna dans ma direction, et son visage exprima autant de joie que de surprise.

— Sire Otori ? C'est bien vous ? Nous craignions que vous n'ayez également péri. Nous sommes en marche pour venger sire Shigeru.

— Je me rends à Terayama, répliquai-je. Je lui apporte la tête d'Iida, comme il me l'avait demandé.

Ses yeux s'élargirent.

— Iida est déjà mort ?

— Oui, et Inuyama est tombé aux mains d'Araï. Vous allez rattraper les Tohan à Kushimoto.

— Vous ne voulez pas nous accompagner ?

Je le regardai fixement. Ses mots n'avaient aucun sens pour moi. J'avais presque accompli mon œuvre : une fois rempli mon dernier devoir envers sire Shigeru, je disparaîtrais dans le monde secret de la Tribu. Mais évidemment, Makoto ne pouvait se douter des choix que j'avais été amené à faire.

— Vous allez bien ? demanda-t-il. Vous n'êtes pas blessé ?

Je secouai la tête.

— Il faut que je place la tête sur la tombe de sire Shigeru.

Les yeux de Makoto étincelèrent.

— Montrez-la-nous !

J'apportai le panier et l'ouvris. L'odeur était de plus en plus forte et des mouches s'étaient agglutinées sur la plaie sanglante. La peau était cireuse, les yeux ternes et injectés de sang.

Makoto empoigna la tête par le chignon, bondit sur un rocher au bord de la route et la brandit devant les moines attroupés.

— Regardez ce que sire Otori a fait ! cria-t-il, et les hommes répondirent par des hurlements de joie.

Une vague d'émotion se propagea dans la foule. J'entendis mon nom répété sans fin tandis que les hommes, un par un d'abord puis tous ensemble, comme mus par un esprit unique, s'agenouillaient devant moi en s'inclinant, le front dans la poussière.

Kenji avait raison : les moines, les fermiers, les guerriers Otori, tous avaient aimé sire Shigeru. Et parce que je l'avais vengé, ils reportaient sur moi cet amour.

Je ne voulais pas de cette adulation, qui ne me semblait qu'un fardeau de plus. Je ne la méritais pas, et il m'était impossible de m'en montrer digne. Je dis adieu aux moines en leur souhaitant de réussir, et je continuai ma route, après avoir remis la tête du tyran dans son panier.

Ils ne voulurent pas me laisser seul, de sorte que Makoto partit avec moi. Il me raconta que Yuki était arrivée à Terayama avec la tête de sire Shigeru, et qu'ils préparaient les rites d'inhumation. La jeune femme avait dû voyager nuit et jour pour faire si vite, et je pensai à elle avec une immense gratitude.

Nous arrivâmes au temple dans la soirée. Sous la direction du vieux prêtre, les moines encore présents psalmodiaient les sutras pour sire Shigeru, et on avait déjà érigé la stèle à l'emplacement où la tête était enterrée. Je m'agenouillai et déposai devant la tombe du seigneur la tête de son ennemi. La lune était à moitié pleine. Sous ses rayons impalpables, les rochers du jardin de Sesshu ressemblaient à des hommes en prière. Le bruit de la cascade semblait plus fort que dans la journée. J'entendais en sourdine la rumeur des cèdres gémissant sous la brise nocturne. Des grillons chantaient et dans les pièces d'eau, au pied de la cascade, des grenouilles coassaient. Des ailes se mirent à bruire, et je vis la timide chouette épervière survoler le cimetière. Bientôt il serait temps pour elle d'émigrer, bientôt l'été toucherait à sa fin.

Je me dis que c'était un bel endroit pour abriter le repos de l'esprit de sire Shigeru. Je restai longtemps près de la tombe, en versant des larmes silencieuses. Il m'avait dit que seuls les enfants pleuraient, que les hommes devaient endurer. Mais je n'arrivais pas à me faire à l'idée que j'étais destiné à prendre sa place. J'étais hanté par la conviction d'avoir commis une faute en lui portant le coup mortel. Je l'avais décapité avec son propre sabre. Je n'étais pas son héritier, mais son meurtrier.

Je pensais avec nostalgie à la maison de Hagi, à son chant mêlant le fleuve et le monde. Je voulais faire entendre ce chant à mes enfants. Je voulais qu'ils grandissent à l'abri de ce havre de douceur. Perdu dans mon rêve éveillé, je voyais Kaede préparer le thé dans le pavillon bâti par sire Shigeru, j'imaginais nos enfants s'essayant à déjouer les embûches du parquet du rossignol. Le soir, nous guetterions l'arrivée du héron dans le jardin, sa longue silhouette grise se posant au milieu du torrent pour commencer son attente patiente.

Dans les profondeurs du jardin, quelqu'un jouait de la flûte. En entendant cette claire mélodie, mon cœur se serra. Il me semblait que je ne me remettrais jamais de mon chagrin.

Les jours passèrent, et je restai dans le temple. Je savais qu'il fallait que je me décide à m'en aller, mais chaque matin je différais mon départ. Je sentais que le vieux prêtre et Makoto s'inquiétaient pour moi, mais ils me laissaient tranquille, se contentant de veiller à mon bien-être matériel en me rappelant la nécessité de manger, de me baigner et de dormir.

Chaque jour, des gens venaient prier sur la tombe de sire Shigeru. Leur nombre grandit jusqu'à devenir une foule de soldats, de moines, de fermiers et de paysans défilant avec vénération devant la stèle et se prosternant, le visage baigné de larmes. Le seigneur avait eu raison : il était encore plus puissant, et plus aimé, dans la mort que durant sa vie.

— Il va devenir un dieu, prédit le vieux prêtre. Il ira rejoindre les autres dans le sanctuaire.

Nuit après nuit, je rêvais à sire Shigeru tel que je l'avais vu pour la dernière fois, le visage ruisselant d'eau et de sang. Quand je me réveillais, horrifié, le cœur battant à tout rompre, j'entendais la flûte. Je me mis à attendre son chant plaintif, durant mes longues insomnies. Cette musique avait sur moi un effet à la fois douloureux et consolant.

La lune pâlit, les nuits s'assombrirent. De retour de Kushimoto, les moines nous apprirent leur victoire. La vie du temple reprit son cours ordinaire, et les rituels antiques se refermèrent comme des eaux sur les morts. Puis on annonça que sire Araï, maintenant maître de la plus grande partie des Trois Pays, allait venir à Terayama s'incliner sur la tombe de sire Shigeru.

Cette nuit-là, quand j'entendis jouer la flûte, j'allai parler au musicien. Comme je l'avais plus ou moins soupçonné, c'était Makoto. J'étais profondément touché qu'il eût ainsi veillé sur moi, en m'accompagnant dans mon chagrin.

Il était assis près de la pièce d'eau dont je l'avais vu parfois nourrir les carpes dorées, dans la journée. Il acheva la mélodie et posa la flûte.

— Vous allez devoir prendre une décision, une fois qu'Araï sera ici. Que voulez-vous faire ?

Je m'assis à côté de lui. Les pierres étaient humides de rosée.

— Que devrais-je donc faire ?

— Vous êtes l'héritier de sire Shigeru. Vous devez reprendre son héritage.

Il fit une pause puis ajouta :

— Mais ce n'est pas si simple, n'est-ce pas ? Vous entendez un autre appel dans votre vie.

— Ce n'est pas vraiment un appel. Plutôt un ordre. Je me suis engagé... c'est difficile à expliquer aux autres.

— Essayez avec moi.

— Vous savez que j'ai l'ouïe fine. Comme un chien, m'avez-vous dit.

— J'aurais dû m'abstenir. Cette comparaison vous a blessé. Pardonnez-moi.

— Non, vous aviez raison. Vous avez dit que j'étais utile à mes maîtres. Eh bien, il faut que je serve mes maîtres, et ce ne sont pas les Otori.

— La Tribu ?

— Vous connaissez son existence ?

— Vaguement. Notre abbé y a déjà fait allusion.

Pendant un instant, je crus qu'il allait dire autre chose, qu'il attendait que je lui pose une question. Mais j'ignorais ce que je devais lui demander. Et puis, j'étais trop absorbé par mes propres pensées, trop pris par mon besoin de m'expliquer.

— Mon père appartenait à la Tribu, et c'est de lui que j'ai hérité mes dons. Les membres de la Tribu estiment qu'ils ont un droit sur ma personne, et entendent le faire valoir. J'ai conclu un marché avec eux : ils m'ont permis de porter secours à sire Shigeru, et en échange je dois rejoindre leurs rangs.

— De quel droit peuvent-ils exiger de vous une chose pareille, alors que vous êtes l'héritier légitime du seigneur ? demanda-t-il avec indignation.

— Si j'essaie de leur échapper, ils me tueront, répliquai-je. Ils sont sûrs de leur bon droit, et je le leur ai confirmé en m'engageant. Ma vie leur appartient.

— Vous avez dû consentir à cet accord sous la contrainte, s'exclama-t-il. Personne ne peut s'attendre à ce que vous le respectiez. Vous êtes Otori Takeo. Je ne crois pas que vous réalisiez à quel point vous êtes devenu célèbre, et combien votre nom est important pour beaucoup.

— J'ai tué sire Shigeru.

À ma grande honte, je m'aperçus que j'étais de nouveau en larmes.

— Jamais je ne pourrai me le pardonner. Je ne puis reprendre son nom et l'œuvre de sa vie alors qu'il est mort de mes propres mains.

— Vous lui avez accordé une mort honorable, chuchota Makoto en prenant mes mains dans les siennes. Vous avez rempli tous les devoirs auxquels un fils est tenu envers son père. Votre action vous vaut une admiration et des louanges unanimes. Et le meurtre d'Iida aussi. Ce sont des actes de légende.

— Je n'ai pas rempli tous mes devoirs. Ses oncles ont tramé la mort de sire Shigeru avec Iida, et ils restent encore impunis. De plus il m'a chargé de prendre soin de dame Shirakawa, qui a souffert horriblement alors qu'elle n'a rien à se reprocher.

— Ce ne devrait pas être une charge trop pénible, observa-t-il ironiquement.

Je me sentis rougir.

— J'ai vu vos mains se toucher, dit-il.

Et il ajouta après un silence :

— En fait, je remarque tout ce qui vous concerne.

— Je veux exaucer tous les désirs du seigneur, mais je m'en sens indigne. De toute façon, je suis lié par mon serment à la Tribu.

— Vous pourriez en être délié, si vous vouliez.

Peut-être Makoto avait-il raison. D'un autre côté, les membres de la Tribu étaient capables de me le faire payer de ma vie. De plus, je ne pouvais me dissimuler qu'une partie de moi-même était attirée par eux. Je me souvenais encore de mon sentiment d'être compris par Kikuta dans ma nature profonde, et combien cette part de mon être avait été sensible aux sombres talents de la Tribu. Je n'avais que trop conscience d'être profondément divisé. J'aurais aimé ouvrir mon cœur à Makoto, mais pour cela il aurait fallu tout lui dire — et je ne pouvais raconter que j'étais né parmi les Invisibles à un moine qui était un disciple de l'Illuminé. Je me dis que maintenant j'avais enfreint tous les commandements, puisque j'avais tué à plusieurs reprises.

Tandis que nous conversions à voix basse dans le jardin assombri, où seuls le bondissement soudain d'un poisson ou le hululement lointain de hiboux troublaient le silence, notre complicité se fit plus intense. Makoto me serra dans ses bras en me chuchotant :

— Quel que soit votre choix, il faut vous libérer de votre chagrin. Vous avez fait de votre mieux. Sire Shigeru aurait été fier de vous. Maintenant vous devez vous pardonner à vous-même, et être fier de vous.

Ses mots et ses gestes affectueux réveillèrent la source de mes larmes. Sous ses mains, je sentis mon corps revivre. Il me tirait de l'abîme et me rendait le goût d'exister. Je sombrai dans un profond sommeil, ensuite, qu'aucun rêve ne vint troubler.

*

Araï arriva escorté de quelques serviteurs et d'une vingtaine de soldats, le gros de son armée étant resté dans l'Est pour assurer la paix. Il voulait poursuivre son avance et pacifier les frontières avant l'hiver. Lui qui n'avait jamais brillé par la patience, il se laissait maintenant emporter par son impétuosité. Il était plus jeune que sire Shigeru — je lui donnai environ vingt-six ans. C'était un colosse doué d'un tempérament vif et d'une volonté de fer, qui paraissait à l'apogée de sa virilité. Je n'avais pas envie de l'avoir comme ennemi, et il ne cacha pas son désir de faire de moi son allié et son intention de me soutenir contre les seigneurs Otori. De plus, il avait d'ores et déjà décrété que je devais épouser Kaede.

Il l'avait emmenée avec lui, puisque l'usage exigeait qu'elle se rende sur la tombe de sire Shigeru. Il pensait que nous pourrions tous deux séjourner dans le temple pendant qu'on ferait les préparatifs du mariage. Shizuka était bien sûr venue avec elle, et elle s'arrangea pour m'entretenir en privé.

— Je savais que je vous trouverais ici, murmura-t-elle. Les Kikuta ont été furieux, mais mon oncle les a convaincus de vous laisser encore un délai. Cela dit, il ne vous reste plus beaucoup de temps.

— Je suis prêt à les suivre, répliquai-je.
— Ils viendront vous chercher cette nuit.
— Dame Shirakawa est-elle au courant ?
— J'ai essayé de la prévenir, ainsi qu'Araï.
La voix de Shizuka trahissait sa frustration.
Il apparut en effet qu'Araï avait d'autres plans.
— Vous êtes l'héritier légitime de Shigeru, me dit-il alors que nous étions assis dans la chambre réservée aux invités du temple, après qu'il fut allé s'incliner sur la tombe. Votre mariage avec dame Shirakawa s'impose de lui-même. Nous la ferons entrer en possession de Maruyama, et nous nous occuperons des Otori au printemps prochain. J'ai besoin d'un allié à Hagi.
Il me regarda droit dans les yeux.
— Je vous le dis franchement, votre réputation rend votre alliance hautement désirable.
— Sire Araï est trop bon, répliquai-je. Malheureusement, d'autres considérations risquent de m'empêcher d'exaucer vos désirs.
— Ne faites pas l'idiot, lança-t-il sèchement. Je crois que mes désirs et les vôtres s'ajustent à merveille.
Je me sentais là tête vide : toutes mes pensées s'étaient envolées comme les oiseaux de Sesshu. Je savais que Shizuka nous écoutait derrière la porte. Araï avait été l'allié de sire Shigeru, il avait protégé Kaede, et ses conquêtes le rendaient maintenant maître de la plus grande partie des Trois Pays. Si jamais je devais allégeance à quelqu'un, c'était à lui. Il me semblait impossible de m'évanouir dans la nature sans lui donner au moins une explication.
— Je n'aurais rien accompli sans l'aide de la Tribu, dis-je lentement.
Il ne put retenir un mouvement de colère, mais il garda le silence.

— J'ai conclu un pacte avec eux, et pour tenir mes engagements je dois renoncer au nom d'Otori et les suivre.

— Qui sont donc ces gens de la Tribu ? éclata-t-il. Je ne cesse de les retrouver sur mon chemin. Ils sont comme des rats dans le grenier. Même dans mon entourage le plus proche… !

— Nous n'aurions pu vaincre Iida sans leur intervention.

Il secoua sa tête massive et soupira.

— Je ne veux pas entendre de telles absurdités. Vous avez été adopté par Shigeru, vous êtes un Otori et vous allez épouser dame Shirakawa. Je vous l'ordonne.

— Sire Araï.

Je m'inclinai jusqu'au sol, pleinement conscient que je ne pourrais pas lui obéir.

Après s'être rendue sur la tombe, Kaede était retournée dans l'hôtellerie des femmes, de sorte qu'il me fut impossible de lui parler. Je brûlais d'envie de la voir, et en même temps je le redoutais. J'avais peur de la blesser et, pire encore, de ne pas oser la blesser. Cette nuit-là, ne pouvant trouver le sommeil, je descendis au jardin. J'avais la nostalgie du silence, mais ne pouvais m'empêcher d'épier chaque rumeur. Je savais que je suivrais Kikuta quand il viendrait me chercher, mais je ne pouvais chasser de mon esprit l'image et le souvenir de Kaede. Je la revoyais assise à côté du corps d'Iida, je me rappelais sa peau contre ma peau, sa fragilité quand j'étais entré en elle. À l'idée de ne plus jamais éprouver cette sensation, je souffrais tant que j'en avais le souffle coupé.

J'entendis un pas léger de femme. Shizuka posa sur mon épaule sa main si pareille à la mienne et chuchota :

— Dame Shirakawa désire vous voir.

— Il ne faut pas, répliquai-je.

— Ils seront ici avant l'aube. Je lui ai dit qu'ils ne renonceront jamais à faire valoir leurs droits sur vous. En fait, en considération de votre désobéissance à Inuyama, le maître a déjà décidé que si vous ne les suivez pas cette nuit, vous mourrez. Elle veut vous dire adieu.

Je suivis Shizuka. Kaede était assise à l'extrémité de la véranda. La lune sur son déclin l'éclairait faiblement. Je me dis que je reconnaîtrais partout sa silhouette, la forme de sa tête, la ligne de ses épaules, sa façon unique de tourner son visage vers moi.

Le clair de lune brillait sur ses yeux, qui évoquaient ces lacs de montagne aux eaux noires se détachant sur le paysage enneigé, quand le monde n'est plus qu'ombre grise et blancheur limpide. Je tombai à genoux devant elle. Le bois argenté sentait la forêt et le temple, la sève et l'encens.

— Shizuka dit que vous devez me quitter, que nous ne pouvons pas nous marier.

Elle parlait d'une voix basse, désemparée.

— La Tribu ne me permettra pas de mener une telle vie. Je ne suis pas un seigneur du clan des Otori, et je ne pourrai jamais l'être désormais.

— Mais Araï vous protégera. Il ne demande que ça. Nous n'avons aucune raison de ne pas suivre notre chemin.

— J'ai conclu un marché avec le chef de ma famille. À partir de maintenant, ma vie lui appartient.

À cet instant, dans le silence de la nuit, je pensai à mon père qui avait tenté d'échapper à sa destinée sanglante et qui avait été assassiné pour cela. Je croyais avoir touché le fond de mon désespoir, mais cette pensée m'enfonça encore davantage dans la tristesse.

Kaede s'écria :

— Pendant les huit années que j'ai passées comme otage, je n'ai jamais rien demandé à personne. Quand Iida Sadamu m'a ordonné de me suicider, je ne l'ai pas imploré. Quand il a tenté d'abuser de moi, je n'ai pas demandé grâce. Mais maintenant, je te le demande : ne m'abandonne pas. Je te supplie de m'épouser. C'est la première et la dernière fois que je demande quelque chose à quelqu'un.

Elle se prosterna devant moi, et sa robe et sa chevelure se répandirent sur le sol avec un bruit de soie froissée. Je respirais son parfum, ses cheveux étaient si proches qu'ils effleuraient mes mains.

— J'ai peur, chuchota-t-elle. J'ai peur de moi-même. Je ne me sens en sécurité qu'avec toi.

L'horreur de cette scène dépassait tout ce que j'avais prévu. Et elle était rendue encore plus insupportable par la conscience qu'il suffirait que nous reposions l'un contre l'autre, nos deux peaux confondues, pour que toute souffrance s'abolisse.

— La Tribu me tuera, finis-je par murmurer.

— Il y a pire que la mort ! S'ils te tuent, je me tuerai pour te suivre.

Elle s'empara de mes mains et se pencha vers moi. Ses yeux étaient brûlants, ses mains chaudes et sèches, ses os aussi fragiles que ceux d'un oiseau. Je sentais son sang palpiter sous sa peau.

— Si nous ne pouvons vivre ensemble, mourons ensemble.

Sa voix était pressante, excitée. L'air nocturne semblait soudain glacial. Dans les chansons et les romans, des couples mouraient pour leur amour. Je me souvins des paroles de Kenji à sire Shigeru : « Vous êtes amoureux de la mort, comme tous ceux de votre classe. » Kaede appartenait à la même classe et à la même culture, mais ce n'était pas mon cas. Je n'avais pas envie de mourir. Je n'avais même pas dix-huit ans.

Mon silence était pour elle une réponse suffisante. Ses yeux scrutèrent mon visage :

— Je n'aimerai jamais que toi, dit-elle.

Jusqu'à présent, nos yeux ne s'étaient jamais vraiment rencontrés. Nous nous étions toujours regardés indirectement, à la dérobée. Maintenant qu'il fallait nous séparer, nous pouvions nous regarder dans les yeux sans nous laisser arrêter par la pudeur ou par la honte. Je sentais sa douleur et son désespoir. Je voulais adoucir sa souffrance, mais il m'était impossible de faire ce qu'elle demandait. Tandis que je lui tenais les mains en plongeant mon regard dans le sien, un pouvoir sembla naître de mon trouble même. Son regard se mit à briller, on aurait dit qu'elle se noyait. Puis elle poussa un soupir et ses yeux se fermèrent. Elle vacilla et Shizuka, qui était restée tapie dans l'ombre, n'eut que le temps de bondir pour l'empêcher de tomber. Nous l'allongeâmes doucement sur le sol. Elle avait sombré dans un sommeil profond, semblable à celui où le regard de Kikuta m'avait plongé dans la chambre secrète.

Je frissonnai, soudain glacé.

— Vous n'auriez pas dû, chuchota Shizuka.

Je savais que ma cousine avait raison.

— Je ne l'ai pas fait exprès. Jusqu'à présent je n'avais endormi que des chiens, jamais d'être humain.

Elle me donna une tape sur le bras.

— Allez donc chez les Kikuta. Vous avez besoin d'apprendre à maîtriser vos talents. Peut-être grandirez-vous, là-bas.

— Elle s'en remettra sans problème ?

— Je ne connais pas bien ces trucs de Kikuta.

— Moi, j'ai dormi pendant vingt-quatre heures.

— Mais vous avez probablement eu affaire à quelqu'un qui savait ce qu'il faisait, rétorqua-t-elle.

J'entendis au loin des voyageurs sur le sentier de la

montagne. Deux hommes s'approchaient d'un pas tranquille — mais qui n'était que trop rapide à mon goût.

— Ils arrivent, murmurai-je.

Shizuka s'agenouilla près de Kaede et la souleva avec aisance.

— Au revoir, cousin, dit-elle d'une voix toujours fâchée.

— Shizuka..., lui lançai-je alors qu'elle se dirigeait vers la chambre.

Elle s'arrêta mais ne se retourna pas.

— Raku, mon cheval — vous veillerez à ce qu'il revienne à dame Shirakawa ?

Je n'avais rien d'autre à lui donner.

Shizuka acquiesça de la tête et disparut dans l'ombre. J'entendis la porte coulisser, ses pas sur les nattes, le léger craquement du parquet quand elle étendit Kaede sur sa couche.

Je retournai dans ma chambre pour faire mes bagages. La liste de mes biens était courte : la lettre de Shigeru, mon couteau et Jato. Puis je me rendis au temple, où Makoto méditait à genoux. J'effleurai son épaule, il se leva et me suivit à l'extérieur.

— Je pars, chuchotai-je. Ne le dites à personne avant le matin.

— Vous pourriez rester ici.

— C'est impossible.

— Revenez quand vous le pourrez. Nous pouvons vous cacher ici. Il y a tant de recoins secrets dans ces montagnes. Personne ne parviendrait à vous retrouver.

— Peut-être en aurai-je besoin un jour.

Je lui tendis Jato.

— Je voudrais que vous me gardiez mon sabre.

Il le prit en lançant :

— Maintenant, je suis sûr que vous reviendrez.

Du bout des doigts, il suivit sur mon visage le contour de ma bouche, de ma pommette, de ma nuque.

Le manque de sommeil, le chagrin et le désir m'étourdissaient. J'avais envie de m'étendre et d'être serré dans des bras, mais les pas s'avançaient déjà sur le gravier.

— Qui est-ce ? s'exclama Makoto en se tournant, le sabre à la main. Dois-je donner l'alerte au temple ?

— Non ! Ce sont les hommes avec qui je dois partir. Il ne faut pas que sire Araï le sache.

Muto Kenji, mon ancien professeur, et le maître Kikuta attendaient à la lueur de la lune. Ils portaient des vêtements de voyage et leur aspect était insignifiant, plutôt piteux — on aurait dit deux frères, des érudits peut-être ou des marchands au bord de la faillite. Il fallait les connaître aussi bien que moi pour remarquer leur attitude vigilante, leurs muscles d'acier attestant une vigueur physique hors du commun, leurs yeux et leurs oreilles auxquels rien n'échappait, et cette intelligence souveraine qui faisait paraître brutaux et maladroits, en comparaison, des seigneurs de la guerre comme Iida et Araï.

Je me jetai aux pieds du maître Kikuta et m'inclinai, le front dans la poussière.

— Lève-toi, Takeo, dit-il.

Et à ma grande surprise, Kenji et lui m'étreignirent.

Makoto serra mes mains dans les siennes.

— Adieu. Je sais que nous nous reverrons, car nos destins sont liés.

Kikuta me demanda avec douceur de lui montrer la tombe de sire Shigeru. Sa voix était telle que dans mon souvenir : celle d'un homme qui comprenait ma nature véritable.

« Mais sans vous il ne serait pas dans cette tombe », pensai-je. Cependant je gardai cette réflexion pour moi. Dans la paix de la nuit, je commençais à accepter l'idée que cette mort était une part de la destinée de sire Shigeru, de même que son apothéose actuelle, qui faisait de lui un héros dont des foules innombrables viendraient implorer l'aide dans ce temple pendant des siècles, aussi longtemps que Terayama existerait, pour l'éternité peut-être...

Nous nous inclinâmes devant la stèle fraîchement gravée. Qui sait ce que Kenji et Kikuta dirent alors en leur cœur ? Pour moi, je demandai pardon à sire Shigeru, le remerciai une fois encore de m'avoir sauvé la vie à Mino et lui dis adieu. Il me sembla que j'entendais sa voix, que je voyais son sourire plein de franchise.

Le vent agitait les feuillages des cèdres antiques, les insectes faisaient toujours retentir la nuit de leur chant obsédant. Je me dis qu'il en serait ainsi à jamais : été après été, hiver après hiver, la lune disparaîtrait vers l'occident, rendant le ciel nocturne aux étoiles qui à leur tour, une ou deux heures plus tard, baisseraient les armes devant l'éclat du soleil.

Le soleil s'avancerait au-dessus des montagnes, et les ombres des cèdres s'allongeraient dans son sillage jusqu'à l'instant où il déclinerait de nouveau derrière les collines. Tel était le monde, et l'humanité continuait d'y vivre de son mieux, entre l'ombre et la lumière.

REMERCIEMENTS

Les deux héros de ce livre, Takeo et Kaede, sont nés de mon premier voyage au Japon, en 1993. Nombreux sont ceux qui m'ont aidée ensuite à faire les recherches nécessaires pour écrire leur histoire. Je voudrais remercier l'Asialink Foundation, qui m'a accordé en 1999 une bourse pour passer trois mois au Japon, l'Australia Council, le ministère des Affaires étrangères et du Commerce et l'ambassade d'Australie à Tokyo, ainsi que l'ArtsSA (South Australian Government Arts Department). Au Japon, j'ai reçu le soutien de l'Akiyoshidai International Arts Village (préfecture de Yamaguchi), dont l'équipe m'a été d'un secours inestimable dans mon exploration du paysage et de l'histoire du Honshu occidental. J'aimerais tout particulièrement remercier M. Kori Yoshinori, Mlle Matsunaga Yayoi et Mlle Matsubara Manami. Je suis spécialement reconnaissante envers Mme Tokorigi Masako pour m'avoir montré les peintures et les jardins de Sesshu, ainsi qu'envers son époux, Miki, pour ses informations concernant les chevaux à l'époque médiévale.

Le temps que j'ai passé dans l'archipel avec deux compagnies théâtrales a été riche d'enseignements — je remercie du fond du cœur Kazenoko à Tokyo et Kyushu, ainsi que Gekidan Urinko à Nagoya. Merci aussi à Mlle Kimura Miyo, compagne de voyage idéale, qui m'a emmenée à Kanazawa et au Nakasendo et a répondu à mes questions incessantes sur la langue et la littérature japonaises.

Je remercie M. Mogi Masaru et Mme Mogi Akiko pour l'aide qu'ils m'ont apportée dans mes recherches, pour leurs suggestions de noms et, avant tout, pour la constance de leur amitié.

En Australie, je voudrais témoigner ma gratitude à mes deux professeurs de japonais, Mme Thuy Coombes et Mme Etsuko Wilson, ainsi qu'à Simon Higgins, qui me fit plusieurs suggestions précieuses, à Jenny Darling, mon agent, à mon fils Matt, premier lecteur de chacun de ces trois volumes, et au reste de ma famille pour avoir non seulement supporté, mais partagé mes obsessions.

Je voudrais aussi remercier les auteurs des archives de l'histoire des samouraïs sur Internet ainsi que les participants du forum de discussion pour leurs aperçus et leur compétence sans pareille.

Les calligraphies sont l'œuvre de Mmes Sugiyama Kazuko et Etsuko Wilson. Qu'elles trouvent ici l'expression de mon immense reconnaissance.

Carte 14

Chapitre I 17
Chapitre II 59
Chapitre III 77
Chapitre IV 115
Chapitre V 131
Chapitre VI 163
Chapitre VII 183
Chapitre VIII 223
Chapitre IX 255
Chapitre X 279
Chapitre XI 297
Chapitre XII 331
Chapitre XIII 341

Remerciements 371

DE LA MÊME AUTRICE

Aux Éditions Gallimard

LA MAISON DE L'ARBRE JOUEUR (Folio nº 5731)

Dans la collection « Écoutez lire »

LE SILENCE DU ROSSIGNOL (3 CD)

LES NEIGES DE L'EXIL (3 CD)

LA CLARTÉ DE LA LUNE (3 CD)

Aux Éditions Gallimard Jeunesse

LE CLAN DES OTORI

I. LE SILENCE DU ROSSIGNOL, 2002 (Folio nº 3907)

II. LES NEIGES DE L'EXIL, 2003 (Folio nº 4082)

III. LA CLARTÉ DE LA LUNE, 2004 (Folio nº 4263)

IV. LE VOL DU HÉRON, 2007 (Folio nº 4724)

V. LE FIL DU DESTIN, 2009 (Folio nº 4932)

VI. LES GUERRIERS ORPHELINS, 2020

SHIKANOKO

I. L'ENFANT DU CERF, 2017 (rassemblé avec LA PRINCESSE DE L'AUTOMNE, Folio nº 6907)

II. LA PRINCESSE DE L'AUTOMNE, 2017 (rassemblé avec L'ENFANT DU CERF, Folio nº 6907)

III. L'EMPEREUR INVISIBLE, 2017 (rassemblé avec L'HÉRITIER DE L'ARC-EN-CIEL, Folio nº 6908)

IV. L'HÉRITIER DE L'ARC-EN-CIEL, 2017 (rassemblé avec L'EMPEREUR INVISIBLE, Folio nº 6908)

COLLECTION FOLIO

Dernières parutions

6861. Danièle Sallenave — *L'églantine et le muguet*
6862. Martin Winckler — *L'École des soignantes*
6863. Zéno Bianu — *Petit éloge du bleu*
6864. Collectif — *Anthologie de la littérature grecque. De Troie à Byzance*
6865. Italo Calvino — *Monsieur Palomar*
6866. Auguste de Villiers de l'Isle-Adam — *Histoires insolites*
6867. Tahar Ben Jelloun — *L'insomniaque*
6868. Dominique Bona — *Mes vies secrètes*
6869. Arnaud Cathrine — *J'entends des regards que vous croyez muets*
6870. Élisabeth Filhol — *Doggerland*
6871. Lisa Halliday — *Asymétrie*
6872. Bruno Le Maire — *Paul. Une amitié*
6873. Nathalie Léger — *La robe blanche*
6874. Gilles Leroy — *Le diable emporte le fils rebelle*
6875. Jacques Ferrandez / Jean Giono — *Le chant du monde*
6876. Kazuo Ishiguro — *2 nouvelles musicales*
6877. Collectif — *Fioretti. Légendes de saint François d'Assise*
6878. Herta Müller — *La convocation*
6879. Giosuè Calaciura — *Borgo Vecchio*
6880. Marc Dugain — *Intérieur jour*
6881. Marc Dugain — *Transparence*
6882. Elena Ferrante — *Frantumaglia. L'écriture et ma vie*
6883. Lilia Hassaine — *L'œil du paon*
6884. Jon McGregor — *Réservoir 13*
6885. Caroline Lamarche — *Nous sommes à la lisière*

6886. Isabelle Sorente — *Le complexe de la sorcière*
6887. Karine Tuil — *Les choses humaines*
6888. Ovide — *Pénélope à Ulysse* et autres lettres d'amour de grandes héroïnes antiques
6889. Louis Pergaud — *La tragique aventure de Goupil* et autres contes animaliers
6890. Rainer Maria Rilke — *Notes sur la mélodie des choses* et autres textes
6891. George Orwell — *Mil neuf cent quatre-vingt-quatre*
6892. Jacques Casanova — *Histoire de ma vie*
6893. Santiago H. Amigorena — *Le ghetto intérieur*
6894. Dominique Barbéris — *Un dimanche à Ville-d'Avray*
6895. Alessandro Baricco — *The Game*
6896. Joffrine Donnadieu — *Une histoire de France*
6897. Marie Nimier — *Les confidences*
6898. Sylvain Ouillon — *Les jours*
6899. Ludmila Oulitskaïa — *Médée et ses enfants*
6900. Antoine Wauters — *Pense aux pierres sous tes pas*
6901. Franz-Olivier Giesbert — *Le schmock*
6902. Élisée Reclus — *La source* et autres histoires d'un ruisseau
6903. Simone Weil — *Étude pour une déclaration des obligations envers l'être humain* et autres textes
6904. Aurélien Bellanger — *Le continent de la douceur*
6905. Jean-Philippe Blondel — *La grande escapade*
6906. Astrid Éliard — *La dernière fois que j'ai vu Adèle*
6907. Lian Hearn — *Shikanoko, livres I et II*
6908. Lian Hearn — *Shikanoko, livres III et IV*
6909. Roy Jacobsen — *Mer blanche*
6910. Luc Lang — *La tentation*
6911. Jean-Baptiste Naudet — *La blessure*
6912. Erik Orsenna — *Briser en nous la mer gelée*
6913. Sylvain Prudhomme — *Par les routes*
6914. Vincent Raynaud — *Au tournant de la nuit*

6915. Kazuki Sakuraba — *La légende des filles rouges*
6916. Philippe Sollers — *Désir*
6917. Charles Baudelaire — *De l'essence du rire* et autres textes
6918. Marguerite Duras — *Madame Dodin*
6919. Madame de Genlis — *Mademoiselle de Clermont*
6920. Collectif — *La Commune des écrivains. Paris, 1871 : vivre et écrire l'insurrection*
6921. Jonathan Coe — *Le cœur de l'Angleterre*
6922. Yoann Barbereau — *Dans les geôles de Sibérie*
6923. Raphaël Confiant — *Grand café Martinique*
6924. Jérôme Garcin — *Le dernier hiver du Cid*
6925. Arnaud de La Grange — *Le huitième soir*
6926. Javier Marías — *Berta Isla*
6927. Fiona Mozley — *Elmet*
6928. Philip Pullman — *La Belle Sauvage. La trilogie de la Poussière, I*
6929. Jean-Christophe Rufin — *Les trois femmes du Consul. Les énigmes d'Aurel le Consul*
6930. Collectif — *Haikus de printemps et d'été*
6931. Épicure — *Lettre à Ménécée* et autres textes
6932. Marcel Proust — *Le Mystérieux Correspondant* et autres nouvelles retrouvées
6933. Nelly Alard — *La vie que tu t'étais imaginée*
6934. Sophie Chauveau — *La fabrique des pervers*
6935. Cecil Scott Forester — *L'heureux retour*
6936. Cecil Scott Forester — *Un vaisseau de ligne*
6937. Cecil Scott Forester — *Pavillon haut*
6938. Pam Jenoff — *La parade des enfants perdus*
6939. Maylis de Kerangal — *Ni fleurs ni couronnes* suivi de *Sous la cendre*
6940. Michèle Lesbre — *Rendez-vous à Parme*
6941. Akira Mizubayashi — *Âme brisée*
6942. Arto Paasilinna — *Adam & Eve*
6943. Leïla Slimani — *Le pays des autres*
6944. Zadie Smith — *Indices*

6945.	Cesare Pavese	*La plage*
6946.	Rabindranath Tagore	*À quatre voix*
6947.	Jean de La Fontaine	*Les Amours de Psyché et de Cupidon* précédé d'*Adonis* et du *Songe de Vaux*
6948.	Bartabas	*D'un cheval l'autre*
6949.	Tonino Benacquista	*Toutes les histoires d'amour ont été racontées, sauf une*
6950.	François Cavanna	*Crève, Ducon !*
6951.	René Frégni	*Dernier arrêt avant l'automne*
6952.	Violaine Huisman	*Rose désert*
6953.	Alexandre Labruffe	*Chroniques d'une station-service*
6954.	Franck Maubert	*Avec Bacon*
6955.	Claire Messud	*Avant le bouleversement du monde*
6956.	Olivier Rolin	*Extérieur monde*
6957.	Karina Sainz Borgo	*La fille de l'Espagnole*
6958.	Julie Wolkenstein	*Et toujours en été*
6959.	James Fenimore Cooper	*Le Corsaire Rouge*
6960.	Jean-Baptiste Andrea	*Cent millions d'années et un jour*
6961.	Nino Haratischwili	*La huitième vie*
6962.	Fabrice Humbert	*Le monde n'existe pas*
6963.	Karl Ove Knausgaard	*Fin de combat. Mon combat - Livre VI*
6964.	Rebecca Lighieri	*Il est des hommes qui se perdront toujours*
6965.	Ian McEwan	*Une machine comme moi*
6966.	Alexandre Postel	*Un automne de Flaubert*
6967.	Anne Serre	*Au cœur d'un été tout en or*
6968.	Sylvain Tesson	*La panthère des neiges*
6969.	Maurice Leblanc	*Arsène Lupin, gentleman-cambrioleur*
6970.	Nathacha Appanah	*Le ciel par-dessus le toit*
6971.	Pierre Assouline	*Tu seras un homme, mon fils*
6972.	Maylis Besserie	*Le tiers temps*
6973.	Marie Darrieussecq	*La mer à l'envers*
6974.	Marie Gauthier	*Court vêtue*

6975.	Iegor Gran	*Les services compétents*
6976.	Patrick Modiano	*Encre sympathique*
6977.	Christophe Ono-dit-Biot et Adel Abdessemed	*Nuit espagnole*
6978.	Regina Porter	*Ce que l'on sème*
6979.	Yasmina Reza	*Anne-Marie la beauté*
6980.	Anne Sinclair	*La rafle des notables*
6981.	Maurice Leblanc	*Arsène Lupin contre Herlock Sholmès*
6982.	George Orwell	*La Ferme des animaux*
6983.	Jean-Pierre Siméon	*Petit éloge de la poésie*
6984.	Amos Oz	*Ne dis pas la nuit*
6985.	Belinda Cannone	*Petit éloge de l'embrassement*
6986.	Christian Bobin	*Pierre,*
6987.	Claire Castillon	*Marche blanche*
6988.	Christelle Dabos	*La Passe-miroir, Livre IV. La tempête des échos*
6989.	Hans Fallada	*Le cauchemar*
6990.	Pauline Guéna	*18.3. Une année à la PJ*
6991.	Anna Hope	*Nos espérances*
6992.	Elizabeth Jane Howard	*Étés anglais. La saga des Cazalet I*
6993.	J.M.G. Le Clézio	*Alma*
6994.	Irène Némirovsky	*L'ennemie*
6995.	Marc Pautrel	*L'éternel printemps*
6996.	Lucie Rico	*Le chant du poulet sous vide*
6997.	Abdourahman A. Waberi	*Pourquoi tu danses quand tu marches ?*
6998.	Sei Shônagon	*Choses qui rendent heureux* et autres notes de chevet
6999.	Paul Valéry	*L'homme et la coquille* et autres textes
7000.	Tracy Chevalier	*La brodeuse de Winchester*
7001.	Collectif	*Contes du Chat noir*
7002.	Edmond et Jules de Goncourt	*Journal*
7003.	Collectif	*À nous la Terre !*
7004.	Dave Eggers	*Le moine de Moka*

7005. Alain Finkielkraut — *À la première personne*
7007. C. E. Morgan — *Tous les vivants*
7008. Jean d'Ormesson — *Un hosanna sans fin*
7009. Amos Oz — *Connaître une femme*
7010. Olivia Rosenthal — *Éloge des bâtards*
7011. Collectif — *Écrire Marseille.* 15 grands auteurs célèbrent la cité phocéenne
7012. Fédor Dostoïevski — *Les Nuits blanches*
7013. Marguerite Abouet et Clément Oubrerie — *Aya de Yopougon 5*
7014. Marguerite Abouet et Clément Oubrerie — *Aya de Yopougon 6*
7015. Élisa Shua Dusapin — *Vladivostok Circus*
7016. David Foenkinos — *La famille Martin*
7017. Pierre Jourde — *Pays perdu*
7018. Patrick Lapeyre — *Paula ou personne*
7019. Albane Linÿer — *J'ai des idées pour détruire ton ego*
7020. Marie Nimier — *Le Palais des Orties*
7021. Daniel Pennac — *La loi du rêveur*
7022. Philip Pullman — *La Communauté des esprits. La trilogie de la Poussière II*
7023. Robert Seethaler — *Le Champ*
7024. Jón Kalman Stefánsson — *Lumière d'été, puis vient la nuit*
7025. Gabrielle Filteau-Chiba — *Encabanée*
7026. George Orwell — *Pourquoi j'écris* et autres textes politiques
7027. Ivan Tourguéniev — *Le Journal d'un homme de trop*
7028. Henry Céard — *Une belle journée*
7029. Mohammed Aïssaoui — *Les funambules*
7030. Julian Barnes — *L'homme en rouge*
7031. Gaëlle Bélem — *Un monstre est là, derrière la porte*
7032. Olivier Chantraine — *De beaux restes*
7033. Elena Ferrante — *La vie mensongère des adultes*

7034. Marie-Hélène Lafon — *Histoire du fils*
7035. Marie-Hélène Lafon — *Mo*
7036. Carole Martinez — *Les roses fauves*
7037. Laurine Roux — *Le Sanctuaire*
7038. Dai Sijie — *Les caves du Potala*
7039. Adèle Van Reeth — *La vie ordinaire*
7040. Antoine Wauters — *Nos mères*
7041. Alain — *Connais-toi* et autres fragments
7042. Françoise de Graffigny — *Lettres d'une Péruvienne*
7043. Antoine de Saint-Exupéry — *Lettres à l'inconnue* suivi de *Choix de lettres dessinées*
7044. Pauline Baer de Perignon — *La collection disparue*
7045. Collectif — *Le Cantique des cantiques. L'Ecclésiaste*
7046. Jessie Burton — *Les secrets de ma mère*
7047. Stéphanie Coste — *Le passeur*
7048. Carole Fives — *Térébenthine*
7049. Luc-Michel Fouassier — *Les pantoufles*
7050. Franz-Olivier Giesbert — *Dernier été*
7051. Julia Kerninon — *Liv Maria*
7052. Bruno Le Maire — *L'ange et la bête. Mémoires provisoires*
7053. Philippe Sollers — *Légende*
7054. Mamen Sánchez — *La gitane aux yeux bleus*
7055. Jean-Marie Rouart — *La construction d'un coupable.* À paraître
7056. Laurence Sterne — *Voyage sentimental en France et en Italie*
7057. Nicolas de Condorcet — *Conseils à sa fille* et autres textes
7058. Jack Kerouac — *La grande traversée de l'Ouest en bus* et autres textes beat
7059. Albert Camus — *« Cher Monsieur Germain,... »* Lettres et extraits
7060. Philippe Sollers — *Agent secret*

Tous les papiers utilisés pour les ouvrages des collections Folio sont certifiés et proviennent de forêts gérées durablement.

Impression Maury Imprimeur
45330 Malesherbes
le 20 avril 2023
Dépôt légal : avril 2023
1er dépôt légal dans la collection : septembre 2003
Numéro d'imprimeur : 269603

ISBN 978-2-07-293490-2 / Imprimé en France.

599362